向前走，別回頭

陸幸生報告文學選

序　新聞界的獨行俠

劉湘

接到陸幸生先生邀我為他即將出版的報告文學選《向前走，別回頭》寫序的電話後，著實吃了一驚，回覆說：「嚇出一身冷汗。」這絕不是誇大其詞，因為他是馳騁新聞界三十餘年，「據不完全統計」著文計300餘萬字之多，獲得過全國優秀報告文學創作獎、編輯獎和上海長江韜奮獎的大陸資深名記者。而我乃是一直從事和文字不搭界的行政工作三十餘載，因為在自己的部落格上寫回憶錄，有幸在台灣秀威資訊公司出版了一本名為《我曾經的名字叫知青》書的業餘作者，怎有資格和膽量為他的書寫序？

仔細想想，我又何嘗不是最有資格為他的書寫序的人？因為我「既認得昨日的他，也認識今天的他」（這是他對寫序者的要求）：我是既看見過他青澀知青模樣瞭解他知青經歷，又知道他後來讀書拼博及至「成名成家」的心路歷程的人，讀了他很多文章，自詡讀懂了他的人，那麼按照我一貫的秉性和思維邏輯，為他寫序的重任當非我莫屬也！

那麼我眼中的陸幸生究竟是什麼樣子的呢？

讀萬卷書積累豐厚的知識底蘊，行萬里路拓展視野思維，為其日後的新聞生涯奠定基礎

與我們這代人的共同遭遇一樣，陸幸生也難逃厄運：原本瞄著讀大學正在號稱小清華的上海育才中學讀初中的他，因為文革的突發而至，不得不輟學不得不被迫上山下鄉，這一去，大鋤一扛越十年。文革結束，一九七七年全國恢復高考，他以全團第七名（前六名都是高

中生）總分的成績考入黑龍江大學中文系、成為十年文革結束後中國大陸第一批最有造詣的大學生之一。一九八二年大學畢業後，陸幸生回到上海開始從事職業文字工作，先後任上海青年報新聞部副主任，記者，上海作家協會萌芽雜誌編輯部主任兼詩歌散文組組長，一九八九年調入文匯報社，任《獨家採訪》專刊主編，主任記者。組建文匯新民聯合報業集團後，到新民週刊工作，任特稿部主任，高級記者。

陸幸生是中國作家協會會員；2007年，他當選為上海作家協會第八屆理事會理事，散文報告文學創作委員會副主任。2014年，續任第九屆理事會理事、副主任。

可以說，陸幸生大半生都在新聞戰線打鬥拼博，他以個人獨特的視角獨到的見解天馬行空般獨往獨來的另類作風，一竿子插到底尋根究底的求索精神和犀利幽默的筆鋒、飽含激情的文字，橫跨文學和新聞兩界，闖下一片屬於自己的天地。

陸幸生的成功不是偶然的，用厚積薄發來形容並不為過：當年下鄉在兵團時，陸幸生用來對付突然的政治變故和身分落差的辦法，不是頹廢墮落怨天尤人，而是讀書。每次回上海探親，他都會帶滿滿一箱書，讀完了通過火車「零擔」托運回去，讓家裡再寄一批書來。別人說笑打鬧的時間他都用來讀書了。去年我曾有幸受邀到他的家中喝茶，上好的明前茶並沒有留下什麼印象，倒是他的書籍之多令我難忘，書房和客廳的兩架書架佔據了兩個大房間整整兩面牆，書的數量之多令人咋舌，至少數千本之多，獨自坐擁書城：哲學的、歷史的、人文的，地理的，古今中外，名人傳記……想想看，在這個浮躁的功利世界，還有幾人肯踏下心來讀書？而陸幸生幾乎所有的業餘時間都交付給了書。這是他淵博知識的源泉。

為了採訪同時也為了增加對這個世界的認知，陸幸生的足跡遍及國內。先時他還說全國除西藏沒去過外，都去過了，但很快我就在他的《相送柴門》部落格上看到他的西藏遊記。都說讀萬卷書行萬里路是文人的最高境界，陸幸生做到了，切切實實做到了。讀萬卷書，為他奠定了深厚廣博的文化知識，行萬里路為他積累了豐厚的歷史資

料和對這個世界的感性認識，加上作者敏銳的目光，清醒的頭腦，準確的判斷力，勤奮的工作態度和高度的職業責任感，使他在大陸改革開放的大潮中如魚得水，遊刃有餘，寫下了一篇篇真實又不失精彩的故事、事件、採訪手記、新聞報導，調查報告、議論文章和獨具特色的報告文學；出版了《穿越滄桑》、《世界是圓的——上海汽車工業30年》、《快速路網》等著作，並多次獲獎：他的《天下第一難》獲中國潮優秀報告文學創作獎，因責編《鯤鵬展翅》、《永遠是黎明》，同時獲得兩個全國優秀報告文學編輯獎；他個人曾獲得上海長江韜奮獎。在文學與新聞的「兩方」地域裡都獲得最高獎項的，滬上僅此一位。

清高孤傲的外表，獨立思考的精神，特立獨行的作風，靈魂自由的「流浪者」

陸幸生性格內向，不事張揚，不嗜茗飲，不尚清談，和他在一起，常有清寂之感——這是他業內前輩對他的評價。在我看來，這個評價是準確的。我曾經問過他：知道嗎，當年在兵團你給人的印象是清高孤傲，離群索居，有拒人千里之外的感覺。他苦笑笑說：其實那是內心恐懼，躲避紛擾，自我保護的一種表相而已。是啊，想想看，當年頗俱優越感的上海幹部子弟，育才中學的高才生，一夜之間父母被打倒、被隔離、被關牛棚，自己被發配，這種巨大的落差，不是十幾歲學生娃能接受的了的。除了躲到書中去學習，去思考，去找答案，又能怎樣？古人云：天將降大任於斯人也，恐怕正是這種內心和精神上的孤獨，使得他在任何時候都能夠遠離塵世的喧囂，冷眼旁觀，獨立思考。獨往獨來的作風又使得他能夠專注於用自己的心，來捕捉中國大地上隨時隨地發生的變化。性格使然的他坦率地說：這樣的捕捉，是在求證現代歷史，是在挖掘文明底蘊，是不允許讓他人來攪擾的。及至後來在他的記者生涯中，他始終「遵循自家原則」，天馬行空，獨往獨來。

好在「社會轉型」，報社量才使用，他成為上海《文匯報》《獨家採訪》專欄的主編，這真是使陸幸生如魚得水，用他的話說，真有種「平生所願足矣」的感覺。於是他，獨自一人，飛到青海採訪退役的原子彈研製基地，飛到北京採訪向老百姓開放的天安門，飛到廈門海域採訪中國人民解放軍的通道掃雷，飛到金門對面的大嶝島「近望」對岸，飛到雲南前線登上最前沿陣地……寫出了一篇篇具有獨到新聞價值，經得起歷史檢驗，懾人心魄又引人深思的好作品。不信你就好好讀讀這本書，我敢說，無論是二十年還是三十年前的作品，他的觀點，他的思考，他的文字，絕無一點「陳舊」，更不「落伍」，讓你不佩服都不行。

隨時捕捉新聞的嗅覺，獵人般明察秋毫的眼睛，敏銳的頭腦和判斷力，站在記者職業的最前沿

陸幸生認為：中國在變化，記者的職責就是觀察和記錄這樣的變化。走中國、明背景、捉典型、訪細節，作為一名優秀的記者，自身的「雷達」必須每時每刻張開著，捕捉著，隨時隨地發現、抓住，及時準確地做出判斷，並在第一時間趕寫出來。他不僅是這樣認識也當真是這樣做的。

最能說明這一點的，是他發現並採寫〈1976・保健醫生・中南海游泳池〉的經過。

陸幸生的太太是上海瑞金醫院主任醫師，作為「醫生家屬」的他偶然的一次去醫院辦私事，又偶然的在某領導桌子上看到了一本《慶賀徐德隆教授從醫執教五十二周年》的小冊子，在隨手翻閱的過程中，又偶然的看到在毛澤東逝世後，在守靈的毛澤東醫療小組的成員中，不僅有徐德隆教授，還有後來在國外寫《毛澤東私人醫生》的李志綏……這幾個看似無關聯的偶然，卻讓政治嗅覺極其敏銳的陸幸生捕捉到了一個「無比巨大的新聞線索」。緊接著，一行「首先為毛澤東主席所患疾病作出了正確的診斷」的字樣映入陸的眼簾，職業敏

感使他的神經一下子興奮起來，記者的習慣使他心跳加快，以致於
「腦子裡」從來沒有這般強烈地洶湧著一個念頭，感到「這句話太重
了」，「這具體的事實究竟是怎樣一回事」。他當即做出決定，一定
要找到這位已退休賦閒在家的徐德隆教授。時間就是生命，他立即像
拉滿弓弦的箭一樣，投入了工作中：找院領導要求採訪徐教授，說明
採訪意圖，要求院方協助……幾經周折，他如願已償，不僅採訪到從
不與記者接觸的徐教授，且為保證文章的真實可靠，稿件讓徐教授親
自審閱核實。

　　〈1976・保健醫生・中南海游泳池〉文章在刊物上發表，立刻在
國內外引起強烈震動，無論是刊物還是網站都全文轉載，因為這是國
內外絕無僅有的獨家採訪文章，又是涉及毛澤東的，極為絕密的歷史
資料。作為一名新聞記者，我想陸幸生的愉悅心情和成就感是不言而
喻的。這樣的職業素質和作風一直伴隨著他的職業生涯。又如〈歷史
不再是孤證〉中，涉及建國以後毛澤東對魯迅的評價，為了求證這段
重要歷史，陸幸生進行了艱難的調查，尋找追蹤一切線索，採訪相關
人士、查閱當年報紙，甚至動用關係到海外尋找知情人……文章見報
後，又引起一場震動，而作為當事人的陸幸生只淡淡的說「我求證鑒
實了一段歷史，我很少有這樣高興」。

會飛的心和一雙長腿，頑強的毅力和吃苦精神，登上「事實真相」的至高點

　　不知道陸幸生的吃苦精神是否應「歸功於」他下鄉務農十年，
背井離鄉十四年的磨練，讓我想不明白的是，在絕大多數北方人眼裡
最最嬌氣的上海男人，何以身體裡蘊藏著這麼頑強的毅力和不怕吃苦
的精神?!〈化劍為犁・草原作證〉是他採訪中國大陸第一個核基地退
役後的建設情況和清污情況的採訪紀實。到這樣有可能還有「核污
染」，有可能會有高原反應的核研究基地去採訪是要冒很大風險的，
何況這並不是「命題」，而是陸幸生從《人民日報》上見到了一個小

得不能再小的「豆腐乾兒」後，憑著記者的敏感，已經「溜過去的眼睛終又溜了回來」，覺得這裡面大有「花頭」，自己的又一次獨自命題、獨家採訪經歷。

這是一片神奇的土地，曾是軍事禁區，是40年前中國的一塊核研究基地，多位世界頂級的核子物理專家和一批專業研究人員、將軍和士兵，在這裡艱苦創業，無私奉獻，攻克了原子彈氫彈的尖端科學技術難關，成功組裝中國的第一顆原子彈。這片核子試驗基地退役了，這塊土地交給當地人民政府，成為當地人民休養生息的一片沃土，這中間到底經歷了怎樣的變故，怎樣的清污和管理，怎樣才使基地的區域空氣、水、土壤、動植物等各種環境介質全部達標？並且於1993年6月正式通過國家驗收並移交地方接收利用，成為海北藏族自治州人民政府所在地。這中間到底發生了多少不為人知的曲折和故事？陸幸生頭腦中帶著這一連串兒的為什麼，先後兩次登上祁連山南部高達3000米的青藏高原，強烈的紫外線照射，強勁的高原風和缺氧狀態，還有自己並不瞭解的核基地污染危險，陸幸生是國內外第一位「甘願冒險甘願吃苦」的記者，來到了這塊從無人問津，也無法問津的土地。負責接待的一位當地領導說：「你是第一位國內來基地採訪的記者，你很勇敢啊！」這一句簡單的話語，飽含了多少讚歎和欽佩之情啊！

在歷經周折後，稿件終於見諸報端，而這一段文字最能反映陸幸生的愉快心情：「1938年，王洛賓到此寫下了溫柔纏綿的情歌，而到了20年之後的1958年，這裡成為了科學家和軍事家研製原子彈的火與劍交並的基地，歷史就是如此這般奇特地連接和組合著。」「稿件見報，反映很好。我的心頭真是陽光燦爛。」

寫到這裡，意猶未盡，這位在業內人士看來，聞到「某種氣息」即會像「狼一樣撲上去」的陸幸生，在冷峻外表的掩蓋下，內心的情感是非常熾熱而富於激情的，「愛」這個人類最崇高的情感，始終在他的心底燃燒或者說沸騰，我想這是他與一般寫「官樣文章」的記者們最本質的區別。他擅長寫風口浪尖上的大事件和有爭議的人物，但

他的眼睛他的心，也卻始終關注著那些曾經的知青戰友們，生活在社會底層的小人物們，在他的筆端，對這些人賦予了無限的關愛悲憫和同情。他可以為了感恩，去零下17度的東北大慶，用三天時間打11個諮詢電話，行程2500公里，千辛萬苦的去尋找當初調他來團部的老領導，只為當面去說一聲謝謝；他可以在二十年前，用自己並不強大的聲音，為那些曾經在十幾歲「被統一驅趕著上山下鄉，在三十歲又歷盡曲折回到故鄉」且仍掙扎苦鬥著的戰友們疾呼和吶喊，不無自豪的告訴這個國家，在這個社會〈我們是很優秀的〉；他可以為一個因為錯綜複雜的原因，被強行拆散，一生兩岸阻隔的戀人及從不知生父是誰的普通工人「兩肋插刀」，滿懷悲憤同情，急切地幫助當事人去海峽的那邊去尋求幫助〈尋找父親〉；他的許多文章，在閱讀中間你會感覺到他內心情感的澎湃和熾熱，你會像我一樣，心常常在顫抖著或者禁不住淚流滿面……你會分不清你看到的到底是紀實的新聞作品還是文學作品。

　　這就是我，他的兵團戰友眼中的陸幸生。和我一樣，他的生命中有著解不開的知青情節，我想用他為《三色土——旅美知青故事》所寫的評論文章〈異國血未冷〉中的一段文字來結束我的文章：

> 　　「他們是知青群落裡記憶力最強的一部分人，無法忘卻歷史對真誠作過的嘲諷和戲弄」，「他們是很透徹的一群，又是很心急的一群」，「他們為追夢而來，憶夢是一種提醒。以往逆境的土地，生長著提供著意志的養料」，「他們是堅韌者，是應戰者，他們屢戰屢敗，屢敗屢戰」，「這一切鞭打著這一代人的脊梁，遞增著他們奮鬥的加速度，這是土插（下鄉）使然，更是洋插（出國打拼）的必然。」

　　這一段文字中誰說沒有陸幸生的影子？沒有我的影子？沒有中國大陸一千七百萬上山下鄉知識青年的影子？

但願我沒有辜負陸幸生的信任，沒有辜負他的書。

是為序。

2014年9月15日於北京

自序　感謝緣分，感謝遊走

一

　　2010年末，我關閉了博客。約是十年前了，我給博客起名：相送柴門。「桃李競華開又落」，「自掩柴扉咬菜根」（元・呂思誠《無題》），人在職場，心向八荒，提前「相送」後的「自掩」意思，已是相當明顯的。關閉博客，以示與自己三十餘年的記者「錄播」生涯告別。猶如一個演員，大紅過的，小紅過的，沒紅過的，都會有個封箱的日子，從此不再打開。

　　未料想，第二年到台灣旅遊，高雄港的早晨，正望著那棵銀光粼粼的金屬大樹出神，接到原黑龍江兵團的滬籍「知青」劉國強手機短信，特告：「荒友」子蘊——戶口姓名為劉湘——出書，代我要了一本，書不是白給的，約寫書評。

　　這位劉湘是京城貝滿才女，當年身在「上層建築」，是農場政治處報導組的大筆桿子。我只是個跑基層連隊的物資助理員，在那時的「政治概念」裡，農場報導組與「市委寫作組」級別相同，是翰林院，是御書房，是殿前跨刀行走，是兩報一刊社論。北國寒徹，塵世雲彌，三十多年過去，驀然間劉湘大作問世，真是應了「機遇從來只青睞有準備的人」這句話。

　　回上海，讀子蘊書。在作者轟轟隆隆又清清淒淒的傾述裡，當年的她「不回家，不回城，獨一人，向荒原，迷濛的路上，蒼穹呼嚎」，以決絕的勇敢去尋找自己的「未來」。對「知青運動」，子蘊的「不歌唱」，與我的「絕不歌頌」，站在了同一塊歲月的基石上。我寫完讀後感，用郵件發給劉國強，他在「阿劉」博客上刊出。子蘊的感謝，也在第一時間出現在博客的留言欄裡。

　　我在「子蘊文本讀後感」的第一段裡，這樣寫道：大陸書稿出

版在台灣，大陸人行走在台灣，途中，被約寫「大陸人台灣版著作」的讀後感，這是屬於海峽兩岸今天的巧合。昨天，前天，都不可能；「背景的天幕已經更迭」。這樣的開場白，有點高飄的時政味道，而心中更想表達的，是我對朋友的和一己的那份滄桑，紮紮實實的飲泣和並不高亢的慶幸。

網路世界，萬里咫尺，友人間有個「感」，道個「謝」，還要勞駕仲介（當然是免費的）傳來遞去，讓「瞬間，我們就老了，我們老了，但並不麻木」的我，面子上實在OUT了，於是再開博客，重登江湖，把讀後感登上自家「版面」。老朋友紛紛蒞臨指導，我才明白，原來「黑幫」們在高科技領域的熱鬧，早已不是一天兩天了。一個個認識的人兒，都起了網名，貌似潛水，弄得像從事地下工作的。這般的假面舞會，誰蒙得了誰啊。

滬上柴門和京城子蘊的聯繫，就這麼結束失聯，連結上了。

一個後來接著一個後來，劉湘的書很快再版，我的讀後感榮幸地成了再版序。再隨後，呼朋喚友，京滬重逢。兩年中，子蘊多次提議：你應把自己多年的文字編輯成冊，再出本書。年初一日，她與台灣出版界朋友在京聚會，從席上打來電話，直接請秀威的朋友與我通話。我明白，微醺的語言是發燙的，更是真摯的，撿拾昨天，打理成輯，裝訂成冊，這事情要做起來了。

今年六月，西藏歸來，用一個多月時間，從移動硬碟深處和報刊泛黃的版面上，搜尋曾經的署名文字；手頭實在找不著的，就到市級圖書館去，向陌生人付費申請，「打撈」自己。郵件來往，秀威老總和同行言簡意賅，動作專業而迅捷，透出我非常熟稔的業內氣息。

我請劉湘寫序，理由充分：她既認得昨天的我，也認識今天的我；當年知青，當下的「檻外人」，早沒有業內業外的界限；三十餘年的相隔，生疏孕育了一份新鮮，重逢會發酵一份對比，推薦人作序，「這活就你來幹了」，且「不許推脫」。

君子之交淡如水，但也得有幾個喝酒的朋友。荒友阿劉連通京滬，約寫書評，後來成為《我的名字叫知青》的再版序，我的千字文

由簡體變成了繁體字。京城劉湘手牽兩岸，讓我的20多萬字轉換為繁體字。短短而匆匆的三年，老友新朋愉快往來，這就是緣分了吧。

二

遙遠年代，我離開學校去東北兵團，給初中同學寫下留言：站在最前線。這是真話。其中一半的真，是我在「火紅」歷史中下定的決心。另一半的真，就是小小年紀的我，以為去到「最」什麼的地方，也就是與被審查中的父母距離最遠，肩負的家庭陰影也就會越輕。這般無邪，知青真是無知。

務農十年，高考恢復，當年政策限制，25歲以上的考生，只許報考文科。27歲的我，就這樣踏進了大學中文系。畢業「鳥獸散」，彼此揮灑筆墨，我寫下的留言是：真實是很難寫出來的。十年曠野，四年宿舍，即將脫離「前線」再回家鄉，涉過冷酷冰封和逼仄喧囂，多多少少積澱起薄薄一層社會經驗的我，在心頭默念：直面巨變，我擁有審視的資格，囿於震盪，堅持自衛的警戒，對以後可能的「書寫」職業，樂觀些；但心頭更有「百無一用是書生」的慨歎。

從兩次留言可以看到：影響我，以及我們這一代人行動的根由，都是當時的「輿情」指向。把這兩句話連接起來，可謂一語成讖，描畫了我後三十年的軌跡：到「最前線」去，很難地採訪和記錄「真實」。

30歲出頭的「大齡青年」，我轉輾來到上海青年工作系統的一家報社。人生誤差總是疊加的，大學教授說，中文系不培養作家，也培養不出作家，而當年大陸蓬發的政治反思，對翻天覆地大變遷的勾勒，「說真話」在贏得最高尊敬，這般的中國，在締造有史以來最多的作家和「寫字愛好者」。喜好文藝，成為當齡女性徵婚的必須條件。作家主旨是闡發內心感覺，記者任務則是記錄外部世界，前者唯恐不細膩，後者就怕太小氣。而我初到報社寫下的幾篇稿件，卻被「譽為」：這個大學生好像不大行。

我不會再回「前線」了：人們只有退至無可再退，歷史才會念起它的魔咒──這裡就是羅陀斯，這裡才有玫瑰花，你就在這裡起步，就在這裡起舞（馬克思《路易‧波拿巴的霧月十八日》）。

打量是互相的。

當年報社有篇範文，稿件名曰《祖國，您的兒女回來了》，報導一對從事科技研究的夫婦，從境外回內地「報效改革」，讀者效應轟動。相隔年餘，我想再去探看他們的現狀，來到上海科學院所屬研究所，卻被告知，這對夫婦又回去了。

他們回去的原因簡單，內地行政程序繁瑣，級級請示，層層彙報，科技研究和「口腔運動」格格不入，實在「難以適應」，故而「又回去了」。為鄉情計，為成就感，也為謀生故，憑一技之長來往於世界，這是個成年人的當然課題。「回來」一文，為解脫劫難的大陸做了注釋，很自然，因陌生和差異的離去，實際也同樣自然。媒介的標籤文字，地球村裡俯拾皆是，另具隻眼的報導，應該自然且漂亮地擲下一文：理解離去，並對自家土地上的落後和不足給予檢視。回報社探討，為什麼「您的兒女又回去了」，無人呼應。當年思維的單向慣性，回來是愛，回去就是「不愛」；作為萬物生靈之首的一個人，其形象似乎只能類同月球，永恆的非正即反，黑白分明。

幾十年來，世界頂尖的科學家、文學家以及普羅大眾，無數次地往返於中國大陸，回頭看當初，那是我們多麼幼稚的重生童年。

一艘名字叫「神州號」的貨輪在港口泊位維修，因底艙電焊不慎起火，一名青工墜亡。媒體記者蜂擁而至，我連夜趕工，撰寫了四千餘字的稿件，卻被說為「分量不夠」。當班編輯將我的小標題刪去，改成「我們來了，我們來了」，說：這樣改動文章氣勢就出來了。清樣即被取走，報紙付印。

這至少是歪曲。也許，在撲滅火災的現場，會有人呼喚「我們來了」，跌跌撞撞的口吻源於驚慌，也含有救人的勇氣；而我採訪中聽到的，是救援人們在煙霧中的大喊：有人嗎?!人是都懼怕災難的，人是會互相拯救的，可為什麼要無中生有地將災難「昇華」為一幕豪邁

的風景？

第二天翻讀各家報紙，另一報社的報導標題是「神州輪大火燒出神州精神」。初來乍到，人微言輕的我，在心裡說：人命關天，全世界有哪家企業願意用火災來培育職工「精神」的？用一個年輕生命的消亡製造光環，讓企業運行的管理缺憾在光環中淡出，甚至故意省略，媒介的職業規則又在哪裡？

世情蕪雜，業態搖曳，保持理性，我對紙面的一切「確定」持不確定態度，就是這樣開始的。

對真實的頑強尋找，即使是對殘缺的局部真實的尋找，也在同時開始了。

<h2 style="text-align:center">三</h2>

三十多年特稿記者的生涯，我不承擔專門條線的任務，沒有單位「線人」（即基層報導通訊員）的提前告知，也少有被優先發送到郵箱的相關資料。除卻布置的任務，我依靠的，是每日報紙和電視播發的漫天資訊，在閱讀中大海撈針，捕捉「我有興趣」的「隻紙片語」。上帝關上一扇門，同時也打開了另外一扇窗，對報導範疇，我沒有條條限制，也沒有塊塊桎梏，處在大轉型時期的中國大陸，天地翻覆，既雲蒸霞蔚，更雨驟風狂，任何引動我注視的人事冰點、熱點、焦點，都是我的「落腳點」。

還有，「功夫在詩外」，對社會著作的超量閱讀，是我挖掘和修煉業務能力的重要路徑。隨著資質遞增，逐步積累的朋友網路，是提供各類通報的人脈資源。

我相信，遲到者能夠衍化成獨到者。

頻繁的搶點飛行，我「把飛機坐成了大巴」。

再用嚴格的標準訓練自己，讓手中握有一支聽話的筆。

報紙版面是千金之地，性格「吝嗇」，千字文往往已是「大作」。所處年代，慶賀重生是天然的，詛咒劫難也是必定的。沒有人

說要選擇性遺忘，但報導必定經歷嚴格地篩查，文字審慎，乃至「統一」。報導的標題常常是結論式的，文中簡述前因後果，而過程和細節，在字數的限制下一掠而過。如是報導帶來的另一個陋習是，簡略成為表面化的當然理由。

上世紀80年代大陸的報告文學，一隻腳站在言之有物的新聞界裡，一隻腳站在有感而發的文學圈內，身兼兩職的社會效應，就是這樣起始和被成就了的。我這個「記者兼作家」形而下的記錄曲線，與所處時代形而上的求索曲線，很多處是疊合的。

我關注一個人的命運轉折，我關心某件事的成敗緣由。轉折，就是揚棄；緣由，就是辨析。當針砭的，針砭，該讚美的，讚美。人性幽深的，探究幽深，前途明亮的，奉獻歌唱。

2007年盛夏，我讀到版面縫隙裡一條不到百字的文藝消息，按照慣例，廣東在年末舉辦國家級音樂金鐘獎頒獎儀式，「屆時將舉行馬思聰先生骨灰安葬儀式」。馬思聰先生當年「外逃去國」，被定性為「國字第一號叛國案」，他遺骨的今日歸來，此中「白髮千莖雪，丹心一寸灰」（唐・杜甫《鄭駙馬池台喜遇鄭廣文同飲》）的萬千曲折，是大陸近四十年世事的風雲縮影。我即刻飛赴廣州，找到已經躺臥在病榻上的機構辦事人員，追根尋源，寫成近一萬字的報告文學《馬思聰去國返鄉記》，公開刊發。

那時，距離退休還有近三年時間，我卻有了一種身心「放空」的感覺。快三十年了，我經歷著：從京城到邊陲，從戰場到特區，從衙門到陋室；我觀察著：從高官到平民，從前輩到後生，從「鬼」到人或從人到「鬼」，諸多世相，當下即成歷史，歷史卻從未隱身。也許是「國字第一號」的繩索，被我悉悉索索地解開，「一」的前面，真的就是零了。

在其後與職場「若即若離」的年頭裡，我邁入陌生的經濟領域。我知道，經濟是基礎，是一切社會情狀如此而非彼的最終源頭，但對於「眼看著起高樓」的內裡情景，卻始終隔膜。應朋友邀，到滬上製造的第一支柱企業上海汽車集團公司採訪，為期16個月，從政府現職

高階官員的訪談，到高幹病房談判元老的叩問，從董事長數次，每次長達七個小時的錄音交流，到每一任總經理的悉心述說，更有基層技術工人的聚會回憶；我見到了批准中德合資的原始電話記錄文本，做出這個批准的人，是鄧小平；我粗略地理解了資本和股比，懂得了溢價和雙贏，體惜到「壯士斷腕」的悲涼，也明白市場與技術的交換，是大陸與國際接軌的途中，一場必須平衡的經濟戰爭。

　　2009年，二十多萬字，嵌有一百多幅照片的《世界是圓的——上海汽車工業三十年》出版，被作為當年中秋節上汽集團全球合作夥伴盛大例會的唯一禮品。我把這本書，看作在職生涯的完滿句號。管中窺豹，國計民生、經濟建設、開放運行，我從中文系的「人文」終點，反向走過社會生活物質運行的全過程，抵達「資本」的起點，我覺得，雙腳落地了。

四

　　教科書的立論，記者是個去魅的職業，筆墨客觀，確保真實。從我理解的「說文解字」講，記者乃「言己者」，在劫難泥濘中重複了十年翻滾運動，感觸頗多的我輩，進入到享有話語權的業界，不自言自語幾句，是不可能的。

　　讀回憶沈從文的文章，深有感觸：沈老購置舊式家具，多從「地攤」上購得，「別人求新，求完整，沈則注重式樣、花紋，至於有無磕碰反倒不大注意——他追求的，僅僅是審美價值和歷史價值」。記者筆下新聞，哪怕是前一分鐘發生的，實質都已是「損耗」過的舊聞，堅持追尋和複述，就為展示它的審美價值和歷史價值。身在職場，我能做的是：探索局部，接受殘缺；這世界沒有哪個人能夠觸摸到世相的全部，更何況我又遲到了十年。

　　從業越久，心中越明：個人太渺小了，腳頭快，筆頭勤，所涉領域也只能是滄海一粟罷了。勝不矜，敗不爭：天下風雲一報人，是業界理想；沉重的翅膀，是現實。

　　宋人張元幹曰：天意從來高難問，近人魯迅說：文章得失不由天；先人就「天」博弈，後輩立地惝恍。既然享有這片段的生命，那記者就是旅人，採訪就是邂逅，懂得源於慈悲，心證無須太多。感謝緣分，感謝遊走，不回頭。

2014年9月19日於滬上

目次 | CONTENTS

輯三　故國周遭：三百年間同曉夢

輯一

青春回憶：
自此光陰歸己有

高考是長夜後的燭光

摸著石頭過河，那是因為沒有任何先驗的藍本可供臨摹。是那一盞豆大的燭光，搖搖晃晃的決絕，照亮了我後面30年生涯的第一步。

兩毛錢買一包蠟燭，一包蠟燭十根。當年蠟燭，粗糙的馬糞紙裹著，呈一個規則的六角形圓柱體。一個晚上用兩根，五天買一回，一個月的蠟燭開銷是6包，合計1元2角。這份支出，占到我這個國家一級農工一月收入32元的三十分之一強。到黑龍江下鄉10年，一以貫之的月薪開銷歷來是這樣「調控」的：12至15元吃飯，農忙多吃，農閒少吃。5元錢零用，平時買點肥皂什麼的，還要買些深顏色的染料，北大荒的冬天例行拆洗冬裝，棉襖棉褲拆得零件似的，一片一片地要重染重做。棉襖領子難上，棉褲褲腰難縫，而我都已經是老手了。全年剩下100來元錢，是準備交給鐵道部的，那是來回探親的路費，以及回到上海家中交給母親的飯錢。

狠狠心掏出這份額外支出，是為了溫課應考。1977年10月，農場場部十字路口高懸的大喇叭裡，高亢地傳達了來自北京的「號召」：當年12月恢復大學的入學考試。而黑龍江實行地方政策，要考兩次。知青們傳說著的理由很是充分，「這疙瘩來了這麼幾十萬知識青年，就考一回，涮下誰誰不願意，再說也涮不過來呀，考他娘的兩回，輪著骨碌下油鍋，誰『抗造』（東北話，忍受煎熬的意思）誰笑到最後」。

1968年剛到農場，「旁邊」60公里外的七台河是個人民公社，組建生產建設兵團了，七台河成為國家煤炭「特區」。據說這裡的無煙煤是生產鋼鐵用的特等焦炭原料，抗戰時候小鬼子都紅了眼的。七台河的體制農轉工，工人大哥比農民小二要狠，農場就吃了大虧。農場用的電，源頭在吉林的小豐滿電站，走的線路必經七台河，每逢煤礦

生產急了，七台河就拉農場的閘，俺們已經無數次地「回到了一片黑暗的舊社會」。為爭分奪秒地溫課，一個擁有兩萬多人，知青占了一多半的農場，蠟燭就這麼脫銷了。

好在當時的我，在團部機關後勤處物資股「當幹部」，團部物資倉庫對我來說，直進直出沒門檻，整個農場的蠟燭就是缺到天上去，也不會缺我的那份。考語文，作文占分數大頭，編點話寫上夠數就行，可考試裡有高中立體幾何題目，我這個初中生沒學過。雖有蠟燭，還得找老師。團部服務連的指導員是一塊下鄉的上海松江市重點中學的高中生，他不嫌棄我，肯教。經過數番指點，半明半白的我，晚上就到沒有人的辦公室去，點上蠟燭死記硬背、生嚼亂咽，每每熬到半夜。我告訴自己：為了永遠不再碰到數學，現在就要撕碎它、啃下它，牢記，是為了澈底的忘卻。

預考那天，我的數學卷還是有做錯的。監考的都是沒參加考試的「知青兄弟姐妹」們，平時都在一個鍋裡攪馬勺，交情沒得說。一個平時總以農場首席籃球裁判自居的哥們，在教室裡兜了一圈，隨後走到我身邊，用手指敲敲我錯了的那道題。我當然聞過則喜，立即改正。到正式考試那天，我就沒那麼幸運，臨時抱佛腳的高中幾何題做出來了，初中的平面幾何題反倒做錯了。輔助線畫得不對，一錯到底。出得考場，仰面長歎，天亡我也。

那天下午考語文，作文題目是「每當我唱起東方紅」。有無數考生壓準了這個題目，因為考試這一天是12月26日。

高緯度的黑龍江嚴冬，深夜氣溫零下30餘度。星空透徹，深邃無比。「一切都結束了」的晚上，我獨自在場部走過了無數遍的唯一公路上「散步」。睫毛上慢慢地掛起了白霜，眼前一派迷惘。我再次開始了等待。等待什麼？結果。什麼結果？不知道。不知道的我，現在能夠做的，是什麼？明天早上乘農場的班車，上七台河，再乘火車到哈爾濱，然後轉車回上海過年。這個年能過得好麼？不知道。不知道也得過。

積雪在我的腳下吱吱作響。我為什麼參加這場考試？1966年初中

畢業後，在我應該參加高中入學考試的年齡，考試取消了。1973年，國家招收第一批工農兵學員，我得到了農場機關同事們百分之一百的推薦率，這讓我排在機關推薦上學名單上的第一位置。上海派到農場的招收老師見我，告訴我去報到的學校是上海交通大學船舶內燃機專業。只是，當農場某位副書記陰陽怪氣教育了幾句「廣闊天地大有作為」之後，我知道一切已成泡影。原因是後來知道的，我父親在「文革」中受到審查，雖然當時已被解除隔離，但尚未作有政治結論。我無比憤怒，一年前的我能「入黨」，一年後的我卻不能「入學」。有溫和的領導來談話，我也溫和地「理解」說：不是我的政審不清楚，而是我父親不清楚；不是我在政治上不進步，而是我父親不進步；入學比入黨的政治審查，還要嚴格嗎？

第二年，我再次要求上學，依舊得到推薦。結果與上年相同。我澈底失望。接下來的兩年盛夏和初秋，在繁忙的季節，我請假回上海探親。我的工作業務，是負責全農場幾千台農業機械的油料供應，每年受到嘉獎，多次立功，現在我「撂挑子」了。地球離開誰都還是轉的，而我要表達的，是我的消極。我不知道我的農場生涯究竟有多長，我這一生就不能消極一次麼，我為什麼不能消極一次？

回到上海過春節，父母對我的沉默還以沉默。上海的馬路上，時有打著「我們要回家」標語的遊行隊伍。這是在不同年代中安排到不同地區的知識青年們。我站立街頭，看這些熟悉和不熟悉的同命運的朋友們，離去已是現實，現在卻在為能夠回家而疾呼。

終於，1977年高考在春節後放榜，留守農場的哥們發來電報：被黑龍江大學中文系錄取，速歸。返回黑龍江，場部商店倉庫外的院牆上，貼著這次「文革」後恢復高考的本農場考生錄取情況，大學本科錄取生約有30多個，我排在第七；在我前面的6名，都是1966屆高中畢業生。當時，一個富有文化氣息的訊息，在黑龍江農場系統迅速地傳送著：這次高考，上海的上海中學、育才中學等學校的學生，都考出名了。我是上海市育才中學的1966屆初三畢業生。

現在稱以老三屆的學生，其實大多未必像以後的歷史性述說那

樣，當年就具有超常的政治醒悟和明確的人生目標。我自己是混沌的。一張大紅紙寫就的喜報，貼在弄堂的牆上，我就被送走了；在這張喜報的旁邊，寫著打倒我父親的黑體大字標語。父親和母親同時被關押在互不知曉的地方。身陷紅與黑同時翻滾的浪濤，我不可能有所反抗，我也沒有多大的力量和可能來掙扎。逃離恐怖的「風景」，成為我遠行的心理安慰。而現在，面對病退、困退，我沒有這樣的途徑，也懶於、更羞於這樣的途徑。我始終以那個年代最傳統的方式幻想著，我要以國家發一張批准我離開農場（讀書、當工人或者當兵）的「證明」，以證我離去的正當性質和光明正大。我是愚蒙的，別的方式，老師沒教過的，我也就不會。

　　我得到了國家的大學入學通知，然我依舊身在異鄉讀書。4年後，拿著國家批准我畢業回家就業的公文，回到上海，繼而走訪有關部門，祈求安排工作。一切再從頭「赤腳」開始。

　　看著今天的報紙，有以「願自由開放的旗幟高高飄揚」為題的文字，黃鐘大呂般地概括著：「三十年前的月亮，照著一個國運彷徨、民生凋敝的中國。一個大鐘停擺了，另一個鬧鐘響起來。饑腸轆轆的人民，突然都紅光滿面起來。」在改革開放三十年的日子裡，在第一次高考後中國發生的天翻地覆的無數大事，是當時的我根本想像不到的。摸著石頭過河，那是因為沒有任何先驗的藍本可供臨摹。是那一盞豆大的燭光，搖搖晃晃的決絕，照亮了我後面30年生涯的第一步。

2008年1月

畢業

　　如果說，恢復高考後的第一屆大學生，當初考完後的心情是焦灼，那麼畢業時的心結則是憂鬱，全然沒有「嶄新生活」就要開始的豪邁。因為邁進大學校門，我已經將近28歲，畢業也就32歲了。

　　有過我們這樣一代大學生嗎？班級有兩個屬狗的男生，相差整一輪，小的一個是高中應屆畢業生，大的那個孩子上小學一年級，故而班內有「老狗小狗」的戲稱。

　　已經由知識青年上升至知識分子了，然而今後走哪條路，如何選擇自己的職業，依舊得聽天由命。在北大荒的黑土地聽慣了「人定勝天」，但，人好像從來沒有勝過天。人算不如天算。

　　一個上海分配名額，給了個哈爾濱青年，其夫人已經回上海，團聚過於一切。再說，同學間也無須多爭論。校方對上海籍學生的「政策」，是寫上「到上海人事局報到」，我們這六七個同學，就此變成足球，被一個大腳踢回上海。

　　每週一次，上福州路人民來信來訪接待處「申訴」。心中雖然對自己仍屬「人民」感激萬分，但總感到「市民」比「人民」更實惠。年長的或年輕的接待人員，在長桌後面不那麼耐煩地回答著問題。

　　這時是1982年，沒讀書而「病退」「困退」的知青大抵已於1979年安排結束，早在上海的工資表內領工薪了，現在又來了一批「學退」的。有個冠冕堂皇的說法，大學畢業屬於國家幹部，「哪裡安排哪安家」。可我說，我是老六六屆初中，北大荒農場十年，難道還一定要到不是上海的地方才能鬧成革命？到上海就不是革命或者「反對革命」？

　　那上海有著一千多萬人，是幹什麼的呢？

　　話有點蠻橫，但也不無道理。人生漂泊的不定感，不能過久地主

宰一個人的感情，難道非要讓一個人在經歷了種種磨難，心中之火被澆滅，方才算得上某種社會的成功？

不光是從北大荒上學的，還有雲南的、貴州的，甚至還有上海本地大學畢業的，「哪裡來哪裡去」，有一大批農場考生還得返回崇明去。好幾位今天已經踏上領導崗位的，那時也在我們常去福州路的申訴行列中，每次都能碰上好幾十個人。

我有種「求乞感」，那是讓人救救自己的屈辱意識。我又看到這麼多人處於同等地位，尤其是其中不乏上海學生的感覺，而感到酸楚的安慰。

兩個月後，我被安置到農口的一個機關，「農來農去」，但「老三屆」不再下農口基層。如是政策如是擺布。我在農口機關填上戶口登記表，又立即通知我買國庫券，好，買！為這個上海戶口，這第一個月的工資全買，也行……

大半年後，設法調動當記者去了，一當十年至今。上海，我已經很陌生了。同樣，上海也不認識我這個它所哺育的子弟了……

今天，「老三屆」這塊招牌很響亮，幾乎是中流砥柱一代人的代名詞；當初，不過是類似老弱病殘上了公共汽車希望別人能讓個座位坐坐的照顧對象。拒絕我們，其實是拒絕了一代精華。

命運的轉折，背景是重要的。在大學中，多次念到「機遇只喜歡有準備的頭腦」，可是，有準備的頭腦的個體性歷史突破，幾乎不可能；在這個充滿改革意識的現在，也寥寥似童話。一句老話：撥亂反正，這是否定文革，開始新時期的最大天幕。

再者，知識的命運，某種程度上謂之的智商的命運，腦力的命運，首先是人的命運，智商及腦力運載工具——肉體軀殼的物質命運。一個農民的命運，簡言之是種地的命運，從鋤頭到拖拉機，是他一生最大的意識與行為飛躍。沒有1979年大返城，沒有第一、第二屆大學生的歸位，中國今天在各個領域將缺少一個層次，會大大減少通達幹練又富有人情味的社會氣息。

「老三屆」開步得何其早矣，十六、十七歲就面向社會，而真正

的事業起步，又何其晚矣，大都在三十歲之後。他們的崛起，帶有一種異軍的味道，他們是一支特殊意義上的移民部隊。

令人惋惜的，是他們在舞台上的時間不會很長。退隱或消失，也將會轟轟隆隆發出時代響聲的。不過，我們會坦然處之。

因為我們曾被這塊土地狠狠地咬過一口，所以我們也就狠狠地咬住這塊土地。也許這對於「地球村」的博大是一種狹隘的觀點，但至少表現了一個男子漢的氣概。這樣的男子漢，無論走到哪裡，都行。存在內容的更換，最先並不取決於我們，然而末了的句號由我們來畫。圓否，眼下沒法說，但我們的苦僧風格，自律傳統，堅韌品行和憂患意識，是我們獻給這個古老國家的最忠誠的禮品。

1994年5月

走出光環

　　作為色彩濃烈而內涵複雜的歷史段落，知識青年上山下鄉「運動」早已過去。曾經在那個十年裡到過中國農村的1700萬青年，被簡略地稱作「老三屆」。這稱謂，是對於不止三屆初高中年輕人坎坷、悲壯經歷的專用名詞。「運動」過於廣闊的空間，容納著太多的命運故事。我在採訪本上寫下這次的採訪對象：邢燕子、侯雋、董加耕，還有上海的張韌。他們，是站在老三屆前面、牽引過老三屆命運走向的人。他們的命運，是「知青運動」這部大書中扉頁上的內容。

　　他們的經歷，是在傳統悠久的農業國裡，以新農民的身分奮鬥、榮耀、挫折和繼續的歷史。自60年代末開始，「上山下鄉」這城市學生支援農村或邊疆建設的一種形式，被面目全非地推上政治需求的頂端；不以個人意志為轉移的慣性驅動，使他們成為「運動」頂峰上的標誌性人物。

　　走出荒誕「運動」的光環，是他們的第二次歷史幸運。經過時間過濾，在思維空間和物質空間都大大拓展的今天，準確訴說和了悟史實，曠達地調整和堅強地重塑自己，這又何嘗不是我們整個民族的幸運。

邢燕子：艱難的起飛

　　面對第一個採訪對象邢燕子，我說，我曾到北大荒農場勞動10年，在下鄉知青的隊伍裡，你在前面我在中間；邢燕子在剎那間改變注視的眼神，而用一種「歷史」的目光重新打量我，隨即很有內容地微笑起來。「知識青年」的身分，自始至終是我完成這次採訪的通行證。

類似青年裝式樣的藍色上衣，立著的衣領繫著兩顆小鈕扣，外罩深墨綠呢子中大衣。天津市北辰區人民代表大會常務委員會副主任邢燕子的衣著，規整簡樸。與當年20來歲那張手握鐮刀身背籮筐聞名全國的照片相比，臉上增添了淺淺的皺紋。她54歲了。

邢燕子家在寶坻縣，1958年念完農中，那時城市需要勞力，修密雲水庫和人大會堂，農村青年往城裡跑。為解決吃飯問題，號召大辦農業大辦糧食，需要一批青年穩定在農村，我「聽黨的話，回鄉種地」。

邢燕子所在小村有58戶270來口人，男勞力就十幾戶，婦女是主要勞力。當年不到20人的鐵姑娘隊，16個是「姑奶奶」（河北對未出嫁姑娘的稱呼）。「全村兩千多畝地，一個勞力平均4到5畝，村裡買不起牲口，我們就2、3個姑娘駕一把犁。犁往肩上一擱就是一個月」。到收穫季節，「那高粱背在肩上，走五里地才能到家，路上沒法子坐下歇，實在太累，就腦袋沖下，手支著地，鬆鬆那腰」。

邢燕子說，我本來姓名叫邢秀英，小名喚作燕子。在小於莊展覽會上，公社書記邊看邊說，「燕子」好，可以飛過黃河跨越長江。那本來是講糧食產量，這麼一說就形象化了。地委書記馬力接見，也說「燕子」好，冬天飛走，春天又飛回來了。中國青年報記者這般「生機勃勃」地寫上報紙，「邢燕子這個名字就叫開了」。

1964年6月，邢燕子出席共青團全國第九次代表大會。

同年12月，邢燕子出席第三屆全國人民代表大會。開幕式那天，身材魁偉的毛澤東拉著24歲的邢燕子的手，領她走上人民大會堂主席台。當著中國最高層所有領導人和全體代表，毛澤東似乎在向一切人發問：燕子坐哪裡啊？毛澤東親自將她領到座位。主席團成員邢燕子坐在前排，而毛澤東坐在第二排。這次會議選舉劉少奇為國家主席。

12月26日，朱德帶領邢燕子參加毛澤東的70歲生日宴會。兩位女士在客廳迎候。

這是邢燕子第一次見到「大背頭、戴眼鏡」的江青；另一位是王光美。處於一線領導地位的劉少奇、周恩來、鄧小平和各路「諸

侯」紛紛到達。與毛澤東同坐首席的是：陳永貴、邢燕子、董加耕、王進喜、錢學森、曾志、羅瑞卿。在後來被陶鑄夫人曾志稱「吃得都很緊張」的這席飯上，毛澤東「聲音很大」地說：「我要坐在群眾一邊」；他不讓女兒出席，是「她不下鄉，不配」。毛澤東稱陳永貴「五十而知天命，大災之年獲豐收」。毛澤東將自己一碗飯分撥給邢燕子和董加耕：年輕人要多吃，吃飽；還為他倆添餃子和燒餅。坐在毛澤東身邊的邢燕子，三次為煙癮很大的毛澤東點煙。

「文革」中，邢燕子被貼大字報：「紅孩黑了」。在接見河北省革委會籌備組成員時，周恩來問：燕子來了嗎？邢燕子起身作答，周恩來說，來了，好，請坐下。在又一次會議上，周恩來當眾向邢燕子發問：你還記得63年毛主席請你吃飯麼？邢燕子答：是64年。周恩來立即頗有針對性地介面說，是我記錯時間了，燕子記憶很好麼！當邢燕子社會職務兼有16個之多要求減免時，周恩來在她報告上批示：保留上一個下一個，中間的全部免去。

邢燕子四次成為中國共產黨代表大會代表，當選兩屆中央委員。邢燕子自1973年起擔任了十年天津市委副書記，在「限制資產階級法權」的日子裡，她拿60元津貼，30元交生產隊「記工分」，30元作為公出補助。80年代初正式定幹。她平時在農場勞動，有事上市裡開會。她稱自己是天下唯一「撿柴火燒的市委書記」。1983年，她擔任市政協副主席。87年，調任北辰區人大副主任，行政副地市級。

邢燕子家客廳裡，從鄉下老家搬來的棕色櫃子，沿牆擺成一圈。櫃子上擺著那次吃飯前毛澤東同陳永貴與她握手的大照片。玻璃櫥裡，是周總理的磁片像。臥室茶几上，放著個她老愛人王學芝為防止茶涼而做的「棉茶焙」（類似南方農村的草飯窩）。

邢燕子擀餃子皮，她86歲的婆婆、愛人老王和我，動手包餃子。聊起現實和歷史的銜接，她的表述非常樸實：今天有今天的事，昨天有昨天的事。說到自己，她運用了周恩來的講話：寶坻有三個特別姑娘，黃宗英作了彙報；邢燕子、侯雋，我見了，張秀敏（鐵姑娘隊代表，16歲被授予「祖國社會主義建設打衝鋒的紅旗手」）我沒見過。

「事情發展就是這樣」。

「邢燕子」事蹟不僅是邢燕子個人的事蹟，是中國一代青年中一個傑出群體的創作。邢燕子的遺憾是文化學得少。「事情發展就是這樣」，邢燕子頗大氣地把這滿含歷史意味的話說給我聽，也說給自己聽。當她用稚弱的翅膀，全力載起解決家鄉饑饉的任務的時候，她沒為自己保留一絲力氣。這就是代價，共和國起步時刻的代價。

侯雋：宮殿裡只有一根樑

侯雋翻著我帶去的剪報資料，印有「1963」和「1976」圖章字樣的紙，早已泛黃了。

侯雋的家，本是縣城一排平房中的一套居室，夫婦倆動手蓋了廚房和院牆，現在呈四合院格局。客廳兩邊牆上的鏡框裡，最大最突出的，是毛澤東和周恩來的生前像片。侯雋和黃宗英九十年代的一張照片，則單獨懸掛。身著運動服的黃宗英，滿頭銀髮很有滄桑感地「燃燒」著。

侯雋是黃宗英發現的。當她和高中同學非常單純地憑著「一顆紅心」來到寶坻鄉下，當地農民覺著，那是女孩子的一時新鮮，待勁頭過去，哪兒來的回哪兒去。侯雋自己找小土房住，勞動強度大，以至兩個人吃不飽，經商量後，同學去另外代課掙錢，這裡的兩人口糧供侯雋一人吃。繁雜世界，對理想化的青年人展開自己真實的面目，嚴峻，而且並不美麗。

然而，「寶家橋的青年們就是喜歡我的小土屋」，侯雋的屋子裡天天晚上擠滿人，學唱歌演節目，「佔領農村文化陣地」，姑娘們還喜歡在她那兒睡。有的團幹部都妒忌了：誰讓集中的，「大水不能漫過橋去」。侯雋於1962年7月正式在寶坻縣入戶。

此時邢燕子在司各莊「泥頭土臉」地挖河修渠，侯雋則在寶家橋改土治鹽「過勞動關」。1963年，上海作家黃宗英「深入生活」來到寶坻，她發現「竟然還有一個自願下鄉的城市知青」。大受感動的黃

宗英，早上做飯，上午勞動，下午寫作，與侯雋同住了一個月的小火炕。在第三屆文代會上，黃宗英向周恩來彙報，周恩來說：青年到農村，這是個方向；我們要把這樣的青年帶出來。

黃宗英發表報告文學《小丫扛大旗》和《特別的姑娘》，邢燕子和侯雋成為全國典型先進人物。對於文學創作這個課題，當時夏衍如是說，別硬要黃宗英寫電影劇本，她一年寫兩三篇這樣的報告文學，就很可以了。

1963年春，侯雋患胸膜炎，「喘得跟老牛似的」。5月，侯雋入團。10月，她被查出患多發性結核病（這病糾纏她至今）。第二年6月，侯雋參加共青團九大，作為全國22位先進個人代表之一，受到毛澤東、劉少奇、周恩來、朱德的接見。在這一年的「四清」中，侯雋第一次被人貼了大字報：都是下鄉，就她出名。侯雋這般回答，下鄉時沒想出名，到農村也有幹得比我強的；可巧黃宗英到寶坻來，又寫了我，「她不來就沒事」；我得爭口氣幹好，你們得理解我。

1976年5月，寶坻縣委副書記、村黨支部書記兼革委會副主任侯雋，被調到國務院知青領導小組擔任排名最後的「專職副組長」。當時，毛澤東在一封陝西省延安地區兩位知青的來信上作了批示：知青問題似擬專題研究，先調查，然後給予解決。組長陳永貴調動各部委80多位幹部，分組下鄉瞭解情況。侯雋記得，那時的多次彙報會，是在農業展覽館的地震棚裡進行的。

七易其稿，有關領導終於在報告上批示：同意，報中央、主席。然而，緊接著的歷史上寫下的是：毛澤東逝世，粉碎「四人幫」。知青領導小組面臨的任務改變了：「四人幫」插手知青辦，江青的草帽陳列在寶坻縣，報告是大毒草，要問清楚；「問不清楚，查清楚」。

侯雋才當5個月的知青「最高領導」，卻被嚴格地審查了一年半。侯雋以她直爽的口吻感慨道，不是我要來知青辦的，國務院這地方是誰要來就能來的麼？我就希望查完了大家都解放，我回家。

1977年12月9日，「在青年運動的大喜日子裡」，侯雋被正式通知：這階段問題基本查清，回原單位工作。1979年末，通過高考、招

工、當兵、病退、困退等等途徑，寶坻的知青紛紛返城。侯雋把人接來，再把人送走，雖然還有別人留下，而侯雋的感覺是「歷史轉了一圈，就剩下我自己」。

1980年5月，侯雋離開生活了18年的寶家橋，到縣人大常委會任副主任。1990年2月，她當選為副縣長。談話時，51歲的侯雋經常發出爽朗的笑聲：我不隔斷歷史，也不苛求前人。中國80%的人口是農民，為瞭解中國國情，青年人應該有瞭解農民這一課。對於個人起伏，她很形象地比喻道：「就說宮殿吧，也只需要一根大樑，其餘的不也就是些椽子和磚瓦麼。」

寶家橋的村領導來看望侯雋，侯雋愛人司福玉把家藏的茅台酒拿上飯桌。他也是當年的村幹部，如今在一縣局裡負責工會工作。侯雋說，老家來人了，喝好的。侯雋和她的司福玉，同天津話頻率很高地同大伙說著，我聽出是村裡生產的皮手套如何擴大出口貿易的事。侯雋向著我舉杯：「咱們老知識青年乾一杯！」我說：「為了祝賀你們的出口手套，乾杯。」

本以為我沒聽懂他們說話的所有人，頓時都笑了起來。中國農村百姓的生活方式，副縣長侯雋的工作內容，已經發生了多麼巨大的變化。

董加耕：抬直了腰的注視

跟著我的敘述，董家耕把邢燕子、侯雋單位及家裡的電話號碼，仔細記錄在筆記本上。隨即，他拿過辦公室桌子上的電話：「我現在就給她們打電話。」

董家耕與邢燕子、侯雋於七十年代一別，已經17、8年沒有聯繫了。

邢燕子和侯雋是在成為「新農民」後入的團，而董家耕在1960年讀高二時已經是學生黨員了。董加耕高中畢業的1961年，是三年困難時期的最後一年，江蘇鹽城是當年中國的最貧困地區之一。他看到父親白天耕地，晚間只有燒慈菇湯充饑；春天爆青的慈菇有毒，中了毒

的父親咬碎了口中的湯勺而離世。董加耕試想用學到的書本知識來幫助家鄉父老擺脫飢餓。

董加耕將自己的原名「嘉庚」改為「加耕」。加一個人耕地，也就是給日子添一把柴火的意思。年輕人「自己動手、豐衣足食」的行動，是那麼默契地投合著中國最高層的歷史性思路。剛剛20歲還不太懂得世事的董加耕，也成為了中國新一代農民的代表。然而，「文化大革命」開始，他隨即「變」成現行反革命，關押審查19個月。解禁不久，第二次以「劉少奇黑標兵」的身分被抓3個月。1971年初，他又被當作「5‧16頭目」被關。有人對他說：你陷得太深了，我們用吊車也要把你吊上來。董加耕一天24小時以90度鞠躬的姿態站立，腫脹的腳使得42碼的球鞋繫不上鞋帶。

1974年末，已回家鄉幹活的董加耕，被通知立即來地委報到。下小火輪再上吉普車，下半夜2點，他到達縣城，沒有合眼的全體常委告訴他，你已被補選為第四屆人民代表大會代表。是毛澤東記起這位讀了12年書，「在農村有這麼多文化可以辦點事」的年輕人，周恩來具體查問了他的下落。

在北京期間，董加耕曾任共青團十大籌備小組副組長，國務院知青領導小組成員。身兼鹽城縣委副書記的他，多次打報告要求回地區工作。1976年末，經中央領導同意，他回到鹽城。他再次受審查，要講清楚「與四人幫的牽連」。他說，四屆人大期間到釣魚台看科教電影《風的形成》和《鋪紙種稻》。對在北京的經歷，董加耕比喻說，好比飯桌上「鬧酒」，有人醉有人沒醉，也就是一杯之差；「就看你有沒有自控能力」。

在北京開大會沒一次不坐主席台的董加耕，再度回鄉當普通農民，一月只有25元補助金。1982年，在中央領導關懷下，40多歲的他擔任了副鄉長，後任鹽城市郊區鄉鎮企業管理局副局長。別人議論：「董加耕官越做越小，車越坐越大。」他很坦然地說：「做官非本意，進京不由己。我本來就是農民的兒子。」如今，坐在我面前的董家耕，身上依舊一件洗得領子袖口都發了白的呢子中山裝。

在家裡的飯桌上，跟隨董家耕飽經風霜的愛人郝鴻鸞，談起在南京和江蘇省知青見面的事，善良的她在會上說：大家跟著董家耕吃苦了。董家耕早已多次地考慮過這個問題：任何國家、民族、黨派組織，都鼓勵年輕人艱苦創業而反對單純的享受。60年代部分青年自願下鄉，與後來的「一片紅」，以下鄉來劃線「是否革命」，前者是「人各有志」，後者是形而上學的極端做法。當年的青年標兵，與「文革」中扶植的反潮流人物，有著本質區別。「歷史變化普通人難以預料，一會兒紅一會兒黑，關鍵是自己不要否定自己」。

董加耕談話的重點，是他的鄉鎮企業。「中國的鄉鎮企業，從開始被認為的投機倒把、挖牆角，到今天是農村致富的必由之路，這樣的歷史性轉變，是我們當年要做而沒有做到的事情。農民改變了臉朝黃土背朝天的命運，更換著自己的生存方式，直起了腰的注視，對世界的眼光也必定開闊，鄉鎮企業從根本上改變和提高了中國農民的內在素質」。現實生活賦予的責任，已經更多地佔據著董加耕的思索。董加耕說，我感到一種「回歸」。

在我採訪董家耕的日子裡，在郊區政協九屆二次會議上，53歲的他被選舉為副主席。與邢燕子、侯雋一樣，回歸到土地的董家耕也有著一個自己難以察覺的特點：任何時候面對照相機鏡頭，都不躲閃，表情如常。畢竟有過一個時期，他們面對過中國最多的「鏡頭」。

張韌：繼續「爭取被承認的鬥爭」

50歲出頭的張韌，半年前跟隨轉業的丈夫回到上海。1962年，她在師大二附中高中畢業，考上上海戲劇學院導演系，卻毅然下鄉來到安徽省肥西縣袁店鄉利和村。導演系主任葉露茜當面的「好好談一次」也沒能「攔住她」。她曾擔任省團委書記、當塗縣委副書記、省計畫委員會商業貿易處處長。

對於「回來」，她運用毛澤東的詩句說道，真是「故園三十二年前」囉。

　　張韌認為自己這一生豐富，並且「過癮」。作為縣委副書記，在抗洪救災的緊急關口，她曾告誡一位解放軍團長，必須這麼幹，否則「要上軍事法庭」。她曾作為省經濟開發考察組組長來到家鄉，瞭解上海浦東的開發前景，以及考慮安徽省的相應舉措，考察報告得到省委省府的認同批准。「過癮」，這是女同胞很少用的詞。

　　現為華亭集團宣傳部副部長的她，讓我別寫她。「人不能在過去的光環中生活，我要在新崗位重新樹立自己。」在新做的三個大書櫥前，她說，「下鄉帶去的世界名著都失散了，現在我又補全了」，在個人生活裡她想安靜地讀書。

　　她如是「評論」相知相熟的邢燕子、侯雋和董家耕。邢燕子——善良；侯雋——能幹；董加耕——「要感謝我，這張照片他沒有，我複印了給他」。張韌保存的照片上，張韌蹲在毛澤東身前，董加耕手扶沙發，站在毛澤東的背後。

世事明如燭照

　　一個人生活軌跡的某一段落，吻合於歷史、國家、民族的生存軌跡，而得到稱讚，他應該自豪。一個人生活道路的某一段路，出現非個人能力所能免的曲折，而被誤解，他可以沉默。自豪的沉默，或沉默的自豪，都是思維的財富。

　　峰巔是理所當然的結束。扭曲是人性的深淵，深淵是「負」峰巔。「知青」的稱謂，業已湮沒在世紀交替風景的豐富和紛繁之中。面對「活潑」多元的當今世界，當年的邢燕子、侯雋、董加耕和張韌，以及後面緊緊跟上的我們這一代人，種地的時候沒有「遊戲」土地，「不」種地的時候也沒有「遊戲」生命。我們背負著知青情結前行，在頑強繼續「爭取承認的鬥爭」。無法用生存的模式樣本，無法用地域的城鄉區別，無法用世俗的職務高低，來判斷中國這一代人曾經擁有和重新擁有的精神世界。精神不是一種技能，不是一門行當，而是人類永不荒蕪的優美素質。

精神不提供坦途，精神也不能避免曲折；但是，精神保證境界的到達。

1994年5月

我們是很優秀的
──紀念我們40歲和返滬10周年

此即汝。
　　　　──印度‧《吠陀》

　　昨天的太陽下山了。他們40歲。包括我。

　　他們中有的是相隔著一張辦公桌接受我採訪的。生活曾經絕對公事公辦地接待過他，然而今天他卻不能公事公辦瀟灑自如地繼續社會賦予的職責，抽屜裡備有為他人所享用的高級香煙。有的是分別坐在兩張紫色人造革的沙發上進行交談，一種都感受到彼此舒適和誠懇的交流，但又永遠地彌漫著相隔小小茶几伸手不及心靈角落的距離感。有的則在飯桌上，相熟到可以添副碗筷坐下就吃，而偶然抬頭，只見紙糊的頂棚又加釘了塑膠布，便深覺住房和身體全到了須打補丁的地步。也確有在多少年後重逢在病床前的，病人在2個月內4次進醫院觀察室，又無論如何被告之「不要寫」，因他回上海之後體會最深刻生動的是「人事關係真難弄」……

　　返滬後的十分之一世紀，我的這些北大荒荒友們一口氣也喘不勻地在忙些什麼呢？

　　10年過去，當初被饅頭窩頭小米粥等碳水化合物撐得圓滾滾的女生們，一只只臉龐都在小下去。在重見的那刻，驚惶中清晰地聽得，孩子們都已經讀小學2年級、有的甚至是初中2年級時，我終於相信，匆匆的默默的分手絕不可能是後會必定有期的保證。

　　「荒友」中有的似一冊自行打開自行翻頁又自行發聲訴說的書本，沒有逗號的敘述頗具一絲「老八路味」。這是有了一點年齡的緣故。有的一分鐘只講兩句話，有問才答，欲說還休，「就這麼一輩子

了」。這也是有了一點年齡的緣故。我的筆記本使朋友們感到陌生，進而似乎我也物化得陌生了。這同樣是因為年齡。

長於記憶的時代我忘卻，無奈於忘卻的時代我捕捉記憶。

「苦行僧」與他那塊始終很苗條的肉

40歲出了頭的陳錦源在追求繁榮富強。

他今年有4萬元。

身材沒發胖，瘦得可以，黝黑的臉上還是難以捕獲到笑意。大多從北大荒返滬的人，經過10年自來水洗滌，由於其中漂白粉的化學作用，變得都白了些，而陳錦源面部的色素好像是結成了塊，始終沒給軟化溶解似的。難怪他，1981年5月方才從農場辦回上海，屬於知識青年中的最後一名，漂白的時間尚嫌不足。

這位市北中學當年的高二學生，如今是上海申江儀錶廠廠長，「有4萬元」是他的習慣用語，即他的廠今年可贏利4萬元。他的廠「有80幾個人」。4萬元按80個職工的人頭算，年人均創利也就是500來元。馬路邊上一個乾癟老太婆擺推頭賣茶葉蛋的月個人創益就不止這些。但是，去年他「有」的錢還要少，僅1萬餘元。1987年，幹一整年還倒欠1萬多。

真正是蠅頭微利廠，就這點錢你廠長若敢分的話還不夠分呢。倒不是嫌錢少，問題是分錢分垮了這個開工資表的廠，80個人又能上哪兒按月領錢去。陳錦源穿一條洗得白了的藍長褲，一條洗得灰了的白T恤，一雙舊黑皮鞋其中一隻鞋帶挺簡易地只繫著上面的兩個眼。他就這麼苦撐著，撐到40歲的，白髮就佔有了他全部頭髮的40%。

1977年末，「文革」後12屆畢業生共同拼命赴考場的戰鬥結束，他帶著滿腦門子三角形內切圓，1894年甲午戰爭後中國與誰簽訂了什麼條約一系列思考題，與被同學們稱作「小羊羔」的她，回上海結婚。未知金榜是否題名，便洞房花燭，忙碌中的喜悅和這個新家不知安在何處的飄搖之感，使得他的微笑次數被省略到最下限。

　　人是舊的，關係是新的；房子是舊的，被褥是新的。以後的諸方面都逐漸地舊起來，這大抵是所有婚姻的必由之路。趁此半舊半新之際，陳錦源和他的楊蓉華冒著凜冽朔風，「夫妻雙雙把家還」。回到農場，你挑水來我和泥，在搭炕修園田地的汗流浹背之時，一張牡丹江師範學院代培鶴崗煤礦大專班的通知，送到他的手上。久違了的自信湧上他的胸口。我還行，我考上了，可是她怎麼辦？一個人留在農場「保衛」這新的空房間？

　　儘管是「我倆在一起世界真美麗」，陳錦源還是走了，一種頑固的讀書是一條路的想法，化作雪地上的兩道車轍載走了他，廣闊天地，用自己的雙手在漫天惘然之中挖出的一道光芒，又怎能讓他不奮然地朝它飛去。

　　楊蓉華則留在農場辦她的「病退」。她曾握著幾乎和自己等高的大鍋鏟，使勁翻攪更大鍋內的食物，結果是讓自己跌進那鍋裡的沸水中燙壞了雙腿。

　　陳錦源怎麼去牡丹江的，又怎麼地回到了自己農場的修配廠。按規定，鶴崗大專班畢業後的去向是煤礦當老師，而妻子楊蓉華將肯定回滬去。上海的三尺地下是水而不是煤。按書面規定，你一年只有12天探親假。分居的恐怖，是強迫自己在一年中須作350天非常人的恐怖。要與妻子同時辦回上海的前提是，你也必須是知識青年，而「大學生已經是國家幹部」；結局挺自然：陳錦源退學。

　　非常不自然的是，在他和楊蓉華重新住在農場屋頂下的時候，上面又來了個明文規定：辦退學的不能辦返滬手續。這規定頗具懲罰和警戒的意味：只顧個人利益不要國家培養的人沒有好下場。不識抬舉，恩將仇報。

　　楊蓉華於1979年初回到上海，陳錦源留在北國。住集體宿舍，新房被「收」掉另行分配他人。上海戶口本上落下兩個人的姓名：楊蓉華和兒子的。他一月工資45元，留下15元作伙食費吃飯用，寄回30元給母子倆。

　　陳錦源獨自一人坐在夜晚的炕沿上。生活的舞台上帷幕低垂燈光

黯然，他不知道即將上演的將是什麼？悲劇？喜劇？他性格中嚴謹的期待，從來使得他只能是個正劇中的人物。他啼笑皆非：生活的舞台上，除了自己，沒有別人，未來在哪兒，未來又怎麼樣？他在內心自問：為什麼要如此折磨我們這一代誠實又從不遊戲責任以及感情的人啊？

人為什麼要感受和感知得如此眾多呢？別的生靈則顯得精明：它們總是安詳地無憂無慮地享受著現在。它們明顯鎮靜，使人類為自己所表露的那種難以扼住的急躁蒙面羞愧。

動物的實質就是現在。

人類的期望則是未來。

未來不是現在。人類因獨有的感知而倍感痛楚。

近3年的時間內，中國的工作中心是「撥亂反正」，而在上海拿39元工資的楊蓉華的中心是「陳錦源要回來」。陳錦源辦「商調」：夫婦團圓。在中國，對於人的承認，居然辦那麼多年的手續。

世界進步到1981年5月5日，陳錦源終於回來了，孩子已經4歲。住三層閣樓的11.4平方米，沒有自來水也沒有排水管，一天用多少水就得在底層公用龍頭處拎多少上去，用完了再拎下來倒掉。他多麼情願啊，他害怕的就是拎不上這些上海的水。

他被安排到街道紙品廠當切紙工。他腰椎肥大，他很正宗地想通過領導們換一個更適宜身體狀況的工作。一位頭頭跟他說：「這是黨委叫你做的。」在更高的頭頭面前則說他「不願當班組長」。

陳錦源意識到這是一種「忌」：對他老高中生兼黨員的身分之忌。有人似乎很天才地預見，在婆婆媽媽群中有如此「頭銜」的人，不會久居人下，以後要「占位置」的。作這般預見的人，往往是先預見到自己應該在這個位置上。

有點自不如人的恐慌，更有點唯恐「搶班奪權」的緊張。塵世客觀，在上海這口鍋裡要再分出一勺飯來給你陳錦源，這原本就差強人意，焉得人家不忌你。當今的人情是既患寡更患不均啊！

然陳錦源只想有個謀生的一席之地。

楊蓉華的工資總是比他高。她39元時他36元，她45元了他才42元。每月存10元以備不測之需，再扣除房租水電等他，這個三口之家的菜錢預算是一天7角。為了孩子，「3角錢在當時，可以買一條肉」。

想必那一定是一塊很苗條的肉。

今天，陳錦源領導下的這個廠，仍舊是塊「很苗條的肉」。從紙品廠出來，頗有解脫「忌」意地讀了3年電視大學，以班長頭銜獲得大學文憑，同時也了卻了北大荒的輟學之恨。隨後分配到街道公司當技術幹部，1986年到申江儀錶廠做支部書記，再後就成為廠長。

這個廠年產值一百萬，但是當年的虧損是14萬。翻開硬封皮帳冊，歡迎他的是紅顏色的數目字。紅色，在政治領域和經濟領域中的含義截然相反。

行政管理人員和生產第一線職工的一年勞動，其結果卻是將鈔票的面值逐漸縮小。這是中國企業某一類型的荒誕派雜技表演。工人們期待新頭頭的「三把火」多燒出一點花花綠綠的人民幣來。在上海灘上，有多少家被當年的「簡易吃飯法」催生出世的街道小廠，原料供應專案定型產品銷售全憑關係而定。想想自己是屬於國家的人，這一份養家活口的口糧卻不在國家計畫之內，這自尊就始終在蔑視的擠壓中流浪。既要像孫悟空那樣有72變之技，甚至在社會上有千面人之能，又必須在維持最高競技狀態的同時又不犯規，這就是集體性質企業的經營之道。到處是巡邊員和裁判。

頗滑稽的是，在一個相當長的時間內，我們只是在製造政治歌謠上非常內行：「手拿6角7角（上海話讀guo），胸懷世界各國。」

陳錦源用他那種老三屆的誠懇和嚴肅，當年結束了「越做工虧損越多」的現代冷面滑稽戲，速度極其緩慢地使企業贏利。帳面上的字黑了，他頭髮白了。

3年多的努力使陳錦源有了4萬元。然他那天為檢驗自己產品的使用信譽，去洛陽和株洲出差，不坐飛機甚至不坐火車的臥鋪。這不是他當知識青年坐火車硬板凳坐出了癮，實在是為了使廠裡節省一點開

支，也為了用行動帶一個艱苦奮鬥的頭。他也收到過若干禮品，原則是──交公。他著重提到一條床罩，「交了」。可見這幾十元的東西在他已是罕見的大頭。陳錦源這個廠長，窮得只能是個小巫。社會上發的禮品已經是羊毛毯收錄機吸塵器了。

他總想，為什麼沒人來寫寫我呢？

我這個朋友兼作者去了，他的招待也就是一塊肉，一碗麵條。

80幾個人一個月工資要發掉一萬多元。他害怕職工們生病，尤其是大病。按規定個人自費看病每月支出在8元之內，超出部分廠方報銷。有過一個月，廠裡有兩個癌症病人，其中一個大手術，醫藥費一下就付出4千多。他這個廠長又不能去「掏」別人口袋，然而他又必須拿出來。

的確有一次，走投無路的他只得投到一北大荒「荒友」麾下，那位一大學財務處的負責人借給他一萬元，「我知道，他揭不開鍋了」。利息照付。利息冷冰冰的，不屬於友誼範疇。他給。好借好還再借不難嘛！

他還要為社會養活10個長病假職工。他稱這份支出為「理解的空額」。他的想法：我推給國家，國家推給空氣嗎？

他如今拿大專畢業的工資，63元，廠長津貼1元，自然還有一點獎金。他的太太楊蓉華，當個副廠長卻拿津貼25元，月收入年收入都超過自己的先生。夫婦倆「到底啥人養活仔啥人」？他不服：「她那個廠為外貿服務，塑膠袋是消耗品，又吃公價原料。我這種電錶如果一直要壞要扔的，誰還敢要你的？」品質是他的目標，也是成了他的剋星。經濟地位決定政治地位，也決定了陳錦源的「家庭地位」。

他苦笑。這是如今中國男人的標準像。

在家裡，「兩個人一直要『爭』的」。她用上海話說他「介死板」，他用北方話說她「占了便宜還賣乖」。

他也想到過樹挪死人挪活，也確有地方讓他去，賺個「全民工資」省事又保險。他這個廠的5層樓他只占了其中3層，2層另屬一個單位，這「一國兩制」的局面他又有什麼好留戀的？只是，「同一起

窮過來拼過來的人有感情了」。他說。

　　他的辦公桌上是報紙和報表。陳錦源彷彿是從一張張紙上如履薄冰地走到今天的。考試卷子，入學通知書，退學證明，回滬證明，生產許可證書，報紙號召和報表實況，還有被一些人稱作一捅就破的那張「紙」──結婚證。如今的眾多姑娘談起婚戀都不講感情而只認「花頭」了。40歲的男人，本性難移。

　　他T恤袋中，裝著居民身分證。這是公安局在前天的電視通告中說明要隨身攜帶的。我敢說，絕大多數上海人還沒當回事，而陳錦源則已時刻牢記。

　　「我是苦行僧」。良久，他抬起頭直視我，頗恬淡地說道──有人認為，我們是共產黨教育得最成功的一代人。

裝上消音器的輕機槍的自我剖析

　　楊德林是一個入世的人。一天24個小時，除去睡眠兩眼閉合，其餘時間內睜大雙目，半個眼睛探望世界一個半眼睛審視自己。這半隻聚焦時有「偏差」的眼睛，使得身高在1.80米以上的他，生活得猶如一根豎琴上的弦，別人一有動作，即使人家本意不是來撥弦奏樂而是拎米袋去糧店，那動作引起的空氣旋渦也會讓這根弦發出久久顫抖：看人家多自在，有如此閒心顧家討太太歡喜的人，在單位裡定然是風調雨順，否則，哼……對嗎？

　　楊德林不是一面大鼓，他好像永遠也不可能轟然大作。家庭中曾經擁有一位市級勞動模範的母親，嚴格自律便成為他淵遠流長的個性之源。他震動得誠實震動得久遠，然而無時無刻的震動，使得他的誠實演變成一塊總在思索如何完善自身的石頭，壓得他喘不過氣來，以至於他考慮過是否能採用死亡的出世方式，來最後澈底解脫塵間的入世危難。

　　1974年，楊德林剛剛20歲出頭，生活便逼迫著他考慮是否要作出極端的選擇，這過於殘酷。

在農場機關，他被100％的票數推薦上大學，連學校都知道了：北京外貿學院。但是他曾在1969年，到北大荒僅一周後就為腸套疊在肚子上開了一刀，在關鍵時刻「身體」成為了他不能入學深造，享受榮譽享受智慧的原因。他沒有想到過，腸套疊這種嬰兒症竟然會在已經進入青年時期的自己身上，術後「發炎」，嚴重到阻礙一生道路的平坦。

另一個年輕人真實地進了北京。他更加真實地穿上高腰農田鞋，作為機關「理論學習工作隊隊員」下到一連隊，泡在10月的冰水之中割大豆。握鐮刀的右手起泡了，左手戴著的單隻線手套，割不了500米遠就扯了個稀巴爛。壟溝裡是一年中頭幾場雪化就的冰茬。他奮力支撐著，這支撐是已到精神崩潰邊緣的另一種表達方式。

倒不是因為那勞動上的苦。

他自責，為什麼經不起沒能上大學的這場「考驗」？一個年輕人的真誠有多麼純粹，這種荒誕便正比例地有多少複雜。他在火坑上「烙餅子」，正正反反地折騰著，睡不著。

我是真想上大學。但我並沒有表演出自己的狂熱。真是的，為什麼既要想又要竭力掩蓋這份要？不是所有人都在想嗎？那麼，怎麼樣才算最誠實？機關剛剛討論過我的入黨報告，當下輿論會對我這個申請者抱何等樣看法？我努力我積極，我不是偽裝的。你們中誰想上大學就明說好了，何必嫉妒背後用「身體」戳我一刀。以後還能有這種最理想的離開這塊地方的辦法嗎？不知道，恐怕是不會再有了。你怎麼能這樣想，楊德林你對得起黨的培養嗎？想讀書就是對不起黨嗎，那以前那麼多上過大學的人又該怎麼看？在北大荒「反帝反修」，而上海北京的人們是在「走資」嗎？「革命首都」唯農場嗎？

超體力勞動使得楊德林一天三頓能吃兩斤大白饅頭，超智力運轉又使得他每晚吃完飯開始例行「理論」學習時，就大規模嘔吐。似乎只有死才是唯一解脫困境的方法了。如果撞車，結果簡單，那只是一剎那的事……

年輕的他覺得自己真可憐啊！

楊德林決心從零開始。俗話講「重打群眾基礎」，這句漢語語法怎麼說都不通的大白話，一言道破多少年輕人從此再也瀟灑不起來「風度」不起來，永遠局促一生的根源，而將活生生的自己遺失得一乾二淨。

幸好「輿論」輕鬆地放過了他，他沒走了，他成了弱者，他從箭靶的位置上撤下來。一切並不是那麼壞。他慶賀自己度過這場大學危機。他沒有意識到自此養成的反覆解釋個人行為的舉止，使他嘴巴的運動始終超負荷。他開始累了。

第一次手術的粗糙，讓他第二次躺上了蒙著白布的金屬床。是腸梗阻，手術刀刀刃的寒光，使他又一次被切開皮膚和脂肪層，被解剖被注視。他在昏迷中流血。同事們議論，「是否要準備花圈」。

傷口縫合，他和上海的隸屬關係也被「縫」上了。1978年他病退回到上海，分配進一個縫球鞋鞋幫的里弄生產組。一天工資9角，做一天算一天，年終獎20元。

他這位農場的宣傳幹部，開始在上海那種既吵吵鬧鬧又「死人不管」的市民氛圍中，管起黑板報，管起大批判，管起了滬劇清唱「歌頌黨」。1978年10月份，街道里委宣布：楊德林任副主任，工資加7元；主管宣傳兼管調解。正主任，是個女的退休工人，以後要走的。書面的和非書面的暗示，讓楊德林受寵若驚，用電影上的那句話形容：自己「又進步了」。樸素的喜悅，轉眼讓公共部位你爭我奪，大掃除灰塵漫天一系列的瑣事淹沒得無影無蹤。到處可以看見他像一挺裝了消音器的輕機槍那樣，在喋喋不休地說話，他渴望的效果是句句命中目標，但是不要造成「傷亡」。

他成為區級優秀里弄工作者。27歲時他拿到了這15元獎金。不過，他總覺得自己還沒有──到位。

他復仇般地嚮往考大學。他認為，有人能進去坐上去4年，而我又為什麼不能夠？青年人「欲上層樓」的狂熱志向，再也阻擋不住地燃燒起來。1979年的初夏，他提出考大學，街道同意了。背後的說法是：他69屆初中其實就是小學生，考不取就死心了。尚有2個月複習

功課的時間。所謂複習，對他而言，是從頭學起。

　　他的戰略方針：數學全扔。拼個半死不活，也就弄個10分20分，政治歷史地理語文外語每門多個5、6分就全有了。

　　剛剛恢復不久的高考，很大程度上是在考「背功」。楊德林就背了它一個天昏地暗。他頗還具天才地押到了兩道政治考題：孫中山的歷史功績；王明路線的特徵及對革命造成的危害。他認為，中國近代史和現代史上這兩件事非常重要。

　　重要的歷史終於成為重要的現實：考卷上出現了這兩道題的鉛印字。他真是欣喜若狂，筆走龍蛇。

　　結果，王明一題「給」了楊德林20分，其中按規定要提到的延安整風「給」了5分，孫中山「給」了他15分。從未學過的外語竟然獲得30幾分。數學：2分。他簽上名，再寫上幾筆，然一道題都沒解出來。後來瞭解到，這2分是獎給「卷面清潔」的，而楊德林對數學的原來政策是：確保5分，力爭10分。

　　局部失敗保全了整體的輝煌勝利，他被錄取到華東師範大學歷史系。他作為副主任的那個街道別的所有考生，全軍覆沒。自我得意是不言而喻的。這一次他沒有懼怕暴露喜悅：新環境尚未到來，老對手已經敗陣。

　　楊德林的歡悅是短暫的。無疑問的則是，楊德林實現了人生的根本轉折。

　　他成了班級黨支部委員。大學2年級時因乙型肝炎住院後休學一年，然經過自習仍獲得年度考試的優秀成績。3年級被選為系學生會主席。按照楊德林新的語言習慣，他開始「重新構造文化前程」。他將大學中每每能夠遇上的優秀分子之間的競爭對象，稱作「對手」，把對方在學科及「學生官」仕途上的落後，稱作「大失分」，選舉票數的轉換被喚「倒戈」。

　　稍稍的嬉耍也好，微微的功利也罷，對於一個30歲方才出頭的男子漢，要求社會承認的欲望，厚非等於扼殺。七十年代末八十年代初「撥亂反正」的寬鬆氛圍，由高等學府匯聚的社會自信和充分智慧，

楊德林變得勇敢些了。早已作為一種習慣的不斷自省，成為他逐步成功的心理保證。

才能顯現與價值評判的機遇變化，仍然在繼續。

大學畢業，留校作團委副書記。

1984年10月下旬，一張調令到大學組織部：調楊德林至共青團市委青年聯合會任副秘書長，「副處級待遇」。報到之時正值青聯會議，他拿到會議日程表及代表名單，自己的姓名赫然在上，而且是冠以職務的。楊德林頓時的感覺是自己「踏上社會」了。青年統戰工作的任務，使他的視野甚至擴至海外。

百分之百的陌生眼光，不斷地向著他臉龐的掃射。這裡許多的名字，以前只是在報紙上見到過，如今卻要參與並「領導」這工作了。楊德林感到身上很痛，那是被各式目光中蘊含的異樣色彩所刺的感覺。

那麼多人那麼些年也還沒到這個「級」，儘管他們「想像」已久。

在眾多的北大荒返滬的知青中，今天還在記日記的人幾乎是沒有的了。但他記，記下競爭的惶惑和不安，記下內心的自賞和不服⋯⋯

1989年初，副職升為正職，他同時又在讀影視專業研究生。他的理想目標，是經營文化性質的經濟工作。外表瀟灑，內心局促，是這一代人相當共同的生活狀態。一件黑白條問相間的港式襯衣，使他這位青年幹部的形象顯得隨意從容，而接連兩天都穿著它似乎沒下水洗滌的模樣，又顯出了他個人行為社會化的無空隙感。他看似鋒芒畢露，實際卻很懦弱。他有想法，但總得向一種「約定俗成」的觀念靠攏，他欲動作又得靜候一種「批准」，時間久了，他有了思想的毅力卻少了有所作為的魄力，在理想與現實之間，他狂熱的開始常以沮喪的自責收尾。他總是陷在「被看法」的包圍之中。

謀事在人，成事在天。他挺「精神勝利」地說道：我真正努力過了。

楊德林，這挺還很年輕的機關槍對著自身的掃射，是誠實勇敢很「命中」的。「機關嘛！」然而，做機關工作的人就都得是此種心態

麼？青年機關的頭頭們，在要求大家瞭解現實，走向社會之時，說的是「不要像個機關裡出來的」，在申講一種要求行為規範的時候，則說：「別忘了這裡是機關」。

楊德林「辯證」地「掙扎」著。這就是一個40歲男人的形態。他身上裹著一層外殼，這是北大荒的冰雪永遠凝結給他的饋贈。他總要蛻下。但現實的文化溫度總是不夠。

喑啞的小提琴和她的兩張文憑

按照數學最簡單的四捨五入規則，她的年齡開始進入40歲的行列。對女性而言，這是最不簡單的生命階段了。此時此刻的智力和經驗在訴說一種具有強力壓迫意味的真理：抓住生活，抓緊生活，命運這張彩照自現在起，已開始褪色。

織成陽光這道瀑布的，仍舊是燦爛，但已摻入惶然的絲條了。40歲生活才開始，這是電影中的藝術語言。更有甚者，說藝術在80歲才開始更加光彩，然而，生理生命——不行。

曹幼佩至今依然沒有能夠梳理清晰，當年自己隨身攜帶一把小提琴下到北大荒，究竟是出於什麼樣的一種動機？今天作為一家國企工廠宣傳科的負責人，她說不出一個習慣的「條條」來。

又有誰能夠純理性地解析自己的情感時代？沒帶一箱子煤球而是帶了把提琴，這已經說明了一種差異。

這位69屆的初中生，曾經回到寧波鄉下的老家去過一次，目的很明確，母親讓她親眼看一下，與遠得不知在什麼地方的北大荒相比，這寧波要近多少。而且這裡又有多少親戚。可是，善良的母親不知，這些許熟悉的面龐僅僅屬於她這一代人，而從未進入過女兒的視覺世界。如果說接受陌生將成為一種現實，那在精神斷乳期後的年輕人所嚮往的是真正的生疏和新鮮，任何陳舊的人際聯繫都會被視作一種捆綁。當曹幼佩被鄉親們簇擁著「來看上海小姑娘」的時候，她感到的自己成了上海的一件東西，是被安排到這兒展覽的。她在體驗喪失。

她聽到，有「上海小姑娘」已經在此地出嫁。

在蒼茫暮色和一陣陣悠然的洞簫聲中，她過早地體會到人生某種句號式的心情。她溫和地反抗，去北大荒。

3天3夜，下了火車又下了汽車，兩根粗壯的圓木上面架著橫樑和木板，她把自己和行李袋全部扔到這叫作扒犁的交通工具上。拖拉機的履帶起動了，僅有的一隻尾燈自左側照耀著她和夥伴們的興奮。坐著的木板下有嘩嘩的流水聲，這番公路因雨水塌陷卡車無法通行，只能動用「拖拉」的艱難情景，在此時她心中湧起的，是生命的激情。

半夜11點，來到新建點28連。很白的饅頭，巨型的白菜幫子及質地優良的乾豆腐皮，驅散了她的睏意。她吃飽了。不知這東西一直要吃多少年，一輩子？她想到這一層命運的暗示。又不知道為什麼，鑽進全新的被窩時她笑了：「一輩子」這個詞，遠得摸也摸不著想也想不出。

在未知中她睡著了，又甦醒了體驗未知。虛歲18的她扛起結實的180斤大麻袋入屯或裝車，平均每一歲扛10斤，生命累計著生活的責任，一下卸在她肩上。在緊張的北大荒麥收豆收戰役中，無論年齡，所有人都忙得成了中性人。

連隊代銷店失竊。曹幼佩成了新的代銷員，她在隨便什麼會上都不發言的膽怯，使得連領導認為這個人肯定「不會再有事」。自此，10個平方米的範圍，成了施展她女性細緻潔淨特點的用武之地。一年多後，連隊指導員告訴她「調到場部商店去」。她愕然，她只記得場部商店有人例行公事地來檢查過。此次幸運，降臨到距離場部最邊緣連隊的她身上，興許是「越遠越貧窮的點上」選出的人，「越覺不易越幹得好」的思維方式，才作出了如是的判斷。

除去到場部辦貨，她對那裡只有一項概念：參加文藝表演。她和夥伴們一塊跳舞，化妝得「牛頭馬面」似的。她覺得一個人走，孤零零的，「場部沒有熟人」，以至臨別前的晚上，一個人哭了一夜。

從喜愛新鮮到懼怕陌生，從渴念體會到拒絕重複，她增添著年齡。箱子扔在連隊，拎著提琴盒走了。暫時也只有這把琴方能給她一

點與昨天的聯絡資訊。

　　她賣布。農場職工妻子那幫「老娘們」，為並不出眾的那些個布，來到她的櫃檯。也有另一些「娘們」和非娘們並不為買布地光臨此處，來「打量」這個出名的售貨員。20歲是很具有光澤的。自然規律沒有因為那些個年月的無光澤而黯然失色。一會兒是這個一會兒又是那個，被知識青年稱作幸運兒的若干位「機關幹部」，說是要和她「好」。有的是傳言有的卻千真萬確，為著她而煙量大增的人，就在商店對面機關辦公室內坐著。

　　她突然地想走了。傳染病似的離散情緒，沒有一個知青能夠超然此外。先是有背景的人的子女走，再是當地有根有底的人的子女走，曹幼佩所想的是能否排著隊走。今年是商店文書走，明年就該輪到我這個團支部宣傳委員走。似許多女孩子的執拗一樣，無多少明確的理由，但又恪守此信條。按照好好幹的程度排定走的名次，普通老百姓的非哲學思考，這就是最高水準了。

　　暫時作出「留」的努力模樣，為的是永恆的走的遠景目標，後者是前者的最高獎勵。這就是當年知青理想境界中的最高悖論。

　　第二年，她得票數領先，但被人彙報說是入學動機不純。相應部門用堅決刷掉「不純」來維護高等學府的「純」，卻無所謂地將這「不純」大度地存留在農場這個革命中心裡。

　　在心花可以盛開的季節，她凋謝了。一向沉靜得近似沉悶的她，徑直邁向打小報告的人：「你為了什麼要反對我？」上海師範大學，或者是華東師範大學，永遠地為了「不純」之故，同她訣別了。

　　接著的一年，她走成了：國家第4機械部委託9357廠代培的無線電中專生。校址：哈爾濱，「離開農場就行」。不過，第二年的大返城浪潮，將剛剛來到她身邊的一點幸福感帶走了：在哈市農場直屬機構工作的青梅竹馬的男朋友，回上海了。她曾把她與哈爾濱之間的這一條「航線」，裹藏得農場內誰也不知，當她願意公開它時，增添的內容是別離。

　　她說：「算了。」

　　結局：並沒有「算了」。

　　戶口在哈爾濱的曹幼佩於1980年結婚，蜜月結束，接踵而來的是分居。她找到上海欲與哈爾濱「對調」的一位職工，但這位上海老鄉開口要這費那費的，合計1920元。

　　夫家中有人說，這筆錢由誰出？

　　一個月薪只有幾十元的人，到哪裡去籌劃這1980年時代的近2千元錢？她首次近似粗暴地跟丈夫說：「這錢，一分錢也不要你們家的。」當她與那位職工面洽時，用的是另一種近似哀求的口氣：「能不能再減掉一點……」可以私下賣錢的這只上海戶口，把一位剛作妻子理應充滿著溫柔之氣的女人，逼得掃蕩了一切羞怯退縮的情態。

　　上海戶口的天文數字般的含金量，真高啊……

　　為著團聚這一目標，她拿出自己在聚精會神的生活中，從各條「縫」中省下的錢款，再經過自家親戚的籌劃，她將一張存有1500元的存摺，交到要錢才交出戶口指標的人手中。她拉去了一位北大荒的好友作證人，「沒辦成不准動錢」。

　　公民有勞動和生活的權利，然而公民回到家鄉勞動和生活，是要花錢的。不是說這是憲法規定的權利嗎？也沒聽說，我們交出這戶口這勞動這生活的時候，誰付錢給我們了。有嗎？沒有！其實，那人也是去哈爾濱「團圓」的，將心比心，這彷彿是上個世紀的精神古董了。人，現在究竟是個什麼東西啊？

　　她自己都說不清，那把小提琴從何時開始，不鳴響了。東北農場的小沙丘上，曾經有著她脖項上夾著那木製品的側影，在東升的陽光中那真是一種金色的浪漫。也許，就是在生活與她內心失卻共鳴的時候，那個薄木板圍製成的木箱中，再沒有發出過悅耳的音響。

　　她當售貨員打算盤，算盤珠響，儘管也是用手指來發聲的，那畢竟是另外一種聲音。

　　她被命運撥動著。只有無言，在自己一無所知的前提下被「扒拉」著。

　　她滯留上海，給哈爾濱的單位「辦一點事」。她很認真，認真是

換取她不回東北的代價。有孩子了，在「認真」之餘，她又抱著孩子斜挎書包去上業餘大學。曹幼佩並不那麼困難地解答出了秘書專業考卷上的所有題目。然而，在她以一個外地人的身分獲得畢業文憑時，仍然不知道：她這個上海人的媳婦，什麼時候能夠重新還原成一個上海女兒？她首先是個女兒，後來才成為人妻的。

女性比起男子更接近大自然。或者說，她們的生存形態比起男子們的矯情要自然得多。然而，當自然不能自如時，痛苦便千倍萬倍地增長，她咬過多少次牙，只有自己知道。對著丈夫，她既發不出狠也發不出所謂的「嗲」。發狠，沒用，政策不是她丈夫制訂並能左右之修改之的。撒嬌嗎？「莫斯科不相信眼淚」，上海也一樣。

流淚是一種釋放，證明著生命的力還未耗竭。

1986年2月，曹幼佩的姓名終於寫到了她先生戶口冊的名下。兒子已經6歲。她分配進匯明電池廠，車間包裝工。往日，她身旁騰起的是大地煙塵，今天則是黑乎乎的工業粉末。讀完中專又念畢了大專的她，無聲地幹著。待約半年後調到廠宣傳科，工人們方知「她是個讀過大學的人」。

那個沒用上的1500元存摺回到了手中。而被「買賣」過的創傷，也永遠地留在在心頭。

現在的她，淹沒在黑板報草稿，組織職工學習的等等事務中。在所有企業中，這情形大抵是共同的。這家廠認識一個「關係」，搞宣傳的也必定在標語上來突出這個關係；天天下達月月補充，年年都在修訂那些個管理條文，搞宣傳的任務是要闡述它們的意義；更有前後牛頭不對馬嘴的時候，然而工作永恆。曹幼佩感激匯明電池廠，彙集了人間的光明重新聚焦在自己身上。她獲得新能源了。不過，她又常想，回到上海，僅僅是為了被接納嗎？

她再次想起10多年前的寧波鄉下，那句「小姑娘嫁人」又響起在耳邊。繞了個大圈重新回到了出發的起點，真是俗世的一個大玩笑。一個酷愛過小提琴的人，不是一個以嫁人為最終目標的一人。在靈魂深處，興許她最想反抗的，就是這個「唯一出路」。於是，在政治編

年史之外，她更讀懂了一些經濟史文化史以及婚姻史的常識。

曹幼佩說，我很倔強，我不改變自己。實在很難相信，這話是從這麼一個外表平和的女性口中吐出的。她曾經設想過的調動，甚至「出洋」，都為廠方或丈夫的「不同意」而改變了。她遠不是強大的。她經常是個債主，而債戶是──昨天。

你還欠著我好多呢，難道忘了嗎？儘管這「好多」中，有的已永遠不可能再來歸還。她的倔強形象在此：我來索還，我不是乞討。

廠裡組織旅遊，眾人在湖光水色間甩撲克結絨線，她拿了本英文書，躲遠遠地讀著。事後有人關切地對她說，「別脫離群眾」。她說：「我沒有啊……」「可以坐在旁邊看人家玩嘛！」「我沒想到啊……」這幾年，她學會了一句學生時代絕對不會使用的話：「很抱歉。」

兒子已經3年級。無人接送上學，自己走。兒子的希望是，將來住的房子，有一只可以抽水的馬桶。

一牆極薄的木板，阻斷鄰居的目光，裡面是家，外面是過道。有一家人放電視，另外的幾家電視機光有圖像也沒關係，聲音是公有制的。她用以前積攢下的錢，買了一台錄相機，擺在一套老式家具之中頗為顯眼。她錄下一部描繪查理斯和戴安娜戀愛故事的影片。

看看別人，以便瞭解彼此生活的品質。

一塊擦鞋的塑膠地毯鋪在房門口，太多的日子已將其中央的顆粒磨去。她還將矜持而又精神地走多久？女人的夢，總有殘缺，維納斯斷臂的暗示，是誰都該讀懂的，記憶是漫長路途的饋贈，而聯想是文化的賜予，她恰恰有兩張文憑。

那把提琴現放在堆舊物的閣樓上。

被北大荒咬過一口的「戲劇情結力」

如果沒有那一場雪，如果不是在北大荒，總之換一個地方，屠國明的整個下半生歷史就得重新寫過。中等個頭的他，就會與如今已經

相當出名的女作家張辛欣、陸星兒作一回同學，也將活躍在什麼文藝的什麼科學的什麼隨便起個名字的沙龍裡，淡然冷觀或是縱橫高論人世。他的服裝將是隨意寬鬆的，水洗布薄絨衫什麼的。

眼前的他有一點謝頂了，身體中部地帶微微腆起。絕對板正的西裝，經過正規訓練的領帶，非常像一回事地與周圍環境相諧和著。現在的海鷗飯店副總經理，胸前的證章上，號碼：002。

這裡有120間客房，大小餐廳6個，一個舞廳，兩個相當高級的酒吧，還有500多職工。

上海少雪，即使有，也被關在玻璃門外，屋裡擁有暖氣設備。然而，他忘不了雪。

作為一位康拜因手，他獻給北大荒每個夏天和秋天的，是被稱作「連軸轉」的晝夜不息的辛勞。幾千公頃的麥子和大豆，用金色染得整個北國一片輝煌，他又有什麼理由不把這一切收割下來，儲藏並贏得經常回味的權利。因為工傷，他將一隻撕斷的拇指永遠地留在那塊土地之上。

北大荒過於寬廣，他微小生命的一部分化作了有機肥，畢竟千真萬確。過於洶湧的血過於漫長的雪，使得他陷入無法破譯的人生思索，借助筆，他開始記錄下身邊所發生發展著的世態人情。有點奇特的是，他沒選擇小說，沒選擇詩歌，而是選擇了──戲，嚴格地說，是話劇，是袖珍的獨幕劇。屠國明，這位學習電器儀錶的中專生，研究著如何把現實中的人，像一個個零件般安裝到「戲」的恰當位置上去，並且讓它們整體性地活起來。

他以一個普通康拜因手的身分，被挑到兵團總部來修改這個劇本。他的戲裡必須有一個走資本主義道路的當權派。

除了康拜因行駛的機耕路，再就是經過農場、師部、哈爾濱輾轉的回鄉之路。除去泥濘就是擁擠和體臭。資本主義之路，在何處？他不知道。偌大的兵團第二招待所，只剩下他和幾位最後負責各個文學部類，詩歌、兒童文學、散文、戲曲與「小戲」的定稿人了，一個圓桌面吃飯還坐不滿。伙食還行，哥們相處還痛快，可「他媽的這讓人

怎麼改」？歸根結底，他不認識誰「在走資」。直到最後，在兵團演出隊的節目中，沒「小戲」這個重頭貨。

晚間寂寞。一個人有幸先看了電影《瓦爾特保衛塞拉熱窩》，所有的「著作家」們都會擁到此人房中，擠在別人的被子裡「聽」電影來「熱窩」。彼此商量，第二天硬憑「點頭票」闖俱樂部去。

外國法西斯，中國走資派，在那個時候，法西斯比走資派容易「找到」。

他孤零零地自佳木斯返回農場。火車車輪在運行中發出金屬敲擊的純然音響，他懼怕。失去「走資派」，他不明白自己就此失去的又是什麼。車窗外，除了雪還是雪，似乎地球純是雪捏成的，深層的溶化是從來沒有的。

《黑龍江日報》上登載出北京中央戲劇學院來東北招生的消息，欣喜若狂又千斟萬酌後的他，懷揣一個月37元錢工資所「孕育」出來的微弱積蓄，自費登上前往哈爾濱的列車。哈爾濱比佳木斯不知要大多少倍，哈爾濱的背後是北京，是日光燈和水泥地，是自來水。

但是，哈爾濱並沒屬於他，在哈爾濱在全中國全民所有制得最澈底的地方，是火車站候車室。無論南來還是北往，無論男女還是老幼，均可在此擁有長久的或短暫的一席之地，不要護照簽證也不要介紹信，最基本的要素是不要錢。當他在考場看到1500多張美麗英俊或未老先衰的臉龐，他胸中的決心立時下定：困車站長板凳去！晚了大概還睡不上了呢！「搶位置」。

偌大的候車廳，被汗腥尿臭和牙膏肥皂相混合的氣流薰染得似一間公共廁所，北國封閉式的冬季措施，使得這異味未能有一絲逃逸。在附近的破舊飯店中「對付」一頓麵條，隨即裹緊棉襖拎著一個挎包搶進門來，巡視一下今夜的客運流量，以及運行的車次時間，選擇一個可能最少打擾的角落，坐下：這一夜就是它了！

說是超天才還不如說是超意志，此時此刻的他在未能進入半休眠狀態之前，尚且細緻地觀察著來往旅人的神情，並就此猜度他們的故事。誰讓自己的目標是「文人」呢！當進昏然狀態，他彷彿倒是明白

了，在哈爾濱在這個世界上，自己是認識一些人的，認識到一些機會的，只是這些人這些機會都還沒有熟悉到收留他的地步，哪怕是僅僅一個夜晚。

棄兒的感覺蛇一般地纏繞著他。

能夠躺下伸一伸腳了，挎包在腦袋下枕下，錢在貼身的口袋中，一個志在中國戲劇最高學府得以成就的青年人，如此這般像一個無職無業的盲流人員，蜷縮在候車廳木質長椅上。

這組鏡頭石雕般地永遠聳立在屠國明的眼前。

明天晚上，他還得照此辦理。自然不一定是這條凳子了，又不是旅館又沒有房號，誰承認這是你的。「你叫它一聲，它答應嗎」？屠國明給予自己的嘲諷，卻帶有地道的東北土腥味兒了。

考完返團，在焦躁中等待對自己才能兼背功的評價，1500人取20名複試者。屠國明贏得了這項資格。但是，當18名複試者已經聚集在哈爾濱到處渲染成功的時候，屠國明和農場的另一名考生，沒有得到任何消息。

「消息」在路上。確鑿地說，在火車或汽車的郵袋裡。

下大雪了，路被吞食。

複試通知書在他手中抖顫。這是什麼？幾乎等於是一張入城通行證！然而，這張紙來到他的手中，已經是複試日期後的第二天了。屠國明第一次無比痛苦地體會到，什麼叫作──原地不動！

長途電話。「很可惜，不過……」他再次去哈市，「是很可惜，不過……」他比誰都清楚。名額有限，但是其中的「戲」無限。有兩個人「主動沒來」，便按順序替補上來兩位。生活非常客氣地拒絕了他。

由「氣」而萌生結婚的堅決意志，在上海成為現實。相挽漫步，進入影院，邁出影院，他看到的是，「電影裡電影外的一切，全部地不屬於自己」。生活對於他的安排，是半年後返回上海。知青大返城的歷史背景席捲了他的行蹤。當他回到農場，看到有一對新婚夫婦，在忙亂和無準備之中，只得將新婚照片一剪刀分為兩張單人照，分開

貼在有關表格上，才明白：「偉大」的歷史變革時期終於到來。

他進滬光儀器廠工作，儀錶系統的中專生歸口分配。幾份讀書活動的講用稿，豈能難倒曾是中央戲劇學院「候補隊員」的他。不久，調入市總工會生活部。此時，身穿呢料中山服的他，目標依然是為文。

1986年4月，又一紙調令：黨委副書記。工作地點：蘇聯領事館旁邊，「黃金海岸」上聳立著的海鷗飯店。有人說，這幢賓館還應該造得更氣派些，這麼好的一塊地方，現在弄得像一隻豎起來的火柴盒子，缺少一點現代氣息。當屠國明踏進照得出人影的大理石地坪，用竹和松裝飾起來的小餐廳，看到健牌和萬寶路標價上的外匯券字樣，外賓身上性別差異極為明顯的時裝，或者一點區別全沒有的絨衫，天天繫在脖子上的領帶，他終於明白，下一個驛站，到了。

從辦公室大塊面積的玻璃窗看黃浦江，看蘇州河，看交接處黑黃分明的鋒面推移，這邊是水泥船和小舢板，那一邊是萬噸輪和萬國旗，聽不到窗外的汽笛鳴響，他心中卻響著一個自信的聲音：我，是可以俯瞰上海的。

為什麼不能？憑我在板凳上的那一夜，憑我在硬席上的無數夜，我種地刨壟溝，我養豬揮過長鞭，我開康拜因一堆金屬零件在手下百依百順，我被北大荒在搏鬥中咬過一口，我做過有機肥，就能！

屠國明在他分管餐廳時作就職講話。北大荒人，沒什麼可怕的。北大荒人，沒準備過這輩子當個什麼官，但既然讓當就當個樣子出來。什麼人給親戚朋友「飛過海」一隻菜，罰10倍價錢。從我開始！

四、五年了，屠的愛人孩子沒來海鷗飯店吃過一頓飯。

調任副總經理。酒巴，舞廳、餐廳門口，衣著筆挺、領帶飽滿的同事稱他「屠總」。他沒想到過自己還有這麼個名稱。除去客房餐廳營業，他還兼管警衛、黨務，反正他現在是「家中事一概不管」，全權交給愛人。沒時間。早上出門，晚上八，九點回家，還有輪流值班。營業額和利潤在上升⋯⋯

我和他坐在酒吧裡，服務員送上兩杯咖啡。有兩位服務員在櫃內

繫領帶。在領導面前，疏漏是會被放大的。他說，我又不是來檢查工作；他又說，有我和無我不太一樣，這還是需要的。看來他滿意由於他的到來而引發的檢點。

他現在有兩個文憑，中文專業，酒店管理專業。他認為，電視劇《大酒店》「很淺」。「現在我在搞實業，首先是生活，隨後才是反映，將來有空了，看我來寫另一隻戲，有關賓館的。酒吧的燈光，相當柔和地打在他很圓潤的臉上。同樣是企業，廠家的領導絕對沒有過這一層光滑。屠國明的上半輩子在康拜因上野外作業，下半輩子大概是要在室內延續了。這大抵是一種獎勵，起碼是命運的一種平衡。

一群韓國海員擁進酒吧，與我們面貌相差無幾的亞洲血統。坐在圓圓的高凳上，品嘗著各種飲料和酒類。進入舞廳，隨著強烈的音響，他們毫無拘束地跳著，張牙舞爪一般地別致。迪斯可原本就是一種自娛性舞蹈，怎麼放鬆怎麼來。中國青年和中國女人也在跳著，小範圍內小動作般地挪動。閃電一樣的燈光，飄來蕩去，我並不暈眩，我知道，這一束束旋轉的紫色值多少人民幣。

這些亞洲海員尚未有40歲。他們來找「快樂」。

對於這些狂放這些錢，40歲的我頗感陌生。我的歷史如此，我的國情如此。

面容互有高低，裝束各不相同的若干青年女子，手持煙捲，散坐四處。第5代電阻絲打火機在白桌布上閃動著一種高級的光彩。自有人來為她們買喝的，同時也「喝」她們。屠國明說，我是經理，我只是經理，顧客是上帝。出了門她們是怎麼回事，我又怎麼知道。

我們覺得她們很可憐。

她們覺得我們很可憐。

40歲的我們在議論北大荒，20歲的她們在議論中國也是北大荒。原因是我們和她們都太充分地認識到自己是中國人。我們和她們互相議論的共同語言是：對於我經過的事你又瞭解多少。我們曾被這塊土地狠狠地咬過一口，所以今天我們也就狠狠地咬住這塊土地。也許這對於「地球村」的摶大，是一種狹隘的觀點，但至少表現了一個男子

漢的氣概。

這樣的男人，無論在哪兒，都行。

其實屠國明有時也很無力，一個當代男青年由於偷盜客戶錢財被抓獲，但是他這個經理就是無法開除這個小偷。

為了那傳說中美麗的草原

40歲的人醒著的時候，其餘的人很少醒著。30歲的人還沒有那麼多的憂煩和重負，50歲的人早已經歷這些大不了就是如此，下定決心照樣沉睡。我們這些屬於黑（龍江）幫的北大荒人，20歲和30歲的時候，在充滿渴望之際，不管是渴望到達還是企盼離去，都曾深情地遠眺過天上的白雲。而40歲的時候，連天上有雲，雲可供欣賞可供聯想的這個事實，也被我們忘得一乾二淨。

40歲的人感受風、感受雨、感受光、感受電，唯獨無法去感受雲。40歲無法飄逸，40歲的人心中沒有自己。據說，六十年代的「新產品」們多有自己或只有自己，而我們這些四十年代末五十年代初的「產品」，歷來就是被作為螺絲帽擰在指定位置上的。六十年代中期風起雲湧，百萬之眾所投入的上山下鄉運動，在相當大的程度被簡略地「統一」稱作了「去北大荒」。而身在北大荒的我們，根本沒有想過要統領一代知識青年的風騷。北大荒人：「名聲躲避追求它的人，卻追求躲避他的人」。歷史，最終用獨特的形式承認了我們的確鑿存在。

40歲的俯瞰，也僅僅是部分的俯瞰。

中國人要承擔的也必定是中國的命運。

自身如何存在，最先或最後，也許都不取決予我們。我們的句號，圓否，眼下沒法說。但我們的苦僧風格，自律傳統，堅韌品行和憂患意識，是我們獻給這個古老國家最忠誠的禮品。

40歲的我們是很優秀的。我們仍將繼續優秀下去。優秀，是用粗飼料餵養的。優秀，像我們的先人，也祝願後來者能夠像我們。

　　人的一生，不能渡過同一條河。講的是時代背景和個人行為，均不能原樣地再次重複。我們卻永遠地成為「一匹來自北大荒的狼」，淒厲北風漫漫黃沙削鑿了這一代人的雕塑，高高地聳立。我們將用自己的方式繼續前行，且越來越少地回頭，固執地走向──那傳說中美麗的草原。

1989年10月

星光，今夜依然

　　總有些忘記的東西堆在那裡。

　　這是蔡琴的一句歌詞，聽過，但從未想過裡面隱含著多少層意思。今日想起，便覺得這句話前後有些矛盾。「總有些」，跟隨年齡而來的凡人俗事，跟隨生命而來的幽思苦想，林林總總的事情總是有些的。「忘記的東西」，忘記就是消散在時空中的飄逝，就是了無影蹤，就是沒了，怎麼由於某個時下的原因，會突如其來栩栩如生地再現眼前？原來是沒有忘記，只是逐日「厚重」起來的層層疊疊的人間浮塵，在遮蔽著那些事情和相關的人，以致「視線模糊」。「堆在那裡」，這個「那裡」是哪裡？「那裡」這個地方，路名、門牌，一概全無。我去過麼？我肯定沒有踏進過那個地方，但怎麼說要去，瞬間就已經在「裡面」了？

　　9月5日，打開文匯報，上面刊載的陸星兒病逝的消息，頓時讓我驚呆在座椅上。我還沒有回過神來，就有我一位中學同學打電話來，他從事電腦軟體發展，陸星兒用的第一台電腦，就是到他公司買的。同學說：怎麼這麼快「走」了，什麼時候舉行儀式，你知道了一定要告訴我，我要參加的。接著而來的，是哈爾濱的長途電話。是原來兵團的同事，她嫁在哈市，就此落戶，她語氣急促：我們與陸星兒是一個農場的，「你們上海『荒友』的花圈怎麼送？我們的花圈怎麼送？」我把上海作家協會的電話告訴了她，「先這樣聯絡吧」。晚間，嫁在天津的大學一女同學打電話來，她也曾是「黑龍江荒友」，「我們要向陸星兒表示悼念」。

　　夜已深，我坐著，便發現「總有些忘記的東西堆在那裡」。

　　在黑龍江生產建設兵團的中後期，知識青年的「知識」特徵不可遏制地開始展現出來，文藝會演、版畫創作和文字寫作成為顯示這

文化特徵的突出代表。在當年的「文字群落」中，文字出眾，名字好記，又是兵團女戰士，陸星兒非常出名。對於命運的掙扎，對於生存的延續，我們當年紛繁的人生思緒，我們當年壓抑的情感渴念，一切都還只能在「歷史框架」之內，作著「勾勒」的遊戲。只是，青春躍動，在無垠的黑色原野上，豎立著蔥蔥的白色樺林，夜間碧空如洗，群星璀璨，無私兼無邪的光芒，滿天閃爍。陸星兒是其中耀眼的一顆。

1977年恢復高考，我來到哈爾濱上大學讀書。在系裡，大家發現，許多人彼此都是熟識的，就是兵團寫字的「那一幫」。我們考在了哈爾濱的這幫兵團戰友們，也有遺憾。對於上海知青而言，考得最好的，就是考上復旦大學回了上海的；對於北京知青而言，就是考回了北京的學校。而我們，不屬於這兩撥人。陸星兒是個例外，她考到了中央戲劇學院。她考上好學校，但是也沒回家。

來到哈爾濱各個大學的兵團戰士們，彼此串門。一天，一位已在哈讀書的農場女同事，來學校「走動」。在大學的一條路口，我遇見了她，她這樣介紹身邊同來的那位女青年：這是陸星兒。這是我第一次見到陸星兒。現在，已全然記不起來她的當時模樣，總之，衣著平平。那時對她的感覺也就是，又一個終於「脫離農業」有幸上學的女知青。站在上世紀1977年的時間節點上，所有能夠考上大學的知識青年的強烈感覺是，即使從不相識，但是都不陌生，我們都終於站在了人生的轉捩點上。以前，過去了；以後，努力吧。

轉眼畢業在即。已是1982年，我來到上海作家協會萌芽雜誌社實習。陸星兒來雜誌社，彼此再見，很自然地說起畢業去向，我說，我要回上海，當年「敲鑼打鼓」貼紅榜送人，今天我拿張大學的大紅文憑回來，「紅去紅來」，也算對得起自己。此時已經是國內著名青年作家的陸星兒已下定決心，她要到北京去，因為「在上海讀書畢業的丈夫，工作在北京」。

再度見面，是在時隔6年之後。1988年冬，中國百家大型期刊聯合舉行中國潮優秀報告文學徵文頒獎大會，作為得獎作者，我去北京

領獎。陸星兒也是得獎作者，我與她在會上再見。住宿的賓館，活躍著一群當年中國的慷慨之士，每每開懷暢飲到下半夜兩三點鐘，尚不甘休。熱鬧非凡，也都行色匆匆。要返滬了，陸星兒跟我說，文匯報北京辦事處有轎車送到火車站的，一起坐車走吧。

那是班夜車。窗外夜色如磐，車輪鏗鏘。在車廂，陸星兒說起，因為離婚，她要回上海了。此乃私事，旁邊的人是不能多話的。我當時想，陸星兒忍不住地說到這個，大概是因為她實在是「忍不住」了。後來，上海媒體如是報導陸星兒的回滬緣由：吸收外地優秀人才，參與上海文化建設；陸星兒是實施這樣政策的第一人。陸星兒，這樣一個對生活充滿期待的好人，一個上海女兒的回家，卻與某種「時下需要」發生了關聯。讀著這樣的報導，從自己業務角度生發出的體會是，真實和表像如此天差地別，而又可以組合到天衣無縫。

後來，文學報舉辦一次筆會，上黃山和九華山。九華山上有肉身和尚的真身，又有80多歲高齡的女佛教徒司職抽籤事宜。周圍的人慫恿說，這九華山的籤很靈驗的。我們這群人紛紛伸手。我抽籤的時候心中也是忐忑的，但那是一根「中平籤」。我心足矣。也有一上海女作家，先是在殿外向四周蒼山雙手合十作祈禱狀，然後再百般虔誠地進到殿內抽籤。我對陸星兒說，你也去抽一根。一路談笑風生的陸星兒，臉色默然，她說：我是不會去抽的。我和另外一個男作家說，你進去，我們給你看門，不讓別人進去，只有你自己曉得抽到的是什麼，不就行了麼。陸星兒非常決然地說：我不抽，就是抽到上上籤，你還會相信麼？

我記得，那次筆會的將近20個人中，不去抽籤的人只有兩個，陸星兒是其中之一。另一個是誰，忘記了。

陸星兒分到房子了，在浦東。湊巧的是，我與她是隔條馬路的鄰居。她的裝修很簡單，她曾經很吃力又很自豪地說：「一百樣事情都是我自己做的，叫施工隊，買材料，可以講每根釘子都是我自己去買的。」她的家具要送來，那個時候的浦東，在人們心中還是比較冷僻的，住在那裡的熟人也寥寥無幾。陸星兒打電話跟我說，搬家具，上

面下頭的，我一個人兩頭看不過來，請別人老遠的從浦西來，我也不好意思；你能不能來幫個忙。我說我一定來。

那天是個下午，當我騎著自行車找到她的門牌號碼，陸星兒已經在下邊候著。送家具的車子到了，我在下邊看著，讓搬運工小心些，不要磕著碰著。陸星兒則在四樓房間裡，具體指揮每件家具的擺放位置。事情做好，我跟陸星兒說，這種「重生活」（重的勞力活），就你一個人，怎麼弄。記不清她是怎麼搭話的了。不過，我說的是實話。

做好事是有回報的。中國女排的郎平要寫一本自傳，請陸星兒執筆合作。郎平來到上海。一時間，全上海媒體都在「覓」郎平。那時我已到新民週刊，我便與陸星兒聯繫，要獨家採訪郎平，我多少有點「無賴」地說：我就尋你。陸星兒在電話裡一個「格愣」也沒有打，她說：我與郎平說定個時間，到時間你來。郎平所住的賓館，就在陸星兒家附近。郎平要午睡的，在陸星兒定下的時間，我與她在賓館大堂碰頭，隨後去客房。採訪大約進行了近兩個小時，我們笑聲不斷。在談話時，陸星兒說：郎平很有意思的，我們到附近「新雅大包」去吃包子，有人發現這是郎平，就走上來問，你是郎平？郎平「裝模作樣」地回答：誰是郎平？郎平在哪裡？「老有勁噢！」

採訪後，我跟陸星兒講，郎平有英雄氣。陸星兒回答：人家是誰？人家是郎平哎！採訪稿件發表在週刊，題目是「郎平什麼時候最動人」。那一天的採訪日子是1999年6月23日。

兩年多前，好像是在春節前後的日子，聽說陸星兒住院了，「那個病很討厭」。每到放長假，週刊總是忙亂的，要兩期刊物一起做，人走不開。待到忙完，已經是除夕，在我的想法裡，在俗世的節日裡「探人說病」，總是不吉。節後一天中午，我到華山醫院看望陸星兒。來到病房大樓，進得走廊，便見到作協的幾位熟人在忙碌，隨他們的眼神望去，便見到陸星兒靜靜地站立在那裡。

我本以為，陸星兒該是躺著的，但現在她站立著。有段日子不見，她有點消瘦，一副疲憊的模樣。陸星兒看到我，嘴角浮起一絲笑

意。我趕忙上前，把花遞過去。為了不讓氣氛顯得太沉重，我故意以開玩笑的口吻說：這是我第一次向女同胞獻花。陸星兒也以「嘲諷」的口氣接話：誰知道你是不是第一次。

我覺得陸星兒是猶豫了一下，才接過了我送上的花束。隨即，陪伴在一旁的王安憶，立即從陸星兒的手上拿過了那鮮花。王安憶說道，醫生講的，花粉對星兒的病「不好」，所以病房裡的花也都拿走了。一個女性，生命到了花與她無緣，甚至到了花與她「為敵」的地步，那是多麼讓人潸然的日子。

病房裡，果然一朵花也沒有。王小鷹也在。在醫院這樣「漫天皆白」的場合，說什麼都不合適，不說點什麼也不合適。在表示了問候之後，我就坐在一邊，聽著王安憶和王小鷹與陸星兒「聊家常」，話題是為陸星兒做點吃的。結論是，做麵條，而且要做得「非常軟非常爛」。說話當中，有護士來，很是婉轉地說到要用一種比較有特效的藥，言語中似涉及到費用的事情，王安憶立即用非常乾脆的語氣說道：要用，費用的事情，請醫院放心。

後來，聽到陸星兒出院了。再後來，聽到作為作家代表團成員，陸星兒還到俄羅斯去了。在報紙上，也再次看到她的文字，也有她兒子所畫的「母子合影」。陸星兒的生命似又回到了軌道。聽說，原先人們沒有讓陸星兒知道自己得的究竟是什麼病，不過我以為，已經跋山涉水走過了半個世紀的人，又是對於生命有著特殊敏銳感覺的作家，對於轟然出現在視線之中的一切，她絕對不可能不知道這意味著的底裡是什麼。又是一個後來了，說是陸星兒知道了自己的病。

最後一次見到陸星兒，是在黑龍江農場荒友的一次晚間聚餐上。約定的時間到了，我還在報社忙著。有電話打到手機上：陸星兒也來了。我匆忙中收拾完手中活計，坐計程車趕到飯店。這飯店就是前年我與陸星兒一起採訪郎平的地方，選擇在這裡吃飯的緣由，就是因為離陸星兒的家近。比起一年多前在醫院見到的她，她更瘦了些。很弱地坐在椅子裡，臉上依舊是淺淺的笑容。我吃驚地發現，席間的滿座朋友中，有位中年的陌生女士。介紹說，這是「為照顧陸星兒請的保

姆」。我向陸星兒問候，她用低低的聲音作答。我感覺到她很吃力，便很自覺地停下對話。

　　聚餐的理由，是當年黑龍江的幾位朋友們，還想「創新」做點什麼事情。當時，我在心中多少有點責怪朋友們，你們還要做事，可把陸星兒這個最需要靜養的病人，拉過來幹什麼。8點半，陌生的女同胞說，時間到了，星兒要回去了。陸星兒被攙扶起來，她向大家低低地擺手告別。原來，這時候的陸星兒，遵照醫囑，生活作息均有鐘點的規定。生命的活力，本在於「不太聽話」，所有一切都被定點定位方能做點什麼，我想，如是情景生命中恐只有兩次：充滿活力但暫時弱小的嬰兒，及外貌依舊但軀體在衰竭、且已無力挽回這種衰竭的暮年。可這次聚餐時的陸星兒，才50歲剛出點頭啊。

　　這是我與陸星兒的最後一面。

　　總有些忘記的東西堆在那裡。今夜，星兒已逝。中央電視台在播放歡迎中國奧運健兒們的聯歡晚會。世事如是，有輝煌，也有隕落。陸星兒也輝煌過的。寫下這些文字的時候，還有電話來，還是黑龍江兵團的將近30年前朋友們的問話，陸星兒的悼念儀式什麼時候進行，他們要去的。他們中有的，與陸星兒從未見過面，只是因為曾經共同經歷過「今夜有暴風雪」的艱辛時刻。這是一種刻骨銘心的想念，不是想念暴風雪，而是想念在暴風雪中我們曾經共同享有過的青春，和記錄了這些青春的人。

2004年10月

異國血未冷
——休士頓知青的故事

一

電話越洋而來。

那一端是美國休士頓。通話時間是在電子郵件上約定的，我靜坐著，像在恭候尊貴客人的到來。然而，將打電話來的人，我不認識。我還備了紙和筆。如此慎重，因為在電話那一端的可謂是老朋友，且30年不見了。我與他們曾經同屬一個歷史性的群體：中國的上山下鄉知識青年。

太平洋那邊的聲音在聽筒裡爆發開來。不是一個，而是好幾個，男的女的，在光纜的跑道上擁擠著奔將過來。我感覺，那邊的話機在使用著「免提」，四周有一圈人。那邊的人覺著，在傾聽他們講話的，也不只是我一個人。

也許，我們把情緒「釀造」得太隆重了。幾十年前，我們在中國不同顏色的土地上，去黑龍江的在黑土地上，去陝北的在黃土地上，到江西的在紅土地上，揮過鐮刀和鋤頭，流下過幾把汗流下過幾滴淚。可整個世界現代化進程的陽光，卻始終不能把以往的痕跡蒸騰得無影無蹤。

遙遠的，一群名字喚作「休士頓知青」的中年人在講話。主談男士是上海人，叫徐敬宣。他嗓子沙啞地說道：我身體不太好，慢慢說吧。一女聲插進來：我叫曾健君，待會兒我補充。還有個女聲，似在距電話機稍遠的地方，也在說：我們看法是一樣的。

大洋彼岸素不相識的人們的說話內容，有許多是關於一本書的。這本書已在上海出版，名曰《三色土——旅美知青的故事》。我用兩天時間細讀了一遍。我已知道，曾健君是徐敬宣的妻子，他們是休士

頓知青聯誼會的主要組織人，也是《三色土》的策劃者和主編者。在美國休士頓的當年知青們為這本書寫下了40多萬的文字。

二

他們為什麼還要懷念，知青歲月有什麼可以懷念的？脫離生存邊緣20年，已經生活在佩戴「發達」符號國家裡的人們，時空距離是個客觀存在，他們又為什麼還要懷念精神迷惘和物質貧瘠的過去？電話中的聲音，和著我在書本裡讀到過故事，一個個陌生的姓名，在那麼熟悉地活動起來。

黎明，一個「她」的名字。她又黑又大的眼睛，烏雲般的頭髮，配在一張白皙而充滿朝氣的臉上，「讓人禁不住回頭再看兩眼」。父母為老資格的共產黨人，然父親在反右傾中「用生命做了最後的抗爭」。黎明以第一名的成績獲金質獎章，被保送到北京最好的師大女附中。68年初，黎明和其他的理想主義青年一起，報名去北大荒。「車上車下哭作一團，可是她沒哭。」70年，黎明回城治病，母親卻是「不可靠分子」，已被撞走。醫生的診斷是：憂鬱型精神病，但不影響勞動。黎明返回兵團，第二天自戕而亡。墓碑上僅有姓名，下無「同志」。當初黎明的志向，是當共和國的英雄（嚴珍《黎明》）。

如果說黎明的命運尚有「先天」因素，那70年5月黑龍江上的沉船事件，根本沒有一絲先兆。7位織網班女知青「嘰嘰喳喳」地去捕捉鯇魚，「忘情嬉鬧，引吭高歌」。風浪突來，「小木船在掙扎，所有人刷地站起」，江水一下子漫過頭頂。20天後，女知青的遺體先後被發現，有的被走獸吃掉一隻胳膊，有的被飛鳥啄去了眼球。蘇方代表抗議，就此織網班女知青的「叛國投敵案」一查半年。中學時想研造火箭的「姐姐」，就這樣長臥黑土，年復一年地仰望著渺然的星空（章秀英《七知青魂斷黑龍江》）。

任何記憶，戰爭年代的和「和平」歲月的，最引動回憶者和閱讀者心弦的，是對逝去生命的惦念。無窮險惡已是昨天，今天的陽光裡

舞動著塵埃，生存的溫暖和規律性的瑣碎同在，然晴朗畢竟是現實故事了。死難者的心跳凝固在了冰冷的江水裡。哀歎，只能是活著的人的表情，再豐富也沒有起死回生的效能。

於是，對於白皙皮膚的回想，對於歌唱高亢的記憶，只能「異化」成為今日生存者對自己的珍惜，烘托出對尚不會很快消失的生命能力的把握，是何等的可貴。懷念淚水中三分之一落地的濕潤，是祭奠死者的，還有三分之二汽化的氤氳，則獻給生命繼續飄舞的自由。

三

一切歷史都是當代史。這話似有兩層意思，一是所有歷史都是在當時具體條件下發生發展的；二是所有回憶都是為了此時當下的現在。

幾百萬、上千萬知青的故事，一般到返城就基本結束。而《三色土》的作者用行動回答了一聲：不。在最短的時間內，「解決了個人問題」或沒有「解決」的，他們又跋涉來到異國。狹隘的地域性術語，已不能說明決意離開故土的舉動。他們是知青群落裡記憶力最強的一部分人，無法忘卻歷史對真誠作過的嘲諷和嘻弄。他們是很透徹的一群，又是很心急的一群；即使盼望到改變的年代，源於確鑿的瞭解，他們又深知本土的變遷將沉重、緩慢和曲折，於是迫不急待地來到在書本或概念裡完成了某些進程的的異鄉。

童年是不能忘卻的，知青童年的生理年齡是20至30歲這個豐盛的時段。糟蹋和浪費童年，幾近罪惡。以至今天休士頓的中年人，計算年齡總要做減法。「年輕十年」，已是孩子媽媽的她們，聚會時的舞姿仍像30年前一般瀟灑，表現著所有的他們人過半百血還未冷。

他們為追夢而來。憶夢是一種提醒。以往逆境的土地，在生長著提供著意志的養料。

一位下鄉到「三國赤壁」地域湖南農場的知青，1980年赴美，

每天工作12個小時，黑白班都是7點進7點出，完成40箱塑膠袋，每袋1000只。報酬每小時3.8美元。他在50歲時白手起家，在美國註冊了建材公司，並逐漸在中美地區形成規模（王丞粟《血還未冷》）。另一位來到美國三年沒有進過一次飯店的她，最奢侈的享受是吃了一回9角9分美元的麥當勞速食，工作之餘她堅持上學，在年近半百時拿到了第二個碩士學位（雅蒜《黃水仙》）。一位老高三知青，在兩個月考試裡，獲得了好幾個國際知名大公司電腦軟體的證書。

知青心中有「底」：遇到困難也不發愁，大不了回去修地球（張天潤詩《獻給老知青朋友們》）。他們是堅韌者，是應戰者。他們屢戰屢敗、屢敗屢戰。有的為「第九張托福成績報告單」而努力，剛找到事業立錐之地，妻子卻要轉學，於是又面臨新的選擇（徐敬宣《機遇和選擇》）。有的當教師，課講得「學生聽不懂」，從而面臨罷課、被學生炒魷魚的危機（曾健君《我在美國當助教》）。

造物主經常粗枝大葉。十年時間差，增大了與理想境界的落差，但也鞭打著這一代人的背脊，遞增著他們奮鬥的加速度。這是「土插」使然，也是「洋插」的必須。《三色土》的作者群中，有三分之一人享有博士銜，三分之一人獲得了碩士學位，其中有眾多的學者教授、工程師和企業家。在以科技與資訊為特徵的當今社會中，他們的成就令不少崇尚開拓精神的美國人對中國人刮目相看。

這樣的艱苦卓絕，對於歷經十年浩劫的知青們，被看作是天生的自然，一切將「水到渠成」。知青對「優越」的渴求，前有借鑒，後無可能。「三代人才造就一個貴族」。只是昨天的禁錮過盛，他們太喜歡品嘗源於個人意志的自由奮鬥了。

四

知青的很多回憶錄裡，常有這樣的表述：青春無悔。其實這話不確。身陷「潮流」身不由己，可以選擇頹唐，也可以選擇進取，知青無悔的，惟有「永遠的進取」這五個字。當地言簡意賅的土語，透風

結冰的住屋，快散架的交通用具，欲說還休的內心情感。勇敢的人，再度將軀殼和思想投放進生活的時候，懷念成為經常進行的動力回歸典禮。

他們極富平民意識，珍重友情義氣，「咱們錢少友情多，湊到一起有話說」。在人以群分的商業社會，金錢、地位、職業、教育程度、學位，都是劃分人群的標準，權衡婚姻的砝碼，以至是藐視他人的理由。但知青聯誼會不帶有這種功利的痕跡。在餐館打工的哥們姐們與教授醫生受到同樣的尊重。把酒歡歌高談闊論時，掃地端盤打飯的，可能是律師事務所的老闆；打工妹登台演出，醫學院教授為她拉電線扛地毯。知青曾是社會最底層的一員，曾與一輩子沒有機會走出遠僻壤的山鄉百姓共過甘苦、交過朋友；有的甚至與「賊」共事，有的至今與村裡的老鄉通信。他們明白，金錢、地位、職業、學位，這些很大程度上由機遇所決定的標籤，不代表人性中最基本的品質。

既奮鬥又包容，知青聯誼會是休士頓人氣最旺的團隊，同心協力，「指哪打哪」。

休士頓的知青們理性地渴望安寧，又急切地選擇了漂泊。也許是那個十年面具戴得太久，一旦重聚，彼此的坦率像火山一般地爆發出來，彷彿要彌補以往自顧不暇的冷漠，急於要表白那絕非自己的本意。在上海、在休士頓，當年知青經常聚會的緣由，大抵有著如是的因素。這裡面沉澱著多少人生的缺憾。

在追尋個人幸福的領域，知青們傳統。生命有限，搏殺太急，用來體會純個人享受的時間縫隙，實在逼厄。厚達600多頁的《三色土》裡，愛情的故事，土的有一個，洋的，沒有。在越洋電話中，我被告知，曾經有幾個這樣的稿件，後來被捨棄了。這樣刪節，也許是遵循了一條更高級的現代原則：只發表心情，不公布隱私。

《三色土》的一位編委這樣寫道：我沒有能力去評價上山下鄉的功過是非。我們的所作所為，影響不了這個世界，我們的感受，對人類的發展與進步也無足輕重。然而知青生涯是我生命中難以忘懷的時光，永遠是我生命中重要的組成部分。那些揮之不去的記憶將伴隨一

生，伴隨我走遍全世界。但願歲月不要淹沒這段影響了一代人的歷史（朝紅陽《那一片遙遠的土地》）。

我被告知，一個史坦福大學歷史系的美國研究生，正在撰寫「中國上山下鄉史」，認為對這一塑造了中國一代人的社會現象應該得到重視。在境外寥寥無幾的知青書籍中，《三色土》正在引起注目。境外學者對待歷史──不管是自己的還是他人的──都是這樣，重視平民對事件的感受，重視在具有了時空距離以後的進一步客觀分析。一個不為自己的歷史過錯護短的民族，是具有更大前進動力和活力的民族。

忍不住回頭看，剩下的只是片段。愛情不承諾永遠，幸福沒有答案，付出不能計算。生命不斷轉彎，起起落落變成習慣。過去的風雨留給別人評斷，無愧了一切都平淡。我邊聽著這樣的歌詞邊書寫著以上的文字。

知青，已成為高懸在我們頭顱之上的群體圖騰。書中有個齒痕的故事。一美國醫生作體檢，對一些中國人門牙上的「溝壑」百思不解。得到的回答是，鄉下時嗑瓜子嗑的。我想來，齒痕大抵比一般性質的血痕更深入人心。血痕源於簡單的戳擊，牙痕來自長久的損害。血痕會結痂，牙痕沒這份幸運，創口裸露，且永不彌合。

中國的、休士頓的知識青年們仍將使用這樣的不完美的牙齒，用來咀嚼人生，咀嚼周遭世界的一切。

2001年4月

「世貿」遭襲時，我在白宮前

　　我寧願不寫這樣的文章，也絕不願意碰上這樣的事情。

　　我說這句話，是在美國首都華盛頓的街頭。當時的馬路上，警車呼嘯著直衝而來，紅色和白色的警燈旋轉眩眼。其他各色車輛呈現著一片停滯了的凝固景象，就像彩色模型似的。一輛黑色轎車停靠著路邊，車門大開，車用收音機用最大的聲音在廣播著，車主人在一旁站立，靜默聆聽。同我乘坐同一輛旅遊車的一位女同胞，也站在那兒聽。顯然她是懂英文的。我站到她的身旁，我主動地向說明了身分：我是上海的記者，請你說明翻譯一下廣播的內容。

　　她叫楊知新，來到紐約已經有14年的時間了。她非常配合地將廣播裡的話，一句一句地講給我聽：飛機撞樓，世貿倒塌，「戰爭」。她說：你趕上世界大新聞了。你就寫文章吧！我立刻說了：我寧願不寫這樣的文章，也絕不願意碰上這樣的事情。

　　在隨後的時間裡，無論車行，還是徒步，我始終在記著筆記，還一邊拍攝著照片。我的記者的職業興奮感在燃燒，但是，我又平生第一次感受著從未有過的戰爭恐慌。我的心在砰砰地跳動。人在異國，語言不通，情況不明，身分又是遊客。我不知道下一分鐘將會發生什麼，整個事件的結尾會在何處，中間又將發生什麼事情。我將完全被動地隨波逐流，「逃」到哪裡是哪裡，「逃」到何時是何時。

　　我活著，我將寫下自己的經歷，但是在2001年9月11日的上午，有個「如果」，我的一切就結束了。這文字的代價，是生命。這代價的付出，在不經意之間，個人完全沒有精神準備。沒有任何的準備，但是卻要一個人最完整的付出。

如襲擊鎖定白宮，等待參觀的我已被「含」在攻擊圈內

9月11日早晨6點，旅遊團從宿夜的DAYS INN 旅館出發，這一天的「內容」是遊覽林肯紀念堂、韓戰和越戰紀念碑，隨後是這次旅行的重頭戲：參觀白宮總統辦公室。

一如以往的美國早晨，陽光鋪灑大地，樹梢和草尖就給塗抹上了一層金黃的顏色。天空顯得通透。美國的韓戰紀念碑，是一塊草地上的19位身披戰地雨披的士兵，他們神情各異，成扇形地作前進狀。這19座銀色雕像，與真人一般大小。華人縱橫旅行社的導遊姓林，遊客已經習慣地將他稱作「領（林）導」。林導在例行的講解之後說道：大家留影，照片上就有20個人了，19個假的和一個真的你。

在另一邊的越戰紀念碑，是兩堵相銜相接的牆，黑色，上面刻滿姓名。這是戰死在越南的美國士兵的姓名。其中有的後面鑿刻有小圓點，這是表明這個人後來又找到了，活著。紀念碑前的草地上，有工人在用割草機割草。

林導如此說：除去90年代的海灣戰爭，美國打仗從來沒有勝利過。在他匆忙的解說裡，講到那兩次戰爭的美軍死亡數字，似乎都是5、6萬人的樣子。

兩塊戰爭紀念碑的中間，是一片長方型的湖泊。這湖泊原本沒有名字，現在則叫愛情湖。是因為美國好萊塢在這兒拍攝了一部電影《阿甘正傳》，阿甘與重逢的情侶情不自禁地躍入湖中擁抱。湖的那一端正中，是美國的華盛頓尖頂紀念碑，一側是第三任總統傑弗遜的紀念堂，這一頭就是林肯紀念堂。

林肯紀念堂呈銀白色，宏大肅穆。最裡面的大廳裡，是一座林肯的坐像。林導曾經說，林肯雙手過膝，現在他坐著，則根本看不出。我對這種「劉備式」的程式化表述，只能報之以一笑。

8點40份的模樣，白宮門前草地四周，已經是人頭擁擠。有更起早的人搶在前面排上隊了。林導告誡我們，必須人人相挨，不能有任

何空隙，否則就會插隊進來，「別人是不會講客氣的，而我們要是去插老外的隊，不給老外罵死才怪」。因為白宮一天的開放時間很有限，一周內的日子也是有規定的，「再加上國家一有活動和會議要舉行，參觀隨時會取消」。我和文匯報編輯胡群耘便在草地邊的一塊樹蔭裡坐下來。9點左右，一位黑人女警官走來為我們頒發參觀活頁小冊子。這說明，白宮「方面」已經認可了我們作為參觀者的身分。

我沒有細細翻讀小冊子，只瞄了一眼，上面用箭頭注明了參觀者的行進線路。只聽見一邊的人們在說著什麼「紅、藍、白」房間。等著就是了，擠著走就是了。

在輕鬆的氛圍裡，9點30分了，排隊的人群開始「騷動」起來，隊伍變得緊湊。我也站起來。白宮就要開門了。

9點45分，站立著的人群，聽到有一聲並不十分響亮的轟隆聲傳來。誰也沒在意這聲音。來排隊參觀的，大抵是來自美國本土各地或境外的各國旅行者，對於華盛頓本來就是陌生的，也許，華盛頓有時候就是要這般「轟隆」地響上一下的。我們上海像個大工地，不也是經常要「吼」上幾聲的麼？

可是，我們右側的隊伍卻真正地騷動起來，等待的人們開始很不情願似地鬆散開來。這時只見一個高大的警官，嘴裡高喊著：GO、GO！雙手揮舞，神色緊張，不顧一切地在向外驅趕著人群。另一位女警官也奔跑著衝過來，嘴裡同樣是「GO、GO」地喊叫著。人們的步履緩慢，與兩位警官的神情形成了強烈的對比，隊伍中的華人幾乎都在說：怎麼了，怎麼不讓參觀了？怎麼一回事？

穿著紅色T恤的林導跑過來，口氣還冷靜，還頗解人意地說：我領你們到白宮後面去，那裡也能照相，快走。

這時，有一個講中文的聲音，從奔跑人群中「驚曝」出來：劫機，紐約，轟炸，世貿大廈炸倒了，「還要炸白宮」！事後知道，是懂英文的人，從警官的口中「及時」翻譯過來的。那一時刻，所有人群的臉上表情，都凝固了。

我腦子裡一剎那時的「活動」，除去在好萊塢電影中看到過劫機

鏡頭，從而有一點「形象」記憶之外，對於其餘的紐約世貿大廈、華盛頓白宮等概念，是一片空白，所以對於眼前這片混亂景象的源頭原因，根本無從想像。

馬路上空，立刻傳來了警車呼嘯的聲音，極其刺耳。不知從哪裡衝殺出來的警車、消防車，數量那麼多，以那樣一種兇猛的姿態湧上華盛頓的街頭。美國街頭的異常景象，當然地引起了我的職業興奮。我拍照。

行進中的人群議論著：轟炸？是轟炸機？是炸彈？劫機，是誰劫的？三架，四架？

事後知道，第一架被劫持的美國民航飛機撞上世貿大廈南塔的時間，幾乎就是那位美國黑人女警官給我們發參觀白宮小冊子的時候。在美國的旅行者，包括我們，當時誰也不知大難已經臨頭。更不知道，剛才我們聽到的「轟隆」聲音，就是另一架被劫持的飛機撞上了美國防部五角大樓的聲音；而且，這飛機的原來目標，就是白宮。如果這個目標得以實施，那時等候著的我們，與白宮近在咫尺，也就被當然地「含」這個目標之內。

警車排山倒海般奔進城區，華盛頓失去原有的秩序

我們來到白宮「後面」的展館出口處，喘息未定，又只見從白宮裡面衝出來幾位警官，邊跑動邊扯動著手中的黃色隔離帶。跑到馬路邊上，立即把黃色帶子拉開，挨著一棵樹又一棵樹將整個白宮區域與市區街道隔離開來。剛剛停下腳步的我們，被驅趕到出口處的對面馬路上。

這時候，原本十分嚴格的美國都市交通，完全喪失了本來的秩序。

警車排山倒海般地奔近城區。

一個現象出現了。來到美國的境外華人旅遊者，很多都是與當地華人旅遊公司聯絡的。各個旅遊公司之間的客源，也可互相調劑。不過，即使是在同一輛車上，華人之間一般很少自我介紹，也就是互相

暗暗地認定面孔，彼此藉以「團夥定位」，防止走散。但是，在這個危急的「逃難」途中，各個「小團體」之間主動溝通的場面出現了：有5位是河北的，來別處開會，再來紐約；有一對在中國大陸有投資的台灣中年夫婦，這次帶著兒子來美國旅行；還有一對台灣的年輕夫妻。坐在我們後排的一隊溫州夫妻也開了腔，他們是在歐洲旅行完了8個國家後來到美國的。聽口氣，有「大款」腔，身邊還帶著個人，本來根本不開口，眼光始終非常警惕，似有「保鏢」模樣。但是現在也主動地靠攏在一起說話了。

車上也曾有向著導遊「抗議」旅途飯菜不好的，也有說調皮話的。然而此時此刻都緊緊地匯集攏來，大家言語相通，心情相同，一時間各種口音的中國話，都奔向同一個主題：眼前的這一切究竟是怎麼一回事，我們該怎麼辦？

在突如其來的戰爭恐怖面前，中國人「天下一家」的局面，使得我們心有所依，靈有所慰。

林導的手機始終打不出去，我們的旅行車也不知道被疏散到何處去了。導遊也斷斷續續地聽到了各種各樣的消息，從而轉述給我們：三架飛機被劫持，兩架撞向紐約世界貿易大廈。一會兒林導說，是某一國家行動的，一會兒又講暫時還沒有人出來承認。一會兒他又說了，現在天上還有4架飛機在「盤旋」。唬得旅行團所有的人面孔煞白。

與白宮鄰近的街道終於被澈底封鎖，我們被趕到旁邊一條「豎」的街道上。路上的一輛轎車大開著門，車用收音機用最大嗓門在廣播著。於是就有了我本文開頭的一幕，我請同車的女同胞為我翻譯。她靜靜地傾聽著，隨後一個段落一個段落地跟我說：一共有4架飛機被劫持，一架在8點53分撞向世貿大廈南塔，一架在9點零5分撞向世貿大廈北塔，現在10點鐘，第二棟世貿大廈已經倒塌。還有一架飛機撞向五角大樓，一架墜毀在賓西法尼亞。

同一個旅行車的人們，都靜靜地圍在我與她的周圍，聽著她的講話。

身邊有美國的市民開始擁抱，開始有人流淚。

　　很快，從各個高樓的門裡，人群紛紛走出，匯聚在門前的街上。許多人在打手機，許多人則沉默不語，像雕像一般地站立著。林導又說話了：現在華盛頓要求，所有辦公機構全部關門，所有人進行疏散，「現在是真的了，現在是真的了，打仗了。我現在要求，大家絕對聽從我這個導遊，跟著我走。馬上離開華盛頓，回紐約的公路、橋樑也已經全部關閉了。走到哪裡就是哪裡了。」

　　導遊在前面領路，後面跟著一車的人。有的人在喊，林導，走慢點，我們跟不上。也有抱著小孩車的，母親抱著走路，滿臉通紅，滿頭是汗。但是，導遊的腳步還是越來越快。警車呼嘯，警燈耀眼，十字路口已經出現身穿藍色防彈背心，懷中抱著槍支的「人士」。我照相，他們向我揮手：GO、GO、GO！

　　走向哪兒，走路的人不知道。什麼時候走到頭，悶著頭一言不發走著路的人們也不知道。而頭頂上，陽光照樣燦爛無比。

十座橋樑、四條隧道全部封鎖，我們路在何方

　　從上午9點45分起，我們的旅行團一直被驅趕著，以背著白宮的方向向華盛頓的周邊疏散。終於，導遊的手機裡傳來了大巴士車司機的聲音。林導頓時來了精氣神，他舉手揮舞，將所有的旅行團成員召集到身邊，他登上一個石凳，頗有「領導」風度地高聲說道：現在大家聽我的，旅行車已經找到，司機將在昨天晚上吃飯的中國城等我們，我們要在最短的時間裡，趕到中國城。停了一下，導遊再說道：我已經收了大家的中午飯錢，馬上還給大家，每個人自己到中國城找飯吃。「飯我不管了，找到車，馬上走。」

　　我們所在的街區，此時距離中國城還有7個街區。我和同車的人們腳下帶緊，用比剛才還要快捷的步伐，慌忙走去。所有人寂靜無聲。似乎整座華盛頓也寂靜無聲。整個世界只剩下了一種聲音，那就是警車的呼嘯。

　　終於在能夠望見中國城大牌樓的地方，看到我們的旅行車正擠

在各種車輛的中間，一副完全不知所措的模樣。導遊奔跑起來，嘴巴裡呼喊著。想來也是司機看到了他，便使勁地想把大巴士車調到路邊來。可是，這種時刻沒有一個任何一個車「謙讓」。隊伍奔跑起來，旅行車就那樣毫無顧忌地在路中央停靠下來，打開車門，人們用最快的速度上車。我靠在一旁，用照相機拍攝下這個名副其實的「逃難」鏡頭。導遊看到我這幅樣子，一改平時謙和的腔調，用最大的音量惡狠狠地「罵」道：什麼時候了，戰爭！你還拍照！

人們上車，司機立即關門，開車！

車上的人們依舊沒有聲音。都嚇呆了。耳邊只有引擎的雜訊。本來，車上有人很不滿意這輛大巴士車的引擎「有怪聲」，導遊的解釋是：趕路呢。現在，則沒有一個人提出引擎的雜音問題。房屋和大樹的濃蔭向著後方，唰唰地後退。

一會兒，人們回頭望去，只見那邊城區，某一個地方正在冒起滾滾的黃顏色濃煙。那是被炸的五角大樓。車廂裡終於響起來人們的長歎。

但是，這輛旅行車能夠開回到紐約的什麼地方，一車的人都不知道。姓林的導遊不知道，旅客更不知道。林導說：與旅行社總部打手機，得到的回答是，能夠進入紐約的十座橋樑，四條隧道，已經全部封閉，什麼時候會開放，什麼時候放行，不知道。「我們現在只能走到哪裡，是哪裡了。」

經過4個小時忐忑不安的跋涉，我們來到了一個「大休息站」。人們下車，進入速食店。開頭，人們還能夠找到避開陽光照射的蔭涼座位，漸漸地隨著後續車輛的逐漸到來，店裡面開始「人滿為患」。人們買了水，買了漢堡包。電視開著。

我在華盛頓街頭相識的北京人楊知新，坐在第一排。她見我坐下，便照樣看一段給我翻譯一段。不過，這個時候，反復進入我眼睛的恐怖畫面，使我前所未有地震驚了。一架民航客機撞進世貿大廈南塔，大樓冒煙起火。隨後，又一架民航客機從容地平飛著，平穩地就像平時的正常飛行一樣，然而，畫面的右方出現了世貿大廈的北塔，飛機「悄然無聲」地撞進大樓，兩邊起火，火團又從大樓的另外一端

翻捲出來，隨後濃煙和火球騰空。

這是從華盛頓逃難出來的我們，第一次真正看到了在美國、在紐約、在華盛頓已經發生了什麼事情。餐館裡爆發出極其恐怖的驚叫：啊，啊，啊！

如是的畫面重覆出現了一次，又是一次，又是一次。坐著的和站著的中國人、美國人，還有別國家的人，也一次又一次地驚叫和驚歎。從這個時候起，我的職業的興奮，全部削減了，幾乎「死滅」了。我真正感受到了一種生命的恐怖。我的腦子像風車一樣地旋轉起來：這事情到此為止了？我的自我回答是：不。那麼，什麼時候會有第二次這樣恐怖襲擊？自己是否還可能成為第二次的攻擊目標？我們今天能不能回到紐約？回不到紐約，將安頓在哪裡？政府管大事還管不過來，我們這些旅行者的什麼事情，還根本不在政府的議事日程上。住在哪裡，會住幾天？

越往下想，神經越緊張：我能按照正常日期回國嗎？飛機恐怕是停了，什麼時候恢復正常？飛機正常，要是恐怖分子也「正常」地繼續發難呢？

這是美國的國難日。我們這些在美國的外國人，將會遇上些什麼樣的事情？

我想得心裡發緊發冷。我感到自己的神經從未有過的緊張。

這樣的恐怖事件的「頭」在哪裡？我要回去。我回得去嗎？

電視機依舊無情地將極其恐怖的畫面，一次又一次地展示在人們的面前。我都不敢繼續「欣賞」這樣的畫面了，我走出餐館。外邊已經一片暮靄，地平線上還有一絲橙黃的顏色。同樣六神無主的林導，依靠在門邊，在回憶自己的「革命歷史」，他在上海投過資，結果失敗。唯一的成果，是娶了個上海籍的老婆。後來兩人回到新加坡，再作打算，然而寒來暑往無甚收穫。在接近50歲的年齡，獨自來到美國當導遊。他說，他在上海的漕寶路買過房子。

我靜靜地聽他說。我的理解，痛說家史的動因，是他企圖解釋自己為什麼會到美國來「扒分」，是他為什麼在今天會碰上如此倒楣事

情的原因。這是他給自己的不是安慰的安慰。我問：我們什麼時候能夠走？他回答：我怎麼知道？我又怎麼能知道？

我又回到店裡去。只見牆上有一幅地圖，上面標誌著這個速食店的所在位置。紐約，近在咫尺，伸手可及，但就是進不去。後來知道，這時候我們旅行車與所住旅社的距離，也就是3、40分鐘的路程。然而——可是！！！

天真正地黑了。

4個小時的路途，繞道進紐約用了12個小時

晚上8點，林導讓上車，說是要繞一條長路，從紐約的另一頭「進去」。

大家略略從喉嚨裡發出了一絲歡呼：上車，走了。

原來車水馬龍的高速公路上，現在是一片冷落。我們的旅行車繞上某一條高速公路，後來又調頭。導遊已經不說話了。同車的人們也似乎喪失了講話的勇氣。車廂內一派淒靜。

黑暗中，車來到某一地，有人說要下車，要打電話等朋友來接。但是，結果是一個也沒這麼敢下車。50多位遊客繼續在美國的暗夜裡急速前行。高速路上，路燈很稀，似乎是非常偏僻的地方。一會兒，導遊與司機一起下車，向路邊的小咖啡店主人問路。一會又攔下一個路人，打聽行走路線。如是的動作，足有5、6次。

我手腕上手錶的指標，指向了11點。從白宮門口驚恐的出逃開始，我們已經「走」了14個小時；從在中國城再度乘車開始，也已經整整11個小時過去了。

在一個黑人集聚的居民區，車上的人們下車，去小餐館排隊吃飯。

經過一個墓地。又經過一個墓地。白生生的墓碑，在黑沉沉的夜色中，含意深重。

我要回去。回旅社。回機場。回中國。

終於，在接近12點的時候，旅行車駛進了紐約的華人居住區域法

拉盛。在我們昨天上車的地方，下車。導遊說自己「大出血」，按照大家提供的號碼打電話，讓人來接。來接我和胡群耘的朋友也來了。但是，竟然也有這樣的人，接到電話，得到的回答是讓自己坐地鐵回來。林導氣憤了：你的那個人也叫朋友？都戰爭了，打仗了，連人都不來接一接？

回到旅館，姚姓老闆及太太依舊在看華文電視。對我們的平安歸來，大吃一驚。只是原定的房間讓猛然湧來的客人住去了。於是，胡群耘住老闆夫婦的房間，而我，住在地下室的貯藏室裡。

第二天，旅館電話始終打不通。

第三天，終於與報業集團打通了電話，首先向單位通報了我們的安全，隨後得到了文匯報駐紐約辦事處的號碼。聯繫之後，《文匯報》駐美朱國秋和太太許捷來接走了我們。許捷也是週刊的駐美記者，見到他們，心情頓時鬆馳了下來。

2001年9月15-16日 紐約

附：「911」採訪後記

寫《異國血未冷》，完全「不在我的計畫之中」。然而，這又是我近年來寫得最為真實的一篇文字。我自己認為，若對自己在新聞單位近些年的寫作用一個「快」來評述，這一篇就是「之一」。

文匯出版社編了本書，名字叫《三色土》。裡面的稿件，都是身在美國休斯頓的當年國內的知識青年，寫的是「既回憶土插隊，也記錄洋插隊」。書很厚，有300多頁，內容也多。該書編輯胡群耘通過副總編朱大建，要我寫書評。

文匯報的書評文章從來難寫，更難的是要寫得規模這樣「大」。這篇稿件我寫得非常精心。我的第一稿寫成後，用電子郵件發給了在上海的胡群耘，由她再發送給美國休斯頓的老知青。以往的幾天裡，我郵箱裡的異國信件紛紛到來，都是休斯頓的。老知青們用非常動感

情的語言，像跟老朋友訴說似的，與我談論他們對這篇文章的看法和建議。他們的心是火熱的，我的心也被他們感動得燃燒起來。在讀這些休斯頓朋友們的文字的時候，我的心在流眼淚。

我沒有想到，身在異國他鄉的老知青們，他們依舊是那樣相依為命地攙扶著行進在人生的長途之上。

2001年4月2日，我的《異國血未冷》在文匯報筆會版上發表了。《筆會》那位眼光很高的女同事跟我說，這稿子寫得好。筆會每年將當年的文章篩選的一遍，出一本精選本，這一年的《臥聽風雨》就有我的《異國血未冷》。

文章見報，胡群耘非常滿意。過了一段時間，她來找我，美國休斯頓的老知青們要搞一個《三色土》發行儀式，請我這個「評論家」和她這個「編輯」一起到美國去。好人有好報，我根本不談稿費，也沒有想過要談稿費，結果是請我到美國去。

美國之行，我和胡群耘先飛到了洛杉磯，沒想到是洛杉磯竟然也有個知青聯誼會，他們為我們接機，為我們「接風」吃飯。上海來客不用掏錢，而洛杉磯的老知青們則「AA制劈硬柴」。然後再到休斯頓與《三色土》的編輯和作者們見面。在洛杉磯我們住華人開的旅館，在休斯頓就住在知青們的家裡。到了美國，當然要到紐約和華盛頓去見識一番。我們將自己在美國的最後一站，設計在舊金山市。因為在那裡居然還有一個知青聯誼會。我很想把美國的三個華人知青聯誼會都跑全了。

後來，這個地球上誰也不會想到的是，我在華盛頓白宮的路邊，遇上了震驚世界的「911」事件。我們在美國多滯留了7天，於記者職業而言，那個七天極為珍貴，而對於一個普通的異國遊客，那七天極其恐怖。

2003年6月

七天七夜，從紐約回到中國

　　從華盛頓回紐約的途中，我的身上交替著兩種身分：中國記者和他鄉遊客。記者職業需要的鎮定的觀察能力，同一個普通人因極端恐怖事件而引發的內心震驚，嚴肅的職責和脆弱的人性感受，在全世界都處於無比恐慌之中的那個時刻，交雜著「煎熬」著我。

　　回到紐約，在美國所有電視頻道24小時的「恐怖」轟炸中，在滿街中文報紙的「包圍」裡，我要求自己趕快冷靜下來，立即著手做三件事情：一是爭取接近紐約的世貿大廈現場，二是趕快寫稿，發回編輯部，三是儘早聯繫回國班機。然而，城區封鎖，通訊斷絕，機場關閉，寸步難行。

　　這是短暫又漫長的七天。

朋友贈送礦泉水，為「備戰」我不能輕易喝

　　9月12日上午，我經過12個小時的長途跋涉，又是在下半夜1點才睡的覺，我還是在6點就醒來了。地下室的飯廳裡，姚姓老闆還「艱苦」地躺在行軍床上，他太太已坐了沙發上，她皺緊眉頭，盯著電視螢幕。

　　這個家庭旅店的主人來紐約已經10年，在上海時住在高安路。姚太太原是一區醫院的醫生，女兒學醫，現在新加坡。這三層樓房，是女兒買的；家庭旅店，這在紐約法拉盛華人區很盛行。

　　電視螢幕上，照舊是昨天極其恐怖的畫面，一架飛機撞進世貿大廈南塔，又一架飛機撞進世貿大廈北塔。火焰騰空，煙塵漫天，人們奔逃，總統講話，周而復始。姚太太說，一早就有人上機場了，「我看是要回來的，飛不掉的，電視裡已經通知，紐約的機場都關閉

了」。

我和文匯報編輯胡群耘上街吃飯。姚太太給我們開了臨街的門。法拉盛的小旅店均是如此，門都是由老闆一人掌管的，隨手開關，絕無「虛掩」一說。就近來到華人開設的一家早餐店。在店裡我們「信口開河」地張嘴就是上海話：咖啡、麵包。穿制服的中年女性還真聽懂了。在美國華人區域，普通話、上海話、英語，都通用的。

忙碌著的當地華人觀看我們的眼光都有些怪，裡面頗有些「我們是不走的，你們是走不了」的意思。

昨晚來接我們的朋友楊平禮，在9點多再次開車來旅店。他說，昨天他本來要去世貿大廈辦事情的，車剛剛開到半道，就看見撞飛機了，就趕緊往回開，「嚇壞了」。紐約所有的機構整天關門，他保險公司的業務會議也不開了。今天同樣不辦公，女兒也停課，停到什麼時候也不知道。我們議論了幾句此保險業的「前景」，他又走了，在美國紐約，謀生不易啊。

我和胡群耘抱著旅店的電話機子，反復地撥號。二樓的旅客也起床了，也在打電話。始終打不通。後來聽說，為了偵察和控制的需要，在很長一段時間裡，紐約的長途電話給下令關了，本地的能打通，但給「打爆」了，通話率不到30%。

我想起臨來美國記下的一個位址，是多年前上海人民出版社的一個朋友，現在紐約開書店。我還發現，朋友電話的前6位號碼與這個旅店完全一致，這說明他就住在附近。電話通了，那一端是朋友太太。她一聽出是我，也顧不得禮節了，劈頭第一句話就是：到美國來就趕到這個爆炸，不吉利。

我和胡群耘再出旅店，過三條街，就到了「法拉盛圖書館玻璃房子」對面，朋友的「大陸文化書店」就在這裡。彼此相見，任何客套沒有，立即討論「後面怎麼辦」。書店地下，放著兩箱礦泉水。朋友說，昨天法拉盛地區就開始「搶購」了，住戶搶購淨水、新鮮雞蛋、水果，他們也立刻去買了兩箱。「新聞裡說，飛機的客運、貨運都停，美國癱瘓了，什麼時候恢復運輸，誰也不知道，華人就開始囤積

吃的東西。到了外國，中國人什麼都能改變，就是這只胃改不掉。」

臨別，他們送了我和胡群耘一人一瓶礦泉水。這是從「戰備水」裡扣出來給我們的。而我們的「方針」是先保存起來。有誰知道，也許我們以後的日子是「持久戰」呢。

官方消息，24日以後開放機場

我和胡群耘是到美國休斯頓參加當地華人組織寫作的一本書《三色土》發行儀式的。會開得挺好，當地的中國領事出席會議，評價頗高。剩餘時間到美國各處一看。命運的安排，我們經歷了21世紀「第一件恐怖大案」，把自己也「罩」在了裡面。

法拉盛的小旅店，剎那間成了恐怖情緒蔓延的一個縮影。一位南京朋友，來美國公幹，本想當日回國，身邊只剩100美金，想著怎麼也夠了，沒料到被攔淺在了紐約。二樓兩位老年婦女是醫生，來參加會議，原定機票是11日晚上走的，她們死活要上機場。她們打電話請多年前的朋友幫忙，反反復復說自己所穿衣服的顏色，手裡拎的皮包的樣式，「好歹請幫忙」。但是，半夜她們兩個還是回到了旅店。

二樓有個大房間，三個床的。來了三個年輕的台灣人，其中一對是夫妻。為節約費用，夫妻睡一頭，「單男」睡另一頭，中間用一塊布隔開。他們機場就上了兩回。晚上，又來一對台灣的，那位中年男子洗完澡，用英語打電話。我搭訕著同他講話，也是一臉沮喪一問三不知。

紐約的長途通訊、國際國內航空，都停擺了。能夠通往世貿大廈的曼哈頓道路也封鎖。第二天起床，只見街上行人帶上了口罩。這樣的口罩，在電視上我已經見過，那是在搶救現場使用的。店主對我說，今天風向變了，世貿大廈的「焦毛氣、死人味道」都飄過來了。

下午，保險公司還是關門，楊平禮來了，說是曼哈頓部分通車，便開車讓我們去「逛」，讓到哪裡到哪裡。車子開到五大道，我和胡群耘下車，在大教堂前面照個相，就再上車。五大道、七大道。百老

匯，諸多花崗岩大廈的門前，都降了半旗。

高樓爆炸，平民流血，萬般恐怖就在身邊，戰爭危機即刻爆發，就意志論，就閒情論，誰都做不到「再聊聊再逛逛」的了。我們請楊平禮「一刻不停」地為打電話簽機票。

我對在休斯頓買的電話卡能否在紐約打通，產生了懷疑。美國每個州的法律都不一致，何況電話卡呢？我到大陸書店朋友處要了一張本地的電話卡。終於，在美國紐約13日的半夜，也就是中國的14日上午，給文匯報的電話終於打通了。我聽到了老朋友王傑廉的聲音，他告訴了我們報社駐紐約記者站朱國秋的電話號碼，並負責地說，他立即將我們平安的消息通報報社，將我們在紐約的消息告訴朱國秋。

我轉手將電話打到朱國秋的手裡。朱國秋毫不遲疑地說：我就來接你，我對你們負責，對報社負責。聽到了這樣的回答，就像胡群耘後來說我的那樣，已經三天沒有笑容的我，臉部神經鬆弛了。朱國秋又說：住在我這裡，只能睡沙發，要委屈你們了。我說：「能回到自己單位」，這是最大的心理安慰；又能得到確切的各種消息，太感謝了！

我又迫不急待地問；現在坐飛機回國，安全嗎？在經歷了那麼多無情的電話忙音之後，在聽到了那麼多冷漠的錄音回答之後，我激動地聽到了朱國秋這樣的回答：肯定安全，美國政府採取了最嚴密的措施，美國航空已經不允許再發生類似的事件了。

然而，朱國秋又說，美國機場已經全部封閉，據媒體說，要到24日以後機場才能開放。這就是說，我還要在美國的紐約等上整整10天，且以後的事情還是未知數。

第二天一早，紐約下起了滂沱大雨。雨中響亮地傳過來朱國秋呼喚我名字的聲音，他和太太許捷開車來接我們了。在經過商業區超市的時候，許捷和胡群耘一起去買了一袋10公斤的大米。

美國航班「渺無音訊」，漢字輸入法下載成功

文匯報駐紐約記者站，也就是朱國秋夫婦居住的公寓，在曼哈頓的一棟樓裡。

已是深夜，我向上海打了電話，這一天是國內星期五的上午，本來是個版面「定局」的日子，但是週刊編輯部的領導和同仁，為了報導最新的消息，決定守候到第二天，即星期六再最後「壓」版面。

我睡在廳裡的長沙發上，胡群耘睡書房。為此，朱國秋特地到朋友處借了一張鋼絲床。在自己單位和自己人的氛圍裡，胡群耘家庭主婦式的能幹顯露出來，與許捷一道燒紅燒肉、煮湯年糕。朱國秋則將我領到了大陽台上，他說，正前方是JFK機場，平時這裡的上空，總是有5、6架飛機在起飛和降落，現在是一片冷清。

與黃浦江非常相似的拉德遜河在眼前流淌，曼哈頓高速公路上的轎車以100公里以上的時速飛馳，而我，則凝固在紐約的一棟樓裡，絲毫動彈不得。

朱國秋立即與上海東方航空公司駐紐約辦事處的一位主任聯絡，得到的回答是：現在國內與美國的所有國際航班，包括國際、西北、上海東航，都停了，什麼時候通航，不知道。一旦飛機通了，他一定幫忙，讓我們趕緊回國。

我跟許捷說，能不能從電腦上下載一套「自然碼輸入法」，以便我書寫報導。「我趕上了，就得寫！」

下午，我與上海家中的母親通了電話。胡群耘也與因家事留在國內的妹妹通了電話，她妹妹在紐約工作，她「通」過來一條消息，明天她乘坐美國西北航空公司的飛機回紐約。胡群耘激動了：一是她妹妹已在美國工作十年，競爭激烈，奮鬥至今實屬不易；二是國際航班通了。已經有了6、7年國外記者站工作經驗的朱國秋則要冷靜得多，他說：等候有了最確切的起飛和到達的消息，再說。

晚間，朱國秋與居住在紐約女兒處的文匯報原副主編、我的老上

級史中興取得了聯繫，便開車一起過哈德遜河，來到新澤西州地界。人在異國，又在危急時刻，相見時大家心情激動。臨別已是半夜，老史一直把我們送到車旁，在瑟瑟的風中，他握著我的手，說了兩遍：祝你平安，祝你們平安。

夜中的紐約，燈火冷落。原本舉世聞名的都市輝煌，讓恐怖分子給碾得粉碎。

第二天是星期六，中午，胡群耘妹妹從芝加哥打來電話，她數小時後轉機可到紐約家中。晚上吃飯，胡群耘又接連得到丈夫4個國際長途電話，說是他得到上海方面的消息，明天東航的飛機一定起飛，讓我們想盡辦法立即趕到洛杉磯，等候回國，否則戰端一開，恐怖分子再有行動，「禁空」時間會延長，國際航班的開通情景更難說了。

朱國秋再度打到紐約機場的電話裡，依舊是冷漠的錄音。我跟他又走到大陽台上，夜空寂寥。電視新聞裡報導，美國國內機場航班部分恢復，但無任何詳情。我們到不了洛杉磯，又怎能趕上東航的飛機？

得不到任何確切的消息，我們再急，也沒用。不過，我的「自然碼」下載成功，我把手提電腦放到膝蓋上，立即開始寫字。到晚上12點多，寫了2000多字。

AA飛機降落，所有乘坐者都輕輕地鼓掌

第二天是周日，美國總統布希到紐約。一早起，一對對的F-16戰鬥機從空中掠過。我繼續寫字。胡群耘與到達紐約的妹妹去相聚。我再與週刊聯繫，上海讓配合文章再拍幾張我在紐約的照片。我與許捷去了曼哈頓。街頭到處張貼著「尋人」的照片，滿地鮮花，黃絲帶蜿蜒，還有點燃的蠟燭。在一救火會門前，犧牲者的大幅照片張貼在牆上，人們流淚擁抱。

來到第26街，警官和警車林立，我就不能再往前了。空中還有世貿大廈倒塌後升騰的白色煙塵，我就此留影為證。

　　與前兩日相比，美國市民的情緒趨向穩定。印有世貿大廈圖案的圓領汗衫，也擺上了街頭小攤。一看，攤主是華人。還有一個中年白人，賣印有世貿和美國國旗的「宣傳畫」，2美金一張，銷得極快。許捷買了一張，一摸，紙很薄。

　　晚上，胡群耘再度接丈夫電話，東航的第二個航班也從上海出發了。心中萬分焦慮的我們決定：明天一早上機場，先飛到洛杉磯就是勝利。朱國秋再打電話，用英語與航空公司聯絡，確認明早航班的座位。我與洛杉磯一位朋友打電話，要她幫忙來接機，但得到的答覆是，洛杉磯機場送客和接客的人，都無法來到機場候機室，所有人只能到達機場外的某個地方，隨後只有持票的人才能上航空港接人的大巴士進機場。朋友進不了機場，而我又不知道該去機場外的什麼地方才能找到她。我啞口無言。

　　朱國秋讓我放心，稿件和照片他負責傳回上海。深夜11時，他「命令」大家休息。我怎麼也睡不著。我對胡群耘說，我們再將整個飛行過程細想一遍，還有什麼可能遇上的「問題」。明天我們上得了美國的國內航班嗎，飛機上一定沒有「壞人」嗎，一定能夠平安到達嗎？到了洛杉磯，一定就能簽上回國內的票嗎？這一切，都不是經過我們的個人努力，能夠回答的。

　　早晨4點半起床。細心的朱國秋，還特地聯絡了人民日報駐紐約的一位老記者，共同護送我們上JFK機場。40分鐘後到達機場，裡面早已人頭擠擠。我們的票，要到聖地牙哥轉機。朱國秋感到奇怪了。

　　機場要求，行李可托運的儘量托運，隨身行李也是越少越好。終於，我們拿到了兩張登機卡，一張是到聖地牙哥的，一張是到洛杉磯的。朱國秋叮囑我，到了聖地牙哥不出機場，直接找1號登機口，就行。行李是到洛杉磯的，「千萬不要出機場」。

　　來到安全檢查的門口。一位比我足足高出了半個頭的黑人警官，以來我雙手平舉。他拿著測試儀器，在我肋下、襠內、胸前、背後反復測試。然後，他又用手將我的腰間皮帶細摸一遍，隨後又摸褲腳，再摸皮鞋。他跟我貼得很近。忙乎了一早晨的他，已經是一身的汗。

我告訴自己，他檢查得越細緻就越安全。對所有的人都這樣，好！

胡群耘被一位女警官反復檢查。待過了安檢，我們回頭再跟朱國秋說：回記者站，一定跟東航取得聯繫，定好洛杉磯的機票。我再拜託他跟我的朋友打電話，不要來接機，我就在機場板凳上過一夜了。

上飛機，所有人寂靜無聲。機艙裡，很空。不過，就單機人員講，空中服務人員是多了，原來似乎只有男女各一，現在有3個男的，兩個坐在最後，一個坐在前面的正中間，目光直視整個機艙。而三個女服務員一直在巡走。

5個半小時忐忑不安的航程。聖地牙哥到了。飛機輕輕落地。機艙內所有的人，包括乘客和工作人員，都輕輕地鼓起掌來。我也鼓掌，眼眶情不自禁地濕潤了。

取消直達，所有人和行李都用「螺旋槳舶運」

在聖地牙哥候機廳裡，我們來回尋找1號門，但就是找不著。看見剛才飛機上的空姐們還聚在一起講話，我們拿著準備好的寫上目的地的紙條走上前去。美國空姐很熱情，其中一位指著胡群耘的嘴唇說話（意思是後來我和胡群耘猜測出來的）：1號門，在另外一棟樓，要坐巴士去，「紅巴士，像你嘴唇顏色一樣紅的巴士」！她看我們還在猶豫，又主動將我們領到外邊，指著一塊巴士牌，對胡群耘說：紅的，紅的！

我們再笨，也懂得了她的意思。紅巴士開過來，我和胡群耘上車，整車只有我們兩個人。我們再將紙條讓司機看，司機瞄了一眼，一個點頭。車開了。

聖地牙哥遍地耀眼的陽光。這回我們是不出機場也出機場了。昨晚考慮了那麼多的細節，可這個情景根本是想不到的。來到機場一端一更小的房子面，我大步下車，趕快踏進門去，果然看到了「1」字。我轉頭跟胡群耘說：是1號，下車。

再次確認機票。原先我們機票寫的是3320航班，下午4點起飛。

可辦事員將機票一把抓去，撕了。我大吃一驚。隨即，他遞過兩張票來，上面寫著3328航班，下午1點30分起飛。我們來到安檢面前，又是類似在紐約時的過關。候機室內就10幾個人。我們想聯絡一下，是否有中國人一起走。胡群耘問了一個女郎，但她是JAPAN。我也問了個男乘客，他是KORIA。

說是3328航班，可工作人員召喚上的飛機卻是3366航班。這是一架螺旋槳小飛機，20個座位，坐了16個人，起飛。一位中年空姐給每人倒一杯水，待到收杯子，洛杉磯就到了，前後不過25分鐘時間。我又在擔心，下飛機的機場，與將要「登機」的是同一個機場嗎？。不過，當我從小飛機的窗裡望出去，在地面停靠的機群裡，我興奮地發現了一個熟悉的標記：東航的抽象派燕子標誌。

我們終於到了洛杉磯唯一的LAX國際機場。

我們在紐約托運的行李，卻要在4點48分才到。我有恍然大悟的感覺，美國航空是故意讓機票標記和實際航班的號碼不相符合，故意讓人和行李分開到達，以斷絕一切進行大規模破壞的可能。

行李要2個小時後才到，我們立即向著預先瞭解好的國際候機廳奔去。上樓，前進，終於看到我們所熟悉的東航標誌。在櫃檯前，我們看到一個頭髮翹起的小夥子和一個化妝的空姐，都是中國人，就像看見了最親近的人一樣，迫不急待地講起話來，姓張的小夥子立即查驗了電腦記錄，確認我們明天已經定下了座位。這是朱國秋在紐約為我們確認的。

我們明天可以回國了！

東航的小張告誡要我們，乘客很多，明天來確認不要太晚。

在美國打國內長途要5元美金，我們早有準備，將20個2角5分的角子扔進電話機，告訴在紐約的朱國秋：我們到了，我們被確認了，我們要回國了。胡群耘高興地跟許捷說：我們把這5元錢講光！然而，20個角子只能講4分鐘，線路很快就斷了。

我和胡群耘將行李放在機場的一個角落。我堅持不睡覺，我不願意路走到了最後一步，還丟東西。實在睏了、冷了，就站起來走一

圈。在洛杉磯機場候機室的異國18個小時，包括最後一個美國夜晚的
8個小時，就是這樣過去的。

　　10點檢票，8點多人就擠了起來。12點45分，進106號登機門。13
點30分，中國上海東航MU584航班起飛。先到北京，再到上海。飛機
起飛，我是知道的，然而到北京落地時我是睡著的。我幾乎兩天兩夜
沒有合眼，一顆心懸在半空也已經7個晝夜。

　　在北京出關，我給家中母親打了一個手機電話。再度上飛機，航
向上海。我到達紐約時候想做的三件事情，到這個時候都完成了：抵
達距離世貿大廈最近的第26街現場，稿件發回上海，安全回國。

2001年10月

站在同一塊基石上的感念

一

2011年5月21日早晨，我在台灣高雄，一大早5點半就起床了。來到高雄港的入口處，一株高大的由廢金屬片組合起來的大樹，姿態別致地豎立在海港道口，熱帶初升的陽光，斜斜的，橙黃色的溫暖塗抹在樹上，有了點妖嬈的味道。深藍色的海平面，一望無際。昨晚經過此地，這裡原是日本當年雅馬哈企業的廠區，再是「光復」後的倉庫，又被「轉型」廢棄，現在是「藝術創意園區」。遊覽計畫中沒有安排這個參觀項目，我獨自而來。

手機響起，我收到了當年黑龍江兵團「荒友」劉國強的短信，告知：其一，他的人生級別提升，有外孫子做外公了；其二，同為「荒友」的子蘊出書，代我要了一本，書不是白給的，約寫書評。大陸書稿出版在台灣，大陸人行走在台灣，途中，被約寫「大陸人台灣版著作」的讀後感，這是屬於海峽兩岸今天的巧合。昨天，前天，都不可能。

子蘊快人快語，博客集結出書，是題中之意，油墨香來得快了些，「是我始料不及的」（作者語）。國強當外公，是必然的，短信中的欣喜，有著一份「快」意。「陸客」來到台灣，是必定的，可我沒有想過，自己這麼快也就來了。不相關連的三件事，都含有必然、必定的意思，又似都「沒想到這麼快」，如是共同感受的緣由有三個：背景的天幕已經更迭；這份更迭，需要時間，然白駒過隙，瞬間，我們就老了；我們老了，但並不麻木。

二

回滬，得到子蘊的《跨越文革的人生歲月》。仔細讀來。

　　子蘊文本的緣起，是因為「不少同時代朋友的自傳或者回憶文章，看那都代表不了我的感覺」，「在兒子鼓勵之下」的「實話實說」。子蘊從「我出生」寫起，以自家經歷為一以貫之的主幹，其他人事的描摹，則是枝葉烘托。作為母親，子蘊本意，是「給兒子講過去經歷的故事」。「講故事」這句話的「學術層面」很高：am a storyteller；翻譯過來的意思是：我是一個故事講述者。這是毛姆說的，他的名作即是《人性枷鎖》。

　　「性格使然」的子蘊將文本上了博客。

　　同為荒友，現在是中國社會科學院近代史所思想史研究室主任聞黎明先生的序，是用專家眼光寫的，精當，而且準確，是閱讀子蘊這本著作的指南。他說：「我從事現代史研究多年，習慣從職業眼光考量現實。在我看來，與新中國同齡的子蘊，是用她的個人經歷，再現新中國成立後一個城市平民家庭的演變，而這個家庭和千千萬萬家庭一起，共同構成了現代中國社會。若從這個角度看，子蘊家庭的變遷、父母的境遇、個人的歡樂痛苦迷惘等等，作為個體雖然有一定偶然性，但作為整體，難道不正是那個時代的必然痕跡嗎？子蘊的回憶包含著大量與現實生活極其貼近的資訊。」

　　記得，我見過一次子蘊——劉湘。

　　上世紀1970年冬天，我奉調至場部後勤處工作。起因簡單，我是9連司務長，經常跟著馬車或輪式拖拉機來往於場部辦事，被有關人士「相中」。連領導知曉，欣然同意，這就等於是在場部主管吃喝拉撒和發放機械零配件的部門裡，安插了一個自己人，以後辦事方便。不過，不見兔子不撒鷹，連領導有個條件，放人，沒二話，可物資股得先給批條子「調撥」兩口大鍋，一口給食堂炒菜，一口給豬舍糊豬食。

　　鍋拉到連隊，我去了場部。以物易人，我命運的更變，源於一次中國基層農村物權與人權的交易。說起來也算是動用了金屬等價物的買賣，不過不是金，不是銀，不是鑄錢用的銅，也不屬於意識形態裡面的「鋼」，生鐵而已，與鋼相隔著再經歷一場火的距離。

　　忘記了年月，也忘記了季節，也忘記了為什麼事情，就是「有一

天」，跟著逐漸熟起來的政治處某位上海男生（不好意思，這個男士是誰，也忘記了），來到「後邊」政治處的草房子裡。當天停電，走道漆黑，腳下高低。政治處人士推開一扇門，屋裡的一切陳設細節，淹沒在幽暗中，一個女生坐在桌前，在燭光下似乎正在書寫什麼。她仰起臉，若有若無地向進門的兩位男生點了點頭，沒有一句話，繼續伏案。掩門而出的上海男生告訴我：這是劉湘，北京知青，高中生，報導組的。

在我當時「政治概念」裡，農場報導組與「市委寫作組」級別相同。那是翰林院，那是御書房，那是殿前跨刀行走，那是兩報一刊社論。說到當年感覺，也就是屋子黑，裡面坐著的人，容貌模糊，眼睛也並不「炯炯」，與輝煌的名頭頗不相符。想來，在食堂吃飯、在機關開大會時候，彼此還是見過的。只是「茫茫人海」，司令部、政治處、後勤處的座次排列，「後」的人們從來就很有自知之明地站立在被規定的角落裡，我是個新來的，更從不到「前邊」去。

似乎不很久，聽說劉湘調到大楊樹去了。東北冬季漫長，心頭的冰雪更是常年不化。許是單純，更是麻木，走了，也就是走了。不是總是聽到有人在「走」的嗎？今日讀子蘊此書，看到副場長王樹德等相知的姓名，子蘊當年調動的途徑，便一目了然了。至於調動緣由，即同場的弟弟已經離去，和D（子蘊的此時男友，此後一輩子的夫君）在異地的呼喚。容貌模糊的故事，在子蘊的敘述裡，原因和過程，線條清晰起來。

在並不感到陌生的故事裡，有一個「子蘊特色」。當年，各地知識青年，還有老職工，甚至有些已經擔任若干農場副職的非黃棉襖幹部，有路子能走的都走了，遠遠近近的，都是向南走，唯獨子蘊往北去。這樣的行走方向，迄今回憶，恕我孤陋寡聞：北興似沒有第二個。

不回家，不回城，獨一人，向荒原。迷蒙的路上，蒼穹呼嘯，一個女孩子的背影，踉踉蹌蹌，又無比堅定地奔向了由首都校園和京城宅院的經緯編織而成的幻影。今天子蘊記錄了自己曾經的「哇哇大哭」，當年，有誰從這份嚎啕中聽到了她決絕的勇敢？

三

書者都是非常自我的。文本的自由行，源於人性的自由行。

在書中，對於在北京與D的會面，子蘊這般寫道：冬天的陽光暖烘烘的照在什剎海的冰面上，亮光光的湖面晃得人睜不開眼睛，欄杆邊一對青年男女，哭了又笑，笑了又哭。再寫到了大楊樹這個「新地方」，自己的入黨要求依然被拒：子蘊「滿腔憤怒無處發洩，順手抓起一個墨水瓶朝D砍了過去，D一偏頭，一瓶墨水摔到辦公室的白牆上，瓶子粉碎，一面牆濺得烏七八糟」。

這已是多麼遼遠的故事，這又是多麼刻骨銘心的故事，揮之不去，召之即來。

從「社會層面」而言，返城迄今，關於知青話題的「反芻」，紛亂不絕。一百個故事，由一百個人來講，會出現一百個版本。子蘊版本，僅是這諸多版本裡的一部。子蘊，這位「文革時期新聞工作者」的再度執筆，寫字出發點是私人化的，行文沒有一點宏大敘事的痕跡，也沒有多少追根尋源的鞭笞。點點滴滴，瑣瑣碎碎，坦蕩由之，笑哭率性。這是一種時代的反撥：在政治處報導組寫稿，「語言、思路都有個定式，假大空是文章的通病，材料有了，要集體討論定調子，即定文章的主題，基調。定完調子要吹路子，即把大綱和每節的標題都定下來，要寫得層層深入，要無限拔高，寫出境界來」。由此，調到大楊樹，子蘊只有一個條件：不搞宣傳，我實在搞膩了，太累了。子蘊今日文本「自由行」的源頭，應該追溯到上世紀70年代中對於「文革定式」的抵抗。

子蘊提到，自己喜歡讀章詒和。章氏新作《劉氏女》，是她繼非虛構作品後的第一本小說。章氏接受記者採訪，她說道：看到「進了監獄的美麗女子」，感覺「怎麼那麼漂亮的都在牢裡啊！她對感情太單純了，她的身體有需要，她也克制不住」；「在那樣的環境下，太需要感情了，四周都是最殘酷的，最孤獨的，被所有人拋棄，一個人

對你好，那種感覺太需要了」。在《劉氏女》裡，章詒和「不去說制度怎麼樣，不說這些人的命運和制度的關係……我更多寫的是情感、複雜的人性所導致的悲劇」；「我不會寫太多時代的大背景，這是與我之前寫作差別最大的地方。我不尋求制度如何不合理，而扭曲了人性，因為很多事情就是那麼發生了」。

讀到章詒和的如是表述，子蘊大抵會有心有靈犀的感覺。

相對子蘊的不能遺忘，源於各種緣由的遺忘，在一千次的忘卻之後，似乎就可以成為真正的虛無。在上海某個「知青紀念館」，眾多的照片圖板上，其中一幅貼出了六位女性青年和一位男青年的照片。這圖板上的故事，講的是「當年」黑龍江尾山農場震驚全省的山林大火，當時的「英雄報導」，出自尾山農場宣傳科的一位女性，後來經過恢復高考後的考試，她進入高等學府；作為知青，又是大學同學，她曾對我說起過那場災難。她當年寫就的「救火」稿件裡，出現有「一位男性」。寥寥數字，戛然而止，並無下文。在「滯後」了約40年的介紹中，我被告知，這圖板左側六張照片的女生，都是烈士；而右上角的男生，事蹟報到「上邊」，因其母親曾「倒賣票證」，被擱置不理。展覽設計者說：現在這一家人已經「都不在世上了」。

上世紀六十年代，大陸處於經濟困難時期，老百姓購買各種基礎的生活用品，均需各式票證。貧窮人家照例獲有一份，只是買不起，將這些票證賣給能夠買得起的人，成為了當時「自由市場」一種「非法生意」。貧窮母親的掙扎，是當年所謂的「罪行」，於是，其兒子在異鄉的奮勇撲火犧牲，便擱置一旁，無有隻字褒獎，更無正式結論，任其淹沒在茫茫知青的亡故名單之中。

這樣的細節，當年，有人知道，可是，沒寫，是出於不讓寫。從這裡，我體會的，是當年鐵幕一般的封殺和封鎖。太久太久的封殺，就是被掩埋，太久太久的封鎖，就是被消滅。

這一天大的人性悲情，使我想著：關於「知青運動」，我們還「被」忘卻了什麼？

子蘊版本的價值，在於「準確地從記憶中取材」。真可謂北疆冰

封，迄今不化。美國老鷹樂隊的成名曲《加州旅館》，其中最著名的一句是：你隨時可以結帳，但你永遠無法離開。想來，這天下悽惶，境內境外同是一樣的滋味。乃至「民國最後的才女」，合肥四姐妹中的張允和早有詩句應對：十分冷淡存知己，一曲微茫度此生。

歲月相異，感念如一。子蘊亦當如是吧。

四

2008年9月，「曾經的黑土地——黑龍江生產建設兵團32團知青回憶錄」在滬自行印刷出版。這是當年下鄉到北大荒同一農場知青回憶文本的簡易「彙編」，我寫了序。序的結尾，我表達了自己的「心結」：對於那場知青「運動」，我將牢記，但絕不歌頌。我當年「長年下榻」在辦公室「一隅」，隔壁鄰居是同樣住在裝備股辦公室的陳財武，在同一食堂裡喝了多年大頭菜湯的老朋友，回來後一向疏於「知青活動」，他突然給我來電：那本書我看了，我要為你寫的這句話，專門打個電話來，「我堅決同意，我就是這個看法」。

也有不同的意見。當月13日，在上海松江大學城工程技術大學舉行「荒友聚會」，一位中學同學以真誠的語態對我說：兵團考驗了我們，更鍛鍊了我們，青年學生上山下鄉很有必要，有人講那是「災難」，我要跟他們「辯論」（大意）。在當天發給與會者的《曾經的黑土地》裡，也寫有如是字句：「回憶起那戰天鬥地的時光，我的心依然激情蕩漾。豬圈豈生千里馬，花盆難栽萬年松。青春年華，千錘百煉，對於我來說是一筆財富，是一首綠色的生命之歌。」

真誠是不能責備的。真誠在證實我們是前30年「教育」最成功的批量產品。對於那個遼遠得始終不能消失的十多年，你激動得流淚，那是你的權力；我心痛得淌血，那是我的自由。我已經知道，這世界從來沒有過一個誰，通過「辯論」，通過「批判的武器」，能把另外一個誰「教育過來」。經過千溝萬壑的跋涉，步出漫天風雪，我終於明白和懂得：世界由嘈雜構成，且這份嘈雜是永恆常態，自己就決定

堅守這份自由：即使孤寂，也是自我，即使冷落，也是安寧。你當然是從前的你，我必須是今天的我。

我的對「知青運動」的零碎「感念」，在前些年和當下，寫下過這樣的文字：

對於中國知青和中國知青「運動」的解說，幾乎無窮無盡，幾乎無法求同。只是，覆巢之下焉有完卵，「文革」劫亂已被澈底否定，而作為其組成部分的「知青運動」，怎麼可能還是唯一單個的完整的蛋。在理應上學的年齡，丟棄書本（請允許簡略表述）去勞動；到本該工作的時段，卻作為超齡「大」學生去讀書。這不能被認可是正常社會的秩序。投身社會，要以背井離鄉為前提；表達忠誠，要以拋棄父母兄妹為尺規，這更不能被判定為道德人生的準則。人類歷史上有因戰亂和災荒的人口大遷徙，但沒有一次人數達1700萬之多，時間長達10年，以純粹的年輕人為主體的生命大遷徙。

對於北大荒這段知青下鄉時期的經濟狀況，有人說：是知青用尚未完全成熟的身軀，支撐了共和國大廈。其言「壯碩」，實際卻恰恰相反，幾十萬年輕人的到來，製造了黑土地的入不敷出。這在農場大事記中有記載。但是，這後果不是知青的責任，而是國家政治動盪的高額成本。（寫於2008年）

在40多年「知青運動」的寬銀幕上，有如是我們的形而下的小人物，更有洶湧著的形而上的政經背景。這理當包括上世紀60年代後期知青「運動」的決策，即「最高指示」的形成過程，據今天汗牛充棟的資料看，這涉及到當年無比幽深、複雜的「文革」動因。大批知青回城的發端，則在70年代末，雲南知青赴京，與農業部最高層領導皇城會晤，一拍兩散；繼而是一位「實事求是」的副部長親赴當地，面對下跪的青年群體，作了令人涕淚俱下的講話。最後，以鄧小平的知青、家長、農民「三個不滿意」為結論，在上世紀70年代末、80年代初，由

「大返城」式的崩潰宣告終結。

其海嘯般的崩潰，被冠以「病退、困退、頂替」的政策名稱。頂替，是父或母退出原單位職工額度，讓子或女就業。一個經濟制度，「計畫」到這個家庭只配給一個飯碗，父母「不吃了」，孩子才「有的吃」。至於病退、困退，超過90％的知青們，都是帶著這頂帽子回城的，而所有人回城後，又都以實際健康或比較健康的身體，去就業，去拼搏，去從頭開始。

病退、困退，尤其是病退，是一場被政策程序允許、被公開昭示的謊言操作。「知青運動」以謊言始，再以謊言終。把崩潰之路，標名為因「病」之路，因「困」之路，是「切題」的。（寫於2012年）

對於「知青」的歷史遭遇，上輩父母和知青自身，飽含唏噓。只是當年，「權借虎穴暫棲身」，在那樣的時代，不屈、沉默，是一種行進方式，迎合、阿諛，也是一種自保的步履，至於混沌、「遊戲」，更是排遣無望歲月的無奈演繹。

如果硬要那般表述，「知青運動」有何「正收益」，那就是讓年輕人瞭解了中國農村基層艱難的現實困境。今日坊間，有論強調今日些許高階官員的知青「出身」一說；其實，「他們」下鄉之後，時間長度遠遠超越鄉村歲月，或學生或官宦的幾十年仕途，在關節點上各式各樣的「攀登情節」，究竟怎樣，對於絕大多數的草根知青而言，哪裡是能夠知曉的；「知青出身論」也實在是把中國官場看得太卡通了。（寫於2012年）

陶淵明有詩：我本將心托明月，誰知明月照溝渠。正是因為：受難讓人思考，思考讓人受難，故而子蘊曾在自己的博客裡，刊出這樣一首詩，裡邊有一句：她「唯獨不能……歌頌」的，是「知青運動」。這個省略號，是對「溫暖」的一份姿態「優雅」的拒絕。

子蘊的「不歌唱」，與我的「絕不歌頌」，是站在了同一塊歲月

的基石上。這是我寫下這篇讀後感的動因和主旨。

是為子蘊《跨越文革的人生歲月》的再版序。

2013年9月

只有一個翅膀的飛翔

一

　　接國強電話，似只要是與子蘊有關的，我都在外地。

　　2011年仲春，我在高雄。電話來，說是「討」了一本子蘊的書給我讀，而且一定要「有感」，要落筆。這要求有點蠻橫，不是國強的溫和風格，頗有貝滿女子中學「盈溢」出來的貴族氣息。非得有感，沒感不行。回大陸，讀畢，寫了。

　　自成社會閒散人員，我的博客就關了。終於有了無干擾無角色無舞台的日子。鬼使神差，再度打開博客「復活」，把讀後感登了上去（從此一直「活著」）。這就有了國強的第二個電話，2014年元月，我在成都赴重慶的高鐵上，說子蘊書再版，由他再轉交給我。緣由：我的讀後感，現在已經是「再版序」。

　　子蘊曾在電郵中感謝。我「索要」稿酬，她說若我進京，設宴賞酒，「紅星牌二鍋頭20瓶」；照顧我計，為小瓶裝。這似非常符合兩年後的慶豐包子原則。回滬第二天，即在松江與老朋友們見面，國強把再版的《我曾經的名字叫知青》給我。

　　囑我另交的兩本，一本是子蘊贈給當年所在修配廠基層班組，身為上級副班長陳財武的。我電話告知，財武說，他正攜夫人在紹興鄉下「避年」，呼吸新鮮空氣，一直要雅致到正月十五後方回上海。想想，上海空氣的確也是不新鮮，像塊「卡台布」（擦桌布）。另一本給慕名申請為文本校對志願者的陳建明。這個陳，是我的大學同學，曾在北京路電台工作，與我虎丘路文匯報近在咫尺；竟然由一個渾身不搭界的劉氏女的稿子，再度誕生了這麼一種快遞與被快遞的業務關係。開車送到老同學手裡，他非常高興。

　　知青很多，天下很小。

二

　　子蘊著作的再版，引起劉曉航的注意。他是安徽知青，恢復高考後的第一屆大學生，教授，作家。2008年出版的《我們要回家》，是劉曉航寫的，迄今最詳盡記錄雲南知青返城全過程的文本，其史料及史學的分量，不言而喻。作為中國知青最大群體的「北大荒黑幫」，並不是奮起抗爭、掙脫鐐銬的排頭兵，「知青運動」的冰山由南方貧瘠疆土上殘酷的溽熱而融化，繼而轟然崩塌。

　　劉曉航給子蘊寄去自己的著作，提示「回贈」。我與劉曉航曾有一面，這次他也給我寄來自己大作，在信中寫了他的讀後感：子蘊的回憶錄寫得非常好，我多年來收集全國各地知青回憶錄，已達600多種，並作研究，現在全國的知青回憶錄不低於萬種，絕大多數是非正式出版物，子蘊這一本是十分出色的，她不愧是北京貝滿女中的高材生，美女兼才女。知青回憶錄已經從上世紀90年代的「集體記憶」演變為當下的「個人口述」，彌足珍貴。

　　這是行家口吻。

　　再版中增添的數萬文字，主要是寫D的輾轉歸來。血緣思量，長幼牽絆，百般幽怨，千般無奈，萬般掙扎，實在有些讓人不忍卒讀。在北京，子蘊擁有的第一個既獨立又完整的家，是在「西交民巷一個舊時洗澡堂改建的房子裡」。幾十年的「存者且偷生，死者長已矣；室中更無人，惟有乳下孫」，這是當代的真正的「婦啼一何苦」。「曾驚秋肅臨天下，敢遣春溫上筆端」，子蘊提起筆來的時候，她是勇敢的，但「老歸大澤菰蒲盡，夢墜空雲齒發寒」的境遇，使得體溫正常的人們都要長長歎息。

三

　　關於「知青運動」這個題目，我想過的、思考過的，在子蘊書的

再版序裡，似都包括了。

讀到過一些非常善良、樸實、有啥說啥的文字，摘錄幾段在下面：

> 出發時刻（與子蘊一樣，這是繁體文本，從「姆媽」看，這是上海知青寫的）——
>
> 我對母親說：我要上車了，你們回去吧。
>
> 妹妹說：大哥哥，一到了就來信。你常寫信回來，別讓姆媽惦記。
>
> 母親伸出彎曲變形的手，替我拉拉衣領，說：看著點天氣，知道冷暖，別生病。
>
> 我說：姆媽，我不是小孩子了，二十歲了。
>
> 母親對我苦笑一下，說：二十歲又怎樣，還是我的兒子。
>
> 我喉頭一緊，沒有說話，注視母親的臉，清清楚楚看到她額頭兩頰的每一條皺紋，她眼中唇邊深深的愁容。那面龐，那神情，那悽楚，那痛苦，比達芬奇或米蓋朗奇羅所創造的一切雕刻或繪畫，都更千百倍的真實，千百倍的深刻。

一位知青敘述的山西老農故事——

> 在晉南插隊的時候，村裡有個下中農，家裡生活並不寬裕，但他不准自己的兒子下地幹活，每天只許好好讀書，即使星期天或學校放農假也都關在屋裡寫功課。連北京的高中生都給趕到鄉下來了，何以這鄉下的農民不許自己兒子務農？有一次問他為什麼，那農民笑著說：這個道理再清楚不過。一個孩子，先讀書學科學，以後還來得及學幹農活。要是顛倒過來，從小幹農活，長大了再讀書，還讀得進去麼？有人說：可現在大家不是都這樣麼？那農民想了想，回答：你騙不了我。
>
> 聽了這故事，我心裡滴血。十幾歲的孩子，正是好奇心最強，求知欲最旺盛，記憶力最好，最應該也最適合讀書的時

候，連那個鄉間的窮苦農民都講得出的道理，怎麼偉大的國家領袖們，成千上萬的知識精英們，十億勤勞智慧的人民大眾們，卻都忽然那麼不明白了，而且還偏要倒行逆施，關閉學校大門，奪去孩子們手中的鉛筆和作業本，把他們趕到鄉下去種地。那是明顯的別有用心，那是絕對的罪大惡極，那是要被釘在民族歷史的恥辱柱上，永遠也無法洗去的。可是四十年前的中國，歷史就是這樣被歪曲著，社會就是這樣被顛倒著，人民就是這樣被欺騙著。我被強迫插隊，北京和全國成千成萬的中學生被強迫下鄉。連續三代青少年，被改造成弱智，後果已顯，亡羊補牢，為時晚矣。

這位知青表示：永不回頭——

　　我從來沒有想過要再回陝北，重溫插隊的日子，雖然那些歲月至今歷歷在目，永遠銘刻在心裡。我始終沒有感覺到過下鄉插隊是什麼激情燃燒的歲月，我堅持青春有悔而且是大悔大恨，永不能釋懷，我絕不肯說當年下鄉是自覺自願，我完完全全地是被學校領導恐嚇要脅，為保護父親的安危才不得不報名插隊陝北。

　　我不能輕易地饒恕邪惡，我不能假裝寬宏大量的高姿態，我不能把苦痛的經歷當作段子，我不能不為自己青春的被剝奪而感傷。在二十歲的年齡，一個人最輝煌最美麗的生命時段，我被強制驅趕到陝北的山溝，度過那些不與書為伍，沒有音樂作伴，看不到任何前途的日日夜夜。

四

我不歌唱「知青運動」。

對「知青」這個詞，我的感覺也歷來複雜。那些站立在共和國

青年建設者行列第一排，充滿著理想主義色彩的前輩，我崇敬。對同行的朋友們，永遠心存感激，對酒當歌，人生幾何。也有當年相識，卻不再現身的人。原因許多，也部分地佐證了「知青」並不是朋友的同義詞；那個時節，多有「不講道德的人與講道德的人競爭，永遠是前者勝出」（金雁《倒轉紅輪》P.236）。同理，今日也有自我虛擬的所謂廣場人士，把這個詞像嚼過的口香糖一樣，凡事凡物都要沾上去，以無處不在、又似無所不能的姿態，欲「舉臂一呼，應者雲集」（魯迅語）的時候，我一定走開。

　　這世界，儘管「黃金時代的語言之劍已經銹蝕」，然「喜歡欣賞火災的人」依舊在舞蹈。

　　還有另外一種的「不歌唱」。

　　　博主zzx476網上報導：2013年10月22日下午，紀念上海知青赴疆屯墾戍邊五十周年大會，在上海大舞台（萬人體育館）順利召開，出席這次大會的原新疆軍區生產建設兵團回滬知青8800人，加上演職人員、志願者、滬上各地知青以及應邀前來的全國各地嘉賓，總數將近一萬。這是半個世紀以來回滬新疆知青的大團圓，這是中國知青盛大的節日，這是風和日麗的一天。「大會首先由歐陽璉講話，感謝全體到會的知青戰友們，感謝……感謝、幾十個感謝，說不完的感謝，結尾還是感謝。在黨和政府關懷下，他分了房，有了一份退休工資，老有所養」。演出成功，下午五時左右圓滿地落下了帷幕，但是，我卻驚疑地發現原先傳聞的上海市副市長，以及後來逐步走上領導崗位的上海知青，一個也未見蹤影。我想，這與反腐創廉挨不上邊吧？是主持人沒介紹，還是壓根就沒來參加，這就不得而知了。不過這樣也好，本來就是民間老百姓自己掏錢（每人100元）尋開心的事，少了點官氣，多了點民味也好。

曾經的新疆知青歐陽璉，當年的阿克蘇事件，以及關於這次聚會

的籌備情況，在網上可以查閱得非常清晰。永遠查不到的，是「原先傳聞」到會，卻最終「一個也未見蹤影」的人。

不知：「喜歡欣賞火災」的舞者，如何來解讀這樣的不參加、不歌唱？

五

很多年前了，讀女作家張潔的《沉重的翅膀》。當年有過一個笨拙的聯想，想飛，就一定要有兩個翅膀，即使沉重，展示的也是非凡的翱翔；可如果，你只有一個翅膀呢？

只有一個翅膀的成因，要麼是先天畸形，要麼是後天折斷。

如果這隻鳥還是想飛翔，結果就會是這樣的：反復撲騰，精疲力竭，偶爾有短暫的騰空，接著的一定是重重的摔打，然後是如此的周而復始；天空的蔚藍遙不可及，等待你的永遠是長途泥濘。

我們就是些只有一個翅膀，卻始終在夢想飛翔的人；雖然「才自清明志更高」，而我們最為風華正茂的舞台形象，卻已經定格為：匍匐和撲騰。我們匍匐和撲騰的目的非常可憐，僅僅就是要回家，僅僅就是要團聚。

我們曾經生活的地域是個什麼地方，想回家就這麼難？

我們曾經度過的歲月算個什麼年代，想回家就這麼難？

家，難道真的就是人類的原罪，想家就是這樣的罪大惡極，回家就是這樣的罪不可赦；以致誰想回家，誰就「不得不低下高貴的頭」？（《我曾經的名字叫知青》P.333）

子蘊再版本封面標誌了所寫文字內容的時間段落：1949-1989。

最末一頁最末一行文字是：冬天已經走到盡頭，春天還會遠嗎？

白駒過隙，又一個四分之一世紀過去。子蘊的判語超前了。也可以這麼說：當年我們的願望，就是如此的卑微和「短視」，一家三口有個立錐之地，那就是最現實的溫暖如春了。大將軍霍去病名句：匈奴未滅，何以家為；小女子子蘊還以民諺：家無寸土，國在哪裡？

　　敬錄資中筠先生於2010年「歲末雜感致友人」的「寥寥數語」，
奉子蘊案前：

　　一年容易，又見寒鴉繞枯枝。本想歇息一陣，躲進斗室，
效古人「如今但欲關門睡，一任梅花做雪飛」。但是本性難
移，仍免不了憂思不斷。老夫（婦）耄矣，無能為矣！不論人
們怎樣津津樂道今日中國出現耄耋老人勇於直言的風景線，一
個民族的希望只能寄託於年富力強、朝氣蓬勃的中青年。一個
好的國家、好的社會，應該做好事容易，做壞事難；好人得好
報與惡人得惡報的概率高。而現實情況正好相反。嗚呼！知我
者謂我心憂，不知我者謂我何求。每見種種悖理傷道之事，憂
思難解，悲憤不已。我寧願不做賈誼式的預言家，我寧願落杞
憂之譏。

　　「天寒望善自珍攝，幸勿為風露所欺」！（《感時憂世
——資中筠自選集1》P.11）

2014年1月

輯二

台榭人生：
蒼山負雪，浮生未歇

人生的舞台

> 他一生在尋求真。他總不安份，也就總不太平。
>
> ──胡偉民自擬的墓誌銘

一

　　他佇立在有著淺灰色水磨石地坪的門廳，凝望著一個又一個的觀眾通過入口處的玻璃門進入劇場。他是來迎候他們的，但他們不認識他。男的，女的，挽臂而行的情侶，前後相跟的夫婦，手拿著說明書在他面前匆匆而過。

　　「誰演周總理？」

　　「誰演江青？」

　　人們在置放劇照的櫥窗前攢聚，甚至有人踮起了腳尖。他們都想看看今晚將在舞台上出現的歷史人物。

　　終於有人回頭看他：老呆呆地站著，等誰？

　　他在等，他在觀望，一個屬於人的自尊的年代，是否真的從今晚這橙色的燭形燈柱下開始。

　　曾有朋友規勸，一九七九年的中國，一個大病初癒的人，也許依舊需要「活報劇」強烈的戲謔，會使勝利者深感大戰後的歡暢，赤裸裸的新聞式語言表達，會使生還者深知存在的艱難。但是，上海這個「碼頭」還未必肯接納一位「街頭藝人」。二十一年前，他自「人籍」跌入「鬼籍」，「市籍」也就理所當然地被剝奪。物歸失主的年代終於到來，他卻被又一次「理所當然」地「研究」著。

　　當年的否定，是由於政治這位彪形大漢的旨意；今天的否定之否定，卻要取決於藝術這位稚弱的灰姑娘的青睞。一位四十六歲的導演

被並不藝術的生活繼續導演著。

　　但他還是決定執導「粗糙的」《神州風雷》。原因：劇本中有他多年想傾訴而從未能吐露的話。他似一個突然被批准恢復使用聲帶的前啞巴，忐忑不安而又雄心勃勃地等待著：從每個演員嘴裡「扔」出去的音響，在觀眾的頰上將烙下何種叫作表情的印痕。

　　有人上前與他握手了。緊緊的，輕輕的。

　　啟幕的鈴聲響起，他隱入暗中。

　　一雙戀人被「女皇」投入監獄。原作者的劇本上，監獄是充分寫實的：笨重的鐵門，粗大的窗欄，陽光呈縷縷纖維……

　　而現在偌大的塑膠天幕上，凌空中懸一個木片製作的道具：拱形窗框。一名演員在幕後來回走動，強烈的燈光將那剪刀狀的雙腿巨影投遞到窗框內。自台下望去，監獄立時成了半地下建築。揚聲器中傳出哨兵巡邏的渾濁步履聲，鐵錘般叩擊著觀眾的神經，這是踐踏，踐踏，踐踏！

　　舞台，監獄。劇場，監獄。僅有半扇的窗戶，空蕩蕩的窒息感。每個觀眾都在默默咀嚼靈魂、人格、自尊被硬皮鞋踩到污泥之中去的壓迫感。心在「地下」掙扎，又一次次被強力踏到黑暗更深處。

　　兩位原作者從廣州來看自己的戲，返粵後決定，當地演出按「上海版本」表演。

　　盲目的信仰，宗教的狂潮湧動，極少數人的專制，與絕大多數人自由的喪失互補，成為一個歷史時期的旗幟。但當一個導演能在舞台上表現什麼是踐踏時，他在舞台下以被踐踏為標記的人生階段業已過去。

　　在神州的第二次風雷中，他自「地下」「長」出來。雖只半截身子，但臉裸露著。

　　柔軟的鬢髮，根部已經灰白，中段熙焦，唯有髮梢，還珍貴地保存著未褪的黑色。

　　輕輕地沾下印泥，在一張寫滿字的紙上，我摁下手印。簽字可以文雅些，打手印，純純像個打家劫舍的強盜。「右派」，還講究什麼

劃押的形式？

我不反抗。連「認罪」的形式都不反抗，黨不會犯錯誤，犯錯誤的只能是個人。我。胡偉民。

生平第一次看到自己鮮紅的指紋。父母給的，純屬私有，似乎永不可能被奪去的物件，此刻，被清清楚楚地掠奪了。鎖進檔案櫃。我想把它搶回來……我深感一種個人無法抗禦的強大外力。

一九五二年，我從上海戲劇專科學校畢業，拿著分配通知，到衡山路華東局文化部蓋個章，隨後又返校「報到」當教師。同屆五十多同學，留校三人。

一九五七年，我從表演系整風學習委員會副主任的起點出發，邊鳴放邊邁步，以「右派」的身分到達終點。理由之一：反蘇。一位「老大哥」教員，在外交人員公寓企圖對一中國女鋼琴伴奏員施暴。那女士，一件黑絲絨旗袍，勾勒出東方的嫻雅。她將此事「彙報」給我這個「副主任」，我再「嚴正」地彙報上去。結論，是我煽動牛鬼蛇神向黨進攻。

我父親是破產農民出身的工人。解放前我賣報為生，我去酒樓餐廳旅館洋行賣報，我是「癟三」，我血管裡流的血是鮮紅的，我怎麼會反黨，我絕不檢查。這態度對我要求入黨不利，不讓說真話才是對黨不利，虛偽虛偽虛偽……

我向學院打報告，辭去副主任職務。又一個結論：要脅黨！

停止授課。勞動改造。我住進農家，每天將城西虹橋的菜拉到城南的天路菜場。一輛舊自行車，馱兩個大鐵筐。我「政治戒煙」。別製造那種局面了，我給別人是賄賂拉攏，人家給我是階級陣線模糊，我主動切斷同人們的所有聯絡。

我終於耐不住，回校找領導「交心」。我最多是講話不注意場合，我有點驕傲自滿，我不反……領導問，你對結論有意見？

一句怎麼回答全不「妥當」的提問。

第二天，全院教職工大會，召集者宣布，某「右派」對結論不服，抗拒改造，現由司法部門依法予以勞動教養。一教師當場被員警

押解出校。

　　我再不開口了！

　　我還是半個自由身，雖然削去兩級工資，但每月見到母親時，還能交給她一半工資，三十元以補家用。老老實實地送菜吧⋯⋯

二

　　一九八〇年，上第二個戲《再見吧，巴黎》。

　　教授挨鬥後跌坐在木箱上，手稿散滿一地。紅色的聚光燈打向觀眾席。所有人的眼睛刺得睜不開——斯坦尼斯拉夫斯基的「第四堵牆」消失了。而導演就是要觀眾接受——這就是浩劫，血濃得令人不能目睹。

　　他讓忠於職守的大幕退休了。這次既無開幕亦無閉幕，舞台是從來沒有過的空曠：僅散立著三根能夠轉動的三棱柱。一面是六十年代末中國粗體字的「勒令」，「打倒」和「滾蛋」；一面是夜巴黎的高樓，彩燈和車流⋯⋯最初認為非實體性布景缺乏外在刺激力的演員，感謝導演給了他們開闊的、無覊的聯想空間和行為天地。

　　生活是擁擠的。而他住辦公室，僅一張硬木床，一隻冒著黑煙的煤油爐。他想讓藝術疏朗些。

　　膽大妄為的他，居然還讓女主人公牽著一頭足有半人高的大狼狗上舞台。一時間，半個上海各種報紙的文藝副刊都在發表記者特寫：女主角解放的飾演者祝希娟馴狗。

　　一條會給人銜拖鞋的好狗。但他絕不想表現——馴服。

　　司馬鐘：這狗叫什麼？

　　解　放：Figbter。

　　司馬鐘：什麼意思？

　　解　放：打手。當然，仁者見仁，智者見智。有人可以翻譯成
　　　　　　好鬥的戰士，我這裡翻譯成打手。

司馬鐘：怎麼起了個這麼怪的名字？

解　　放：時代通病。戴倒黑白。這名字恰恰準確，鮮明。

司馬鐘：這狗不錯，什麼種？

解　　放：狼種！

司馬鐘：狼種？不大像嘛！

解　　放：那，羊種！

司馬鐘：別逗了，還有羊種？

解　　放：很簡單，見了狼牠是羊，見了羊就是狼。

　　文學片語的多義性夠人咀嚼一輩子的。俗語，狗通人性，但有時候，有的人不乏狗性。

　　結構，對白，布景，道具，音響。他像一個無所顧忌的好事之徒，追求著自己的化境。

　　第二幕，松潘草原之夜。漆黑無垠的天幕，一棵不知名的樹的枝丫，完全不合比例地，似一條慘白的蛇在幽暗中伸展著扭曲的肢體。偏左，一塊帶轉盤的小平台。

　　一隻草綠色軍用小書包自「地下」拋上舞台，又一雙白皙柔弱的手伸出。似一溺水者死死抓住木製平台象徵的土坡。男主人公，狗崽子，青年土壤學家，悄然探出驚恐萬狀的臉。

　　戴紅袖標的人們，正尋找著要逮捕他。理由是，他在研究，並設法改良之所以會爆發這場「革命造反」的土壤，「砂化，鹼化，用不了多久，會變成沙漠了。」

　　「哇……哇……」淒厲悲涼的烏鴉啼叫從空遼的頭頂掠過。

　　排練第二天，負責音響的同志找到他，「導演，烏鴉只有在黃昏時才出來活動，深夜是沒有烏鴉的，它們睡了……」意思是說：導演，你的動物學知識，有誤。

　　他隨即答道，「這是舞台的規定情景。我要的不是純自然界的真實，我需要主人的心理聲音。一顆正在被追捕，甚至會就此不復存在的靈魂，整個世界在他望來都充滿了敵意。草木皆兵，這時，即使有

夜鶯叫，於他聽來也一定是烏鴉的哀啼。你講生活邏輯，我講心理邏輯。我要的就是那一聲聲象徵著，預示著人間所有不祥的烏鴉叫。如能發明創造什麼更淒絕的音響，那就不用烏鴉叫好了。」

他在宣洩自己面對這顆並非滿意的星球的諸種情緒。在《神州風雷》中，他吐露的是對「惡」的大人物的憎憤，《再見吧，巴黎》中，他傾訴的是對「善」的弱小者的憐愛。他要充分表達非課本式的民族的歷史無力感。

四十七歲不是記憶力轉向衰退的年齡。他記得青年時代讀過的《彌蓋朗琪羅》中一段話：「太陽的光芒耀射著世界，而我獨自在陰暗中煎熬。人皆歡樂，而我倒在地下，浸在痛苦中，呻吟，嚎哭。」

健忘，從來就不是單純的生理狀態。

至少得徵得心的首肯。

我渴念著，五十多歲的母親能像幼時那樣，輕輕摩撫我的頭頂。「你就不能不去嗎？」她問。我獨自流下在任何人面前都沒有暴露過的眼淚，沒有回答。

不是拒絕謊言就可以消滅謊言的。

北大荒農場來上海招人，「規格」必須是既容易控制又有用。我報名。我厭惡這座充滿敵意的城市。從事表演藝術的顯示欲，不知何時，會在我身上爆發成張牙舞爪的報復欲。

我嚮往天高皇帝遠的曠野，一朵朵雲朵在沒有污染的天空，會還原成潔白的顏色。嚴寒是所有人懼怕的。在因為懼怕而人跡罕至的僻遠之地，我將體會到沒有被瞄準的溫暖。

年長的「右派」拒絕去。經驗告訴他：一去難返。

我患著嚴重的肝炎，我去，我信奉：士可殺不可辱。

瞞著我這個長子，年邁的母親去學院央求一位領導，我兒子病得厲害，待治療後，身體好一點，「做得動一點」，再去，行嗎？

回答是客觀的：「佳木斯也有醫院。」

多麼冷酷啊。或他，或我，「人」都被遣送到哪兒去了？

　　二十五歲的我真想撲到母親懷中，搖晃著她的身體問，媽媽，我是你生的，告訴我，我還是個人嗎？媽媽，你是證明我這個實體性質的權威啊！

　　我也沒問。母親獨自偷偷地流下了一定比我更多的眼淚。她不懂得謀害，但不等於不懂得死亡。

　　農墾部的人告訴我們夫婦，可以乘臥鋪車去北大荒。「臥鋪」這兩個軟軟的，伸展的字，引動著我這個以聯想為職業的人的無窮遐思。

　　我忘卻了當時中國政治的統一緯度，對「右派」，哪裡不是「孤城向水閉，獨鳥背人飛」呢……

三

　　如果說手也有視力的話，二道幕上那隻巨大無比，具有現代派繪畫風格的手，就像鷹爪一樣將那銳利的注視，用俯瞰的形式投向台下的觀眾。

　　舞台上的一切又是寫意的，構成主義式的平台，少量建築物橫切的實體，變化多端的各級階梯。所有物件都是直線條的，呈現出強烈的岩石質地，黑，白，灰，三種極其沉冷的色調在提示觀眾，演出的絕不是歌輕劇式的田園詩。

　　大幕啟開。一歐洲女郎正俯身旋動著一架收音機的開關。擴音器中傳出模擬的播音員的聲音：「德軍全線撤退，蘇軍已佔領距離依利黎國境四十公里的克雪納爾……」第二次世界大戰。一東歐小國依利黎的共產黨組織，為在戰後掌握全部政權，黨內兩派產生分歧。一政治領袖路易採用恐怖的謀殺手段清除政敵，對政治鬥爭採取現實主義態度的另一領袖賀德雷被槍殺。劇情圍繞著謀殺執行者、兇手，同樣是共產黨人的雨果的命運而展開。

　　這是薩特的《骯髒的手》。黨內政治謀殺案。

　　一九八〇年七月，四十八歲的胡偉民再次「誕生」為上海市的居

民。從事導演工作二十多年後，在上海市青年話劇團，他才第一次獲得「導演」這個職稱。

　　文學作品中任何形式對女性佔有的驚心動魄或纏綿悱惻，都無法與他重新佔有「人」這個稱號時的心情相比。他欣喜若狂，又悵然涕下。

　　進入「陣地」。他覺得，小說和報告文學已經跑在前面，而舞台是寂靜的。他在「東張」——審視當代中國的歷史及表現傳統手法——之後，開始「西望」，「西望」世界的，也是人類的災難史和拓進史。他並非偶然地尋找到法蘭西的讓・保羅・薩特。作為二次大戰後新一代知識分子的代表人物，薩特尋求著人類為何會遭此戰爭劫難的根源，他最終成了「對資產階級最犀利的罵娘者」。

　　擁有兩千萬人口的法國，《骯髒的手》發行七百萬冊，這事實給予他無比強烈的震動。薩特「干預是戲劇的本質」的哲學概括，使他毅然選擇了這部「內容有爭議」的戲。

　　剛剛平息關於他是人還是鬼的「爭議」，他又投身於世界現狀及未來的探索。《再見吧，巴黎》接近荒謬式的傳統大團圓結局，使他感到深刻的缺欠。他要表現一次黨內的惡的勝利。

　　惡的勝利，反襯著美的顫慄、善的猶豫。

賀德雷：不要老講紀律。我對那些嘴不離紀律的人很有戒心。

雨　果：我需要有紀律。

賀德雷：為什麼？

雨　果：（厭倦地）我腦子裡想的東西太多，我得把它們趕出去。……我得設法不許自己去想這類東西。要是我能把別的想法裝進自己的頭腦就好啦。譬如，「幹這個。起步走。立正。說這個。」我需要服從。服從，光這個就夠了，吃飯，睡覺，服從。

賀德雷：你能夠朝我兩眼中間開搶，無情地把我幹掉嗎？原因是我在政治上和你意見不一致。

雨　果：能夠，只要我下了決心，或者是黨命令我這樣幹。

　　中國一個人代表一個黨的時代方才離去。如果說歷史是一塊平地，我們則還望得見那時代的蹣跚的背影。他做了兩個半小時的導演闡述。他用略微沙啞的嗓音要求演員們用現實的真切感受補充這個戲。必須體現歷史的具體性和現實的生動性。

　　他只允許在女主人公捷西卡的臥室內，那窗框呈現出唯一的一條軟軟的弧線。

　　他將戲的高潮處理在最後一幕戲的最後一句台詞，而不是通常的倒數第二幕，他堅決不要像中國古典詩詞起、承、轉、合那般優雅的從容不迫的節奏。他要緊迫搏鬥中的選擇。

　　最後一幕。覺醒的雨果決定向世人公開謀殺的真相。有人向他提示：「這將是有罪的！黨組織……」他則絕然地答道：「不要用這些好聽的字眼了。好聽的字眼用得太多，而且正是在這些好聽的字眼下，幹了不少壞事。」派來處置雨果這個「黨的廢品」的人已經埋伏在屋外。他挺身而出，大步奔上台階，子彈射進他充滿青春活力的軀體。雨果的最後一個動作是踢開大門，他的人生最後一句話是：「無可挽回！」

　　無可挽回的是人性的澈底甦醒。即使是用鉛彈給這甦醒圈上淌血的句號。但死去的已是人，而不是獸，或是獸的工具。無可挽回的是代價昂貴。

　　劇場裡迴盪著女聲的無字伴唱。哀婉，但是高貴。

　　天幕上，映出一隻碩大的眼睛，憂鬱而又深邃地注視著世界。下方，兩隻成芽狀形的巨掌舉托著這只思慮中的思想的燈盞，為道出這世界某件骯髒勾當的真相，又一顆成熟的星辰殞落了。

　　觀眾池座中一片沉寂。隨即，殞落的星辰濺發出如雷的掌聲。

　　滿座。一青年劇作家連看了八遍。

　　《骯髒的手》中雨果的悲劇，不是命運悲劇，更不是性格悲劇，而是深刻的政治社會悲劇。但他認為：這是樂觀的悲劇。

　　真實地認識現實，真實的樂觀方有播種的土壤。

　　無垠的沼澤，無遮無掩地鋪開，青青黃黃地伸向山麓。枯腐的草根團捲著高凸出水面，供路人行走時踏腳的選擇，在這塊被俗稱為「醬缸」的土地上行進，土層時厚時薄，踩到極薄的地方，能感覺到使人驚恐不安的深層污水的晃蕩。

　　土層曾經撕裂，吞食掉開拓者的生命，隨後又若無其事地合成天衣無縫的板塊。

　　選人民代表，選民名單上沒有我的姓名。

　　集體參觀礦井，在井梯旁，我被當眾攔截，不准下井。

　　我再次絕非形式地被吞食了。我感到那醬缸中陷人的土層，是被淹沒的我頭頂上一片漆黑的烏雲。我年輕的軀體真強健，也無力推開……一個入「另冊」的流放者。

　　農墾總局文工團排戲，我是沒有導演職稱的設計者和合成者。

　　反映農民起義的《紅纓戈》。一相聲演員扮演土豪，我給他的闡述是：「一個有點文化的小財主，來點斯文的洋相。」弦外音：你自我醜化，自我嘲弄一番不就得了；沒有藝術，就給自己鼻樑上畫上那塊小白方塊。

　　觀摩電影《野火春風鬥古城》。我說，在躲過日寇的搜查後，楊曉冬應有一絲後怕。有人說了：「怕？共產黨人怕日本鬼子？你這是用資產階級藝術觀看待無產階級英雄形象。」

　　人就是這樣衰老的。

　　小興安嶺腳下，蘿北農場九分場，我與一個十九歲的四川籍小戰士共居一「馬架」。他教我燒炭，帶我去抗聯戰士遺址。殘存的土牆內，扔著印有太陽標誌的軍用罐頭。他找到的是往昔的光榮，我尋見的是今日的恥辱。敵人……我沉沒在自己那個鮮紅手印的血泊之中。

　　他能唱很多川劇。那一晚，他幽幽地唱起：「明月如水浸樓台」，一個長長的甩腔。年輕人的自我感覺逼得他問我：「這『浸』字美不美？」

　　我側過身去，一字不答。身下的土炕烙得背脊發燙。這是聯結著土地的溫暖。而胸前臉上，則是酷寒與嚴霜。唯一不結冰的是我一夜

忪忪的凝思──

　　我究竟是誰？我到底在哪兒？我⋯⋯為什麼⋯⋯

　　我想著已經是歷史的婚禮。我只給她買了一條西裝短裙。只請了一對已是夫婦的同學來家「吃一頓飯」；我不說請的原由，他們也默默地不問。他們來了，我們挾菜，母親在桌邊端坐著。兒子，媳婦，一個「右派」的妻子。無話的淒婉的婚宴⋯⋯此刻，她獨自在佳木斯。

　　心就是這樣衰竭的。

四

　　他以平均每半年排演一個新戲的節奏邁動著生命的步伐，頭髮中段的焦黃由時光的流逝洗得灰白。生命的第五十個年頭也已過去，但他被稱作「青年導演」。

　　計算的是「藝齡」。一輛半舊的自行車駄著他東奔西走。

　　《母親的歌》，他使用了中心舞台，觀眾們環坐四周。最遠的，距演員也不過十米。他要求生活化：樸實，自然，深入，當角色輕輕歡息的時候，演員的背也應該有戲。戲就是生活本身，觀眾的錯覺是給他的最高承認。

　　《秦王李世民》，他自由自在地設計了六個出沒無常的陶俑。俑，古代下層的侍從和士兵。帝王們的屍骨早已蕩然無存，而這些由泥土製作而成的陪葬的靈魂，卻依然長留於人間。作為某段歷史的真實見證，他派遣他們到今天的舞台上同角色一起發言。

　　他有著強烈的顯示慾。作為導演，這是職能必備的素養。但在中國傳統道德範疇中，這是陋習。因為：起碼預示著該人的不成熟。

　　一九八四年，他將莎士比亞的《安東尼與克莉奧佩特拉》首次搬上中國舞台，這段著名情侶的悲歡離合，曾被許多世紀的藝術家寫進作品。古羅馬詩人賀拉斯、維吉爾曾在《長短句》及《牧歌》中，描寫了狡黠多變的「毒蛇」克莉奧佩特拉。至黑暗的中世紀，她幾乎成

了罪惡的化身。道學家的筆下，安東尼這個羅馬統帥是浪子和好色之徒，埃及豔后則是縱欲的蕩婦。他們的結局，歷來被用來告誡人們要過安份守己，清心寡欲的生活。莎士比亞的劇作，則通過「歡樂的埃及」與「冷酷的羅馬」的強烈對比，盡情展示出一個有情有義的人的世界，同一個無情無義的權的世界的尖銳衝突。

　　他要在中國表現「即使是一個蕩婦的一次真正愛情的狂風暴雨」。他要翻案：縱情誠不足取，無情更為可怕。他要鞭撻不擇手段追逐權力而被銹蝕了的靈魂。

　　政治聯姻的時代，羅馬統帥與埃及豔后的感情遭到踐踏錯，面對「整個世界就像豬圈」的現實，他們選擇死亡。

　　八十年代的胡偉民讓史前的風雲人物安東尼──站著死。劍刺進自己的胸膛。

> 克莉奧佩持拉：太陽啊，把你廣大的天宇燒毀吧，人間的巨星已經消失它的光芒了……
>
> 安　　東　　尼：安靜些！不是凱撒的勇敢能夠征服安東尼，是安東尼戰勝了他自己……我只請求死神寬假片刻時間，讓我把最後的一吻放在你的唇上。
>
> 克莉奧佩特拉：要是我的嘴唇能夠給你生命，我願意把它吻到枯焦。我絕不讓全勝而歸的凱撒把我作為向人誇耀的戰利品，要是刀劍有鋒刃，藥物有靈，毒蛇有刺，我絕不會落在他們的手中。
>
> 安　　東　　尼：……我曾經是全世界最偉大，最高貴的君王，我沒有在敵人面前懦怯地拋下我的戰盔。我，一個羅馬人，在我自己手中英勇而死。

　　中國的舞台，似乎還沒有樹立過為愛情而站著死去的人物典型，更不用說是一個統帥型人物。英俊秀拔的男主人公兩眼直觀，挺立在舞台中央，顯示著對仇視人的情感的罪惡力量所取得的生氣勃勃的勝

利。尊嚴得到肯定。

對於豔后，他則請她躺著死。

有專家提出，克莉奧佩特拉是皇后，她應坐在王位上雍容而又體面地，不失權威原形地死去。

他堅持讓她躺下，低垂的頭朝觀眾看，長髮瀑布般撒向地面。有造形，但絕不是女性的最佳姿態。

「這時她已洗盡鉛華，作為女皇的狡黠，造作，已統統消失。此時，她既像一個擠牛奶的和做衣服的女工，一個非常平凡普通的女人，為殉情而死。沒有必要給她一個座位，顯示她還是一個高高在上的皇后，更沒有必要提醒觀眾，死的是一個統治者！

「我要的是莎士比亞式的一個普通女性的死！同婢女們一起躺在大地上吧……」

> 克莉奧佩特拉：我的夫，我來了，但願我的勇氣為我證明，我
> 可以做你的妻子而無愧！我是火，我是風，我
> 身上其餘的原素，讓它們腐朽吧。

一九八六年四月，中國首屆莎士比亞戲劇節上，他導演的《安東尼和克莉奧佩特拉》，成為中國第一個通過衛星向全世界轉播的話劇。

他享受著榮譽，但又感受到無窮的孤獨。從沒有休息，思想無日無夜地劇烈旋轉，意念與幻夢在交織中迴盪。他心愛的男女主人公死得太精彩。他的歡樂，竟源於悲哀。

一九六二年，我三十歲。一位黨的基層工作者用那善良的手，摘去我戴了五年之久的「右派」帽子。但在「文革」中，他因「包庇罪」而被揍聾了耳朵。

一九六三年，兩個農墾分局合併，那是又一次中國式的權與位的重新組合。無權無位的我，在肝炎重病中無實用價值，在冷落中被批准回上海聯繫接收單位。工會批准給我們夫婦一百元路費。望著批條

上那個潦草的簽字，我體會的是：大赦。一個並非法律工作者的姓氏簽名，再次改變並決定了我的人生道路。

汽笛鳴響撕裂邊境重鎮的涼意，蒸汽機車飛馳中翻騰在空中的煤屑微粒，嵌進我臉部的毛孔。我沒去抹拭，淚在心中流淌，臉上，是硬冷的岩石般的漠然。

上海。我要做的第一件事，是去舊貨店的估價處，我一把持下左手腕的瑞士錶。那是我畢業後參加工作時買的紀念品。估價者顛來倒去，正正反反地審視著，我覺得自己是被剝光了衣服赤裸裸地展覽著。「寄存一百二十，現賣七十元！」

我就這麼賤嗎？

妻子在醫院裡，要生第二個孩子。賣錶，是因為沒有時間再讓我等候了。時間又真貴。

我微笑。我用製作出來的臉部鬆弛，強掩著深層的焦灼不安。向著學院熟識的大門，向著批准我「流放」而依舊留在與資歷和功德相適合位置上的人，像是自由市場上吆喝著推銷劣等商品的小販，請「買」下我吧……我是優等生，我脫帽了，我有「圖章」作證的……

那是一座座什麼質地的礁盤呢？我生命的狂潮喧騰咆哮，但拍打到他們身上，卻濺不起一點一滴的浪花。對於我心靈深處的苦澀，他們沒敢有絲毫反應。這世界原本就「擠」得你無立錐之地……我瘋狂地復歸於「史無前例」的平靜，進入悲哀而清明的所謂成熟期：是神的提示，亦是鬼的戲弄，我一生命定要在煉獄中度過。我詛咒自己，屈辱的軀殼為什麼還有知覺，我憎恨自己過於年輕，距離終點的遙遠還要一步步地丈量。牢記吧，忘卻吧，瘋狂吧，忘卻吧！

我求到一郊縣滬劇團門下，拋妻別子八個月，妄圖用超常的勤奮獲取承認。我執導的《迎春花》進入市區演出，而我依然是一棵萎萎的苦菜，無人願意採摘。

新的農墾局明令停發我的工資，兩個月分文沒有。

由於同學的幫助，揚州市文工團派人來上海「動員」我去，我沒選擇。選擇這兩個字，是要在有兩種以上可能性時方可使用的。我抓

住揚州的這根救命草，不能鬆手，鬆手隨時可能在懸崖上摔得粉身碎骨……

五

> 賀水夫：（怔怔地）我最喜歡看女人奶孩子了……我老想，媽
> 　　　　媽年輕時，不知什麼模樣。
> 葛藤子：你真怪。
> 賀水夫：我老想喝奶，怪嗎？
> 葛藤子：（笑）你又不是孩子。
> 小五子：他媽媽生下他就去當奶媽了。他是喝米湯長大的。
> 　　　　〔葛藤子取過取奶器，轉身，端上一杯奶。〕
> 葛藤子：孩子吃不了，真的。
> 賀水夫：（猶豫，接過，呷一口，一仰脖）真甜啊！

　　一位二十歲出頭的農村少婦葛藤子，懷抱著非婚生的孩子，為尋回初戀的甜蜜，到上海尋找那在僅有的夜晚留下這顆種子的人。委身的緣由只是對非男子漢式懦弱的感動：如果在路上碰上老虎，他先走去讓那畜牲吃飽，她就可為此而免被吞食。而葛藤子遇見的，是這個製造過生命「副本」的人又要與另一個姑娘去歡度蜜月。

　　胡偉民一九八五年導演的《紅房間，白房間和黑房間》，在意念上夠繞口的，但這確是世界的全部，善美的真與非善非美的真的有機組合。他完成了一個歷史轉變：從表現政治性事件與人物政治性遭遇，轉向表現平凡的生活型事件與普通底層人物的命運，轉向人類內心層次的基本建設。

　　葛藤子並非走錯門地碰上一群玩世不恭的馬路工。枕頭底下塞著苟合女人褲叉的賀水夫，領頭取笑著這位農村少婦。可最後，在妻子式的美與母親式的善面前，這群自命為「現階段的任務是先解放自己」，「善良像屎一般被拉掉了」的青年人，心像被過濾後的水一般

變得純淨。

　　賀水夫喝奶是轉變的象徵，一個少婦在舞台上當眾表現擠奶幾乎是不能想像的。給觀眾的，是一個細弱的穿著粗布服裝的女性背影，雕塑一般無動作地動作著。而賀水夫是一個極其誇張的仰喝的戲曲式舉動。

　　人奶不甜，甚至有點鹹。但他偏偏讓賀水夫高聲喊出：「真甜啊！」

　　那位看過八遍《骯髒的手》的青年劇作家的本子，象徵得精彩，胡偉民則在台上「站」得更立體。

　　他想起畢卡索那條最後簡練到只剩下若干根線條的牛。善——非善——善的流程，他要用抽象的具象予以表現。

　　舞台右側象徵著現實的紅房間業已消失，似陰影一般籠罩的歷史黑房間也已飄逝，表示理想的白房間更是無影無蹤。天幕上彩燈閃耀，小號的巨大模型頂天立地懸在舞台中央。舞台上的青年主人公們，全部跳出角色，身著大紅拖地長袍翩翩起舞。有笨拙的，也有華美的。

　　鄉村少婦葛藤子著白色長褲，鮮紅的大蝙蝠袖長衫，儼然一美的天使，一身黑衣黑褲紳士般俊拔的賀水夫，似一衛士圍繞、保護著紅色火焰，使之能永遠灼熱地燃燒。

　　有人看不懂了，這不是話劇。

　　　　賀水夫：你真的要走？
　　　　葛藤子：（點頭）……
　　　　賀水夫：已經買了車票？
　　　　葛藤子：（點頭）……
　　　　賀水夫：那讓我送你……
　　　　葛藤子：（搖頭）……
　　　　賀水夫：一直進你回家鄉……
　　　　葛藤子：（搖頭）……
　　　　（他倆相對無語。相對無語失之交臂而過，又一次默默相視。）

男女主人公沿舞台對角線相向走過。互相回身再次漠然相向而過。再無相視和表情，距離又遙遙起來。

走過走過。走過，走過。走過，走過……

渴望著少婦得到丈夫和企望著凡夫獲得妻子的觀眾們，在心中大叫：讓他同她結婚！

他偏不。並不是他在製造缺欠，沒有角色成份的角色們，在遺憾中舞蹈，為永恆的相逢和失落……人生的確充滿著失之交臂的歡息。

這就是你們。他在幕側對著台下鼓掌的人們，在心中默默念道。

我終於從幕後走到了幕前，並不充當任何一個角色。垂著頭，頭髮耷拉到額角，一根根細軟的頭髮，近望如一條條粗笨的鐵欄。我看著鐵欄那一邊的人們。我被囚禁著，囚禁我的人也被囚禁著。

雙手非自願地反剪著，兩雙無理性亦無人性的手掌，狠狠反壓著肘關節。

一個響亮的聲音：「胡偉民，你是不是想翻案？」

萬萬沒想到，在揚州僅僅三年，接觸了幾個戲，在迷宮似的小巷中，還尚未全部尋到「八怪」的全部蹤跡，就如此迅速地趕上了「憑弔」自己的時刻。

失望，絕望。十餘年的忍辱負重，顛沛流離，我終於火山似地爆發了。「至今為止，我沒有用書面的或口頭的方式，向任何一級領導和組織要求翻案。」台下是寂靜的。「但我從當『右派』的第一天起，就想翻案！」

說這話是要被踩斷脊樑骨的。我準備寧為玉碎，不為瓦全了。

「胡偉民不投降，就叫他滅亡！」

「我已經死亡」十年了，但總是有人認為我死而「不僵」。我為自己生命力的頑強而喝彩。

「交代……」

「我一定交代，但有一個要求，在我說完全過程之前，任何人不要打斷我……」

我準備留遺言。我真認為，這將是此生最後一次使用聲帶了。

「要講多少時間？」手臂快要被折斷了。

「一個半小時。」咬牙。

「哪個聽你做報告！滾……」

十年「文革」，這殘缺的世界的確存在非人，但不是我！

重新分配單位。那些熱門廠子我是沒資格去的。民以食為天，讓我到那滿是灰塵的機械製米廠去吧。學一門手藝，一家人餓不死啊。看完檔案：不要！

「萬事銷身外，生涯在鏡中」。面對妻子，兩個兒子，一個女兒的四雙眼睛，我看到的答案是，你不能死……

一個喜好文藝的服務公司的黨總支書記，把我要了去。不會理髮，也不懂洗染衣服的我，被分去養鳥。揚州的「紅園」花木商店就此流傳著一句話：「胡偉民養鳥，越養越小」。

必須把孩子們全送回上海去，別讓他們再見到我挨鬥的場面，可是哪來的車錢！左右托人乘敞篷車。迷濛的雨中，我和兒子直直地貼住車廂站著，手中的傘怎麼也遮不住隨風打進來的雨水。衣服打透了，心被打透了，鑽進軀體的，是徹骨的寒意。

我給兒子留下一元零用錢，我半年後再見到他，他跟我說：「爸爸，我花九角八分買了一個語錄袋，還剩兩分錢，給你……」

六

他又一次感覺到載體的顫抖。

頎長的銀白色機翼，此時在陽光中無可奈何地抖動。一種肉眼可見的戰慄。波音707客機起飛時，那種藐視一切，昂首拔地而起的宏大氣勢，如今在浩瀚無垠的空中，已澈底讓給戰戰兢兢的渺小感和不安全感。

載體的不安。他想著「如果」。人生太容易消失了，幾乎相隔若干星期的電視中都會有一次有關飛機的事故。但人類又是多麼不容易

消失。地球，不安的載體……

他繫著航空安全帶，完全靜態地進入一種躁動中的動勢。他去北京，為會見傅聰。

中國文壇巨子傅雷之子，為參加《傅雷家書墨蹟展》開幕式而來。他在上海聽到這個消息，立即給北京一位相識的記者掛了長途電話：要求聯繫會見傅聰。六月二日下午得到確實答覆：可以。他放下電話，僅帶一挎包即刻驅車去虹橋機場。沒票。他就硬纏著上了飛機。

為了寫傅雷。傅雷的命運，應該抽象化，象徵化，昇華到一代人的命運來考察，提高到哲學高度來思考。其次，他想寫一個完全體現自己戲劇理想和追求的劇本，並且自導。

> 傅雷：……大自然的造化是驚人的。高山峻嶺，海洋流水，日
> 　　　 出日落，月色星光，全部孕育著生命。……羅馬，那不
> 　　　 勒斯，西西里島……羅浮官，從香榭麗舍大街直至凱
> 　　　 旋門的全景……還有黃山，那峭壁，飛瀑，雲海，松
> 　　　 濤……（忽然，悄聲地），孩子，你聽見我說話嗎？
> 　　　 　　　　　　　　 ［另一演區燈亮］
> 傅聰：……我忙啊。機場——演奏廳，港口——音樂廳。年復
> 　　　 一年，日復一日……讓我躺在沙灘上，我要曬太陽！
> 傅雷：你很孤獨，我可憐的孩子！
> 傅聰：你更孤獨，父親。
> 傅雷：孤獨像一雙鋒利的爪子，緊緊抓住了我……人生的關口
> 　　　 能低著頭鑽過去嗎？不，這是有背人的尊嚴的。

午餐時間，他，和他在空政話劇團工作的兒子，還有一位記者，在燕京飯店餐廳靜候。傅聰因給中央音樂學院師生講課而延誤了吃飯時間。

身著淺色短袖襯衣的傅聰終於出現在餐廳門口，他們起身致意。傅聰的自尊帶來的灑脫，是留給他的第一印象。

「請傅先生請先用餐。」

傅聰點了一個菜，一碗湯，一碗蝦仁麵條。

開始幾乎是同齡的藝術家的對話。沒有語言障礙，傅聰說一口流利的普通話，並無長年身居國外的華人拙於用漢語表達的缺欠。一棵扎根於中國歷史文化和世界文明土壤之中的大樹，是他的第二印象。

飯菜上得慢，傅聰起身走向服務員，要求「快一點」。

用餐畢，共同來到寢室。旅行箱隨意地開著蓋，衣服無秩序地放在床上，呈一種無意整理的雜亂感。傅聰一搖手，既是示意請坐，又彷彿是致歉：請原諒這個世界的凌亂吧。

> 傅聰：「蒼山如海，殘陽如血。」我喜歡這首詩。詩裡對人生，宇宙的感受非常深刻，具有宇宙性，永恆性。這首詩表達出作者的Vision……這首詩把極冷和極熱的東西放在一起。「西風」是冷，「烈」是熱的……山如海是冷的，殘陽如血，又是熱的。冰冷，燃燒的感覺……「而今邁步從頭越」是一種「知其不可為而為之」的精神，既有強烈的悲劇性，又有強烈的樂觀主義。
>
> 　詩人對宇宙有種直覺。……他對現在的世界並不很愛，人世間相當骯髒……人類總算比動物高一點，又並不高多少，事實上常常比動物還低……
>
> 　我們往往被悲壯所迷惑。在「武侯祠」看《前出師表》《後出師表》，我直流淚……這種悲壯的境界，儘管在藝術上很美，可在人生道路上親身經歷它，卻是很可怕的。

近三個小時的會面結束，傅聰站起身：「真可惜，那麼優秀的人死了。應該有人寫寫他。」

又是空中小姐甜美的聲音，「請各位乘客繫好安全帶。」窗外，

又是陽光下的戰慄。離開燕京飯店，他於當日即乘機南歸，二十四小時內完成了一次遠在千里之外的圓滿採訪。

「現在的飛行高度是九千公尺。」高度，歷史的和現實的《傅雷與傅聰》。他撫摸著安全帶鋁扣，定下了未來這個本予的名字。他想著傅雷手種的玫瑰和月季，全毀了……它們怎麼沒繫安全帶……

最高貴的花都帶著——刺。而遭遇的命運則常常是——砍斫。

整整廿年後，一九七八年十月，我被當年的導師提名，「借」回學院籌辦表演進修班。導師見到我這個已是三個孩子的父親的學生時，僅有的動作是輕輕地拍了一下大腿：「回來啦，好啊……」

團圓飯後，導師領著我觀賞院中的曇花。近似仙人掌式的多肉質葉片，垂掛著的橙白半透明的花朵，在澄靜的秋夜裡悄悄地展露出姿容，我突然告辭。從不迷信的我揣摩著「曇花一現」這句話，究竟是示憂還是報喜。脆弱的神經已再經受不起任何「一現」的折磨了。

僅一個星期後，我去蘇州開會，惡耗傳來。導師病故！我伏案痛哭……命運，命運。在歷盡劫難後歸來「一現」，是我的運，而導師，卻在心愛學生的「一現」之後離去，則是他的命。終於可以無牽無掛地遠行……

學院的落實政策小組來找我，為核實另一位「右派」當年的某句「言論」。我說：「我記不清了，我得翻翻材料。」

輪到他們驚詫了：「你自己還有材料！」

「是的，我有所有當年『檢討』材料的原稿。而且，我從來是人到哪『自備檔案』就跟到哪。我隨時準備翻案。」我一口氣說完了他們的言外之意。

只有一次例外，在「文革」中的揚州，我料自己朝不保夕，從而將整套材料交給一位普通的工人朋友保存。我留下的話是：我只要活著，我一定來取。那工人運用的是頗為傳統的語言：「我人在材料在。」

傳統的語言誕生並再次運用於具有傳統基因的時代。

　　我回到權當宿舍的辦公室，翻閱「材料」後，告訴掌握政策的人們：「那人沒說過這句話。我材料記著，那是另外一個人的問話。」

　　廿年裡我沒有做過一件「檢舉」之事。我無愧。

　　十二月，一位老教授，一位工人，我，當年青年教師的代表，被宣布首批「平反」。但至今為止，我沒有，而且將永遠不會在那份決定上簽字或蓋章，因為那紙上還附了一個尾巴：胡偉民曾經講過一些……

　　我絕不接受殘缺。

　　兒子來信，「爸爸，我覺得天藍了……」

　　我跟兒子說，本來，那包存在揚州的材料是準備留給你的。沒想到，這麼快，歷史就真成為歷史了……

　　寬容，一種典型的純中國式心態。令人咆哮而難以理解的，是它在所有領域內氾濫著的經久耐用。歷經三代人的災難，難道這刑期結束得還「快」麼？

七

　　黑白黑白黑白黑黑白白黑黑黑白白白黑黑黑黑白白白白。黑白……《傅雷與傅聰》的導演論述。在富有彈性的手指下此起彼伏的鋼琴琴鍵，黑燕尾服裡筆挺的白襯衣衣領。傅雷家書和非傅雷非家書的白紙黑字，神祕女郎白色拖地長紗裙臂上的黑紗，烏黑青絲上的白花，黑白，北大荒式的中國沃土和「文革」式的中國寒雪，這個星球上無數個沒有理性燃燒的夜晚和烈焰噴薄的日出……

　　黝黑粗壯的貝多芬的《英雄》，蒼白頎長的蕭邦的《雨滴》。

　　黑白……無甚離奇，司空見慣又而千變萬化的黑白啊……

　　中國佛教教義中有這樣的話，後退一步，海闊天空。

　　外籍基督則說：饒恕吧，，他們做的他們不知道。

　　我曾強忍著後退過豈止一萬步，但展露腳下的始終是陡峭的懸

崖，我們中國又後退過多少步？面臨的卻是「積重難返」。中國，廣闊的貧瘠，擁擠的疏遠……別總是「中國中國」的以示深刻？舞台上的精闢將贏得掌聲，現實中的侈談惹人生厭？忍受是傳統美德？不，不。這世界一片混亂，就因為中國能屈能伸的人太多了……

歷史是公正的。有時候它也會呈現並非出軌的不公正。歷史也再不會隨後來者的激動而激動了。

愚昧的痛苦，永遠也抵不上因為人的智慧而被感知痛苦的萬分之一。

人類長歌當哭，哭，是一種沉重的流暢，是神志清醒的象徵，我要流暢地表達生活的自重……

他總覺得書桌的對面坐著一個人。

不是男人，那臉部沒有堅毅或標誌英俊的線條，也不是女性，因為沒有軟語款言的敘述，低首的飲泣或側身的微笑。只有注視，只有嘴唇的翕動。然而又沒有聲音，所以辨不出年幼。他只知，他愛這個——人。

並非只有輪廓，但永遠只能望見某一細部。他時時懷疑自己沒有校正視角的焦距，為模糊而長歎，但又一次次為新的細膩發現而雀躍。

舞台，咫尺天涯。他，導演，將重現、濃縮、抽象這個人的一切展現於此。似是歷史，又似現實，似是群體，又似個人，是我非我，是戲非戲……

這就是生活。他為生而瘋狂。

一前輩說我依然還是「翩翩年少」，可五十四歲的我，外形的某些部位澈底鬆弛了。

每天我騎自行車到劇團，四十分鐘。滾動的思維。紅燈，綠燈。永久的開進。太陽並不是總是新的，而我每天必須都是新的。不，自離開北大荒，無論為保暖還是遮陽，我不戴帽。望文生義？我就是不戴。不是感覺障礙，是心理障礙。

現實主義不是唯一的創作方式。首先就不是唯一的生活方式。沒有「唯二」的變形和幻想，二十年前我就離開這世界了！當傳統戲劇

法則無法表達我的思緒和內在激情，我決定，不受束縛。

　　人生不是無限的，但有生之年永遠的下一個，是他匡正這個無限世界的圭臬。

　　　　　　　　　　　　　　　　　　　　　　　　　1987年10月

附：採訪胡偉民後記

　　我與胡偉民的認識，是在東北從佳木斯出發的火車上。

　　1986年，黑龍江農墾總局第一次召集在那裡工作和勞動過的人「返鄉」。這包括兩部分人，按時間順序表達：57年的老右派和68年後下鄉的知識青年。那次上海回去的人，不多。記得新聞界裡，就文匯報的王傑廉，新民晚報的周駿，供銷資訊報的費凡平。那時我在上海青年報當新聞部副主任，因為在外地採訪，我是晚到佳木斯的。那天早上一進飯廳，王傑廉就起身招呼我。

　　記得當天下午的「節目」，是到佳木斯賓館的一個小院裡等候，等候國家副主席王震的接見。他是昨天到佳木斯的，他來看望他當年帶進黑龍江來的老鐵兵們。歷史顯示出非常嚴酷的背違現象：他帶來的兵，1958年進得北國大地，大部分扎根了當地，而1968年來的知識青年，卻大部都返回自己原來的家鄉。

　　我就是1968年下鄉的。1978、79年的大返城，是鄧小平說了話。鄧小平的話包含著撥亂反正的政治意義。我自己是在1977年在恢復高考的第一年，考上了大學，隨後從哈爾濱的黑龍江大學畢業後回到上海。我歷來很自豪地說，我是上海敲鑼打鼓「貼紅榜」送出去的，我也是用這個國家「發紅派司」，以最正式的大學生分配方式回上海的。

　　接見完畢，我們上富錦縣的同江去。那裡是與蘇聯交界的地方。在船上，我見到了團隊中那許多比我們年長的一些人。他們的神情非常奇特，專注，但眼神裡還有著更多的東西飄忽不定。

其中一位中年人，風度翩翩，髮梢焦黃。這是胡偉民。

我們都是被不同年代的「政治風暴」，遣送到同一個地方接受教育的上海人。我與他在火車上面對面地交談。我36、7歲，他52、3歲。他的經歷引起我強烈的共鳴。他說，他正在寫話劇《傅雷和傅聰》，他想著把在「反右」和「文革」中死去的中國最著名的文化人的姓名，「統統」高聲地呼喊出去。胡偉民念著已經寫在劇本上的人的姓名。他說，上海死去的人也很多。我說，我們家也有一個。胡偉民把我說出的姓名，親筆寫到劇本上去了：聞捷。他是我的岳父。

回到上海，我與胡偉民約定，在延安西路的文藝會堂咖啡廳對他進行採訪。1986年文藝會堂的咖啡廳是一個甦醒過來的文化人的聖殿，要會見什麼名人，你就到這裡來，準能如願。我與胡偉民在這裡交談了6個下午。有一次「莎士比亞王子」焦晃在，大導演和大演員談著青年話劇團的事情。我就在一旁靜聽。一會兒，老演員喬奇也到這裡喝咖啡來了，也坐下來加入說話。我很安靜，聽著就是了。我想要知道的、瞭解的，不就是他們新生的狀態麼？這幾位重新獲得自由呼吸的人，嬉笑怒罵，實在是令人痛快。

胡偉民將他導演的話劇本子贈我閱讀，如《紅房子、黑房子和白房子》、《安東尼和克莉奧佩特拉》、《大神布郎》，還有《WM》、《馬》，等等。那個時候的上海話劇舞台精彩紛呈，無比輝煌。

我把寫成的報告文學《人生舞台》給胡偉民本人看，他幾乎沒有修改就同意發表。我第一次把我的作品交給了《上海文學》。得到的通知說，很好。但是，一天，《上海文學》主編讓我去，他與一位年長的女編輯共同與我談話，他拿出已經用紅筆改定的我的原稿，說「上面」不讓發表。這是我第一次得到的「上面不准」的指令。我剛回到上海還沒幾年，一切還在朦朧之中。主編說，非常非常可惜，但是我們沒辦法。

我不知道，我這麼一個傳統意義上的好學生，想努力為恢復正常運行的社會呼喊，為與我一樣人們的新生而高興的人，寫出的東西會

是「不讓發表」的。這些看似深奧、神祕，實際非常荒唐、無聊的決定，在我以後的文字生涯裡，還會不時地遇到。

胡偉民非常沮喪。他是將這篇文字看成「在哪裡跌倒就在哪裡站起來」的宣言書的。當年他是被平反了，但是不得公布。儘管他導演的戲正在上海的舞台上獲得轟轟烈烈的票房。我的又一位好朋友，江西《百花洲》的資深編輯洪亮知道我的這篇稿件，立即拿去在刊物上發表了。感激之餘，我和胡偉民「上海籍」式的興奮，已經大打折扣。

一天晚上，看完戲，我和胡偉民騎自行車同路回家。他在半路上買了點蔬菜，我說你還挺顧家的。他說，你寫的東西，我讓余秋雨看了，「那是我的前半生啊」。

以後的日子裡，我和胡偉民規不時地見面。他也正處於自己的創作高峰期，到處被人邀請著去導戲，滑稽戲《路燈下的寶貝》、越劇《第十二夜》，都去。且導一個就成功一個。

時間到了1989年的春夏。胡偉民自己創作的《傅雷和傅聰》就要在香港上演了，他是喜形於色的人，顯得很是興奮。那時的街上很是「熱鬧」。一天，胡偉民跟一位演員一起到我工作的青年報社，我們在二樓會議室說話，胡情緒激動，話很多，但又「語焉不詳」，我好像聽出了一點什麼，更好像是什麼也沒聽出來。當時40歲的我，沒有聽出56歲的他的許多話外之音。

有一句我是至今記得非常清楚的，他說了幾次「我不合作」。從廣義內涵和「最窄」的指向，當時的我都沒聽懂。

兩天後的中午，胡偉民中午在華山醫院病逝。我大吃一驚，前天還在一起說話呢，今天就死了？有什麼病也沒有這樣快的呀？我工作的青年報社與華山醫院很近，我立即想去，但是又被告知，去了也見不到人的，進了太平間了。

我總要問個為什麼吧。我把當時我能聽到的「資訊」綜合了一下，逝世的病因是彌漫性心肌梗塞，而「非直接」的緣由大概是：他的《傅雷與傅聰》下個月就要在香港上演，一切都接洽、安排妥當，

就等他這位大導演赴香港。然而，有部門通知，「希望以他自己的名義表示，因為個人原因，暫緩執導此戲」。他百思不解，他火冒三丈，他百般不甘，他曾經說，誰決定不讓我去的，就讓誰來宣布；我是要去導戲的，為什麼要讓我自己抽自己的耳光？

到那個時候我才想起，他兩天前到我的青年報社來，說了好幾遍的「不合作」，大有深意在。胡是個剛剛從水深火熱中爬上岸來沒幾天，自由呼吸了不久的新生兒，他想做事，他想反思，他要呼喊，他要反響。但是他又不能淋漓盡致地宣洩自己的情緒。心臟彌漫性梗塞，想想一個新生兒被窒息時刻的滋味吧。

我趕到胡偉民在徐匯區的家裡，到他的靈前痛哭。我在留言冊上寫下了自己的感觸。具體的，已經記不清楚。再隔幾天，開他的追悼會。胡偉民的大兒子雪樺此時在美國求學，沒有回國來參加。因「風波」，是家中特告，「別回來」的。

我曾在1978年末從黑龍江大學特地趕回上海，參加岳父的平反、昭雪暨追悼大會。追悼會由巴金主持。隨後，再立即趕回去黑龍江大學參加期終考試。11年後，在這個龍華的大廳裡，胡偉民的追悼會在此召開。又過去了若干年，上海作家戴厚英的追悼會在此舉行。在這樣的會上，我都會遇上熟人。大家悲然相泣。死去的這些人，都是有思想的人，會思想的人，他們的心都不複雜，甚至都是比較單純的，都想追求自己生存的美滿幸福和思想的自由快樂。然而，智者早慧，智者也早逝。也許，人的心力都是非常有限的，都是有限量的，用得太快，用盡了，大忌之日就提前到來。

我非常想念這些思想智力、藝術表現非常高妙，市儈之氣絕少的極其優秀的人。我會永遠地想念的。

2003年7月

化劍為犁，草原作證
──中國退役原子城採訪記

　　時至今日，中國第一個核武器研製基地宣布退役，已經有十餘年過去了。221廠與青海省海北藏族自治州人民政府也於1995年完成了交接工作。在當年這塊神祕的土地上，共和國曾經歷過艱難的創業過程，今天的地方政府及各民族人民正在努力進行新時期的經濟建設。

在那遙遠的地方，有一座以代號命名的礦區

　　離開西寧，經過一百多公里的行駛，我乘坐的車在一座中國傳統式的門樓前停了下來。在純淨的藍天下，直射的陽光將這座紅色柱子和明黃瓦頂的建築物，勾勒得分外奪目。黑色的門匾上左面書寫著四個漢字：西海勝地；在匾的右側，寫的是同樣意義的藏文。

　　陪我前來的青海省電影發行放映公司副總經理姜建夫介紹說，這原來是研製基地的崗哨所在地。當年這裡的文化生活，因為由「外人」組成的任何劇團，都不得進入此地，業務文化生活只有放映電影。拷貝歷來都由基地內部的專人到西寧去取，因為《芙蓉鎮》在當時引起的震動，基地要組織一次座談，省公司欲出一期簡報，姜建夫始得批准進入禁區。80年代中期，他在此停下，經核證以後，他攜拷貝換乘上基地前來接站的車，走人。而從西寧開來的車，經檢查後，停放原地，俟電影放映完畢，接了放映員再回去。

　　那時候這裡並沒有什麼彩色門樓，只有綠色軍帽下百倍警覺的目光和手中鋼槍上的烤藍，使得他至今不忘。

　　事後，在海北藏族自治州人民政府領導給我的資料裡，看到這樣的文字：原子彈的研製屬於國家機密，核武器研製基地一整套自成體

系的公安、糧食、商業、學校、醫院等隨即建起，以後與外界隔絕了
30多年的「小社會」就這樣在這裡形成。

進入當年的禁區，無垠的綠色草原，在我的眼前鋪展開來。白
色的羊群，皮毛棕黑相間的犛牛，星星點點的徜徉在青草和紫色的野
花叢中。不時有斜披著皮衣的藏民，騎著駿馬悠然地在草原上緩緩踏
來。也有進口的旅遊車，在極好的公路路面上飛速行進。繪有藏族色
彩圖案的白色帳篷，散布在草原上。這是海北州旅遊單位供到此一遊
的客人歇腳的地方。

有毫不起眼的高高低低的建築物，埋沒在青草之中的鐵軌，間距
極大的分布在這片草原上。如果不加說明，任何人都不可能意識到，
這些就是過去被稱作核基地的「某某分廠」。滄桑的歷史，如今浸沒
在藍天白雲的祥和之中。

這裡的風硬，陽光中的紫外線強烈。西寧海拔有2000多米，而這
裡的海拔比起西寧還高出1000多米。我下車習慣地急走起來，但馬上
又不由自主地停住腳步，大口地喘氣。人們微笑著看我：這裡是青藏
高原啊。他們說得更重要的一句話是：這裡沒有污染。

位於青海湖北岸祁連山南麓的這片草原，四周高山，中部平闊，
環山抱水，麻匹寺河和哈勒景河從此經過。青海古屬羌人生息地帶，
漢時設縣。50年代前，此地名喚金銀灘草原。以後的歲月中，這裡被
叫做「青海礦區」，也稱作「221廠」，就此成為一塊神祕莫測的土
地。現在這裡是海北藏族自治州人民政府所在地，名喚西海鎮。在
1996年以前出版的中華人民共和國地圖上，「沒有這個地名」。西部
歌王王洛賓極其著名的歌曲《在那遙遠的地方》，就是1938年在這裡
采風寫成的。

科學家們在此隱姓埋名多年，而現在的「荒涼」是美好的

由州府安排，組織部派員引領我完成這次採訪。才畢業不久的大
學生張玉清，被州上喚來，做我的領路人。她告訴我，去年州上成立

旅遊局，今年七月她參加了州旅遊局開辦的第一期導遊學習班。

我們趨車向著原基地的第一分廠區駛去。小張姑娘在介紹車外草原的歷史、地理情況，一個個充滿濃烈色彩的形容詞從她的口中蹦出來。我們都笑了起來，姜建夫說，小張你這是在背歷史書；我說，從禁區到導遊，你自己就是一頁歷史呢。

對外稱為221廠的「中國第一個核武器研製基地」，是在1958年創建的。基地面積為570平方公里（建廠初期為1167平方公里），基地建有廠區、生活區、公路及鐵路專用線，曾在此工作、生活的專業人員、幹部和職工達萬餘人。

毛澤東在1958年6月有過一段講話，他說：「搞一點原子彈、氫彈，我看有十年功夫完全可能。」這就是基地選址與建設的決策背景。1962年下半年，中央批准實現核子試驗的「兩年規劃」，並成立了由周恩來為主任的15人專門委員會。次年3月，來自全國各地的科研專家、技術人員、幹部、工人和解放軍指戰員陸續集中到基地，開始了研製工作。從今天已經公開發表的回憶文章裡，我們知道，王淦昌、鄧稼先等一批中國頂尖科學家，為了研製原子彈曾經隱姓埋名「神祕失蹤」多年。其實，在關係到國家、民族存亡的嚴峻時刻，他們就工作、生活在這裡。王淦昌當時常常坐著一輛卡車，沿著一條泥濘的道路到試驗現場去。他那時的化名叫「王京」，這化名的意思很清楚：王淦昌的一切都獻給北京了；用他自己的話說，就是「我願以身許國」。

我們來到原基地的一分廠區，整個布局像一座大學。主樓酷似一教學大區，前方有一門樓，轎車可直接開進，以供科學家和將軍們避風雨。進得大門，是一大門廳，天花板上雕有凸起的花飾。姜建夫告訴我，這樓房為蘇式建築；上次他來放電影，基地領導特批他到這座樓裡來，略作停留，以這特殊方式表示感謝。他說：今天我舊地重來，「12年過去了」。

為了「記住」原蘇聯毀約，拒絕提供原子彈教學模型和圖紙資料的日期──1959年6月，基地便將研製中的第一顆原子彈的代號定為

「596」。

在20世紀末的陽光中，當年的研製大樓人去樓空。我來到幾個房間的門口，裡面除去搬遷時的丟棄垃圾和厚厚灰土，空無一物。我們圍繞牆內其他的樓房走著，門上鐵鎖赫然。耳聞的神祕和眼見的荒涼，交織著展示在我們面前。海北州一時還沒有如此巨大的經濟財力，來全部完成原221廠廠房的改造利用。不過，此時此地的眼前荒涼，其寓意是美好的：為適應國際環境的變化，表明政府全面禁止和銷毀核武器，維護世界和平和適應社會主義現代化建設的戰略轉移，中國第一個核武器研製基地的退役，是澈底的。

歷史性角色的轉換：警衛戰士崗哨與迎賓小姐位置

原基地二分廠區的大鐵門，緊鎖著。鐵門上當年焊上去的花紋，是五角星。兩邊圍牆上，原有的電網已經拆除，只有四隻角上的崗樓，亦然聳立。走進二分廠區，是一條平整的瀝青面路，兩旁綠蔭蔭的草地裡，紫色的小花點綴其中。與一分廠區高樓不同的是，這裡的大部建築為半地下掩體性質，僅有一扇門進入。四周的掩體牆體上，也是綠草昂然。來到車間裡，也是一空蕩蕩的景象，了無一物。當年基地個人之間、分廠之間，以及與外界的保密措施，極其嚴格。

二分廠區的外邊，一條鐵道線淹沒在萋萋青草叢中。指著一個小小的平頂紅磚建築，導遊說道：這就是「小車站」，這是當年裝置完畢的產品上火車啟運的起點。每當原子彈啟運，運輸線路警衛森嚴。

隨後我們又來到原六分廠區，這也是一個半掩體建築，前方為鋼板，鋼板上有觀察方孔，後邊是坑道式的入口。坑道內有多間工作室和兩個觀察室。有三個從江西來的青年民工，正用藍白兩色油漆整個坑道，以準備接待客人。兩旁原警衛戰士的哨位，將成為今後導遊小姐的迎賓位置。

1964年6月6日，基地在此分廠區進行了全尺寸爆轟模擬試驗，取得圓滿成功。這次核子試驗除原料不是活性材料外，一切都是實物。

兩個月後的8月20日，首次核子試驗裝置及備品備件，在基地全部加工、裝配、驗收完畢，啟運羅布泊。再兩個月後的10月16日，我國第一顆原子彈試驗成功，震驚了世界。

在一邊的土坡上，豎立著一塊碑石，上面刻著「中國核工業總公司二二一廠退役工程竣工紀念，一九九三年三月立」。碑石前，為一微微隆起的土堆，與整個基地一樣，這裡同樣是青草茂密；有漫不經心的遊人，在土堆上面扔下了膠捲盒和飲水的瓶子。

1987年，為適應國際環境的變化，表明中國政府全面禁止和銷毀核武器，維護世界和平和適應社會主義現代化建設的戰略轉移，國務院和中央軍委作出了撤銷221廠的決定。至1993年，基地在全國各地安置了全部職工。221廠是世界上第一個退役的核武器試驗基地，為實現今後的永久性開放，經多方專家調查論證，制定了周密穩妥的環境治理方案，並投入大量資金予以實施。1993年6月，221廠退役工程完全符合有關規定，正式通過國家驗收，移交海北州接收利用。1995年1月11日，中華人民共和國國務院頒發「國函（1995）2號」文件：「同意海北藏族自治州人民政府駐地由門源回族自治縣浩門鎮遷至海晏縣原221廠基地。」

211廠的退役工作有條不紊。基地還派出專人來到西寧等地，向支持過他們工作的有關方面致謝、告別，這其中就包括青海省電影發行放映公司。

化劍為犁，從這金銀灘上的艱難開頭邁向和平結尾，我們走過了30年。

夫妻百貨店和中外合資電廠，都在表達著時代的巨變

確切地說，今天的海北藏族自治州人民政府所在地，是在原基地的甲區。因為原基地分為甲乙兩區，這個稱呼就此而來。乙區為生活區。

我來到一座並不顯眼的三層樓房面前。介紹說，這是當年的將軍

樓，是供張愛萍、王淦昌、朱光亞、鄧稼先、周光召等居住的地方。1966年3月30日，鄧小平視察221廠，也到過此地。胡耀邦也來過這裡。將近40年過去了，門前的水泥階梯已經明顯磨損。如今這裡是州府領導人居住的地方。

相距不遠稍前的位置上，蓋有幾棟相似的建築，雙層木窗有的開啟著。這是當年的專家樓。數十位代表著當時中國最高水準的科學家，就常年住在此地。還有的幾棟樓，是當年的辦公室，如今是今天州府機關的辦公地點。這是一群相距很近的生活、工作地點的建築組合，可以想像，當年走在這街道上的，不是威武的共和國將軍就是中國的頂尖科學家，只有他們才真正知曉這千餘平方公里之內正在進行中的工作全部及細節。這幾條長不過百米的街道上，曾經群星璀璨。

在甲區的公路入口，現在聳有一座16.15米高的紀念碑。這個碑身的高度，是為了紀念中國第一顆原子彈爆炸的時刻，即1964年10月16日15時。碑文為張愛萍將軍所題：中國第一個核武器研製基地。碑頂部有一圓形鋼球，這是當年第一顆原子彈的模型，導遊對它的解釋，似乎很是帶有一種民間的色彩，「圓形鋼球，取的是第一次試驗就圓圓滿滿的意思」。鋼球下方的裝飾，是四塊紅色的盾牌，表示中國發展核武器旨在防禦。下方是一和平鴿的造型。背面，刻有紀念碑文：

　　　　中國第一顆原子彈在這裡誕生，中國第一顆氫彈在這裡研製成功。1964年10月16日，中國首次核子試驗爆炸成功，它向全世界宣告：站起來的中華民族終於有了自己的原子彈。為打破核壟斷、維護世界和平作出了歷史性的重大貢獻。

　　　　1958年，在以毛澤東主席和周恩來總理為首的老一輩無產階級革命家的決策和領導下，獨立自主，自力更生，創建我國第一個核武器研製、試驗和生產基地──二二一廠。30多年來，廣大科技工作者、工人、幹部、牧工、家屬和人民解放軍、警衛部隊指戰員，在黨中央、國務院、中央軍委、中央

專委的統帥和指揮下，在全國和青海各族人民的大力協同下，在這塊神祕禁區內，艱苦創業，無私奉獻，團結拼搏，勇攀高峰，攻克了原子彈、氫彈的尖端科學技術難關，成功地進行了16次核子試驗，壯了國威、壯了軍威。這一壯麗事業是幾代人連續奮鬥的結晶，多少人為之貢獻了青春年華，有的獻出了寶貴生命，黨和人民不會忘記，共和國不會忘記。

中國核工業總公司二二一廠建立，一九九二年九月一日。

區內有一個有1200個座位的大型電影院。這是又一棟蘇式建築，皮製座椅，中央供暖。迄今為止，它依舊是西北五省中硬件設備最好的電影院。海北州遷來之後，在影院門口建起了一頭犛牛石像，起名為「雪域魂」。我去那天，那犛牛角上掛著人們敬獻的哈達。

當年位於基地「周圍」的同寶牧場，被「保存」了下來。當時的遍野牧群，是基地最佳的掩護。該牧場移交海北州時，有2.7萬隻羊，3600頭牛，職工近千人。幾十年來，牧民們身體健壯，小孩子們也都健康活潑。

1993年，江澤民總書記來青海視察工作，特意詢問了221廠職工的安置情況和基地軍轉民事宜。鄒家華副總理對青海省領導說，全世界核基地退役工作做得最好的是221廠。1995年，國家體委主任伍紹祖專程來到此地，他曾在國防科委工作過16個年頭。1997年6月，國務院副總理吳邦國來到青海視察，表揚了221廠軍轉民工作搞得不錯。當年的221廠，今天已經成為青海省的愛國主義教育基地。

在採訪中，海北藏族自治州人民政府州長克保表達了對基地「化劍為犁、再創輝煌」的信心。州內的工業專案正在上馬，其中與美國一公司合資建設的熱電廠，國家經委已經批准立項。

離開原221廠基地、今天的海北州州府的那天早晨，我起了個大早，漫步走在甲區的街上。一家名曰「振華」的小小百貨店，已經開門。店主是個回民，姓「者」。他在80年代末來此地，「那時候基地的生活供應點等都在撤離，我聽說後就從湟中縣來到這裡」。我說，

做生意的人，消息就是靈，動作就是快。他笑了。從那時候起，他租了這間房，經營百貨，月銷售額近萬元，除去房租、一家三口吃飯的花銷，每月還能在銀行裡存上數百元，「日子過得去」。

他今年31歲，小孩子7歲了。他朝旁邊用磚頭隔開的裡屋一努嘴，說：我老婆、孩子就住在裡面。他說，我孩子就生在此地，這些年了，挺好的；他又說，他的父母也從原來的縣裡搬到這裡來了，在將軍樓的那邊，也開了個小鋪。

1997年9月

採訪天安門

天安門管理委員會的負責人說，我們有很嚴格的採訪紀律

　　北方褐黃的土地沐浴在陽光裡，與起飛時刻籠罩在濛濛細雨中的江南田野，形成強烈的視覺對比。1997年12月29日下午，出得首都機場，上了計程車，我對司機說：去天安門。

　　採訪天安門，是我許久的願望。我翻閱了1988年1月2日的各大報紙，都在第一版顯著位置，登載了天安門城樓元旦那天向著普通公眾開放、遊覽的消息，還刊登了國內群眾以及外國朋友登上天安門「第一人」的大幅照片。我將採訪時間定在了1997年年末，也就是天安門城樓開放十週年紀念日。

　　計程車司機問我：到天安門「哪裡？」我回答：到「管理部門」。

　　天安門城樓前及西端很長的地段內不能停車。司機告訴我，繞道走護城河那邊，可以直接送到故宮的午門前面。車子從天安門城樓前經過的時候，我抬頭望去，城樓上燈火通明，有參觀的人影為閃動。這時已經是下午4點多了。

　　我來到城樓西側的「北京市人民政府天安門地區管理委員會辦公室」。辦公室北面牆上，貼著巨大的天安門地區俯瞰照片。一位女工作人員正向各有關處室打電話，通知明天天晨8點半處長開會，「討論明年元旦廣場升旗的事情」。

　　辦公室負責同志藺炳奎接待了我。我向他表明採訪動機與大致想法。他說：我們有很嚴格的採訪紀律，必須請示有關領導。我懇切地對他說，我剛下飛機，就立即趕到這裡，就為今天能夠聯絡上，明天正式開始採訪；並請他現在就給聯繫。他考慮後說道：你等著。他進了裡屋。一會兒，他出來對我說：聯繫過了，同意你進行採訪的要求；你到對面的城樓管理處去，具體要求跟他們說。對面，就是城樓

東側。待到我與城樓處將採訪的有關事宜聯繫妥當，已經是暮色朦朧，過了下班的時間。我與他們握別，感謝城樓處的大力幫助；被指定明天具體接待我上天安門城樓的工作人員林維加說道：要經過「請示同意」，那是因為「天安門前無小事」。

出得天安門，正逢廣場上進行降旗儀式。我站在金水橋上，看著一列雄壯的隊伍向著天安門整步走來，廣場上和金水橋邊人頭攢動，四處頻頻亮起相機的閃光燈。我身邊年輕的警衛戰士，著綠色呢子上衣，立正姿勢，神情莊嚴。

天安門城樓神聖依舊，但它也有著「現代遺憾」

30日上午，我來到城樓處，工作人員林維加帶領我登上天安門。

林維加在1985年復員後被分配來天安門管理處。他說起他第一次登上天安門城樓的感覺，「那真叫神聖，開國大典在這裡舉行，勞動節、國慶日，國家領導人在這裡進行盛大的慶典與集會。鄧小平曾在這裡舉行隆重的閱兵儀式。再往前數，這是當年皇宮的大門，中國兩個朝代的統治者就住在這裡面，老百姓別說上這個樓了，這個門都不能進，在橋那邊就被趕得遠遠的了。」

工作人員指著那金碧輝煌的屋簷與山牆介紹說，1970年重修天安門城樓的時候，請來許多專家，其中一位就指著「屋子」激動地這麼說道「這就是國家」！工作人員解釋道，在「國家」後面他省略了「象徵」這兩個字，可老百姓多少年也就是這麼認為的呀，咱們用的錢上都印著國徽，國徽圖案中央就是這天安門。

站在城樓上，氣勢恢宏的天安門廣場鋪展在我的眼前。臨城牆寬寬的過道是隔離區，用繩索隔離著，工作人員告訴我，天安門城樓4000多平方米面積，其中有近2000平方米屬隔離區，遊客免進。

工作人員指著城樓中間的那塊地方說，毛澤東當年就是在這個地方，向全世界宣布中華人民共和國成立的；「現在參觀者就喜歡站在這個位置上留影，有的還照著樣子揮手喊上兩聲呢」。這話說得我們

兩個都笑了起來。

　　工作人員指著那窗戶上金色的裝飾花紋跟我說，這不是塗的漆，都是貼的金鉑。他又說起他剛到天安門那會兒；這漢白玉欄杆真叫白啊，被精心保養得一塵不雜。今天的欄杆，因為參觀者喜歡用手去撫摸，向上的部分已經變成了灰色。

　　進到城樓裡面，偌大空間，豎立著數十根「頂天立地」的紅色圓柱。工作人員介紹說，來參觀的許多人都不相信，這麼粗大的柱子真是木頭的。1970年的重建，為的就是建有500多年歷史的天安門，經專家鑒定有幾根木柱「不行了」，要換。現在使用的木頭，是進口的，外面再結結實實地包上了麻，再用金屬箍把它「捆緊」。經指點，在休息廳後排的柱子上，我看到了一道道金屬圓箍凸出的痕跡。

　　城樓裡分有五個廳，中央那個，就是毛澤東當年休息的地方。現在廳內朝南擺放著繪有青松紅梅的巨幅國畫，正中放有四張雕龍的寬大紅木椅子，兩邊各有三張。兩側的廳裡，格局相似，規模則小些，正中擺著三張紅木椅子。再兩邊的廳裡，擺有長條桌與靠背水椅；廳內還擺放著落地大鐘。

　　當年這裡擺放的是沙發，現在的擺設風格，主要是為了與這古建築相呼應。

　　我來到西邊的樓梯處。為避免因眾多參觀者來往的過度磨損，過去的大塊青磚被拆除，改換成了現在的長條石階。在電影《開國大典》裡，毛澤東和其他中央領導人登上天安門城樓的鏡頭，是在後面端門的青磚梯上拍的。工作人員指著那兩重屋簷說道：你看到那些金黃色的「瓦當」了嗎，原來這上面的圖案都是「龍頭」，而1970年重建的時候，正值「文革」，改換上去的是「葵花」。我仔細一看，果然。

　　這是一個遺憾。天安門三百年才重建一次，要換下這些現代「葵花」，恢復天安門城樓古建築的真正原樣，還得多少年？

　　在城樓管理處的辦公室裡，處長鄧少焯接受了我的採訪。

　　處長說，天安門是中華文明悠久歷史的象徵，也是目睹了以往封

建王朝興衰更迭的見證人；如今它是共和國的標誌，我們的國門。在30多年的時間裡，天安門城樓是黨和國家進行重要政治活動的場所。能夠在那樣的時刻登上天安門城樓的「一般群眾」，都是對國家做出過重大貢獻的勞動模範和各界傑出人士。「凝固」在天安門城樓上的政治性因素是不言而喻的。

將天安門城樓作為北京的、以至是中國的文物景點，向國內外群眾開放，從一個側面表明了我們國家堅持改革的決心和開放程度。天安門是愛國主義教育的重要基地；然而，從政治到旅遊，從集會到休閒，現在「九‧九」重陽節老人登高，就有組織到天安門「這個高層建築」來的，這些都標誌天安門城樓在改革開放後發生著的重大變化。「可以這麼說，天安門依舊神聖，但是它已經不再神祕。」

截至12月29日，1997年登上城樓參觀的人數是2833655人次。10年來大抵有近兩千萬參觀者登上天安門城樓。在國慶等重大節日，人們排隊等著購票、等著參觀，處長幽默地說：「人那個擠啊，都想在城樓上單獨照個相，而實際上拍下來的都是與不相識的人的集體照。」

我問起有關票價的問題，他說，1988年就定為國內遊客10元，外國旅遊者30元；當時參觀故宮的票價才五角。定下這個當時國內「領先」的價位，是經過了慎重考慮的。首先是因為天安門擁有的特殊地位，「物有所值」。其次就是為了讓這個票價「降低一點人數」，有利於減輕環境壓力，保護文物。1997年的8月4日，經上級批准，國內與國外參觀者的票價「並軌」，一律15元。

我說，在商品經濟前提下，利用市場價位來調節參觀人數與環境可能等等矛盾，這對天安門而言，真是歷史性的巨大變遷。

高希武老人說：原本我不是第一個

30日下午，我的任務，是找到當年第一個登上天安門城樓的高希武老人。

　　1988年元旦登上天安門的時候，高希武已經77歲，今年該是87歲高齡了。管理處的同志告訴我，五周年的時候，他們與高希武還有聯絡，近況就不太清楚了。根據資料，我來到東四隆福寺街的人民市場，這裡正在翻建高層商廈。在留守的經理辦公室，幾位中年人也已全然不知高希武是誰。當我說到登天安門的「第一人」時，終於有位女同志幡然「醒悟」：有這麼個人，原先在這裡賣體育用品的。

　　又是電話又是呼機，忙乎了好一陣子，我得到了老人的地址。女同志說，退休20多年，低一輩的人不太知道他了。

　　我來到東四七條胡同，敲開一扇窄窄的木門，一位鬚髮花白的老人站立在我的面前。與記憶中的相片比較，年近九十的老人真是老了。當我表明來意，老人滿是皺紋的臉上，頓時笑開了。

　　在典型的北方小平房裡，高希武老人對我講道：其實，原本我不是登上天安門的第一人，我也根本沒想要做「第一」。那些天，我看到報紙上說，天安門要開放，老百姓也可以去看看，我就尋思著要上去。元旦那天，我早早起床，遛達著走到廣場，到售票處才6點多鐘。我前面還排著5、6個外地年輕人。8點售票，票價10元，這在當時是很貴的，外地年輕人一商量，就沒買，散了。我想，再貴我也得上去呀。當我把10元錢遞進售票窗口，四周的人就把我圍起來了。

　　老人還保存著當年「包圍」他的人們的名片，有北京市政府和旅遊局的，還有新華通訊社和好幾家報社記者的。作為同行，我知道，這就是我看到的當年報紙上那些消息的「製作者」。那天，待問清老人的大致情況，人們便簇擁著他登樓；同時，管理處又馬上跟老人的原單位東四人民市場聯繫，「你們單位的人上天安門了」，而經理們還根本不知道有這回事。

　　老人現在跟小兒子一起過日子，兩間房，兒子夫婦住一間，老人與15歲的小孫子住一間。小孫子睡沙發。在老人床頭，擺著一個很大的棕色景泰藍花瓶。高希武告訴我，那天元旦參觀完了，旅遊局的同志專門請他到北京飯店吃飯，並且贈送了這個大瓶子。當時，服務員小姐說，這人好運氣。老人說，我想上天安門，可沒想著有這個的呀。

旅遊局用專車把老人送回了家。

小屋牆上，滿滿騰騰的鏡框裡，排列著老人當年在天安門城樓上的16張照片，這也是旅局後來特地送來的。鏡框左側，掛著毛澤東主席在城樓揮手的畫像，右側是毛主席與劉少奇、周總理、朱德委員長等人在城樓上的畫像。

老人跟我講，現在年紀大，耳旁有點背了；每天還上街「遛個彎」，身體挺好。

我請老人穿上大衣，抱上景泰藍瓶子，在自家胡同門口照個像。當年的高希武老人就是從這兒出來，在10年前元旦的早晨，悄然走向天安門城樓，成為中國第一個登上皇宮正門的普通老百姓。

在有關天安門城樓的文字記載上，有如此這般的寥寥數筆，就是由這位老人在不經意中書寫的。

十年前第一位參觀者是老人，十年後最末一位參觀者是小孩

12月31日下午，參觀天安門城樓售票處貼出告示，這天3點半停止參觀，3點15分停止售票。3點，我與城樓管理處處長一起來到售票處，共同迎候開放十年來最後那位遊客的光臨。這個人究竟是誰，我們無法預測。

從3點10分開始，我就將每一位購票的遊客攝入自己的相機鏡頭。儘管遊客還在不斷走來，但這時的每個人又都可能因為「後無來者」，而成為「最後一個」。面對即將揭開的謎底，售票處裡面已是人頭濟濟，興奮的表情洋溢在工作人員的臉上。

處長和我站在一起。當一對年輕夫妻，推著嬰兒車來到售票處前面，處長說，規定的停止售票時間到了。待那個年輕妻子把買票的20元錢遞進視窗，處長通過報話機告訴「裡面」正在售票的人：這是十年的最後兩張票，售完就「關窗戶」。

我走到這對夫婦的面前，簡略地說明情況，他們臉上的表情，從開初的驚愕慢慢地變成了喜悅，最後那妻子笑出了聲：這是真的？太

幸運了！

　　這位年輕的女性，叫鍾淑嫻，出生在台灣台北市，1974年在13歲時去了丹麥，現在她開設在丹麥的餐館，名字就叫「台灣飯店」。她這是第一次到北京來，丈夫叫傅書偉，原北京市人，是兆龍飯店廚師，幾年前去丹麥。兩年前結婚，此刻嬰兒車裡睡著的是他們的兒子，才14個月。小孩子的英文名字是「Mads」，漢語名字叫「又陸」。我問起這漢語名字的由來，妻子看了眼丈夫，說道：「又到大陸嘛！」

　　我攝下了城樓處領導與他們的合影。處長指著他們手中的票說，這是十年最後的兩張票，明天就換另一種樣式的票了。我和這對夫婦與他們的孩子一起上天安門，處長則用報話機跟城樓上的工作人員聯繫：立即準備一張登樓證書，注明登樓時間，這是十年來的最後遊客。

　　孩子還在睡著，夫婦兩人抬著嬰兒車登樓。

　　身著紅色呢子大衣的女服務員在樓梯口等候著我們。傅書偉和鍾淑嫻夫婦推著嬰兒車，信步走在城樓上。鍾淑嫻告訴我，10來天前經過9個小時的飛機，他們從丹麥抵達北京，還準備待3個星期。「我們剛才在故宮參觀，正巧碰上一個丹麥來的旅遊團，他們計畫待一周，我跟他們說，這麼多景點太美了，一個星期能夠看完嗎？」

　　3點半到了，工作人員開始清場。經過特許，我讓年輕的夫婦站在城樓裡中央休息廳的前面留影。傅書偉彎下身來，把兒子紅紅的小臉從裹著的被子裡露出來，鍾淑嫻手上握著的，是剛剛發給他們的紅封面登樓證書。

　　下得樓來，在天安門城樓管理處辦公室裡，城樓處領導說，天安門開放10年，東南亞臨近各國的遊客多，像丹麥這樣北歐一帶的遊人就相對要少一些。鍾淑嫻說出了自己在北京10餘天的感想，她真不知道北京是這樣的美麗，「應該加強宣傳呀！」我們交談時，他們才14個月的兒子，穿著小小的棉衣褲，在辦公室裡忙碌地跑來奔去。

　　處長說：「十年前，天安門城樓的第一個參觀者是個老人，這十年後的最後一個遊客，是個孩子，這就叫作『圓滿』。」

　　暮色中，傅書偉夫婦給我寫下了丹麥的地址，要求我把刊登文章的報紙給他們寄去。

　　我再次感謝天安門城樓管理委員會和城樓處對我這次採訪的安排。我說，我這就飛回上海去了。城樓處領導對我說，他們的工作人員還不能下班，因為今天是1997年的最後一天，北京電視台的記者們要到天安門城樓上來，拍攝廣場上的辭舊迎新的夜景。

1997年12月31日～1998年1月8日

歷史不再是「孤證」

　　2001年初秋，在紀念魯迅先生誕辰120周年的日子裡，周海嬰先生所著的《魯迅與我七十年》面世。周海嬰所述的故事裡，給今天閱讀者留下了最深刻印象的，應該說是在1957年時毛澤東對於魯迅先生的一段講話——

　　　　這件事要從母親的老朋友羅稷南先生講起。他思想進步，崇敬魯迅，生前長期埋頭翻譯俄國高爾基的作品，五六十年代的青年接觸高爾基的主要文學著作，幾乎都是讀他的譯著。抗戰時期，他們夫妻住在浦石路，距離我家霞飛坊很近，母親經常帶著我在晚飯後溜達到他們家，靜靜地聊些時政傳聞、日寇潰敗的小道消息。羅稷南先生長得高大魁梧，脾氣耿直，一口濃重的湖南口音，聲音低沉，若不用心不易聽懂。新中國成立之後，他受聘於上海華東師範大學任教，直至退休。九十年代羅老去世，我因定居北京，沒能前赴告別。

　　　　一九五七年，毛主席曾前往上海小住，依照慣例請幾位老鄉聊聊，據說有周谷城等人，羅稷南先生也是湖南老友，參加了座談。大家都知道此時正值「反右」，談話的內容必然涉及到對文化人士在運動中處境的估計。羅稷南老先生抽個空隙，向毛主席提出了一個大膽的設想疑問：要是今天魯迅還活著，他可能會怎樣？這是一個懸浮在半空的大膽的假設，具有潛在的威脅性。其他文化界朋友若有同感，絕不敢如此冒昧，羅先生卻直率地講了出來。不料毛主席對此卻十分認真，沉思了片刻，回答：以我的估計，（魯迅）要麼是關在牢裡還是要寫，要麼他識大體不做聲。一個近乎懸念的詢問，得到的竟是如此

嚴峻的回答。羅稷南先生頓時驚出一身冷汗，不敢再做聲。他把這事埋在心裡，對誰也不透露。一直到羅老先生病重，覺得很有必要把幾十年前的這段祕密對話公開於世，不該帶進棺材，遂向一位信得過的學生全盤托出。

我是在一九九六年應邀參加巴人（王任叔）研討會時，這位親聆羅老先生講述的朋友告訴我這件事的。那是在一個旅館房間裡，同時在場的另有一位老專家。由於這段話屬於「孤證」，又事關重大，我撰寫之後又抽掉。幸而在今年（二○○一年）七月拜訪了王元化先生，王先生告訴我應當可以披露，此事的公開不至於對兩位偉人會產生什麼影響，況且王元化先生告訴我：他也聽說過這件事情。

10月，《新民週刊》轉載了周海嬰先生文章的若干章節，其中包括有關魯迅先生的這一節內容。11月，一封來自寧波的來信寄到該書的編輯手中，信中說：周海嬰文中所講的「（羅稷南先生）信得過的學生」、「這位親聆羅老先生講述的朋友」，就是我。信中敘述了當年的若干情景。信件的署名：賀聖謨。書信中還寫到了1996年賀聖謨與周海嬰見面時他的身分：寧波師範學院中文系主任。

我即刻趕往寧波。

「在中國近代作家中我喜愛魯迅」

賀聖謨先生遞給我兩張名片，一張上寫著「寧波大學中國語言文學系主任、教授」，另一張寫著「寧波服裝學院顧問教授」。他特地說明，前一張是老的，「過去了的」，一張是現在用的。

賀聖謨先生的書房裡，四周全部是書櫥，其中大部分是中外近現代文學著作。賀先生說，他大約有兩萬冊的藏書。1996年，在寧波曾經進行過一次「家庭藏書」的文化評比活動，賀先生為寧波十大藏書家庭之首。

　　賀聖謨先生1940年1月生，1958年寧波效實中學高中畢業，然而他們這個班級裡，一共42個學生21位被「送去勞動」。也就是說，這些學生沒有獲得高考的權利。問到原因，賀先生回答：都是功課非常優秀的好學生啊，就是「說了一些話」，「就不能再讀書了」。賀聖謨至今歎息，1958年全國的大學招生名額，是建國以來人數最多的一次，是往年數量的一倍，大躍進麼；但是，就是沒有我的份。

　　賀聖謨去「勞動」了，「開鐵礦」。他一幹就是4年。

　　賀先生興致勃勃地說起了陳毅元帥。他說，1961年，陳毅在北京召開的一次會議上，專門講述了紅與專的問題，大快人心。陳毅說：誰能夠造出一顆原子彈來，我就給他200萬美金，還給他一個大官當當。賀聖謨說：聽到了這樣熱氣騰騰的話，一個21歲年輕人心中的無比激動，是可以想得到的。我決心，明年一定要去考大學。

　　轉瞬就是1962年，已經離開了4年課桌的賀聖謨積極地溫課備考。但是，心有餘悸的他還是「一顆紅心、兩種準備」的，他倒不是擔憂自己考不上，而是始終在憂慮著某一種外在的不可抗拒力會再次來左右自己的命運。這時候，他的大姐，想盡辦法為他準備了另一種可能。賀聖謨的大姐夫是湖南人，在中華人民共和國建國前後的日子裡，人民解放軍大軍南下，大姐夫曾經是楚圖南先生的秘書，楚圖南有位好友，名叫羅稷南，是個文學翻譯家，羅正在尋覓一位助手，以完成自己的文字計畫。

　　在21歲的裝卸工和64歲的翻譯家之間，賀聖謨的大姐和姐夫充當了兩者溝通的橋樑。

　　自然，這是需要一個大前提的：賀聖謨喜愛文學，並且還應有相當的造詣；儘管賀並沒有能夠進入大學深造。

　　在我們今天得知羅稷南曾經向毛澤東提出過那樣一個「魯迅的評價」問題，再來細品羅稷南當年沒有通過相應的管道，而是通過私人交情，寧可要一位非大學生的年輕工人來充當助手，其中的思想脈絡似乎是相承相通的。同時，也可領略到這位老人的倔強個性。

　　賀聖謨拿出三封紙張顏色已經發黃的信件，這就是羅稷南先生在

1962年寫與賀聖謨最初的三封信。這大概是出生於1898年的羅稷南先生至今留存史間的唯一手跡了。

第一封信，日期是當年的9月28日。賀聖謨解釋，1962年，國家經歷了大災之後，當年的招生數量是建國以來最少的一年。我被允許考大學，並且也考上了杭州大學。但是我仍然抱著對前輩的敬仰之心之情，抱著請教的虔誠之意，也是為了以後的學業長進，給羅稷南寫了第一封信，羅也回了信。在第一封信裡，60多歲的羅稷南稱年輕後生賀聖謨「同志」。信是用500格的稿紙寫的：

> 惠書已悉。關於你所提出的問題，我只能簡單回答如下：一，我讀書的範圍廣泛，很難說哪一部是我最愛的。二，在中國近代作家中我喜歡魯迅。三，凡我所譯的都是我喜歡的。當然，我很喜歡而未譯過的外文書也不少。恕不列舉。四，在療養院裡我流覽過一些中國古典，頗有「隔世」之感，而舊習難忘，咬嚼未厭。五，對於新作，我曾經努力看過幾本，但是沒有耐心，毫無所得。

今天，也已經60出頭的賀聖謨先生對記者說：你看，當年的我就像所有的文學愛好者一樣，問老先生哪本書最好啊，哪個作家最喜歡啊，而羅稷南回答：他最喜歡的是魯迅。對於「新作」，羅老先生「毫無所得」，我想，這主是對於某種他不喜歡的傾向而言。「老先生說話厲害啊」！

賀聖謨趕快回信。羅稷南在10月6日回了第二封信。老先生將稱謂從「同志」改作了「兄」。羅稷南向後生學子提了個要求：大學新生在目前任務是學好功課，倘若功課不能滿足你的要求，那麼，我希望你在30歲以前精通一種外文，將來直接閱讀世界名著。

62級大學生賀聖謨與羅稷南就這樣通信，直到1965年第一次見面。

羅稷南是文藝工作者，但更關心政治社會科學

賀聖謨拿出一本封皮與內芯脫開了的老式日記本，翻到裡面的一頁，向著記者讀了起來。這竟然是賀寫於1965年的日記，完好保存至今。

1965年、羅稷南已經67歲了，年近古稀，但是他依舊想著要寫三本書：一，他不同意何其芳的意見，他不認為賈寶玉是封建社會的反叛者，賈寶玉是「無力補天」，賈的矛盾是想補天和個人無力的矛盾，並非叛逆。二，托爾斯泰是世界上最偉大的作家，他要寫一部關於托爾斯泰的評傳。三，英國最偉大的作家是狄更斯，他想寫狄更斯的評傳。羅始終在尋找和等待著助手。他把目標鎖定在賀聖謨身上。

大三學生賀聖謨趕赴上海。1965年的7月28日賀來到上海，住在羅稷南家中，一住就是10天，直到8月6日與羅老先生分手。賀聖謨有記日記的習慣，以至今天的我們有可能從37年前的文字裡，來真實地瞭解羅稷南先生當年的生活狀況和思想脈絡。

1962年的7月28日，「星期三，晴，偶有颱風雨」。賀聖謨這樣形容羅稷南的住所：羅老住的房子是復興西路一所12層大公寓的3樓。房子和擺設似乎講究了一些，羅老已白髮滿頭，十分熱情。在他家稍休後，他帶我到文藝會堂，這是上海作家、藝術家、演員和其他文藝工作者的聚會場所。今天碰到的有作家孫峻青的夫人，著名留美科學家楊振寧的父親楊老先生。後者舊知識分子氣頗重，但據羅老說，倒是個老好人。講話總是半漢半洋的。羅老留我在他家住宿，自從夫人去世後，他有點寂寞。

賀聖謨說起當年情景，說羅稷南介紹楊老先生：他家出了個世界很有名的兒子。賀聖謨說：不見得是楊振寧吧。羅稷南笑道：恰恰就是楊振寧。賀說：當時我就感到，在上海見到個什麼人，很可能就是大有來頭的。

十天相處，賀聖謨在羅家就做三件事情，一是吃飯，二是讀羅家藏書，三是「白髮紅顏挽手交談」（賀日記語）。而羅稷南則還有一件每天必做的功課，與人下圍棋。

賀的日記記載著，羅稷南帶領他見過的各界人士，有蘇州醫學院院長戈兆龍，攝影家程綏之，廈門大學校長、中國第一本《資本論》的翻譯者王亞南，上海文史館館長、莫泊桑著作的翻譯者李青崖。作家王若望，因愛人病危，也曾來羅老處「找一點安慰」。賀聖謨在羅稷南家中讀到了不少書和內部資料，有內部發行的《作家通訊》、《外國文學參考資料》，有同樣為內部發行的《關於帕斯捷爾納克》，也讀了縮寫的《日瓦戈醫生》；還有一本在文藝會堂買到吳恩裕著的《曹雪芹的故事》。

羅稷南和賀聖謨交談的內容，有關於《紅樓夢》的，也談到中國五四以來的作家，如魯迅、郁達夫、茅盾和巴金。賀聖謨感到，「羅老雖是個文藝工作者，但他更關心的是政治和社會科學。他讀的是北大哲學系，離開大學後所做的是政治工作，翻譯文藝作品還是在大革命以後沒有法子維持生活時，才由鄭振鐸先生介紹的職業。雖然他譯過1000多萬字，但他總以此為餘事。」

這10天的日記裡，並沒有寫到羅稷南同賀聖謨講「毛澤東與魯迅」的事情，賀聖謨解釋道：我在高中時代已經吃過極左的苦頭了，不得考學；後來在「四清」的時候，又碰釘子。我聽到了羅稷南先生談起與毛澤東的談話，心中非常震驚，同時也感到事情重大。迫於以往的政治經驗，我不敢落筆，怕留後患。我有位同學，因為在日記裡抄錄了密茨凱維茨的詩歌，被批被鬥，而眼下的「這事情太大了，羅先生敢問，我不敢記。」但是，他記得的談話日期，大抵就是他頗有深意的寫下羅稷南「更關心的是政治和社會科學」的這個日子。

寫下這一天日記，是1962年7月31日，「星期6，陰，傍晚起大雨」。

羅敢於問這個問題，他就不會驚出一身冷汗

在說到羅稷南向毛澤東提問的情景時，賀聖謨對於周海嬰文中的幾處表述表示了不他的意見。

周海嬰書中說，「他把這事埋在心裡，對誰也不透露。一直到羅老先生病重，覺得很有必要把幾十年前的這段祕密對話公開於世，不該帶進棺材，遂向一位他信得過的學生全盤托出」。賀說，羅老先生告訴自己是在1962年，即他逝世前的6年，而不是病重之時。再說，羅稷南和毛澤東的對話，不能說是祕密對話，羅老先生當年就表述過，那天談話有他人也在場。

賀聖謨後來查閱《毛澤東大辭典》，1957年7月7日毛澤東邀請上海教育、科學、文藝、工商界著名人士座談，羅稷南就是在這次座談上公開提出問題的。

周海嬰說，羅稷南一口濃重的湖南口音，聲音低沉，若不用心聽不易聽懂。賀聖謨說，羅稷南在北大就讀6年，以後又在哈爾濱工作過，他的普通話相當不錯，且聲音洪亮，口齒清楚。

羅稷南1916年進北大預科讀書，毛澤東那時候正好在北大圖書館工作，但是羅稷南並沒有對賀聖謨說起過他們在那個時候就相識。1933年松滬抗戰後，19路軍調至福建「剿共」，19路軍將士擁戴李濟深在福建建立中華共和國人民革命政府，羅稷南參加了該政府的工作。羅曾代表該政府到江西蘇區同紅軍談判聯合反蔣，草簽了抗日反蔣協定。就在這一次，羅與毛相識。

賀聖謨表示，他「最不能同意」的地方是，毛澤東講話之後，「羅稷南驚出了一身冷汗」。他說：羅稷南的性格，耿直，倔強，與在座的人相比，輩份高，資歷長，他「會出冷汗就不會問這個問題，他敢於問這個問題，他就絕不會出冷汗。」那是一種「情景想像」了。

賀聖謨曾經想向人說出這段談話，1985年，在一次會議上，賀與王元化、錢谷融等見面，他曾想同王元化說出這段經歷。當時他又想

起，王元化剛剛從上海市委宣傳部長的位置上卸任，「在我看來，他還是個官，多有不便，算了，不說了吧」。

時間一過就是10年，1996年10月24日，周海嬰應邀到寧波參加紀念巴人（王任叔）誕辰95周年的學術討論會，賀聖謨時任寧波師範學院中文系主任，會前，賀去海苑飯店看望蒞甬與會的文藝界、學術界代表，因丁景唐先生事先有約，賀就先到了丁的房間。周海嬰與丁住一個房間。

周海嬰是魯迅先生的兒子，賀聖謨教的是中國現代文學，彼此談話自然就離不開魯迅。話間，賀聖謨問，海嬰先生有沒有聽說過1957年毛澤東曾經同羅稷南先生談到魯迅這件事情。周海嬰回答，沒有。於是，賀聖謨向周海嬰轉述了羅稷南親口告訴的話。

記者問賀聖謨，周海嬰當時的反應怎麼樣。賀答：他聽後一怔，接著，周海嬰「沉靜地說他沒有聽說過這話，他母親也沒有聽說過」。同周海嬰的談話，給賀聖謨留下的印象是：作為魯迅先生的親人，他似乎不願意相信。而賀親耳聽到羅的講述，而且相信羅的為人耿直，絕非危言聳聽的人。不過，同周談後，賀聖謨似乎是了卻了一樁心願。

筆名羅稷南，是唐‧吉珂德先生坐騎的名字

賀聖謨最終沒有成為羅稷南的助手，這是因為在當年，「將公職看得無比的重」。這在當時，是理所當然的事情。而羅曾經跟賀說，經濟不是問題，也就是說賀給羅當助手，報酬不用發愁。賀曾經看到羅的一張版稅匯款單：2億6千萬。這錢也就是今天的2萬6千元。賀說，這可是60年代的2萬多元啊。

70年代初，賀的兒子斷奶之後，夫婦兩人曾來上海，想再見羅稷南先生。但見開門的是一年輕女性，回答：不知道羅稷南為何人。賀聖謨說，當時的感受是，羅老先生被掃地出門了，心中無比悲哀。

1975年，「文革」尚在進行當中。賀聖謨在家，再讀羅稷南先生

翻譯的《雙城記》。他在書的最後一頁的空白寫道：1975年3月22日，週末的午夜12時半，讀完於漸漸暗下去的油燈下。夜雨在簾前瀝滴。我更清晰地看到了本書譯者羅稷南，他在濃重的煙氣裡埋頭於小小的檯燈的燈光下，以紙作田，以筆作犁，不停地翻著。至此，我才較深刻地懂得他用吉珂德先生的坐騎作自己筆名的緣由了。我恨不能起羅老於地下，和他暢談我的讀後的感想，只可惜「足音永絕」三年多了。

面對記者，賀聖謨說：所謂地下，我這是虛指的，當我寫下這樣的文字，我還根本不知道，羅老先生已經過世4年多了。

1978年12月18日，在上海召開羅稷南先生的追悼會，身在寧波的賀聖謨不知道，也未能參加。

賀聖謨再向記者說起羅稷南的兩件往事，一件是1946年魯迅先生逝世10周年，當時的《文藝春秋》出過一個特刊，有個專欄名稱就叫「要是魯迅先生還活著」，茅盾、田漢、蕭乾、臧克家、施蟄存等10多位作家寫了文章。賀問羅，您問毛的這個問題，是否受到《文藝春秋》的影響？羅稷南「含笑頷首」。另一件是當年「文革」，上海作協年輕的戴厚英發言批判「人道主義」，滿座黯然，唯有羅稷南起立，說：你這樣批判人道主義是不對的，人道主義包含著許多好的、合理的東西。

從這兩個例子裡，今天的我們，可以再度看到羅的學問、羅的膽識。

我感謝賀聖謨先生提供的文字資料。賀又說：以羅的性格脾氣，我以為他很有可能同別的他信得過、也相信他的人講過。這一點，周海嬰的文章已經可以佐證：王元化先生也聽說過這件事。還有，我告訴他，遠在美國的羅稷南先生的侄子也有信，請週刊轉交給周海嬰先生，他也聽自己的伯父講述過這件事情。

賀聖謨從羅稷南處聽到過這位侄子的姓名，然而兩人從未謀面。兩位從無任何交往的人，都聽說過同一件事情，可見孤證真的是不孤了。

2001年9月

附：採訪賀聖謨後記

1957年「反右」前夕，毛澤東主席來到上海會見於上海各界人士。第二天上海報紙的頭版上，都刊登了會見的照片和消息。41年後，我去資料室查閱了這份報紙。當年報紙的紙張已經泛黃，可照片偉人的笑容依舊，四周坐著的人們的景仰神情，依舊清晰。

對於採訪寧波賀聖謨的情景，稿件裡已經寫得非常清楚。此地要說的，是有關這件事情的另外一些「生前身後事」。

周海嬰的《回憶父親》出版之後，其中刊有毛澤東對於魯迅評價的，與以前全然不同的「說法」，引起了諸多讀者，尤其是文化界人士的關注。

華山醫院一位醫生，通過報社熟人給我帶來一個資訊，他有位朋友是羅稷南的侄子陳昆（似是羅姐姐的孩子），現在美國；他看到《回憶父親》的文字很激動，他記得，在小時候羅稷南跟自己講過這件事情。

這位醫生與美國的陳昆保持著電子郵件的聯繫。我要了陳昆的郵箱地址，懇切地給陳昆寫了一封長信，要求電話採訪他。陳昆第二天就回了信，堅決不接受採訪。原因是，他作為一個老大學生，對國內曾經遭受的政治迫害，難以忘懷，耿耿於懷。「文革」結束，他獲得機會出國學習，一出國門便身如黃鶴，再不回來。算來陳昆在國外也已經有20來年了，如今已經退休。

我又立即寫信給他，他也馬上回信，答應接受採訪，但是有一個要求，文章須經他過目，他審定的文字，「一個字也不能改動」，這個發稿條件「絕不改變」。

我被逼進了死胡同。

這個時候，寧波賀聖謨的信到了我的手裡。我有峰迴路轉的感覺，第二天就趕赴寧波。賀聖謨的採訪很順利，他還保存著他與羅稷南當年交往時候的日記。我全部複印。這些資料在後來的寫作時，起

到了獨特的歷史佐證作用。

　　在寫稿的時候，我記住了賀聖謨提供的一條線索，賀說，在後來寧波的一次學術會議上，討論中國當代文學的一些事情，賀作為東道主坐在周海嬰的一側，而另一側坐的是上海文化出版界的一位德高望重者。席間，周又說起了這段往事。在採訪中，賀聖謨對我說，你應該到上海向這位老人作一次採訪，你的文章就有兩個旁證了。回滬，我打了個電話到這位老人的家裡，他女兒接的電話。我非常仔細地向她說了寧波採訪經過，也說了採訪她父親的要求。她答應了。兩天後，我依照約定再打電話過去，他女兒回答：我父親說，他不記得有這樣的事情，「一點都不記得」。

　　我大失所望。我以為，這位長者是知道這件事情的，只是不願再捲入到政治色彩如此濃重的歷史記憶當中來。這位長者在文革中受到衝擊，歷盡劫難。後來原單位要他回來工作，他的回答是：以往20年轟轟烈烈，空空洞洞，一無所獲。他就再沒回到媒體來。

　　大致半年後，這位長者去世了。又一段真實的歷史被埋葬了。真實是嚼不碎的，要咽下去，是多麼地為難啊。

　　時間到了2003年，《南方週末》刊載了黃宗英的文章。她是1957年參加了毛澤東的接見的，也參加了談話的。黃宗英以親身經歷作證，毛澤東講過周海嬰書裡寫下的那些話。從新聞媒體的職業習慣而言，我覺得自己已經做在了「前面」。

2003年7月

走近巴金

　　眼下，已經沒有人能夠走近巴金。自然，子女和親屬例外。

　　中國政治協商會議副主席、中國作家協會主席巴金住在醫院裡。除卻極其必要的國務活動，一切出於敬仰和所有美好祝願的探視理由，都不能得到通融和批准。1904年出生的巴金，到了2000年的11月25日，他97歲了。

　　巴金靜靜地躺在醫院的床上。

　　90年代以來，上海作家協會辦公室指派了一位負責聯絡巴金相關事宜的工作人員。他正式得到這樣的工作指令的時候，40歲剛剛出頭。這個年齡還不及巴金的一半。可謂是各種意義上的後生小輩。對他的要求和規定是嚴格的，可一個生活的特例還是誕生了：他不時地可以走向巴金，走近巴金。

　　他感覺到責任。當然，也感覺到幸運。這種幸運含有著多種的人生況味，其中之一便是：為巴金和他的一切相關事宜服務，更準確地講，是巴金的年邁病體，在需要他年輕的努力和幫助。

　　他的責任是聯絡，他忙，他是瑣碎的。在一種「絕對值」的層面上，他甚至是非常無力的。他幾乎與所有的決定和方案無關。同一單位，那些在不同層面才華出眾的人們，在忙乎著各自很有丰采的事情。他默默無聞。

　　他端起了照相機。他的姿勢，在剛開始的時候，是純工作記錄式的，且水準非常業餘。後來，他也拿起了筆，對聽到的和眼見的，都記下點什麼。文字也很是普通。一個轉眼，近十年過去了。在巴金97歲生日即將到來的時候，上海美術出版社出版的一本名曰《世紀巴金》的大型攝影像冊問世。

　　撰文和攝像都是他：陸正偉。

在陸正偉的敘述中，敬稱巴金先生為「巴老」。

兩位世紀老人會面，年齡加起來正好180歲

1992年10月，巴老88歲。8日這一天，夏衍來杭州，特地到中國作家協會創作中心看望巴老。巴老說：逢八喜事多啊。

自90年起，巴老每年都到杭州療養。至98年止，媒體都會發布一次巴老到杭州的消息。事情的起源，其實是帶有一些「強迫」性質的。家中住房大修，巴老正在進行中的26卷文集檢校事宜，也無法繼續。家人欲讓巴老去杭州療養。具體的去處是中國作家協會位於北高峰下、靈隱寺邊的創造中心。

創造中心的「回歸」，是一件很有點戲劇意味的事情。「文革」結束，中國作家協會清理文件，突然在「歷史塵埃」當中發現了一張發票：1955年協會用1500元人民幣，購買了杭州一塊0.7畝的地。時光荏苒，「運動」頗多，人且不保，焉管地乎？霜盡日出，飛來峰畔向著中國作家協會展翅飛來了一塊「飛地」，豈不快哉。

於是動土。名山下名寺旁，昔日僧人菜苞，瞬為白牆青瓦，曲徑迴廊。巴老一聽：那是散文大家方苞之後、老友方令孺的舊居處，是白樂橋啊，「去」。90年秋，巴老在那裡一住就是18天。

巴老每次到杭州療養，都是由陸正偉到火車站去買軟臥車票。開始是自己排隊，後來是拿了介紹信件到相應機構辦理。作為中國政治協商會議副主席，巴老完全可以享受國家領導人的安排待遇，這也是有關部門責無旁貸的工作。然而，陸正偉說：巴老從來不願意麻煩別人，不坐公務車。

巴老每次到杭州，自己和家人的來回車票，食宿，所有費用都是自家掏錢。具體經辦者就是陸正偉。

夏公來了。夏公比巴老還大4歲，時年92年。因為機耕土路實在窄小，又正在挖排水管子，轎車難以開進。中心的服務員們準備了一把籐椅，綁上木杆，組成了一把土滑杆。夏公與巴老會面，兩個人的

年齡加起來，正好是180歲。

服務人員早就準備好了老人喜食的甜軟食品山楂糕。

臨別，創作中心請夏公題字。夏衍揮筆：賓至如歸。

數天後，夏衍要回北京出席會議，巴老到夏衍居住的汪莊回訪。夏公坐在輪椅上，在5號樓前迎候。隨後，由人推著兩部輪椅，夏公與巴老在西湖「漫步」。巴老問：國內的朋友們還見得多嗎？夏公回答：一般就不見了。國外有人來，日本朋友提出，要見，他們的理由是，巴金、冰心我們都見到了，夏衍也一定要見一見的。我見了。巴老插話：我沒有見過他們啊。夏公道：後來我也聽說了，他們根本就沒有見過你，「日本朋友鑽空子啊」。

西子湖畔亮起兩位世紀老人的笑聲。周圍的人們也笑了。

夏公和巴老在輪椅上道別，互告保重。

這是巴老和夏公的最後一次會見。

總在注視著人：無論陌生災民，還是熟識老友

1999年的一個下午，巴老住在華東醫院。巴老的嘴唇歙動，醫生趕忙叫來巴老的女兒李小林。李小林低下身來傾聽。巴老在說：打電話。

問：給誰打電話？回答是很輕微的四個字：冰心大姐。

陸正偉在一旁，他看到李小林「一怔」。他明白，冰心已經去世，這個電話是沒有辦法打的。醫院和家人們早已商定，為避免老人的傷感，有關冰心、蕭乾等友人去世的消息，對巴老一律「封鎖」。李小林答到：醫院裡不能打長途，要打回家再打。所有在場的人都明白，老人常年住在醫院裡，他人回到家中，給誰打的電話，又是誰接的電話，說的又是些什麼，他是不可能清楚的。他人怎麼「彙報」，巴老也就怎麼聽就是了。

可此刻，聲音低微的巴老，顯出了他年輕時候的那種不妥協個性：不，現在就打。

女兒再問：現在就打，你要說些什麼啊？巴老沉吟片刻，說：我沒事。

這個電話當然地是沒有打出去。晚上，李小林將電話打到了北京冰心的家中，接電話的是冰心的女兒吳青。李小林說了父親在下午要她打電話的事情，吳青回答：那個時候，正是北京為她母親冰心在八寶山舉行儀式後返回的路上。

陸正偉說：巧吧，這件事情怎麼解釋，這是一種什麼樣的感應呢？一會兒是「現在就打」，一會兒是「我沒事」。肯定的焦急，無奈的離散。「這事怎麼說得清？」

「巴老總注視著人」。陸正偉將敘述的時間向前推了一年。1998年秋，巴老已經在杭州汪莊。這是巴老最後一次到汪莊。巴老家人讓在上海的陸正偉帶上一筆款子，趕赴杭州。

巴老非常關注電視新聞。這一時期，巴老早上也看，晚上也看，「看武漢地區的抗洪」。一次洪峰，二次洪峰，三次四次。第五次洪峰了，打水直逼長江和漢江交界處的老龍頭。國家領導人都到了這個地方，號召「嚴防死守」。軍隊和老百姓一同滾在了泥裡和水中。巴老「坐不住」了，告訴李小林：我要捐款。陸正偉受巴老家人之托，帶到杭州來的錢，用途就是這個。

陸正偉說：這時的巴老，已經向上海的紅十字會捐過了。他還要捐。陸正偉和浙江省警衛局的顧處長一起來到省民政局。這一天是雙休日，民政局在傳達室設立了一個捐款點。一位工作人員接待了他們。當接待人員點清手中的捐款時，他激動了，他說：這是迄今為止浙江省收到的數額最大的個人捐款。他拿起筆來，填寫捐款證書：請問捐款人姓名。

省警衛局顧處長說：是一位老同志。陸正偉回答：是一位老先生。

工作人員為難了：老同志也好，老先生也好，總得有個姓名好讓我填寫啊。這也是我的工作職責所在。陸正偉回答：這位老先生關照，不要記名，就寫一位老先生捐的，就可以了。

工作人員再三要求：請告姓名；這是省裡迄今最大的個人捐款，

這是新聞，我們要請媒體宣傳。這也是為了更好地做好今年的抗洪救災。陸正偉和顧處長依舊不答。工作人員從裡面房間喚來一位值班負責人。負責人說：你不說，他不說，再來一個也不說，這是一種品格，但是我們的工作怎麼做呢？陸正偉和顧處長還是笑而不答。

捐款證書上寫的是：老先生。捐款記錄上寫的是：一位老先生。

巴老女兒拿到了證書，對巴老說：事情辦好了。

巴老依舊在關注著電視節目中的抗洪救災場面。在一個捐款演出的間隙中，有中國作家協會的牌子，一幌而過。也就是這個1、2秒鐘的鏡頭，進入了巴老的眼眶，他又開口了：中國作協捐了，我要捐。

女兒李小林回答父親：前兩次我們都捐了，四川省出版社稿費就要到了，來了我們就再捐。巴老說：我要捐。女兒再答：在杭州這裡捐，回上海再捐，事情是一樣的。好嗎？

陸正偉說對於再就業工程和希望工程，巴老也都捐過款。對於捐款數字，他只說：相當數額。

對著服務員、做飯師傅、護理工人說：謝謝你們了

90年巴老第一次到中國作家協會創作中心的時候，中心剛剛落成。巴老是創作中心的首批貴客。一個難題也就此產生，從大道旁拐進中心來，當時還只有一條田間小路。

小車開不進來。為迎侯巴老的到來，中心的年輕的男女服務員們，用義務勞動開出了一條200米長的土路。

一次巴老吃飯，菜肴端上了桌子，老人不動筷子。待問他為什麼，巴老說：我要見做菜的師傅，要謝謝他。廚房負責給巴老做菜的，是小章師傅。馬上去人到廚房，把小章師傅叫出來，告訴他：巴老要見他。陸正偉說，小章師傅在菜肴上是花了功夫的。

小章師傅站立在巴老面前，巴老很真誠地對著這位年齡要小上兩輩的年輕人說：謝謝。陸正偉說：小章很激動啊。

住了18天，巴老要回上海了。創作中心的年輕人不約而同地去買

了巴老的著作，想讓巴老簽字，以作紀念。巴老同意。巴老拿著筆，卻久久地沒有落筆。許久，巴老抬頭說道：我來題字，就是我送的，應該由我來付錢啊。

年輕人的回答嘴很甜，這個名不是光簽在書上的，是簽在心上的。巴老最終還是在年輕人買來的書籍上簽了字。年輕人的說法是：書是自己買的，可巴老的簽字是買不來的。可巴老記住了，他有「欠」於人。臨離開杭州，他讓人記下了所有人的姓名。

回到上海，正好有一本他的著作出版，他立刻按照紙上的姓名，每人一本，寫上被贈者的姓名，隨後再署上「巴金」。這些書，在巴老離開杭州僅僅七天之後，就來到了杭州中國作家協會創作中心年輕人的手中。

年輕人說：巴老的書來了，巴老又來了。

陸正偉還講述了這樣的一件事情。前幾年，巴老住在華東醫院，曾經請過一位值夜班的護理人員。這也是一位有了孫女的老人，只是年齡要比巴老小多了。他看到報紙上的消息，很是懷念巴老，想再次去看看巴老。他熟門熟路地來到華東醫院，來到巴老所在的病房。他敲開門，說：我來看望巴老，我叫某某某，你一問，巴老就知道的。他很有把握。

護士回身。一會兒，護士出來說：巴老不知道你，醫生規定，巴老不會客，請回吧。陸正偉解釋道，護理巴老的人，當時都稱呼老張老李的，你現在很正規，連姓帶名一起叫，巴老是感到很陌生啊，他也一時想不起來啊。

這位老人回家路上的心情可想而知。他想得最多的是：巴老不再會客了？巴老不能再會客了？

在後來與家人的問答中，家人回答：那不是護理過你的人麼。巴老自言自語：不行唉，我沒記住。巴老囑託家人，要把這位護理過自己的老人找到。事情落到了陸正偉的肩上。陸正偉就不相信找不到，有姓有名的，最終還有個公安部門的戶口卡管著，哪有找不著的道理。他略略曉得那位老人居住的方位。他走訪了幾個地方以後，沒有

著落。陸正偉又來到石門路派出所。對方知道，是為巴老找人，非常支持，立即打開電腦。同姓同名的有5、6個，陸正偉根據大致情況，「瞄準」一位60歲出頭的老人，就是他了。陸正偉登門尋訪，果然是他。

　　巴老特地派人來請，老人立即讓小孫女向學校請了一天假，買了鮮花，一同來到華東醫院。一見面，巴老對他講：對不起你，沒記住。感動的老人讓自己的小孫女向巴老獻花，小孫女向巴老說：我們讀書，正在學您的《小鳥的天堂》。巴老點頭。巴老還記得這位老人有喝早茶的習慣，便問：還去喝早茶嗎？老人回答：去，和幾個老夥伴一起去。

　　巴老與老少兩位探望者合影，並為那位小孫女簽名贈書。

聽《田園》看《訪談》，非常關注外面的事情

　　巴老靜靜地躺在醫院的床上。他病情時有波動，對於一位即將百歲的老人而言，是一件很「正常」的事情了。在身體允許的前提下，巴老會坐起來。巴老的房間裡，經常播放古典名曲，他喜愛的曲目中，有《田園》。

　　前一段時間，電台中播放毛毛所著的《我的父親鄧小平》。在播送書中有關「文革」歲月的內容時，每晚的6時30分到6時50分，巴老必聽不誤。在情形許可的時候，巴老還看中央電視台的《焦點訪談》。

　　陸正偉說：巴老人是老了，可腦子很清醒，記憶力很好，「他想知道外面的事情」。

　　對於巴金在中國現代史上的地位，巴金在中國現代文學史和思想史上的位置，以至世界文學史的位置，諸種論著已經汗牛充棟，數不勝數。有關傳記和圖片，也有問世的。然而，在巴金的90歲以後，現實給了陸正偉一個幾乎可以說是與巴金息息相關的工作機會，歷史給了他一個一般人難逢的走近巴金的機遇。

　　90歲後的巴金，如高山一般聳立的榮譽，如寒冰一樣刺骨的屈辱，甚至於如陸正偉所說的「創造空白期」的焦慮和不安，即使是文學評論家陳思和所言過的，巴金人格歷經連七個環節：胚胎、形成、高揚、分裂、平穩、沉淪和復甦，也似乎都已成過去。90歲以後的巴金，是一位已經走過了「塵世」階段的長者，澄澈如鏡，飄逸長空。

　　一切都在呼喚人們記住，巴金為獲得這一切而付出的代價。

2000年11月

1976年・保健醫生・中南海游泳池

25年來徐教授第一次接受外來記者採訪

這次採訪的緣起，十分偶然。

在瑞金醫院等人，辦公桌上放著一本紀念冊，我便隨手翻來。紀念冊封面上的標題是：慶賀徐德隆教授從醫執教五十二周年。我翻到其中的第6頁，上面寫道：中央保健工作與首長合影。照片上是老年的葉劍英元帥和徐德隆。攝影地點似是在船上。第7頁上，以一張「中央保健委員會獎狀」的淺色圖案作底，上面的黑體字儸人心魄──

> 徐德隆教授是一位謹守醫道、人品高尚、醫術精湛、德高望重的醫學專家。他50歲就成為中央保健醫生，每年奔波於京、滬、穗、杭等地，為廣大百姓和中央首長服務。經他診治的中央首長有：毛澤東、葉劍英、鄧小平、陳雲、鄧穎超等。葉帥在巡視長江時還特地指名徐教授伴行。令人敬佩的是，徐德隆教授在為偉人們保健期間，保持一顆平常心。正是有了這種一視同仁、嚴謹不苟的行醫作風，首先為毛澤東主席所患的疾病作出了正確診斷。……由於他的卓越貢獻受到了中央保健局的多次嘉獎。

徐德隆教授兩次獲得該獎，兩次頒發的時間分別是，1976年12月和1987年1月，表彰其在為黨和國家領導人的醫療和保健工作中做出了優異成績。

我盯住了那句話：首先為毛澤東主席所患的疾病作出了正確診斷。有關一代偉人毛澤東的回憶錄，迄今中外已不計其數。然而，除

卻對毛澤東晚年的白內障手術有過比較詳細的描繪，對於毛澤東身患的其他疾病，鮮有表述。這裡的「首先」，這裡的「正確診斷」，內涵非凡。

我非常職業化地感覺到，我很幸運地正在接近這一「首先」的「正確」。

這本紀念冊，是徐德隆教授簽名贈送給醫院科教處處長姜昌斌的。我請姜處長為我聯絡採訪徐教授的事宜。姜處長與徐教授的學生，今天瑞金醫院黨委副書記、神經科主任陳生弟教授聯繫，再徵得徐教授本人同意，採訪得以順利進行。

毛澤東主席逝世已經25年，這是徐德隆教授第一次接受外界記者採訪。

在中央政治局作出決定之前，任何人都不能「隨便瞎說」

徐德隆教授1921年生於上海。80歲的老人精神飽滿，按照約定時間，他是從家裡步行來到醫院的。採訪時，瑞金醫院黨委副書記陳生弟和相關工作人員在座。

徐教授的學生陳生弟說：20多年了，我的老師也沒有向我們說起過這些。

我說起紀念冊的事情。徐教授微笑地指著陳生弟說：這是他們弄的。陳生弟解釋：其實，在徐教授執教50年的時候，我們科裡就想舉行這樣的活動。可是，徐教授沒允許。一直過了兩年，在我們執意的堅持下，才舉行了這樣的紀念。紀念冊的文字是我寫的。我說：那句「首先為毛澤東主席所患的疾病作出了正確的診斷」，可是引起了我極大的興趣。

> 徐德隆：工作是大家集體做的，我是提出自己的看法，確診的決定是大家做的。這麼大的事情，不是我一個人做的。不是，不是。

記　者：請問，徐教授是從什麼時候開始，為中央首長進行保
　　　　健工作的，到毛澤東主席身邊工作又是什麼時間？
徐德隆：那是比較早的時候了，從1971年開始，我就應中央保
　　　　健局的要求，經常到北京為首長們作醫療診治工作，
　　　　時間長的，有半年。可能中央保健局認為我的「工
　　　　作好，守紀律」。在1974年秋，拿來一份病歷讓我看，
　　　　但就只是病歷，沒有姓名的。保健局的工作紀律非常
　　　　嚴格，你看就是了，從病歷資料上你看出什麼就說什
　　　　麼，不該你問的，絕對不要問。不過，在那樣的一個
　　　　環境裡，在那樣的一種氛圍內，再看看病歷上的具體
　　　　情形，即使心裡有時候也明白這在為誰看病。不過，
　　　　是絕對不允許說出來的。

　　　　　　1974年秋，本來已經決定，要到湖南去。那時
　　　　候，毛主席在湖南接見菲律賓的馬科斯夫人。就是後
　　　　來很多回憶錄上大書特書的，毛主席托起馬科斯夫人
　　　　的手吻了一下的那一次。保健局彙報，要給毛主席作
　　　　體檢，看病，因毛主席「沒有空，不要看病」。所以
　　　　就沒去。

　　　　　　後來，我到了北京。我這次去，就知道時間可能
　　　　是會很長的，四季的衣服都帶齊了。住在和平賓館。
　　　　我記得很清楚，那天遼寧海城地震，北京有震感。在
　　　　北京，還是沒看到毛主席。後來，大概是春節前幾天，
　　　　在南郊機場上的飛機，直飛杭州，住在西子賓館。

　　　　　　主席住在汪莊。

　　　　　　春節後某一天，那天很早了，才5點多鐘，來電
　　　　話，讓我們「立即去」。

　　　　　　第一次見到毛主席，我也是有點緊張的。後來知
　　　　道，主席見人，有個習慣，他要問，你姓甚名誰，哪
　　　　裡人氏，多大歲數，等等。我說我叫什麼，主席開始

　　還以為，我的那個「隆」，是一條龍的「龍」。他
　　問：是九龍江的「龍」嗎？那年我54歲。

記　　者：第一次見主席，就要為主席作檢查，你具體是怎麼進
　　　　　行的呢？

徐德隆：我心裡很清楚，主席是領袖，我是醫生，這就決定了
　　　　　我在醫療範疇內，該問的就問，該做的就做。而不該
　　　　　問的，堅決不問，不該做的堅決不做。對於毛主席的
　　　　　病，有說成是帕金森氏症的。我知道，我是神經科醫
　　　　　生，讓我們來，就是要作出診斷，定治療方案。

　　　　　　　主席躺著。我仔細地作檢查。我伸出手來，脫去
　　　　　主席的襪子，拿棉花棒劃他的腳底，主席有很明顯的
　　　　　反射陽性。隨後，我又檢查了主席的舌頭。舌頭有萎
　　　　　縮，有纖維顫動。

記　　者：你膽子很大呀。

徐德隆：主席是病人，我是醫生。檢查麼，一個醫生該為病人
　　　　　做什麼，我就要做什麼。我觀察主席舌頭的時候，
　　　　　我是慎重的，仔細的。根據症狀，我已經做出了自己
　　　　　的判斷。但是，要向整個醫療小組做彙報，要綜合大
　　　　　家的意見，再向中央政治局全體彙報，政治局作了決
　　　　　定，才作數的。

記　　者：你當時沒向主席說嗎？

徐德隆：沒有。我們得先向黨中央彙報。在中央做出決定之
　　　　　前，任何人都不能「隨便瞎說」。

所謂「私人醫生」對診斷的講法，是「胡說八道」

　　在杭州西子湖畔的汪莊，徐德隆教授為毛澤東主席作了體檢之
後，隨即飛回北京。

記　　者：怎麼這麼快就離開了杭州，又回到北京去了呢？病人
　　　　　在杭州啊。

徐德隆：政治局委員們都在北京，我們去作彙報。

記　　者：誰主持醫療小組的彙報呢？

徐德隆：周恩來總理主持，他剛剛輸完血。周總理對毛主席感
　　　　　情非常深厚，那時候，在1975年中，周總理自己的病
　　　　　情已經相當嚴重的了，可我們的每次彙報都是周總理
　　　　　主持進行的。政治局開會時，有鄧小平、葉劍英，有
　　　　　華國鋒，等等，也有「四人幫」。江青她也來了。
　　　　　　　彙報會議「絕密」。

記　　者：徐教授，你向政治局彙報，毛主席在神經性疾病方面
　　　　　患的是什麼病？

徐德隆：這個病的名稱是：肌萎縮側索硬化症。

陳生弟：這樣的病大多發生在50多歲的中老年人身上。發病初
　　　　　期，一隻手的肌肉開始出現跳動，並且發生萎縮。肌
　　　　　肉的力量逐漸減退。這樣的現象，逐漸地向手臂上
　　　　　部及同側下肢發展。很明顯地自我感覺肌肉無力。隨
　　　　　後，再相應地發展到軀體對側。這樣的肌肉跳動、萎
　　　　　縮、無力，就會發展到吞咽困難，說話語音障礙，也
　　　　　就是我們平時常說的「講話不清楚」。在有關毛澤東
　　　　　主席的回憶錄裡，這一點已經說到很多了。再往後，
　　　　　人體的呼吸肌肉萎縮，呼吸發生困難。現在治療這樣
　　　　　的病，要切開氣管，以器械幫助呼吸（陳生弟在我的
　　　　　採訪本上，分別用中文和英文寫下此病的名稱）。

徐德隆：在神經性疾病這個領域裡，這種病歷來有「偉人病」
　　　　　之稱。生這種病的人，有不少個人富有成就。有過一
　　　　　位美國副總統患這種病。現在生這個病的人並不少。
　　　　　　　對於這個病，直到今天，確切原因還有不清楚的
　　　　　地方，還缺乏有效的治療。

陳生弟：不僅是這個病，也有其他的病，在對於人類自身的研
　　　　究方面，我們自己實在還是有著許多的空白。

徐德隆：我根據主席的體格檢查的結果，說出自己的判斷。醫
　　　　療小組的專家們同意我的判斷。

陳生弟：我在紀念冊上寫的「首次為毛澤東主席所患的疾病作
　　　　出了正確的診斷」，講的就是對於毛主席神經系統疾
　　　　病，是徐教授第一次提出這樣的診斷，而且根據實踐
　　　　證明，是正確的。

徐德隆：因為毛主席還生有別的疾病，比如老年慢性支氣管
　　　　炎。在1975年為毛主席做的最大的一件事情，是為毛
　　　　主席做白內障手術。（徐教授用手在自己的眼部做
　　　　了手勢）那一年毛主席已經80多歲了。最讓我感動的
　　　　是，動手術的那一天，周總理他身體非常虛弱，但是
　　　　他還是趕來了，親自坐在一邊，一直到主席手術順利
　　　　完成。我們都非常感動。

記　者：徐教授，你知道有一本書《毛澤東的私人醫生》吧？

徐德隆：知道。他書裡面關於主席病情診斷的說法，是「胡說
　　　　八道」。他把我的醫院還說錯了，我是瑞金的，硬是
　　　　把我說成是另一家醫院的。「胡說八道」。

與主席相隔一個屏風，執行6個小時輪換值班制度

在1975年，徐德隆教授只在年中回到上海過了兩個星期，北京又
馬上召喚他回去。

記　者：徐教授，那時候你已經是醫院神經科的主任了，你一
　　　　年不在醫院，別人知道你到哪裡去了嗎？

徐德隆：不知道的。中央保健局有保健紀律，我跟科裡的同志
　　　　說一聲，我外出了。什麼事情，去到哪裡，我從不

說，不過，當時是有工人宣傳隊的，有人就說過：不知道他幹什麼去了，也不來向黨支部彙報。

記　者：應該是黨支部向黨中央彙報，而不是倒過來黨中央向黨支部彙報。你到黨中央那裡去工作了，黨支部不知道。黨中央比黨支部大得多了。

徐德隆（笑）：有人說我不遵守紀律，其實我是守紀律的。守紀律，就是不能說。我就知道，有人不遵守紀律，就沒有繼續做保健工作。

　　我的愛人也不知道的。分開得太久了，中央保健局的同志會讓我的愛人來北京探親，她來北京就住在招待所裡。她來了，就是在招待所裡等我。我在允許回招待所的日子裡，就會派一輛轎車把我送回招待所。後來，我說，路近，就不要轎車送了，騎自行車也可以。以後就騎車往返。

　　不過，我愛人始終不知道我在北京給誰看病。

記　者：徐教授，對於你的診斷，醫療小組的專家們，意見如何？

徐德隆：大家同意我的看法。上海方面去的神經科專家，除了我，還有一位。北京有一位一級教授。聽了我的彙報，首長問那位一級教授：你接觸過多少這樣的病人？他回答：三四十個。首長又問我：你接觸過多少這樣的病人？按實際情況，保守些，我說：每年有五六個吧。我想，這樣回答比較穩妥，其實我看了20多年的病，總的加起來有100多人了。

　　1981年我還看到過外國文章，說毛主席患的是帕金森氏症。其實那是對表面情況的一些猜測。

　　見主席的次數多了，後來就不緊張了。從1976年開始，我和醫療小組的同志，就搬到中南海裡面去住了。就在「游泳池」住。情況最緊急的時候，我們醫

療小組的人，分幾組，6個小時值一次班，輪換。我
們和主席，就隔開一個屏風。

記　者：主席對自己生病，怎麼看？

徐德隆：主席對自己的病毫無畏懼。他說過好幾次，我都聽到
　　　　的：七十三、八十四，閻王不請自己去。

　　　　不過，主席的這個病，絲毫不影響腦子的思考，
　　　　他照樣想事情，他是思想那樣豐富的一代偉人，但是
　　　　口頭表達有困難。我們看著，真替他難受。

　　　　主席生活非常儉樸。坐的沙發，就是大家後來在
　　　　電影上經常看到的那種。房內家具都是一般的，床就
　　　　是木板床。吃的也很簡單。吃的最多的，是武昌魚。
　　　　主席愛吃魚。聽說主席原來的煙抽得厲害，但是後來
　　　　接受醫生的勸告，他不抽煙了。我從沒有見到過主席
　　　　抽煙。

　　　　我最感動的，是主席有非常強烈的求知願望，總
　　　　是在學習，總是在看書。手不釋卷。1975年，他白內
　　　　障手術後，視力有所好轉，他就又拿起書來看（徐教
　　　　授做了手捧直排本書籍閱讀的樣子）。直到逝世前兩
　　　　天，他看不動了，還要別人在床頭讀給他聽。

　　　　我們有時還抄東西給主席看。文字都不太長的，
　　　　主席畢竟看不了很長的文章了。

記　者：毛主席病這麼重了，還接見外賓嗎？

徐德隆：還是接見。主席在這個房間接見，我們在另外房間。
　　　　從1976年6月份開始，主席病重。一天我去值班，發
　　　　現「游泳池」外停滿了轎車。原來是中央政治局的同
　　　　志，都來看望主席。1975年，我們醫療小組向政治局
　　　　彙報主席病情，不僅是一次，而是多次彙報。周總理
　　　　在的時候，都是總理主持。

　　　　後來，政治局委員也開始來游泳池值班了，也是

輪換制。

記　　者：主席的親屬有來探望的麼？

徐德隆：李敏來看主席，我見過。江青也來。她來，據說，也是要先通報批准的，來了就坐在主席後面。

記　　者：主席6月病重，7月底唐山大地震，主席知道嗎？

徐德隆：主席知道。可能知道得還比較詳細。

主席病危，兩班人馬一起搶救，我給主席量血壓

我和徐教授的談話，逐漸地「接近」了1976年的9月9日。

記　　者：主席病危，是從什麼時候開始的？

徐德隆：毛主席病危，是在9月8日的晚上，8點鐘左右。主席的心跳不好。我們是6小時值班制，輪到我們值班了，但是上一個班的同志們都下不了班了。於是，兩班人馬一起進行搶救。觀察主席心臟情況，有一台心電圖儀，一直是放在外面一間的，這時候有三位醫生輪流觀察。

多位政治局委員，都來了。

我的任務，是給主席測量血壓。從開始量血壓，一直到主席逝世，有四五個小時。我隔一段時間，就給主席測一次。那時候，主席已經昏迷了。主席血壓一會兒高，一會兒低，主席病危。

記　　者：社會上有過一種「給主席翻身」的說法，是這樣嗎、

徐德隆（很慎重地）：我不知道。在我的值班時間裡，在主席最後的時間裡，我沒有見到過這樣的事情。

記　　者：你在測量主席的血壓，就那樣，慢慢地……沒了？

徐德隆：是。在9日零時10分。主席逝世了。

記　　者：主席逝世，游泳池的氣氛……

徐德隆：主席所在的房間，冷氣頓時開得很足。我們當然懂
　　　　得，這是保護主席的遺體。我們不走，我們守著主席
　　　　的遺體。那個時候，真的是冷啊！

　　　　　　主席逝世的第二天，就是10日，在半夜，把主席
　　　　的遺體搬到中南海對面的人民大會堂，我們跟著去的
　　　　（沉默許久）。

　　　　　　後來就是追悼會了。這個你在紀念冊的照片上就
　　　　可以看見了，大會堂的橫幅寫著「極其沉痛地悼念偉
　　　　大的領袖和導師毛澤東主席」。我們醫療小組為毛
　　　　主席守靈。照片上穿淺色中山服的，就是我。後來
　　　　在天安門廣場開追悼會。台上大致有幾百人。華國
　　　　鋒、葉劍英、宋慶齡等，都站在最前排。全廣場有百
　　　　萬人。

記　　者：徐教授，你在1975年就回了兩個星期的家，1976年又
　　　　在主席身邊整整9個月。主席逝世了，你該回家了。

徐德隆：不，我們不能走。主席逝世後，我在北京又待了一個
　　　　月。因為我們醫療小組自己要開工作討論會。醫療小
　　　　組對我「做工作鑒定」。結論是，「認真負責」。

記　　者：徐教授，在20世紀的最後一個月來採訪你，自然就包
　　　　含著這樣一層意思：毛澤東是20世紀世界最偉大的人
　　　　物之一，你有這樣的機會參與了對毛澤東主席的醫療
　　　　診治工作，接觸到了毛主席，你自己是怎樣看待和體
　　　　會這段經歷的呢？

徐德隆：毛主席是中國人民的偉大領袖。在他最後的歲月裡，
　　　　他依舊求知願望強烈，孜孜不倦地讀書學習。我現在
　　　　也80歲了，我也還要學習。學無止境。毛主席對疾病
　　　　無所畏懼，他是澈底唯物主義的。對於這一段工作，
　　　　我遵循的原則是：實事求是，積極鄭重地工作；充分
　　　　發表自己看法，嚴格執行組織決定。

給主席做醫療保健工作的，是一個集體，我一個
人做的很有限。多說集體。

我很想念周總理。他的記憶力非常強，他見我一
次，就記住了。第一次是在1971年，1972年我又去北
京，他知道了，就囑託工作人員，要我去看戲。看戲
的時候，人家告訴我：這是總理安排的。我確實非常
感動。

記　者：你終於可以回到上海了。

徐德隆：我還沒有回到上海，可是醫院裡的人，就已經在電視
鏡頭守靈的行列裡看到我了，就傳開了：徐德隆老不
在上海，原來他是為毛主席看病去了。回到了上海，
有許多人問這問那，這也是可以理解的。但我還是沒
有什麼，什麼也不說。

陳生弟：現在，徐教授是我們瑞金醫院的終身教授，也是國家
人事部批准的暫緩退休的教授之一。就是說。徐教授
是「不退休」的。

徐德隆：事情已經過去了25年多了，有關主席的回憶錄也有了
許多了。你是我這麼許多年來，接受的第一個記者
（徐教授再三要求，醫療小組是一個集體，任務是由
小組承擔的，他只是小組成員之一）。

記　者：非常感謝，謝謝！

採訪結束，陳生弟要為徐德隆教授派車送他回家，徐教授執意不
肯，他說家離醫院很近。徐教授是走回家的。

2000年11月

附一：徐德隆簡介（摘錄與《慶賀徐德隆教授從醫執教五十二周年》紀念冊）

　　徐德隆1921年8月出生於上海的一個書香門第，在中國傳統文化薰陶的氛圍中成長。6歲時回到老家定海，私塾三年所接受的孔孟之道、忠孝禮義教育，對他的一生產生了巨大的影響。1931年，徐德隆回到上海，進入了聶中丞華童公學，念小學和初中。1938年，因日寇入侵回老家定海避難。1939年，重回上海進入上海中學高中部學習。1941年考入上海聖約翰大學醫學院攻讀七年制醫本科，從此開始他的碩果累累的醫學生涯。1963年被聘為上海第二醫科大學神經病學副教授、1978年被聘為主任醫師、1982年被聘為教育、1998年被聘為上海市第二醫科大學附屬瑞金醫院終身教授。1992年獲國務院政府特殊津貼。

　　徐德隆教授不僅是一位醫術精湛、學術造詣很高的學者，還酷愛文學，涉獵極廣，無論是英國的莎士比亞、斯考特；法國的梅里美、福樓拜、莫泊桑；美國海明威、傑克倫敦；並掌握俄國屠格涅夫及中國魯迅的作品，他都反復閱讀。同時他精通英語、俄語和德語，這一切使得徐德隆教授在從事醫學事業中受益匪淺。

　　徐德隆教授的人品與他的醫術、學識一樣。學生時代，他就非常樂於幫助別人。參加工作後，他更是致力於培養新一代醫師。徐德隆教授對同行如此，對病人更是關懷之至。他總是教導年輕醫師，要從心理、生理、環境諸方面來綜合治療病人，使他們能像一個正常人那樣重返社會。經他和他的學生治療康復並重返社會的病人已不計其數。

附二：採訪徐德隆後記

　　當《1976·保健醫生·中南海游泳池》一文在2000年末最後一期的《新民週刊》上刊發，在國內的範圍裡，銷售一空。這篇報導的關

鍵，是報導了是上海的一位醫生，對當年毛澤東的病症做出了正確的診斷，以及他所親身經歷的這位偉人逝世的全過程。

我向醫院有關部門要求採訪，言詞要懇切，理由也要充分，有些檔案30年就可以解禁了，現在毛澤東已經逝世25年，再說純粹講醫學，「不涉及任何政治內容」。

徐教授同意接受採訪。他身材高大，臉膛紅潤，笑嘻嘻的，說話非常客氣。他的學生要派車去接，徐教授說，我就住在附近，我本來就要習慣的，不要車接車送的。

徐教授說：中央保健局是有非常嚴格的規矩的，在工作期間是絕對不允許接受什麼採訪的。我年齡大了，「離開這個工作」也已經很多年了，有20多年了麼，有些事情說一說，也不要緊了。

徐德隆教授從1971年就參加中央首長的保健工作了。1974年，上級來人讓徐德隆看一份病歷，只讓看，別的什麼都不要問。稿件裡寫的只是寥寥數句話。徐教授看了病歷，心中已經明白這是毛澤東的病歷。這個病比較罕見，這個病的患者有相應的年齡層面。國外也有比較著名的病歷，有點奇特的是這個病的患者，大都是些領袖和偉人，所以有領袖病和偉人病之稱。徐教授隨口說了一個美國總統的名字。

徐德隆說到他給毛澤東脫襪子，用棉花棒劃毛澤東的腳底板。我說，徐教授，您可正是膽大包天吶，居然敢用棒子劃中國人民偉大領袖毛澤東的腳底板。徐教授神情坦然，我是醫生呀，對普通病人我要劃他的腳底板，對毛澤東我也要劃他的腳底板，這是診斷需要，這是我的醫生職責，我要的就是毛澤東對這個劃腳底板引起的反應，有這個病和沒這個病的反應，是不一樣的；我又「不是好白相」。

這些非常生動的話，在以後稿件裡沒寫進去。

稿子寫成之後，我在下一周再到醫院去。徐德隆教授正好在神經科講學。我就在外邊等候。一會兒，他走出門來，還是笑眯眯的模樣。我把裝著稿件的大信封給他，他說「謝謝」。我說，我恭候您的回音。兩天後，徐教授審讀過的稿件回來了，略有改動，他還給我寫了一封信。後來，為表示我的採訪絕對真實，我把徐教授在信中所寫

「稱讚」我的文字的話都全部刪去後，將信與我的採訪錄一同發表。

在刊發的稿件裡，有關江青的情節我寫得非常簡潔，都是字斟句酌的書面語。1976年粉碎了「四人幫」，有過一個非常盛行的說法，說在毛主席最後的時刻，是江青大鬧中南海，非要給毛主席「翻身」，而就是這個翻身把毛主席「憋」壞的。徐德隆說，這個話要從幾個方面來回答，這話首先給人的感覺是，江青要到毛主席這裡來，是非常隨便的，好像是想來就來，想走就走，而且是想幹什麼就幹什麼，誰也管不了。事實不是這樣的。江青是主席夫人，這個身分很特殊，她又是當時的政治局委員，是國家領導人，但她要來看望毛主席，也是經過批准的。這個批准過程，是否是經過政治局、常委會、華國鋒，這麼一個程序，我不清楚，這不是我醫生的職責。但我知道，誰要到主席身邊這裡來，絕不是一件簡單的事情。

徐教授接著講：我見過江青到中南海看毛主席來，她也是「很老實」的，非常守規矩，來了，就在外邊的一直上坐著等。這個「外邊」，是指在主席房間裡，但隔著個「屏風」，她也不能直衝主席的跟前。「要看主席的情景是否合適」。探視的時間也不長的。「我所見到的來探望主席時候的江青，話並不多的」。

說道「翻身」，徐教授平和地說：在我所見到過的江青的那些時候裡，我沒有看見江青給毛主席翻過身，至於江青是否在我不值班的時候，到中南海來了，給主席翻了身，這個我不知道。「也沒有人跟我談起過」。一般說來，對主席有過什麼相應的措施或「動作」，我們值班醫生交班的時候，要仔細交代的。

徐教授說了一段軼事。從1971年開始。不時會在醫院裡「失蹤」，時間有長有短。這事情醫院就黨委負責人一個人知道。每當這樣的時候，神經科會有人來問徐教授到哪裡去了，這位負責人就會出來「擋」一下，說是「公務」，就過去了。大醫院裡的人心裡都有點明白的，哪幾個著名的醫生，要是有幾天在醫院裡看不到他們，那就是到什麼地方作「保健」去了。別的醫生護士是從來不問的，這是一條約定俗成的規矩。但這個時候醫院裡有工宣隊，這些外行的外來戶

要領導一切，對於徐德隆這樣一個知識分子、一個臭老九，怎麼可以不管、放任自流呢？工宣隊就好幾次來向黨委發難，說是徐到哪裡去了，要揪回來。只是這個指示從來沒有得到執行過。

毛主席逝世了，電視裡播放北京悼念毛主席的場面，醫院裡有人在螢幕上看到了徐德隆「規格非常特殊」地站立在主席遺體的前邊，這消息立即在瑞金醫院傳開。徐德隆總是外出，一去就是大半年的謎就此解開。而工宣隊的人就再也沒有話了。用後來人們的講話，就是「屁也不敢放一個」。徐教授玩笑似的說：我到黨中央那裡去了，而基層黨支部不知道，我又不能說。

《1976·保健醫生·中南海游泳池》在刊物上發表，引起國內外的強烈震動，四處轉載。從未參加過上海市政府春節聯歡宴會的徐德隆教授，2000年末接到了上海市市政府的請柬，邀請他參加辭舊迎新的春節聯歡宴會。在宴會前，市領導接見了若干位「傑出代表」，其中就有徐德隆教授。第二天，各大報的頭版報導中出現了徐德隆的姓名。

2003年7月

重訪海南島汽車事件
——雷宇採訪記

為瞭解林桃森，你來吧

　　雷宇在電話裡用非常乾脆的聲音說道：「為瞭解林桃森的事情，你來吧，你就住廣東迎賓館，我家離開那裡就五六分鐘的路，我來看你。」說完就掛了電話。與我輾轉10多個長途電話，方才「找到」知道今天與雷宇聯繫方法的過程而言，這個結果讓我興奮。雷宇的聲音顯得很結實，沒有任何客套，大有一種「說定了就定了」的豪爽之氣。

　　在給雷宇打電話之前，我已經從資料室找到了兩篇有關雷宇的報告文學，一是刊發在《當代》1986年第一期上作家理由的《「世界第一商品」》，一是刊發在《中國作家》1986年第五期上鄧加榮、張勝友的《命運交響曲》。相差近10個月的發表時間，國內兩家著名大型刊物就「海南島汽車事件」的同一題材，刊出兩篇洋洋數萬言的報告文學，「後發制人」的文字，在材料和觀點上肯定與前文有著相對、相異的地方。

　　不過，在兩篇報告文學裡，都提到了在「金錢的河流氾濫，靈魂大拍賣」當中，「道德的崩潰只在頃刻之間」的海南行政區黨委常委、組織部長林桃森，他「積極參與倒賣進口汽車生意，而且伸手向人家要了3萬元的回扣」。1986年5月22日，林桃森以投機倒把罪被判處無期徒刑，剝奪政治權利終身，追繳非法所得3.6萬元。

　　對於上世紀80年代的海南島，在《交鋒——當代中國三次思想解放實錄》一書中有這樣的表述：針對種種「左」的疑問和指責，1984年1月至2月，鄧小平同楊尚昆、王震視察深圳、珠海、廈門三個特區，鄧小平「提出要再開放幾個城市，要開發海南島」。在「《交鋒》、《變化》後又一部關於中國時政的力作」《二十五年》中，在

「1985年雷宇」這一人物標題下，如此寫道：「雷宇沒往自己兜裡裝錢，但仍丟了官。那時海南還沒建省，屬於廣東的一個區，窮得很，財政吃補貼。窮地方才鬧革命。到1949年解放時，中國只有兩個地方紅色政權沒倒過，一個是陝北，一個就是海南，瓊崖縱隊，紅色娘子軍。1983年，國家給政策，讓海南快些富起來，可以進口洋貨自用。但用著用著，或者還沒來得及用，汽車就跑出島了。」

具體數字這樣的：海南共批准進口汽車8.9萬多輛，已到貨7.9萬多輛，其中1萬多輛已倒出島外；「非法從島外購進外匯5.7億美元，進口洋玩藝兒的貸款累計達42.1億元」。事到如此，海南區黨委副書記和區主要負責人雷宇「只好走人」。離開海南，雷宇被降職使用，數年後任廣西自治區副主席。1996年初，61歲的雷宇遞交辭職報告：我太累了，不要另行安排工作，我要好好讀書，並照顧96歲的老母親，「盡為子之責」。

雷宇「退隱」的8年後，在2004年3月1日的國內各大報紙上，都刊登了「新華社海口2月29日電」：原海南行政區黨委常委、組織部長林桃森含冤18年身後判無罪。我看到這樣的標題，立刻想到，因海南島汽車事件當年「只好走人」的雷宇，對於自己同事林桃森案件的曲直真偽，當有話說。

屈指算來，今年的雷宇將有70歲了。

那時間林桃森不可能在客廳

隔日，我飛到廣州。廣東迎賓館庭園內的鮮花開得姹紫嫣紅。

雷宇來到我住的客房。廣州晚間的氣溫也有將近20攝氏度，他穿著隨意，上身就一件T恤加深色毛衣。他把手機往桌上一放，隨手又把椅子移動成與我「面對面」的「態勢」。

我把帶來的資料放到桌上，表明自己的採訪來意。雷宇看了一下桌上厚厚一摞的「文本」，沒有掀動一頁，只用非常淡然的口吻說了一句：這些我都知道。

　　我向著雷宇說道：從這些文字當中看到，你在東北待過很多年頭；我也在東北下鄉很多年。雷宇的眼神中驀然升起一絲亮色：你在東北哪裡？我回答：我是知識青年下鄉，在黑龍江七台河礦區下車。雷宇則說：我隨部隊38軍抗美援朝，1952年轉業到黑龍江鶴崗煤礦。我說出當年軍墾農場的名字，他欣然點頭。雷宇知道這個地方。我說，我在東北14年。雷宇立即說道：我在東北31年。

　　我道出自己的疑惑：林桃森是當年海南行政區黨委的常委，組織部長，職位不低，想來當年要定他的案，應該不是一件輕率的事情。但這竟然是一件冤案，長達18個年頭方得平反。就在2003年的3月份，有關方面還將他的案件作為典型教材，而短短一年後，林桃森平反了。這究竟是怎麼一回事？

　　雷宇右手一揮：我告訴你吧，這件事情本來就是假的，這個案件本來就是站不住的！

　　雷宇用極其惋惜的口吻講道：林桃森12歲參加革命，14歲入黨，「海南瓊崖縱隊23年孤懸海外，紅旗不倒」。林桃森坐過日本侵略者的監獄，也坐過國民黨的牢房，「文化大革命」吃過多少苦頭。林桃森對人真誠，政治度量大，許多事情他都不計較，更不記仇。沒想到「汽車事件」給他判了無期徒刑。現在好了，平反了，可人在1996年已經死了。

　　雷宇談到這個案件關鍵的時間節點：1985年度，為林桃森辯護的兩位律師介紹，控告的材料裡說，有人在1984年12月9日上午10點鐘，在林家客廳裡給林桃森送了3萬多元人民幣。「這怎麼可能呢？我告訴你，在1984年12月8日上午，我和姚文緒（時任海南行政區黨委書記）、陳玉益（時為海南行政區分管外經工作負責人）、林桃森，在廣州向省委、省政府彙報海南汽車的事情，有多位省委、省政府領導聽取了我們的彙報」。在這次彙報會上，我們表示：這次海南失去控制，進口這麼多汽車倒賣，給黨和國家在政治上經濟上都造成了難以彌補的損失，犯了極其嚴重的錯誤，為避免更大經濟損失，只要海南進的汽車能安全出島，寧可上級加重對自己的處分，也不能影

響海南的改革開放大業。省領導的意見是，對海南汽車事件，重要的是要認真吸取教訓，至於汽車如何處理，由省向國務院報告請示，還是要爭取堂堂正正地出島。

這次彙報會議上的領導表態，讓雷宇和他的同事們「心中一塊大石頭落了地」。「非常高興」的雷宇對自己的同事們說：真是太好了，今天晚上到我家喝酒去。時臨年關，雷宇在哈爾濱的老同事捎帶了一些東北酸菜，雷宇說，好久沒吃到酸菜肉片了，今天晚上咱們喝酒吃肉啊。這一頓飯，雷宇回憶，吃到了晚上7點半。

此時，眼前的雷宇用斬釘截鐵的語氣說道：12月8日晚上的7點半，我們四個人都還在廣州我的家裡，當時廣州還沒有飛海南的夜班飛機，所以林桃森沒有這個可能當夜飛回海南，而在第二天早晨10點鐘坐在自己客廳裡。當年，廣州飛海南的機型是蘇聯的安-24，48個座位的，要飛兩個小時；再者，當年海南的加萊機場距離市中心104公里，路況也不好，小車要走2個半小時左右。如果林桃森要在12月9日上午的10點鐘出現在自己家中，就必須在廣州6點鐘以前就上飛機，那他才有這個可能在10點鐘「出現在客廳裡」。而當時廣州並沒有6點鐘起飛到海南的航班。

雷宇用客觀然而尖銳的口吻發問：判定一個人是否具有犯罪嫌疑，主要看兩點，就是要看他有沒有在作案時間內，出現在那個作案的地點。「林桃森不可能在那個時間出現在自己的客廳裡」。在以往文字中被形容為「口才雄辯」的雷宇，似是在問自己，也像是在問我這個眼前的記者：按林桃森的級別，他不可能乘坐專機，那麼，出現在客廳裡的難道是林桃森的魂靈？我們共產黨人應當是無神論者啊。

實事求是，公理人心

我把刊有「含冤18年身後判無罪」的2004年3月1日的《文匯報》遞給雷宇。

雷宇將報紙高高舉起。他拿下眼鏡，讀報。他又戴上眼鏡，再讀。

雷宇放下報紙，還是右手一揮：「我跟你說」，事情是這樣的：

1982年7月28日，雷宇被任命為海南行政區黨委書記兼公署主任。三年後，1985年7月17日，行將被撤職的雷宇，在中午12點獨自一人登上開往海口的登陸艇，離開海南。回到廣州數月後，林桃森的兩位辯護律師來見雷宇，他向律師述說了1984年12月8日的彙報會議及回家吃飯的經過。然而，林桃森還是被逮捕了，「那是在我離開海南之後」，雷宇說道。10個月後，林桃森被判無期徒刑。林桃森以沒有投機倒把的故意，沒有接受贓款為由上訴，被駁回。

雷宇又說道：海南汽車事件，我是主要的責任者，也是「當然」的「被懷疑人」，當時，我的話，誰聽？在18年前的兩篇報告文學中，都提到了有人送過雷宇一塊塑膠殼的電子錶，「價值就是10來元，我付了錢」。

雷宇的語音低了下來：林桃森後來病了，肝癌，全身癱瘓，雙目失明，不久於人世的他被保外就醫。我和林桃森的一些朋友總覺得，在他的有生之年，應該把問題弄清楚，還事件本來面目。「我雷宇在海南的錯誤就是錯誤，而林桃森沒有這個事情就是沒有這個事情，他不可能在那個時間出現在家裡客廳，這個事是假的！」雷宇和瞭解此事的同志、朋友們，始終在為林桃森的平反上下奔波，80年代、90年代，都曾有上級領導批示複查，然而事情就是「擱著」。

雷宇懇切地說道：為了減少冤假錯案，應當允許本人申辯，不能一聽到不同意見，就是「態度不老實」。聽一聽別人講話，天塌不下來，中國古語講，兼聽則明，偏聽則暗，就算人家講的是假的，聽一聽又能怎麼樣?!對林桃森這樣一個人判無期徒刑，剝奪政治權利終身，判得有多麼的重啊。如果慎重一點，就不會出現這個冤案。

離開海南，1985年10月後，雷宇降職到某縣當縣委副書記、書記。1988年1月15日，雷宇回廣州任副市長，當年6月24日，任常務副市長。1992年4月25日，雷宇赴廣西任自治區副主席，1995年末辭職，第二年2月再次回到廣州。同年7月，他「悄悄」返回海南島，探

望病危的林桃森。雷宇握著林桃森的手：我們盡最大努力，很多同志多方奔走，找了很多人、很多部門，我去廣西任職，一位中央領導找我談話，我專門陳述了你的事情，只是現在還是沒有「說法」。看著眼前這位出生入死的戰友，雷宇發現，癱瘓在床，已經失明的林桃森，眼眶裡湧出了淚水。

我拿起報紙，上面寫道：「2004年1月14日，最高人民法院和最高人民檢察院指令海南高院複查並依法處理」，雷宇說道：這「指令」說的就是，林桃森本人、林桃森家人，18年來的不懈申訴，作為同志，我們18年來的不懈努力，現在終於得到了回饋和正確的結論。

我還是頗有疑惑：雷宇同志，剛才聽了你的解說，林桃森在那一天不可能在現場的事實，其實是非常簡單的，對於林的申訴，有關上級也有相應態度，但為什麼就是這麼簡單的事實，要用18年的時間方才能夠得到認定？除去海南汽車事件當時背景的敘述，雷宇還低聲道出的，這是一個「人事故事」。

雷宇說：林桃森身後有知，可以安息了，「實事求是，公理人心」，這幾個字可以作為你這次採訪的主題吧。

海南島要趕上去

記者有意問雷宇對《「世界第一商品」》某些描述是否有想法，比如對「作為指揮員，發動這場迅猛又彆腳的戰役，他們敗得很慘。他們的經歷留給人們許多回味。不管是趙子龍擺弄電腦或巴頓將軍指揮大刀長矛，失敗似乎都是註定的」，並將「海南汽車事件」比作是「來自農村的領導者面對著全世界複雜商品經濟進行的第一次挑戰」，雷宇笑笑說，怎麼寫是作者的事。

當年，雷宇被貶回到廣州，很長一段時間，他一直閉門謝客。《「世界第一商品」》的作者第一次來到雷宇的家，反復敲門，而屋裡的人，不開門。作者第二次再度上門，雷宇方才將門打開。

另一篇報告文學《命運交響曲──雷宇與海南「汽車狂潮」》

的結尾則是這樣的：「猛士悲歌唱大風。你是一個敢於向命運之神挑戰的人，你也遭受到了命運之神極無情極嚴厲的懲罰，但你承受了一切，你沒有頹然倒下，你站著仍是一個昂昂七尺鬚眉男子漢。」「千秋功罪，誰人評說？由人民評說。由歷史評說。」

相隔十個月，對人物的評價相悖；而「評說」又是那樣模糊。

我與雷宇的話題很自然地說到了1984至1985年的海南汽車事件。雷宇有點自問自答地說道：當年，我們為什麼會那樣幹呢？

「1981年仲夏，正當海南島的貧困和富裕的分野還十分鮮明的時候，從瓊州海峽彼岸過來一行六七人」。這是廣東省委為了貫徹中央的對外開發、對內搞活的政策，落實國務院關於開發海南島的文件精神，專門派來的一個工作組，考察海南的自然資源，並提出具體的開發規劃。當時的雷宇作為廣東省委政策研究室副主任，身列其中。

海南歸來，雷宇「以滿腔熱血和奔湧不息的激情」，寫成一份詳細的彙報提綱，報送省委；這份報告後來又上呈中央。當年的報告文學這樣表述這份報告的戰略設想：「海南島將在本世紀末和台灣經濟並駕齊驅。這正符合高層領導人的戰略構想。」天降大任，雷宇身挎軍用帆布書包，於1982年7月隻身赴海南到任。

大半年後的1983年4月，中共中央、國務院批轉《加快海南島開發建設問題討論紀要》，給予了海南島建設相當的優惠條件：「海南行政區可以根據需要，批准進口工農業生產資料，用於生產建設；可以使用地方留成外匯（包括國家控制進口的××種商品）……上列進口物資和商品只限於海南行政區內使用和銷售，不得向行政區外轉銷。」這是一個封閉的「特區設想」。在以後的一年多時間裡，海南島內平靜如常。

1984年年初，中國改革開放的總設計師鄧小平來南方視察，他道出對於開發海南島的構想。當年4月6至14日，在中央召開的擴大沿海開放工作會議上，雷宇聽到了這個關於中國第二大島宏大設想的傳達報告。雷宇說道：這是中央經過深思熟慮的偉大戰略部署，作為中國的第二大海島，我們要趕上去，「日本在1958年才搞出第一架半導體

收音機，我們哈爾濱也是在1958年就搞出了第一架半導體的，那時我們並不太落後，國外如日本、新加坡，國內如香港、台灣，都是島嶼，大多用20年左右的時間，開始了經濟建設的騰飛。他們能做得到的，我們當然也應能做到。」

我對著雷宇說：人家都說你膽子大，天不怕地不怕。雷宇回答：其實我是非常謹慎的。就是在1984年的上半年，我們發現了有人向島外偷運轉賣汽車等物資的事件，當時我批示，一個縣的兩個物資局長被撤職，海南行政區的一個局長受到查處和通報。雷宇再一次重申：「我是非常謹慎的。」雷宇和他的同事們非常謹慎，他們嚴守紀律的政治素質，使得一時「海南島進口的那些汽車還大多在島內的各道販子當中打轉轉，自家人賺自家人的。曾經有廣東省某機關來買車，來頭不算小，腰板也夠硬的，都被婉言謝絕了」。

事情變化的時間節點，是在1984年的7、8月間。國家工商行政管理局市場司的一位副司長在山西的講話傳到海南：「內地機關、團體和企事業單位到廣東、福建購買進口汽車，經所屬省、自治區、直轄市主管機關批准，確屬用於生產或科研需要的，應予放行；集體、個人持區、縣主管部門證明到廣東、福建購買進口汽車自用的，應予放行。」雷宇用不容置疑的口吻說道：海南島當時是廣東的一個行政區，當然涵蓋在「廣東」裡面，廣東可以憑對方證明放行汽車，海南的放行也「當在其中」吧。

但也有人持反對意見。於是，在海南島的前方，在雷宇和他同事們的前方，綠燈亮著，紅燈也亮著。

雷宇向著我伸起右手的一個指頭：搞開發，要建設，第一就是要有資金。當年的海南島基礎設施很差，底子很薄，幾乎沒有像樣的企業，說要增產節約，我們能增什麼產，我們又能節約什麼？中央給了海南島方向，也給了政策，「我們依靠國家，但不能依賴國家，我們更不能躺在國家的身上，我們要自己想辦法，現在辦法送上門來了。」

雷宇決心：機不可失，時不再來，「不裝進個人腰包，能多賺的不要少賺，能快賺的不要慢賺」。這也就是他後來向上級表態的心理

動機：寧可加重對自己處理，也要為海南開發多積累一點資金。

由是，1984年上半年，海南進口汽車只有2000餘輛，7月份，達到了1.3萬多輛，到了8、9月份，進口汽車已經共計6.2萬多輛。我問雷宇，最後海南一共進口了多少輛汽車？雷宇回答：批准進口8.9萬輛，到貨7.9萬輛。

徒步到來，徒步離去

1984年，那還是嚴格的計劃經濟時代，「社會主義商品經濟」這幾個字，在中國人的腦子裡甚至還根本沒有組裝起來，更遑論「市場調節」這樣今天早已家喻戶曉的經濟概念。

雷宇說道：說是我汽車進得太多了，用今天的眼光看，對於這個「多」字應該怎麼理解，才是正確的呢？只要我進來的汽車，都能賣得出去，那就是不多；如果我只進來一輛汽車，品質不好，人家不要，那這一輛汽車，也就是「多」了。再談到繳稅，雷宇又說：海南島進口的汽車都是正式文件批准的，因為海南島當時有這個權，進口的汽車100％都是繳了稅的，數字是19.6億人民幣。這些錢都上交了。後來上交國家的汽車數是54800多輛，物資總局從中賺了20個億人民幣，也都上交給了國家。

對於海南汽車事件，雷宇有自己的遺憾：要說錯誤，那就是政府批准進來的汽車，「政府得益不多，都流散到社會上去了」。

雷宇，廣西橫縣人，1934年生，1949年7月參加黨的地下工作。後參軍，隨38軍赴朝參戰。朝鮮戰爭結束，轉業到黑龍江礦區。他曾作為調幹生到北京中國人民大學工業經濟系學習，學成後返回黑龍江工作。1977年到遼寧，1980年回廣東。1996年2月，辭去廣西自治區副主席職務。我問：為什麼主動辭去職務？雷宇回答得十分乾脆：我是副主席，那個成克傑是主席，就是後來被斃了的那個人，我與他「搞不到一起」。

我說，真看不出你今年70歲了。雷宇伸出右臂：是啊，身體挺

好。雷宇說，現在家鄉的人，來要求我做顧問，我答應了，人總不能只是為自己活著吧。

我送雷宇到迎賓館大廳。雷宇，這個曾經從中國最南端奔赴最北邊境的軍人，這個又從最北端返回最南邊島嶼經受過驚濤駭浪的戰士，與我握手，隨後轉身即去，很快就隱退在夜色之中。他的徒步離去，如同他的徒步到來，也毫無客套。時間已經超過10點鐘，在迎賓館舉辦婚禮的新人在門口送客，眾多笑嘻嘻的人們，並不知道從身邊走過的那個人，曾是他們的常務副市長。

廣東迎賓館大廳內，用十幾塊棕色木板鑿刻著蘇東坡的《念奴嬌》詞，高高掛起。剎那間，這樣的句子進入我的眼簾，久久不去：故國神游，多情應笑我，早生華髮；江山如畫，一時多少豪傑。

2004年3月

附：再讀「海南雷宇」後記

在網上，查閱「海南雷宇」，按時間相關聯文本的前三位排列是這樣的：任仲夷2000年重評「海南汽車事件」，海南省高法2004年重評「海南汽車事件」，《新民週刊》記者陸幸生2004年重評「海南汽車事件」。2008年1月3日，雷宇回答一聯絡者說：一個月前，中國經濟改革研究會派專人來廣州採訪他和吳南生，「為歷史留下真實的口述實錄」，他已「將話全部說完，沒有新話再說了」。

我在2004年寫下的報導「海南汽車事件」，屬獨家採訪，網上摘要如下：2004年3月的一天，雷宇對專程來採訪的記者陸幸生說道：說是我汽車進得太多了，用今天的眼光看，對於這個「多」字應該怎麼理解，才是正確的呢？只要我進來的汽車，都能賣得出去，那就是不多；如果我只進來一輛汽車，品質不好，人家不要，那這一輛汽車，也就是「多」了。再談到繳稅，雷宇又說：海南島進口的汽車都是正式文件批准的，因為海南島當時有這個權，進口的汽車100％都

是繳了稅的，數字是19.6億人民幣。這些錢都上交了。對於「海南汽車事件」的錯誤，雷宇認為只有一個：那就是政府批准進來的汽車，「政府得益不多，都流散到社會上去了」。然而，從海南政府門裡「開」出去的汽車，在中國地盤上怎樣「活泛掙錢」，雷宇管不著人家那「一畝三分地」。

「海南汽車事件」發生後，中紀委、國家審計署、國家經委以及廣東省委省政府等單位組成聯合調查組。經兩個多月調查，中紀委向黨中央國務院轉報了調查組的報告並獲中央批准，「給主要責任人雷宇撤銷其中共廣東省委委員、海南區黨委副書記、海南區人民政府黨組書記職務的處分，並建議行政上撤銷其海南行政區人民政府主要負責人的職務」。（《國史通鑒》299頁，北京，當代中國出版社1996年2月版）

從2008年夏天開始，我接受撰寫「世界是圓的──上海汽車工業30年」的任務。16個月裡，閱讀了6、7百萬字資料，在無意中，我發現了中國轎車工業與「海南事件」的某些關聯。一老同志回憶記載：經過6年艱巨談判，上海和德國大眾合資基本「談妥」，而「1985年9月初，中國銀行通知上海談判方說，可能出現無法向中德雙方提供足額資金的情況」，起因是「發生在海南的進口汽車走私案，讓中國政府損失了幾十億人民幣外匯」。

在採訪雷宇5年之後，我知道了：上海好不容易與德國大眾談判成功，卻因「海南汽車案」走私、損失幾十億外匯，可能無法為中國第一家轎車合資企業提供足夠的外匯額度。在國家級別這個層面上，我得到並理解了當年「最高震怒」的緣由。只是，當年海南汽車的「外匯支出」，都是「有文件批出去的」，要說雷宇負有重大工作責任，可以；然而，為什麼由上而下的「批文錯誤」，最終只有「下邊」受到懲罰，為什麼經濟層面的「調控問題」，其結果是欲加之罪、何患無辭，終以「某人經濟貪污」治罪而告結束？而在18年後，再宣告平反而真正「結束」海南汽車事件，而「被罪犯」的林桃森本人已在平反前辭世。

　　事情不複雜，當年批文上誰簽的字，查檔案即可。誰簽的字，誰負第一位的責任。然而，當初該誰領銜去查，恐怕該查的就是自己。於是，從傳統套路出發，用「個人貪污」之罪，改換「政策失誤」之實，用「替罪羔羊」之人，頂替「經濟失控」之責，將「莫須有」定位「就是有」，將活人關成死人。有過報導，對海南汽車一案作反省語：當年「查處」是權大於法，是上級定調，是「新聞」定罪。

　　「海南汽車事件」事出有因，欲蓋彌彰罷了。

　　我能對天上的林桃森「安慰地」說：遲到的真相還是真相，遲到的公平還是公平；但他會同意我說：遲到的尊嚴還有尊嚴的笑容嗎？

2010年

探訪深圳二奶村

關照小心，絕不是空穴來風

涂俏對我說，把照相機放到風衣裡面去，別讓警衛看見。我照辦。我心裡嘀咕，這是什麼地方，特區的「特區」？

前天，我在電話裡與涂俏聯絡，我在上海文匯報工作多年，「我跟你是一個單位的」。這句話打動了這位女同行，11月26日，在感恩節這天，香港文匯報高級記者涂俏，特地從香港趕到深圳機場來接我。進入市區，她的捷達車停在距離海灣村遠遠的道口。我與她下車步行。環顧四周，高樓林立，一派新興的城市景象；大道通衢，多層立交路上大噸位的卡車在轟鳴。這裡沒有傳統村莊的一點影子。

涂俏告訴我，在附近另一個地方，有記者採訪，人被打，照相機也被砸了；我怕你遭受「同等待遇」，我們小心為上。

大道深處，隱約露出與周圍大廈不太相符的多層舊樓。一位穿著迷彩服的男性年輕人，坐在「村口」右側餐飲店門口，見我們走來，他站立起來，眼光對著我們掃來。我觀察到，左側一餐飲店門口同樣的一位「迷彩服」也站立起來，看著我們。

涂俏曾來採訪，寫下《苦婚》一書，其中有這樣的文字：

> 距離農曆春節（2001年——編者注）還有10天，在深圳打拼的外地人員開始陸續返回內地老家過年。從這天開始，我隱姓埋名實施「臥底」調查，拖著兩三件行李，搬進深圳河畔的某某村（為敘述方便，也為了避免不必要的麻煩，我稱之為海灣村）一個小單元居住。稍事休息，已是中午12點。
>
> 我這裡所說的村，並不是傳統意義上的青山綠水、田疇圍繞的村莊，而是城中村，或者說是城市街道的一部分，只不過

在城市規劃裡被區別對待，還保留著一些農村原生態的建築群落。深圳市區發展迅猛，原有村落來不及同步建設，就有許多插花地一般的村子。海灣村村內主幹道上有一家茶餐廳，我在那裡買了一份煲仔飯吃。

煲仔飯香氣撲鼻。不期然，一位女仔裹著一身寒氣走進來。她身材嬌小，短髮齊耳，穿著一身粉白色的棉睡衣，外罩一件豔黃色的太空衫。她走進櫃檯，對老闆娘交代外賣的內容。她的舉止使我感到某種不安，時不時警覺地睄一眼門外，眼神有些驚恐。不看門外的時候，她還是低著頭，悶悶地想著心事。（摘自《苦婚》，下同）

我和涂俏走在海灣村的路上。路旁有各色小店，小飲食店，小百貨店，商品的豔俗在表明著一種原料和審美的最低層面。有一賣家具的舊貨店，一位老伯在修理舊沙發。涂俏告訴我，她就在這個店裡買過東西。「這個二奶村裡，有個二奶散夥了，香港人付清房租撤退，二奶便將家具賣掉。這家具原本是當初香港人買下的，女的並沒有掏錢，現在鈔票歸己，也算一筆額外的收入。然後，後來的另外一些二奶，再來買這些舊的家具，再用。」60元收進一個舊的大衣櫃，轉手就是110元，七成新的松下電視機收進400元，再賣出去650元。港人包養二奶，帶旺了相關的舊家具行業，涂俏說：「匪夷所思吧?!」

家具在反復使用，女人在反復「就業」。買新家具好像也用不著，家具生意便可如此循環地做將下去。

我照相機裡留下來去匆匆的照片。第二天早晨6點半，不甘心的我，叫上計程車，再次來到海灣村。我想，這個時候的二奶和她們的男人們，還在睡覺做夢，拍照大概會少些干擾。我也在遠處停車，拍下在道上停滿了的香港貨櫃車。這條道上有規矩，附近的私家車晚上不能停在道上，全部停進社區，道上「讓」給香港貨櫃車停靠。一輛貨櫃車每晚交50元人民幣停車費。這是一筆固定的收入。

這些貨櫃車的司機們，就是二奶村裡的「爺」。

　　我提著照相機大步邁進，沒想到的是，深圳的早晨，7點鐘還沒有到，而右側餐廳門口的那位迷彩服已經上班，他迎著我站起身來。緊接著，左側餐廳的那一位，也快快地站起了身子。這座粗陋的、緊靠邊界鐵絲網的小小村落，「享受」的是24小時不閉眼的警戒。我轉身離去。

　　五六分鐘後，一個電話打到已經在行駛的我坐的計程車司機手機上。我聽懂了他通話的大約意思。待他關上手機，我說，你們的反應速度很厲害啊。司機回答：我在旁邊村裡住，海灣村有熟悉我車號的人，剛才看這個車號的乘客在照相，電話就打過來了，問這個乘客要幹什麼；我說，是個記者，就來看看，沒別的。這位出租司機是湖南人，與老婆孩子一起住在鄰村，這一天他是夜班，已經做了個通宵，早上8點鐘才下班。他拉我打的是「夜工」，他說：我就下班了，今夜的錢掙好了，完事了。我多少聽出他的話外之音：記者來拍照，「我不扯這個事情了」。

　　我終於理解，昨天涂俏關照我的「千萬小心」，絕不是空穴來風。

支出不增加，「花法」換了

　　涂俏簽名送給我一本在今年11月中旬由作家出版社出版的《苦婚——60天隱性採訪實錄》。內容可簡潔地概括為「女記者隱性採訪深圳二奶村」。

　　自20世紀80年代中葉開始，一批來往於香港與內地的香港商人、白領人士以及貨櫃車司機，開始在深圳等地包養「二奶」。隨著這個「風流軍團」的擴大，一些位於羅湖文錦渡口岸附近的花園住宅，因「二奶」相對集中而聞名。90年代中葉，隨著深圳中心區的西移，福田區成為少部分港人「金屋藏嬌」的首選地。沿深圳河北岸，鄰近中國最大的內陸口岸皇崗口岸附近的眾多村落，因便利出入境貨櫃車司機的歇腳和進出，日漸成為香港貨櫃車司機包二奶的首選之地。對那些二奶租住較多的村子，人們習慣上稱為二奶村。這種叫法，不科

學，但口口相傳，彷彿已經約定俗成。

港人在深圳包養二奶竟成為一道獨特的景觀，由此而在香港與內地造成嚴重的社會、家庭、道德等問題，早已引起廣泛關注。

我向涂俏提出第一個問題：說到二奶，一般人以為，是大陸經濟開放後，境外各色資本進入內地，香港、台灣的老闆們來做生意，金錢帶來了各種各樣的「搞活」，有經濟建設方面的，也有社會生活狀態的。有一些老闆們花錢買色，一夜曰三陪，買房藏嬌，期限不一的固定關係就是「包二奶」了。「你這本書很怪，不是寫老闆包二奶，不是寫『資本』買色。你寫的是一些在香港非常普通的貨櫃車司機們，他們掙的是薪水，也可以說是血汗錢，可他們怎麼就包二奶了呢？」

涂俏說道，「這個問題很到位」；我在2001年採訪，當時做了若干報導；在充實的基礎上，今年出了這本《苦婚》。我當時是記錄實例。今天，「你要問的是一個概括的理由」。我說，我的問題當然涉及道德評判，但我更要問的，一是地理理由，因為任何歷史首先是地理史，二是金錢理由，是港人司機的「經濟分配狀況」。

涂俏回答：坐在海灣村的小花園，隔著水泥圍牆，就看得見深港兩地的出入口岸。幾乎可以說，香港的貨櫃車出了口岸，來道上拐個彎，就進入到海灣村，幾分鐘的事。港人貨櫃車司機們來到海灣村，吃飯食宿成為他們最近便的需求。在海灣村這一帶，普通賓館或招待所，100元到150元睡一夜。司機們兩頭拉貨，一般兩三天進出一次口岸，一個星期來兩三次。一星期的宿費是300至500元，一個月將近1200元到2000元人民幣。「貨櫃車司機還要吃喝，費用就要翻上一倍多。」

香港貨櫃車司機出車到深圳，屬出差，除去工資，是有出勤補助的，大致也就是四五千元錢。貨有輕重，路有長短，辛勞的貨櫃車司機的職業需求，就是吃好睡好，保證第二天的正常出車。

「於是，有些司機發現，自己每個月在路途上必定要花費出去的四五千元人民幣，除去交給食堂和招待所，其實還可以有另外一種花法：租間房，『租』個內地的年輕女人，這個空間、這個女人，從鍋

到床，從碗到性，就歸我這個出資者到來時使用，而且，服務品質還高。」

當深港兩地交流愈加便捷順暢，當司機們開車長期往返，目光越來越多地投注在遍地可拾的內地女孩身上的時候，忽然發現，他們手中的錢竟然可以給自己帶來某種鮮活的東西，那是已經逝去的年輕時代不可能實現的某些東西：男人的尊嚴、青春的活力以及情欲的刺激。

他們的青春和歲月都消耗在深港兩地的公路、馬路、高速路上，在不見盡頭的路上往來穿梭，「在路上」的兩端終點，香港有家，深圳有室，在他們看來，這也許是理想狀態。如同元代小說作品當中，經常會被提及的「兩頭大」，就是常年在外地經商的商人，家中一妻，又在外典雇一妾，因為妻妾分住兩地，妾亦如同主婦，就變成兩頭都「大」了。

海灣村中二奶的男人們，80％是貨櫃車司機，百分之百的港人。在海灣村，涂俏曾用「被拋棄的二奶」身分，努力與「同命運、心相連」的二奶們廝混，但很少能與二奶背後的男人打上交道。涂俏解釋，港人司機們身在「行宮」、「外室」，「走婚」的時間本來就不多，蜻蜓點水，來去匆匆。再者是二奶們十分珍惜「老公」回家的短暫時光，二人世界不容打擾。

從二奶們的話中，涂俏得出港人司機對於二奶的「總體要求」，是溫順、賢良、寬容、能幹、疼人。我注意到，涂俏的表述中，沒有「姿色漂亮、曲線動人」這樣形容女性的常用語。涂俏說：她們不漂亮的啊；還有，比起渾身是病的「三陪」，她們比較「安全」。

我接著說：任何歷史首先都是地理史，將「地理」與金錢結合起來說，就是一個「兩地勞動力價格和市場消費差異」問題。從《苦婚》裡可以看出，港人貨櫃車司機的月收入大致在2萬元人民幣，甚至還有高一些的。這樣的薪水收入標準，遠高於內地司機的工資。何況，還有補助。薪水交香港大婆，補助「包二奶」，「香港大婆過去能拿到多少養家錢，現在還照樣拿多少，一文不少；男人在外邊的支

出也沒有增加。只是，這些大婆的男人用自己的出差補助，在低收入
區域換了一種『花法』」。

「買賣就要講個價」

在《苦婚》中，有一位港人司機阿松（化名）的說話──

> 在深圳生活，我的幾個同事先後在這裡包養了二奶。說
> 起夫妻制度，我爸爸就有三個老婆，那是上一輩的遺風了。我
> 想，有伴總比孤獨好，何況費用不高，兩個人的開銷跟一個人
> 也差不多，就同意了。住我隔壁的女孩子，她被香港老船工包
> 養，她不這樣又能怎樣呢？像她這樣沒有文化，素質又不高的
> 女孩子，我敢打賭，她出門找工作，每月就是800元錢的事，
> 她都找不到。

涂俏說到激動處，會站起來：這個海灣村，原來的漁民、農民
啊，改革開放以來迅速致富，有錢就蓋房。一蓋就是七、八層樓。海
灣村裡蓋了140多棟樓房，現在有200來戶是原住戶，其他1000多戶，
都是住滿了的。「村子裡的年輕靚妹，多是四川妹、湖南妹、貴州
妹、江西妹，等等。我敢說，這些妹子，就是讓她們換上深圳女孩子
的衣服，站到街頭上去找工作，她們也很難找著。為什麼？最根本
的，是沒有文化。還有，就是從事簡單的密集型勞動，時間很長，工
資又太低，600元、800元，她們有誰願意幹？」

《苦婚》，這本22萬字的著作裡，記錄的就是諸位外來妹子「怎
麼從打工到當二奶」的過程和現狀。千迴百折也好，千頭萬緒亦罷，
說的大都是家鄉貧困，特區誘惑，抵達後尋找工作的屈辱，掙錢時崗
位上的艱辛，及其最終萬般無奈之後的屈服和出賣。有的當過餐廳的
「企客」，也就是門童，試工時從下午站到下半夜的2點，先站10天
再說是否要人。也有做企業的「大燙」，服裝廠的燙工手提2.5公斤

重的熨斗，一拿10個多小時。更有做桑拿女和髮廊妹的。再有就是收入太低。有人受欺侮了，有人來表示救助，有人開出價位，於是，就有人「賣」了。從一天一賣，到幾個月一賣，比較好的是幾年只賣給一個人。「最好的是將來『轉正』。」

於是，處女補膜術誕生了，二奶介紹業也半公開了，人販子應運活躍⋯⋯

年紀輕輕的阿妹已經先後有過兩次被包養的「歷史」。她家在農村，13歲出門闖世界，1998年春節過後來深圳淘金。她讀書讀到初中一年級，諸多大字不識，缺乏技能，在城市勞動力競爭激烈的社會裡，她被淘汰了。

她不得不答應去見見同鄉女友介紹的那位香港老頭——

　　⋯⋯怎麼比自己的父親還要老？介紹人用身體擋住她的退路，勸她：你不是處女，又沒有錢了，回家不也是一樣要嫁人？天底下男人都是一樣的。下回有年輕的，保證給你介紹。

　　老頭見阿妹點頭，很開心，樂顛顛地帶介紹人和阿妹去酒樓吃飯。嘴巴一抹，急如星火帶著阿妹去租房。租房很神速，半個小時就租了一套二房一廳。再趕到村裡的一家超市與家具城，買了沙發、衣櫥、床墊、床架、床上用品、梳粧檯、茶几、凳子，還有熱水器、電飯煲、煤氣灶與煤氣罐，付了50多張百元大鈔。等到商店把貨品送到房內，打理完畢，已是凌晨2時。

　　⋯⋯香港老頭督促阿妹沖涼。阿妹強作歡顏，「端了人家的碗要服人家的管」，她重重一聲歡息，鑽進被窩，緊緊閉上了眼睛。⋯⋯她想離開老頭，深更半夜的，她又能到哪裡去？身上的錢住宿費都不夠。阿妹也覺得，如果不辭而別也對不起老頭，人家畢竟是正經跟她過日子的，他為她置辦了這麼多的家當。

　　阿妹與香港男人的見面時間在下午，到交易達成，住房家具全部辦妥，直至下半夜兩點，男人讓女人沖涼，也就花了8至10個小時。男人出的價位明確而簡單，花去50多張百元大鈔。房租另付。此類房租一般價位在1500元至2000元。如此界定，購置一位內地年輕女子階段性「陪伺」的首期費用，大概為7000元人民幣左右。

　　這段記錄，又是沒有時間概念的，即沒有規定這個香港男人與阿妹的「合同期限」，介紹者也根本不涉及這個問題。所謂的遇上年輕人再介紹，本就是順口胡說，透露出的就是賣了一次，以後可以再賣第二次、第三次。

　　第三天，這香港老男人返港「打理業務」，七八天後回來，帶來一枚戒指，再給阿妹500元人民幣「零用」。而內地女子的心態是：人家也在花錢與自己「認真」。在香港男人和內地女子的心目中，在這段「苦婚」的實際操辦中，根本沒有「法律文書」的影子。

　　　　生活了一年多，我覺得這個港人還不錯，每月按時給我3000元，房租也是他出的。我的生活一下子從容起來，安定下來，也算小康了吧？我很滿足這種被人包養的生活，真的很滿足。我有一位好朋友在沙頭角做諮客，冬天穿得極少，每天還凍得鼻涕亂流，「罰站」超過10小時，一個月才600元。我做美容，一個月都不止這個數。

　　海灣村裡有個小花園。一處大理石凳子上，坐著一男一女，大體感覺是男長女幼。涂俏說道，又是一對在談判，人家出錢多呀。我回答：我的感覺複雜，出現在我腦子出現的幾個字是：「買賣就要講個價」。

變革的悖論和呼喊

　　有二奶，就有大婆，有二奶、大婆，就有她們共有公用的

「爺」。

中國有句老話：嫁漢嫁漢，穿衣吃飯。這句話從來就給我一種非常強烈的「職場」氣息。婚姻之中應有的情感內涵，在這句話當中影蹤全無，剩下的只是作為生命生理需求的供給者和受惠人的關係。中國農耕歲月，男人是主要勞動力；到今天中國經濟的大轉型時期，因為經濟發展生態的不平衡，因為傳統規則泥沙俱下的沉重負荷，二奶現象的出現，成為難以避免的社會故事。

從打工到二奶，年輕的女孩子們走過血和淚的長途。無窮盡的等候，間隔型的會面「睡覺」，定期頒發房屋租金和包養軀體「肉金」。在人類範疇，性是人靈肉合一的故事，正常婚姻中女性都具有的深情、哀怨、憤懣和仇恨，還有故作姿態的平淡、言不由衷的表演，二奶們都不缺乏。自然，男人們也理所當然地「製造」些削價、拖欠、最終「玩失蹤」等等故事來應對。

讓人感到震撼的，是很多二奶們將「當二奶」作為一種「不錯」的職業。

　　像我們這些來自農村的、貧窮家庭的女孩子難道就不能通過一些極端方式來改變命運？我也奮鬥過，我也打工呀，可是代價太高了，不是被男人欺騙就是自己無端地生病。我們永遠是弱者。

　　在這個村裡，二奶有不少相同之處。家境相同：來自農村貧寒家庭。家庭背景相同：家中有兄弟姊妹多人。你一旦外出打工，往往逼得你去賣血賣身也得搞點錢回家，養活他們，甚至供他們上學、蓋房、討老婆！婚姻悲劇：出來之前或者是被包之前，都經歷過失敗的婚姻或戀愛。教育背景相同：絕大多數是初中或小學畢業。外出打工經歷相同：孤立無援，吃盡苦頭，因而常常被人欺負。導致的結局也是一樣的：被人包養。

　　我不是表示做二奶就是這一類女人的唯一出路，但至少對我來說，從我遭受的挫折來說，我不敢再去社會上打拼了，我

拼不起，就乾脆讓人養起來算了。有人叫國家養，有人叫企業養，光拿錢不做事，兒女出國，衣食無憂。我們那裡有人5歲造花名冊，就是國家幹部，就有了國家工資。他們可以，我為什麼不可以叫男人養？

正在六神無主的時候，遇見一位高中同學，她已經做了香港人的二奶。她的「丈夫」的一位同事也想找一位老實本分的內地女子做小的。女同學勸了又勸，叫我與其千辛萬苦，不如每個月拿幾千元「固定工資」算了。我想了一個星期，我咬著牙答應了。

一年多來，我累得很，總要遭受不同男人的欺負。做小姐這樣爛下去不是長久的辦法，不如找個男人穩定一點，不用成天擔心得性病。我想也沒想，就跟他來到這個村，租房子住下來。他一個星期過來一次到兩次，我慢慢地喜歡上他了。我一個外來妹子，在深圳總算有個家啊！總算有個男人記掛著我啊！

涂俏遇上一個叫阿婷的二奶，她認為自己遇上了好人。她被包養的價格較高，每月5000元家用，還不包括房租。這5000元，就是阿婷的「紅利」。逢年過節，「老公」還給紅包。有時一個紅包就是一萬元。她要是「離婚」，家裡就斷了搖錢樹，又要墜入貧困。阿婷認為：「女人有人養，不愁吃不愁穿，這才是天大的福。（家鄉）全家人一年到頭，從春累到秋，田地裡收下的苞米、稻穀、紅薯，統統加起來，也賣不到5000元錢！」阿婷父親還這麼說：做二奶有什麼怕的，好過在家鄉挨苦受累，一月拿5000元錢，不要說下田，連太陽都曬不到一下，要知足！

對於這類特殊女子來說，她們是生活在深圳特區，但她們心中卻依舊生活在自己家鄉早被確定的行為支援或束縛「系統」中。這個「系統」的成員，就是同鄉與親友。二奶們的大多數都獲得了足夠的支持，尤其是令人難以置信的社會的廣泛寬容。

　　究竟是什麼使得那些「支援系統」笑貧不笑娼，認為當二奶不再是一個「火坑」？答案是簡單而又極其複雜的：因為支援系統的貧窮，因為血源關係的責任；因為經濟條件的差異，因為面對未來的嚮往。

　　大變革時代的社會，人潮開始流動，心願開始更新，外邊的世界很精彩，裡面的世界很無奈，到處充滿著呼喊和悖論，悖論和呼喊。

　　　　什麼未來不未來的？對我們這些做小的來說，有個男人呵護你，這就足夠了。

　　鬼話，凡是做二奶的都想不開。阿燦喃喃地說：做小，做小，小、小、小……說著說著，她突然嚎啕大哭。這一天，阿燦的哭聲使得整個海灣村都顯得這般苦澀。

男人女人們，警惕啊

　　今年年初，涂俏回到這個住過60天的村子，當年認得的二奶全已不在。「風流」雲散，新來的同性面孔的表情，又都是那樣的戒備，於是，那些女孩子們的結局，儘管是最近的「下一個去處」的結局，也都不得而知。

　　我的眼前，140多棟七、八層樓的私房，依舊在出租。房主「百分百」請人代為收租。這個替人收租的人就成了二房東。「二房東」收租的考慮大抵是，港人包養二奶本屬非法，「中間人」可保證房租真金白銀一文不少，遇事又可推脫非房主所為。「有事」沒事，真正獲利者不會受到任何牽累。一般而言，二房東都是外鄉人。房子要3個月至6個月起租，頭一個月付一押二。港人失蹤的二奶，熬到無可再熬的地步，往往是將房中的東西全部抵押給房東，自己被掃地出門。

　　我和涂俏走到她曾經住過的房前，鐵門緊鎖。門上貼張白紙，上面寫著：通知：請××6、××1、××6、××5、××3住戶速到水電部交清水電費，多謝合作。水電部2004、11、26。涂俏解釋，這就

是說，這些房子的香港男人已經有日子沒有來付錢了，而二奶自己是不會來付這個水電費的。

上世紀90年代末東南亞爆發經濟危機，香港受到影響。「包二奶」現象開始出現變化。

轉型之一：月租插水式（粵語：跳水）暴跌相對於前些年港人包二奶，一包就是五、六年的「盛況」，如今已經風光不在。多數二奶身價大跌，自然村租住的二奶人數大幅減少，租客比往年減少了至少兩成以上。今年（2004年）春節返鄉之後，很多二奶沒有回來。

轉型之二：「終身制」改為「分段制」。一位被港人先後包過四次的二奶告訴記者，如今港人包養二奶已經沒有「良心」，因為經濟不景氣，他們不再考慮二奶的「終身制」，只顧眼前快樂，改為「月租制」或「半月制」。港人已打破包養二奶的基本方式，不再租房，不再買電器和家具，隻身上門，每月扔下一、二千元。

轉型之三：「金屋藏嬌」變成「打邊爐」。一看上某位女子便租房「金屋藏嬌」的港人幾乎已絕跡，由於經濟原因，他們選擇了三五好友，合租三室一廳、兩室一廳，或者乾脆合租一室一廳，這樣一來，每月可節省一大筆開支。他們每人每月交房租只需花費400元左右，加上給二奶的生活費用，絕不會超過1500元。

轉型之四：陪吃陪睡雙料保姆浮出水面，部分港人在深圳購置房產，雇傭雙料保姆，保姆不僅要為主人煮飯、洗衣，還要提供按摩、陪吃、陪睡之類服務，一個月來四次，費用約600元。

深港兩地，由大婆與二奶構成的糾紛或「重婚罪」官司，此起彼伏。據廣東省高級人民法院透露，2002年全年審結因包二奶引起的婚姻家庭糾紛多達42000件，有47人因涉及包二奶行為構成重婚罪被處罰。

涂俏在海灣村時，兩位供職於計劃生育部門的幹部，悄悄地到村裡探望她。涂俏瞭解到，計生部門人員也曾經「前來」海灣村，但「上門調查詢問、指導、教育、幫助」，是不可能的。據推算，港人與二奶生育的後代，即出生時父或母居港滿七年的非登記婚姻生子女，已為兩位數的「萬人」。因無戶籍，就學即屬「高消費」。

　　那些「黑戶口」私生子，和她們（指已經成為母親的二奶們）一樣，命運令人堪憂，前程令人惶恐。特別不容忽視的是，這批私生子在深港兩地都不具有合法地位，積以時日，他們的存在一定會引發更大的社會問題。

　　第二天採訪，拉著我再訪海灣村的那個湖南司機說，這個口岸，每天轟轟隆隆的，香港有大約10萬個貨櫃車司機，在循環往復；要說在深圳包了二奶的，當然也是很少數，「但是從一個村子來看，二奶可就多了。」湖南司機住在海灣村旁邊的村子，原本也是個二奶村。如今，二奶還是有，他說：今年深圳、東莞缺30萬勞動力，還到我們湖南老家去招人，但招不滿。「為什麼？就是工資太低，沒有吸引力。老家還是有人出來的，女孩子當二奶，總比打工拿的錢多。」

　　我再問他，為什麼進那個二奶村那麼困難，警衛看得那麼「死」？湖南司機回答：警衛也算個好職業，要忠於職守啦；警衛看得不「死」，村裡面有人會「死」，一直有香港大婆雇人到深圳來打探自己男人的行蹤，「要出人命的啦！」

　　1950年5月1日，中央人民政府正式頒布《中華人民共和國婚姻法》。這部新中國成立後制定的第一部國家大法，在法律的層面上終結納妾陋俗。幾十年之後，沉渣泛起，死灰復燃。

　　警惕啊，男人們女人們！

2004年12月

暗訪盧山別墅

貼春聯的戶主在別墅中過年

正月十五的早晨，江西盧山牯嶺街頭一派清寂，旅遊淡季裡的計程車，懶快快地在來回空駛。各樣別墅和樹木的背陰處，還有幾縷白雪的影子，而路面上早已是一片冰雪融化後的水漬。周恩來紀念館和盧山管理局稅務所的大門，並列地敞開著，而一些餐飲店的玻璃門上，掛著環形鎖。

蒼松翠柏簇擁中的盧山，冬天也是墨綠色的。為突破這一份清冷，風景區管理者在一些灌木的枝條上，紮上了大紅、粉紅以及白色的碎葉紙花，據說是「冰雪包裹的時候分外動人」。在鮮有外來旅遊者的隆冬時光，盧山人精心打扮自己的環境，審美協調。

然而，2005年農曆猴尾雞頭的「盧山亂建別墅風波」，卻在境內外的媒體上熱鬧非凡。2004年9月，新華社江西分社一位攝影記者曾刊發了一張照片，緊隨其後，南昌一份「發行量最大、業績最出眾」的都市報，以大篇幅新聞通訊的樣式，報導了同樣內容的「亂建」情況。一時間，從中央到地方的各類媒體記者蜂擁而至。

1月18日，一媒體的報導題目是「誰為盧山景區別墅群開綠燈，幹部帶頭搶建富人跟隨」。同月24日，另一篇報導的題目是「『江西紀委調查組嚴查』盧山別墅事件」。28日，「江西調查盧山別墅：誰是戶主，誰在違規？」見報。篇篇報導均以盧山為題，然而從時間段看，這些報導前後矛盾：誰是戶主、誰在違規，還沒弄清楚，「幹部帶頭搶建富人跟隨」的結論，從何而來？

1月28日這一天，確鑿的報導是：中央領導重視盧山違規別墅，在建別墅都已停工。

2月2日，媒體報導：《盧山亂建別墅事件調查不能忽視林場困

境的事實》。被報導事件的地點，依舊是盧山，但出現了一個新的主角：林場；報導揭示了亂建緣起於一個基層單位的「困境」。2月7日，媒體上赫然出現「盧山濫建別墅雲遮霧罩」的大幅標題。新聞人手腳並用忙乎半年，結果卻還是「雲遮霧罩」。

接著，中國人開始過年，長假7天。長假後到元宵節前的一周，歷來也是尚未脫離假日慣性，身心處於「忽悠」中的日子。正月十六，我來到「亂建別墅」的地方，見到建好的別墅，以及沒有裝潢的「赤膊」房子，門上都貼著大紅春聯，房檐上掛著紅燈籠。當地人告訴我，掛著紅的，主人就是在房子裡過的年。

這眼前的春聯，寫的都是吉祥詞句，但言外之意頗多，似在透露某種試探：別墅建好了，戶主過年了，我待在這裡，看下一步怎麼辦？

無「人」解說兩個「盧山」

有關亂建別墅的所有報導，標題中都有「盧山」兩字。

說到盧山，「地球人都知道」，就是蔣介石和宋美齡的美廬，就是毛澤東的盧林一號，就是彭德懷蒙受不公正待遇的地方，就是1959和1970年，在中國當代政治生活中反響和結果都極其巨大的兩次會議的所在地。盧山，就是《盧山戀》這個放映了20多年，牯嶺電影院至今每天還要放映兩場的青春版影片（票價30元），創造了世界電影史上一部電影連續放映時間最長紀錄的地方。盧山兩字約定俗成的內涵，驅動那麼多的記者來到盧山，是有道理的。

而江西省盧山管理局黨委宣傳部的辦公室主任袁勇，用非常謹慎的口吻告訴我，「亂建別墅這件事情，與盧山管理局無關」。

我索要文字資料。經請示，我得到了三份文字資料。第一份是《盧山概況》。《盧山概況》中寫得明白：「盧山位於江西省北部……風景區面積302平方公里。」「盧山是中外馳名的千古名山，首批國家重點風景名勝區，江西目前唯一擁有兩塊世界級金牌的名

山，我國30個世界遺產中唯一以『世界文化景觀』列入《世界遺產名
錄》的遺產地，今年（2005年）2月被聯合國教科文組織評為首批世
界地質公園」。

位置、範疇、性質，都很清晰。盧山302平方公里風景區，統屬
世界文化景觀、世界地質公園。

管理局給的第二份資料，是一份黃封皮小冊子：《江西省盧山風
景名勝區管理條例（1996年4月18日江西省第八屆人民代表大會常務
委員會第二十一次會議通過）》。條例是枯燥的，摘錄如下：

> 條例第二條：盧山風景名勝區（以下簡稱風景區）包括盧
> 山山體和石鐘山景區、長江－鄱陽湖水上景區、龍宮洞景區、
> 潯陽景區、東林景區等周邊景區。盧山山體景區和周邊景區的
> 範圍以省人民政府批准的界線為界。
>
> 條例第四條：江西省盧山風景名勝區管理局（以下簡稱盧
> 山管理局）為省人民政府管理盧山風景區的行政機構，按省人
> 民政府的規定負責盧山山體的保護、規劃、建設和管理。外景
> 景區由所在地縣、區人民政府負責管理。

盧山管理局管理的，是52平方公里的「盧山山體」，用第二天帶
領我參觀和講解的宣傳部工作人員的話說：就是管理牯嶺著名別墅群
落和附近核心景區。用當地百姓的話形容這個範疇：就是要花135元
門票錢才能進得來的這塊地方。而周邊景區，即302平方公里的「盧
山風景區」，減去52平方公里「盧山山體」外的250平方公里地域，
由所在地縣、區的政府負責管理。這次「亂建別墅」的地點，在這個
52平方公里之外，250平方公里之內。

於是，事情責任者出現了：這次亂建別墅的「蓮花洞景區」位於
江西省九江市盧山區，歸盧山區區政府管轄。

宣傳部給的第三份資料，名曰《關於媒體報導「盧山區蓮花洞
景區建別墅」情況說明的函》。這份函件字斟句酌：「一，媒體所報

導的蓮花洞景區位於廬山山腳下，屬九江市廬山區管轄。廬山區為九江市市轄區。二，廬山區並非廬山管理局。江西省廬山風景名勝區管理局是根據中共中央辦公廳、國務院辦公廳廳發（1984）39號文件《關於廬山風景名勝區管理體制等問題的批覆》以及江西省人大常委會通過的《江西省廬山風景名勝區管理條例》成立的江西省人民政府管理廬山的廳級行政機構，負責管轄廬山山體52平方公里。」函件第三點，說的是廬山管理局近年工作的十六字方針：嚴格保護，統一管理，合理開發，永續利用。

只是，就普通百姓而言，就旅遊名勝而言，就玩而言，聞名於世的山頂牯嶺別墅群就是廬山景區的標誌；外來者根本不管這個「廬山」稱謂的行政範疇劃分和管理權力界限。

這份函件說明，從2004新華分社記者刊發照片以來，管理局已經整整被誤解小半年了。

照片說明出現「廬山」兩字，轟動效應驟然而來。看來，這個板子就只能打在「廬山」品牌的外延上了。

山泉和空氣「惹的禍」

正月十六的早晨，兩位廬山的老朋友與我一起前往蓮花洞。

他們穿著旅遊鞋，一副準備跋涉的模樣。我們要步行到山腳下的蓮花洞去。我問，下山要走多少里？答曰：18里，大約要走1個半小時。因時間有限，我們在牯嶺喊了一輛計程車，沿著擁有「蔥蘢四百旋」之稱的曲折山路，蜿蜒而下，穿越九江市區街道，進入城郊接合部的民居群落，到達廬山區蓮花洞，其間路程為36公里，花去一個小時。

這個景區的全名是「廬山蓮花洞森林公園」。兩扇不大的柵欄鐵門，路邊豎有簡易看板，景區門票10元。

一條山谷，間有溪流和亂石，薄霧氤氳，空氣清醒。沿途幾個人造景觀，一為老君廟，二是上品閣，三是茅草飯店。竹子搭成，簡陋

之極，經風受雨已有時日，如今空無一人。

在一個名叫狗頭石的拐角處，我見到兩塊石頭。新豎的青色石碑上，標題是「狗頭石租界案簡介」，說的是民國初年，一法國人盜買狗頭石附近土地，時值袁世凱稱帝前後，政局動盪，段祺瑞「外交部自顧不暇」，九江當局與之「簽約」。旁邊一塊淺褐色的石塊，為當年界石。旅遊指示牌上寫著，這一帶有天主教堂、天主醫院、耶穌洞等景觀。

20世紀初外人強權侵入的遺跡，21世紀初今人資本締造的商業公園，都是圍著這一份名曰龍潭河的山泉，及這一份空氣、這一份與塵世的「間離效果」而來的。亂建別墅事件發生在此地，這些就是「自然」的原因。

回到門口，見到「九江廬山蓮花洞森林公園有限公司」陳總經理。陳總介紹，這森林公園是廬山墾殖場蓮花洞林場出地，有限公司出錢，合資組建而成的。有限公司投資400萬元人民幣，如今每年的門票收入大致為40萬元左右。我說，公園開張3年，收入120萬元，投入還沒有收回吧？陳總回答：40萬元門票收入，也就是每年約有4萬人左右到這裡來，也算很可觀了，「這裡是九江市登山協會的基地，尤其是青少年登山來得特別多」。

我帶的報導資料中，有「豪宅建在廬山國家森林公園內」一說，到實地看來，「國家」兩字子虛烏有，是一種廣告噱頭。

相隔潺潺溪流，公園大門對面就建有私人房屋。最前面的一棟，為兩層樓，裸露的水泥牆面貼著大紅對聯。而後邊些的5層樓房，從外牆剝落的塗料看，建成已有年頭。介紹說，這是九江市裡一照相業業主「招待用的房子」，他自己住的房子也在附近。再後面些，竹林和松樹相間處，聳立著被各個媒體曝光的別墅「們」。別墅們的大門上，都貼著大紅對聯。

我說，這些房子，有的就蓋到公園的大門裡面了。陳總說：公園是旅遊專案，經過立項、批准，可以建設，「但是，在這個區域裡面，建造住宅絕對不允許」。我繼續發問：絕對不准？回答：國家規

定，絕對不准。

再問：現在這些居民房子不是都蓋起來了嗎？

再答：唉，都是泉水、空氣惹的禍。

花26萬住「茅屋」

不知什麼時候，一位身著深藍上衣的婦女來到身邊。她終於開口：為什麼拍我的房子？

她就是最靠近森林公園大門，裸露著水泥外牆那棟房子的女主人。剛才我端著相機的時候，她正在房子外邊的空地上一遍遍地轉圈「鍛鍊」。我說，到你的房子裡去坐坐。

房子挺大，上下兩層。衛生間裡擺著滾筒洗衣機，臥室裡有張雙人床。屋子裡很冷，她拿來小凳子，我與她坐在門口屋簷下說話。我說，我要做點記錄，麻煩找幾張紙。她拿來一本紅格的「九江市公安局交通大隊稿紙」。她說——

　　我是1998年來這裡買的地，是第一個在這裡買地的人。多少地？兩畝。土地費花了一萬七。這個房子蓋得有多大？160平方米。蓋這個房子一共花了多少錢？告訴你，26萬，平整這地坪，花了4萬元。

　　我來的時候（揮揮手），這裡什麼人都沒有的。這個5層樓是沒有的，森林公園也沒有建呢。1998年九江發大洪水，看著鄰居房子什麼的，統統都被淹了，心裡感到特別害怕，生怕自己什麼時候也會碰上這樣倒楣的事情。所以想到「裡面」一點的地方來蓋房子。

　　我51歲了，得了癌症，身上開過好幾刀，這裡安靜，空氣也好，就想在這裡養病。

　　我是通過林場買的地，分場、總場，都有證明的。（記者問，還缺什麼證明不？）告訴你，除了土地證，啥證我都齊

了。看起來，這個土地證是再出不來了。「所有蓋房子的人的土地證，看起來都是出不來的了。」

我說，上面不讓再建下去了，你26萬元投進去，現在怎麼辦？她回答──

　　就是，我這個錢是一輩子的積蓄，我是「做商業的」（一邊的朋友解說，她曾是九江一商廈的職工），我男人在研究所，是工程師。我們兩個的積蓄不夠，還借了錢的。當初我來的時候，這裡是河灘，是碎石場，荒地。去年蓋樓，現在不能再蓋了。「我哪裡不能買地蓋房啊，我為什麼非要到這裡來蓋房啊！房子也沒有完全弄好，房頂還要花個3萬，貼牆面還要四五萬，我就一個衛生間，原來想慢慢搞。現在不讓裝修了，我也裝修不起了，我現在變成傻瓜了，花26萬，來住茅屋」（朋友解釋，她不能再花冤枉錢裝修了，搞個水泥兩層樓，現在等於住茅草房）。

　　上個月，市裡調查組來了，就站在我房子前面，說是中央都有批示。現在停下不讓再搞了，我一輩子心血都在裡頭了，聽說還要拆房子，那叫我們到哪裡去住？

　　我又不是當官的，我家裡也沒有當官的，我是老百姓，我交了錢，有證明的，我沒地方去了，我就住在這裡。

我問她的姓名，她說，我姓周，名鳳萍。

生活水源和污水排放

在九江市廬山區建造別墅的地點，共有三個：蓮花洞、定慧寺和龍門洞。

離開蓮花洞森林公園，我們去定慧寺。一條水泥的山間公路，直

入峰巒深處。

　　一棟尚未完工，門窗木框也沒有安上的別墅，出現了。一棟已經完工，門上貼有大紅對聯的別墅，出現了。從鐵欄杆外望去，這家客廳牆上，掛有裝飾用的「墨寶」。一家建有兩棟外貌相同、灰色瓷磚貼面的兩層樓，院落內建有游泳池的別墅，出現了。奇特的是，在山區公路旁建造別墅，有著路牌和門牌號碼。這家有游泳池的別墅，是定慧路8號。

　　山間路名和門牌號碼，給人一種此地的別墅建築在規劃中「延伸」的感覺。

　　一輛QQ轎車開來。這是一位別墅主人的座駕。

　　忽然間，一個中年男子的聲音在「那邊」響起來：你是幹什麼的？對於在住宅外牆邊轉來轉去的陌生人，責問一聲理所當然。何況，此地別墅在近期又是諸多媒體注目以至「怒斥」的焦點。

　　陌生人對著我講話：你是記者？我告訴你，這裡的事情（將臉湊近，聲音略有降低），就是現代的官場現形記。這是一張介於年輕和中年之間的臉，大致40歲左右的男主人語氣急促，「一個月前就有人來看了」。我很想聽這位男主人講解什麼是「現代官場現形記」，只是他沒有繼續這個話題。按照自己思路，他語速很快地說著話。

　　　　我是想著給九江做點好事的（用手指指地下）。我是江西的，是這裡的人。我現在浙江做生意，在寧波也買了房子，花了100萬（我插話，寧波100萬的房子挺好的）。現在我回來，在市裡開發區有項目，就想在這裡蓋個房子，自己住，

　　　　這個地皮，就20多萬。我們兄弟兩個，住這兩棟別墅。蓋房用多少錢？40多萬。現在要拆，憑什麼拆？我有合同的，上面蓋了圖章的。我要打官司，這些蓋好圖章的合同，就是我打官司的證據（我說，拆房子，你就有損失了）。我就打官司，要求賠償我的損失。

　　　　現在憲法上已經寫進去，要保護私有財產的。

就算要拆，怎麼樣，就四五十萬，就是讓我再幹一年（原話如此，他好像要說的是，大不了白幹一年）。那我就走，什麼地方我不能投資，非要投到這個地方來？

從我準備採訪廬山別墅這個題目開始，有個事情我一直「縈繞」在心。我問：在這個別墅，你用水的事情是怎麼解決的？按常規，建房要「七通一平」，從資料上看，林場賣地為生，不會出資做這些公用設施鋪設，而私人建房是各人自掃門前雪的。

男主人指著別墅前邊的水渠，回答：你看，這山上下來的水，多麼乾淨，完全可以喝。

我要的就是這個答案，我繼續發問：那你的生活污水又是往哪裡排放的？

回答者有些尷尬，用手指指同一條水渠：我們都弄好管道了的。

我看到，在人工挖掘過的水渠的壁上，有白色硬塑膠管道的出口，上面有蓋子。

這一戶人家的取水和排污，如此這般「潔來污去」。在這別墅上方，山坡還建有他人的別墅，如果上邊人家也這樣取水和排污，那這位男主人使用的山水，還會是清潔的麼？似大有懷疑的必要。同理，這棟別墅的下方，蓋有他人的別墅，下邊別墅的主人是否考慮過，上面下來的山水是否清潔的問題？也許，一切靠自然過濾？

靠山吃山。眼前情景，似乎靠山也有「拉」（拉屎拉尿的「拉」）山的便利。除去污水，還有固體生活垃圾，別墅主人們如何處理？用自己的小轎車拉下山去？在沒有公用設施的此地，長期的污水蔓延和髒物堆放，別墅主人們面臨的「前景」將會怎樣？

如此這般，長此以往，這302平方公里屬於自然保護區的廬山山腳，還會是一個山清水秀、風輕雲淡的風景區嗎？

賣地求生存，部門「利益分攤」

下得山來，在潯廬村老鄉家吃農家飯。對面房子門上貼著對聯：出門順意行好運，居家康寧樂平安；橫批：吉星高照。

端著飯碗，與居民聊天。一蹲在房簷下的男性居民說：地沒多少了，樹不准砍了，到外邊打個小工，「裡裡外外全部算上，一年收入也就四五千元」。他用手指向天空：「這個數字頂破天了！」以5000元年收入計，一個男子壯勞力一個月薪水，也就是400來元。

在其他媒體報導中，周鳳萍的「茅屋」房子和她丈夫的姓名，也曾出現。說到這棟房子的手續，報導敘述：《城鎮個人建造私有住宅申請表》上蓋有蓮花洞林場潯廬村、廬山綜合墾殖場和廬山區房管局同意建房的公章。在其他報導中曾有「一家建成房子併入住」的胡姓夫婦，男主人原是南昌製藥廠工程師，已退休，目前夫婦兩人退休金加起來不足1000元。他們蓋房的錢「多是在美國讀書的兒子從獎金學裡省出來」的。關於「照相業業主」的房子，報導中說到，他「徵地協議上有甲方蓮花林場作為土地出讓方的公章、廬山區土地管理局作為土地徵用方的公章和廬山綜合墾殖場作為簽約方的公章，2002年2月5日，九江市契稅徵收管理所就已經出具了收到戶主交納契稅的契稅證。」

在報導中出現的「單位」，蓮花林場是土地出讓方，蓮花林場的上級部門即廬山綜合墾殖場，為簽約方。人們將這方式稱作「分場賣地，總場批准」。潯廬村，是與蓮花林場「相依相靠」的村落名字。廬山區土地管理局、廬山區房管局、九江市契稅徵收管理所，均為當地政府相關職能的管理部門。

暫且不論建房者的官、商、市民、農民和在職、退休、健康、生病等等區別，他們手中握有的是建房「協議」也好，還是「合同」也罷，只要都蓋上了這些政府部門大紅公章的，出了錢的他們都認為自己「獲得了蓋房的權力」。

在《江西省廬山風景名勝區管理條例》中，第三章「規劃和建設」第十九條規定：「牯嶺地區和其他景區，嚴禁新建私房，不得將公房出售給私人」。如是，蓮花林場是「違法」賣地。面對電視台的鏡頭，蓮花林場前任場長潘明銀這樣介紹：

> 1998年以後，整個林場的收入只剩下蓮花洞森林公園很少的一部分門票收入和每年國家下撥的生態林補償款，國家每畝地的補償是5元錢，發到林場手中每畝只有3.5元，蓮花林場總面積2.2萬畝，這筆補償款也就只有7萬多元。而林場的職工有200多人，即使這7萬多元全部用來發工資，每個人每個月能夠分到手的也不到30元錢。

面對法律，明知其不可為而為之，明知其不能為而為之，蓮花林場賣地的性質是違法的。自然，林場可以說自己是違心的違法，這個違法是為給100多個職工「發工資」。這十年當中，他們通過賣地掙了309萬元，可即便如此，他們每個月能夠領到的工資也不過才120元。

定慧路一別墅主人說，蓮花洞森林公園與蓮花林場簽有合同，森林公園每年上交門票收入的20％給林場，但「聽說沒有收回投資，所以一直沒有交過」。

同行的廬山朋友說道：廬山區蓮花林場違法賣地，已有10年之久，如果說賣地是因為林場生存困難，那在這麼長的時間裡面，為什麼既沒有人「加強執政能力」來阻止賣地，也沒有人「改善執政能力」為老百姓謀劃生活出路？

在採訪過程中，聽到如是說法：總場和職能機構是不會「空手」讓分場賣地的，總得收點手續費吧？按照書面語言，這就是資源尋租、利益分攤。

太便宜的廬山還會是廬山麼

　　在蓮花林場向電視台提供的調查表上可以看到：從1994年到2003年，蓮花林場共出讓了85塊土地用於私人建房屋，總計146.36畝，分屬118戶，目前，蓮花洞在建和已經建成的別墅總共有60棟左右，而另外還有近60戶在籌建當中。通過出讓土地，蓮花林場獲得收益309萬元。而出讓土地最集中的時間是1999年到2002年這四年，最近一次土地交易是在2003年的6月23日。

　　對於「新建私房」的處罰，《管理條例》有標準，第五章「法律責任」第三十三條規定：違反本條例規定，擅自改變風景區規劃及其用的性質，或者侵佔風景區土地進行違章建築的，責令其限期退出所占土地、拆除違章建築、恢復原狀，並按建築面積處每平方米30元以下的罰款；不能恢復原狀的，按建築面積處每平方米100元以上200元以下的罰款。

　　在採訪中，我聽到的最多的話是：下不為例。下不為例的通俗解釋，就是再花些錢，不要拆房子。按照「不能恢復原狀」，罰款「建築面積每平方米200元」計算，周鳳萍160平方米違章建築的罰款總數為32000元。照這個標準計算，已建成的60來棟別墅，應收罰款的數額將近200萬元。只是，收到了這200萬元的罰款之後，這些亂建的別墅就能安然無恙地歸私人使用了？同理，後來尚未建成的60來棟別墅照此辦理，也就可以繼續建造、永久歸己了？這就意味著，兩個200萬元，買下了「廬山」這世界級別的風景名頭，廬山就此被拉開一個永遠不能癒合的創口。

　　我們的廬山賣得實在是太便宜了。太便宜的買賣，會是下不為例的嗎？

　　那時候，太便宜的廬山還會是廬山麼？同理，「太便宜」的法律還會是法律麼？

　　有報導這樣描繪：「自從爆出官員帶頭在廬山自然風景區修建

別墅的新聞後，蓮花洞在九江成了異常敏感的詞」；「有五名具有官員背景的人在蓮花洞購買了土地，其中級別最高的是……」人們期待著，江西省、九江市調查組終有公開調查報告的一天，一切將大白於天下。

關鍵問題是，一個地級市所轄的一個基層林場為生存困境，違法賣地求生長達十年之久，為什麼長期沒有得到制止和有效管理？這樣長的時間，官員們在哪裡？報導中官員職務前面的「原」字，讀來更讓人驚心動魄。

午飯後，我們來到蓮花林場辦公樓。下午的上班時間未到，大門鎖著。

在山上採訪時聽說，蓮花林場領導和職工們現在的任務是，監督停工，「誰都不准動」，聽候處理。怎麼處理：現在都是「不知道」。當地百姓的認為：全部不拆，那是做夢；全拆，又怎麼可能？也許最可能的是部分地拆。猜測頗多，議論紛紛，話題中心是：違個法，結果就是老套的下不為例。

廬山太有名了，中國百姓注視廬山，是有現實理由的；世界注視廬山，是有自然根據的。廬山的自然資源和人文資源，屬於國家所有；如何開發廬山，這是國家責任。零敲碎打賣廬山，漠視法規買廬山，都將付出沉重的代價。

2005年3月

在尊嚴和酸楚之間
——宗福先採訪記

　　上週五，我來到上海市作家協會。我把《馬達自述——辦報生涯60年》放到桌上，對著宗福先說道，為這次採訪，我做了功課，再讀這本書，裡面有關於當年刊登《於無聲處》演出消息先後情景的《一聲驚雷撼人心》。宗福先笑了，他說，我感謝文匯報，感謝馬達老師，「從某種根本的意義上來說，沒有文匯報的報導，《於無聲處》也許就會湮沒在歷史的深處，這樣的湮沒俯拾皆是，悄無聲息；而我，一個再普通不過的工人，也許就『工人到底』。」

　　就在上週一，由上海市作家協會、上海市總工會、中國作協創研部、中國戲劇家協會和文匯報聯合舉辦「上海市宮劇作家群作品研討會」。上海市的這一文學創作群體，自1978年的話劇《於無聲處》問世起，20多年來共有23部作品榮獲國家級大獎。於是，我與宗福先約定，作一次訪談。

曾經極致的輝煌

　　宗福先低調，但訪談須從「曾經極致的輝煌」說起。他慢慢道來。

> 宗福先：我動筆的緣起很簡單，粉碎「四人幫」之後，周圍的街談巷議開始公開「議論」1976年在天安門廣場悼念周總理的事情。悼念周總理沒錯，更無罪。這是人民的聲音。我寫了這個戲，工人文化宮也就上演了。四百個人的小劇場，最簡陋的道具，要看的人一角錢一張票。觀眾愛看，劇場效果很好，但是開始的時候輿

論沒反響，沒有文字報導，也沒有評論。

記　　者：文匯報跑文藝的記者周玉明來了，寫了長篇通訊，刊
　　　　　發在當時只有四個版面的文匯報二版上，於是乎「風
　　　　　起於青萍之末」。

宗福先：這篇報導改變了《於無聲處》的命運。後來知道，那
　　　　　時候胡喬木正在起草黨的十一屆三中全會文件，他看
　　　　　了報紙，便到了上海。上海接機的領導詢問這次來的
　　　　　安排，胡喬木回答：來看戲，看《於無聲處》。

　　　　　　市委宣傳部幾位領導來到市宮看戲，覺得場子太
　　　　　小，馬上決定，搬到現在展覽館的友誼會堂。舞台
　　　　　變大了，事情變大了，但所有的道具、布景都變小
　　　　　了，原來的都不能用。而且，舞台調度也不對了，
　　　　　得跟著動。連著三天，把所有的「東西」都改好，
　　　　　1978年10月28日晚上，胡喬木來到劇場看戲，市委領
　　　　　導陪同。

　　　　　　看完戲，胡喬木上台接見演職人員，他問我的
　　　　　第一句話，是我怎麼也沒有想到的：「你生了什麼
　　　　　病？」我楞了一下才反應過來，是周玉明的通訊裡說
　　　　　到我身體有病，堅持寫作。也可見胡喬木確實是看到
　　　　　通訊而來。接下來，我說，劇本還要修改，胡喬木連
　　　　　說：寫得不錯。

記　　者：文匯報總編輯馬達就從這一天開始，將《於無聲處》
　　　　　的劇本在報紙上連載三天。

宗福先：當時我是不敢出聲音的。我是個工人業餘作者，儘管
　　　　　《於無聲處》已經演出了，但方方面面還有不少的要
　　　　　求修改的意見。我當然願意自己的本子能夠「站起
　　　　　來」，我也願意繼續修改自己的劇本，更願意聽到社
　　　　　會和報紙的評價。但是，北京那麼高的領導幹部，專
　　　　　程飛來看戲，上海的那麼一張大報，要全文刊登我的

「鋼筆字」，那都是我想都想不到的事情，也不敢想。除了感謝，我只有緊張。

以後的事情，都在我「工人業餘作者的經驗」之外發生和運行。所以，我後來寫過文章，胡喬木看戲之後，《於無聲處》就不是我個人的了，也不單單是上海一個業餘劇組的了。

記　者：《於無聲處》就此成為中國政治生活中的一部分。

宗福先：幾天後，調我們上北京演出。馬達老師在文章中講到：「是胡耀邦同志指示文化部把《於無聲處》劇組調到首都演出的。」

那時候，中央正在召開十一屆三中全會的工作會議。會議第二天，就是1978年11月12日，陳雲同志作了「解決六個問題」的著名講話。其中第五個問題關於解決天安門事件就說到，「現在外邊又出了話劇《於無聲處》……」16日，經黨中央批准，北京市委宣布：1976年的天安門事件完全是廣大人民群眾為悼念敬愛的周總理的革命行動。當天，人民日報發表《人民的願望人民的力量——評話劇〈於無聲處〉》的長篇特約評論員文章。那天，我們的戲在北京首演。

我們在北京一個多月，演出41場，觀眾達6萬多人。還為中央工作會議作了專場演出。

記　者：中國十年浩劫的結束，人民願望的強烈呼喊，使得《於無聲處》獲得了轟動性質的成功。獲得了成功的作者又是怎麼想的呢？

宗福先：開始我很憂慮。我擔心《於無聲處》成為樣板戲，樣板戲都沒有好下場；我擔心自己變成暴發戶，暴發戶都沒好下場。

記　者：你的擔心，都不是「藝術擔心」，而都是「政治擔心」。

宗福先：「文革」十年，結束才兩年，天翻地覆，變化太大
　　　　了，後面還將怎麼變呢？

改革沒有「即時判斷」

　　我對宗福先說，《於無聲處》的成功，是一座金字塔式的成功。
最下邊，是中國最廣大人民群眾的基座，而往上，則是中國所有各個
階層的贊同，直至頂端，是最高中央領導層的肯定。可以說，在政治
上沒有任何不同的意見，在藝術表現上，也已「定型」為經典。20多
年過去了，如今的文字寫作，具體的劇本創作和演出，又在發生著什
麼樣的變化呢？

記　者：經過長期和劇烈的鬥爭，政治生活一旦出現階段性
　　　　「轉折」的時候，結論表達可能是非常簡單的。比
　　　　如：「文革」是錯誤的，天安門事件是革命的。一個
　　　　形容詞解決問題。被打倒的幹部復職，下鄉的知青返
　　　　城，簡單明瞭。但是，在我們經濟改革已經進行了20
　　　　多年後的今天，對於事件和人物的評判，開始變得困
　　　　難和複雜起來。

　　　　比如，企業改制，境外資本的進入，落後工藝摒
　　　　棄，傳統工人下崗，等等，要是說到區別，天安門事
　　　　件是公開的顯性事件，但是經濟的初始運行、資本的
　　　　談判，大多隱形，其中曲折不可能公之於眾。大到國
　　　　家級別，小到個體戶的第一桶金子，都是如此。落後
　　　　的剝離是必須的，但是「髒水和孩子」一同潑出去，
　　　　其中很多是具有相當優良道德感的有了點年紀的老職
　　　　工。這樣的時候，「全國一致叫好」、「上下全體同
　　　　意」的戲，恐怕就沒有了。

宗福先：這大概是我們這樣的作者，現實創作中遇到的帶有根

本性質的一種變化。這是一種挑戰，既讓我們覺得興奮，又讓我們覺得艱難。

對於類似我這樣作者的創作，有過「跟風」的說法。這是一種現實的誤解，或是一種現實的誤讀。我是不同意的。這類題材的作品創作，從來不是一種「美差」。

中國開始以經濟建設為中心的新階段，國家形勢發生了變化。中國農民和農村開始變得非常活躍的時候，工廠企業的現狀是凝固的。像我這樣當了12年工人的作者，對於中國企業的內部情形，實在是太清楚了。用我們的台詞來講，就是這台機器軸承牙齒鏽牢了，咬死了，轉不動了。還要指望這台機器出產品、出效益、交國家、養工人，不可能了。

1979年，我採訪一位副部長，這位老革命說道：現在，我們只剩下一條路了，就是把四個現代化拼上去，否則的話，人民群眾就會認為，實現革命理想就是一句空話，「我們這些人再被打倒，就不會有人來為我們平反了」。講這樣的話，聽這樣的話，真正是憂心如焚。

記　者：同樣的憂心如焚，但是表現出來的直接利益，在一段時間內卻是不一致的。

宗福先說到劇作《誰主沉浮——道拉斯先生到來之前》。這是他和賀國甫聽到了瀋陽一位勞動模範令人心酸的故事後的創作。

宗福先：對於國家的愛戴，對於貧窮的無奈；對於如今必定要擯棄的不合理經濟體制的拷問，對於這種經濟體制下我們因為熟悉而產生的觀念依賴和現實依賴，對於外來資本的天然陌生，對於傳統道德的天然抵觸，等

等，造成了今天中國現實社會當中前所未有的各種「不同一」。

面對初期階段的這些必然的「不同一」，我就只能寫「不同一」。矛盾是絕對的，當然，寫「不同一」，是為了在現實和歷史的長河中，在國家利益的大前提之下，來呼喚科學發展，實現人民群眾利益的最終和諧「同一」。

處於國家經濟形態轉型時期，對於關注這樣的巨大轉型特徵的作者，寫出來的作品，不可能是簡單的「即時即刻判斷型」的。這與當年《於無聲處》得到的「待遇」，立即獲得毫無例外的感情呼應、全國一致的肯定，大不相同。而且，《於無聲處》說的是政治平反，不涉及經濟，而我們現實當中遇見最大量的是經濟現象，而在經濟現象當中，最吸引老百姓眼球的，是分配這個「根本課題」。

記　者：從感情上說，從在職到下崗，生存馬上就是嚴峻的。從時間上講，從投入到產出，距離可能就是遙遠的。而且，即使在決策和實施都完全正確的情況下，都是這樣。何況，在現實生活中還一定會出現那麼多的「故事」。

宗福先：遙遠的企盼和嚴峻的現實，我就是在寫這樣的「過程」中的故事。非常非常艱難。上世紀80年代，我們說「憂患意識」。到今天，我們還是這樣。這是滲透在我們血液的「東西」。

「對立面」的「好人壞人」

宗福先說，別人經常問的問題，初看起來非常簡單，這個人是「好人壞人」，那個人是「壞人好人」？話劇創作，就是活生生的人

在劇場小舞台上演繹和重現人生大舞台上的故事。話劇要在有限的兩三個小時的時間長度裡面，使用富有衝擊力的語言，凸現社會矛盾，演繹人物行為，表達衝突以致鬥爭是展示劇情必要的形式。舞台劇當然有表演的「對立面」。寫《於無聲處》，對立面是「四人幫」；現在，我們劇本中的「對立面」是誰？簡單的「好壞」兩字早已不足於說明如今人物和社會現象的豐厚內涵。舞台劇裡的對立面，大抵是社會某種現象、某個事件矛盾中互相的參照物，或是參照系。只是，那麼複雜的互為參照的社會人物，劇作家該怎麼寫？被作為參照物的「個體」的人怎麼看，作為參照系的「群體」又怎麼看？

記　者：社會上，在政治層面的訴求，是可以高度一致的：只有改革，方有出路。鄧小平就說過：要殺出一條血路來。但是，就在這樣高度一致的訴求下，各層面具體階段性的「內心標準」又是各不相同的。其實，從文藝寫作的角度講，這是個非常基礎的常識，「東西」好看就好看在這裡。

宗福先：非常基礎的常識，但是還有其他的常識在等著寫作者。比如，關於資金的常識。比起以往，今天的寫作者必定會多碰到一個人，那就是投資者，或者叫投資方。我們寫了個總經理，或者董事長，內心豐富，行為也有故事，但是，投資者讀了本子，覺得要改，還要這樣那樣地改，否則「不投資」。作為總經理，他有個被參照的感覺，對於參照系的一員，他也許更想講話了。人家理由很簡單：總經理是這樣的嗎？不是這樣，還要投資？

記　者：按照寫作者和讀者的一般關係，寫東西的人可以不管這樣的看法。一本書出版了，作者的人物創造就完成了。但是，對於劇作家，「東西」要站起來，要活動起來。在寫作者、演出方和投資方之間，產生了矛

盾，讓前者怎麼辦才好呢？劇作家的人物不應該是
「平面人物」。

宗福先：文學創作者筆下的人物，是獨特的「這一個」；但
觀賞者是現實生活的人，他們要類比，他們要「鑒
別」，他們要聯想。引動聯想是文學創作的基本原
理。只是今天中國的變化實在太大了，社會衝突也
有相應激烈的時候。劇作家寫下的文本，觸及社會現
實，而引動的聯想又非常尖銳。該如何來表現和評判
這樣的矛盾呢？

　　同理，寫某個級別的幹部，人家要問，這個級別
的幹部是這樣的嗎？某件事情的運轉是這樣的嗎？不
是這樣的，要改。

記　者：用書面語來說，作家創作和行政管理的規則是不一樣
的，互動是有條件的，也是非常艱難的事情。即使在
彼此都非常理解的基礎上，還有一個「此時當下」是
否合適立即上演和表現的問題。

　　也許，普通勞動者、老百姓，最好寫了。

宗福先：也不是。我們寫了個勞動模範在萬般無奈的生存困境
之下，偶然「偷東西」。這是個真實故事，我們搬過
來用了。但是，不行，結果改成勞模的老婆偷東西。

　　我是個非常幸運的人，因為遵從中國廣大人民群
眾感情的需求，因為也想喊出自己真誠的聲音，寫了
《於無聲處》。黨和國家、各級組織和領導，給了我
眾多榮譽和待遇，這是我從來也沒有想到的事情。我
心中一直非常感激。在當代中國經濟改革大潮當中，
我和我們的團隊，更想創作出更多的好作品，來謳歌
改革的無畏勇氣，凸現現實的艱難邁進。我體會和認
識到一些與以往不同的社會特點和寫作要求，是為了
更準確地把握現實生活的形象和脈搏。

　　宗福先還是再次說起《誰主沉浮——道拉斯先生道來之前》。這個本子的開頭是這樣的：

　　　　道拉斯先生要來了。他富可敵國，身世顯赫。他所向披靡，無所不能。他魅力無邊，人見人愛。他來幹什麼？投資東山，發展經濟。為什麼要收購我們廠？破產的國企不要錢。那我們工人怎麼辦？
　　　　投資幾億美金，發展高新科技產品，這可是一件利國利民的大好事情啊！
　　　　零收購一毛不拔，不解決工人的安置就業問題，這叫什麼利國利民？

　　而劇本結尾時候的話，是這樣的：

　　　　你亂彈琴！國資委都批覆了，你竟然煽動工人抵制破產！道拉斯先生明天就要到東山了，如果投資的事情搞砸了，誰來負這個責任？
　　　　要是……國有資產流失、工人安置無望，道拉斯先生卻不來了，或者來了以後出爾反爾，誰來負這個責任？
　　　　廠召開了第二次職代會，通過了資產重組的議案。道拉斯先生沒有來。因為道拉斯先生認為東山的投資環境太惡劣了，來了也是浪費！

　　在談話時，宗福先幾次說到「心酸」這個詞。那是他說到自己最熟悉的工人兄弟時候的常用詞。話劇《誰主沉浮》定稿於2005年5月。有時候要「心酸」的宗福先是這樣結尾的：
　　　　現在開始走向小康，逐漸富起來……生活中許多真正值得追求、值得珍重、值得守護的東西，是金錢買不來的，那是我們永遠不能背過身去棄之不顧的操守：理想、信念、真誠、信任、善良、愛心……

只有這些才能給我們的生活帶來溫暖、帶來感動、帶來激情、帶來尊嚴！

2005年6月

落日之墓

中日民族的深重災難

　　5000餘名死者葬在一起，墓碑只有一塊。

　　在中國抗日戰爭史上，上百、上千以至超過萬計的中國死者埋葬在一起的墓地，不止一處。在電腦上用「中國萬人坑」的「名義」搜索，查詢得到的相關資訊提示為7290條。災難深重的年代，在日寇鐵蹄的踐踏之下，中國人民慘遭屠殺。在中國的土地上，現存萬人坑80餘處，約計死者70餘萬人。遼寧撫順有萬人坑34處，其中阜新就有4處，埋葬7萬餘名中國人；山西大同萬人坑葬有15萬餘名礦工；河北石家莊日軍建有南兵營，曾關押5萬抗日軍民，3萬人被押往「滿洲國」做勞工，約2萬死在當地，被扔進了萬人坑；安徽淮南也有萬人坑，埋葬死者1.3萬人；南京30萬死難同胞，部分埋葬在江東門萬人坑。

　　這裡要說的5000餘名死者，是日本人，但他們被埋葬在中國的土地上。在上世紀的1963年，中國政府批准建立了這個「日本人公墓」。

　　這個日本人公墓，建在中國黑龍江省方正縣城郊伊漢通鄉的炮台山北麓。在中國的國土上，建立日本人的公墓，全東北僅此一座，全中國僅此一座。

　　往事並不如煙。在抗日戰爭中，中國人民遭受了無比深重的民族災難。對於日本，是當年軍國主義分子的瘋狂侵略行徑，將整個國家拖入了同樣苦難深重的戰爭深淵。日本的30多萬百姓，在侵略政策的強力驅使下來到中國。他們也是入侵者。但一旦戰爭失敗，這些平民身分的日本人，被欺騙、被拋棄，有家不能回，無處躲烽煙，淪落至絕望的境地，以致在異國土地上集體自殺、點火自焚，拋屍荒野。他們同樣是日本軍國主義政策的受害者。

在中國人民紀念抗日戰爭勝利60周年的日子裡，方正縣這座小小的拱型的水泥墓塚，孤獨地現著年深日久的褐色。東北仲秋曠野的風，使四周樹林在陽光下發出瑟瑟的喧響。

當年的「開拓總部」

方正縣距離哈爾濱市區160多公里。位於伊漢通鄉的日本人公墓所在地，距離方正縣城約8公里。

租車前往。司機說，每年都有好幾百位日本人到方正來，就到那個墓地去。方正縣外事僑務辦公室經常打電話讓他出車。「可不咋的，他們（日本來客）能不來麼，他們的先人葬在這個地方，這地方就可以算是他們的祖墳了吧。」

順著一條土路，來到哈同高速公路的立體交會處。昨夜大雨，高速公路下面通道內，被載重車輛壓得坑坑窪窪，積水有膝蓋深，小車過不去。路旁豎著一塊石頭路牌，上面寫著：吉興村。方正縣誌記載：為永久佔領中國，使偽滿洲國真正成為日本領土，除向中國派來軍隊之外，日本政府還招募了大批人員向東北移民。據不完全統計，自1915年開始移民實驗至戰敗投降，30年間，日本共向中國派遣「開拓團」860多個、33萬多人。「開拓團」強佔或以極低廉的價格強迫收購中國人的土地，使500萬中國農民失去土地，四處流離。

日本最大的移民基地方正縣位於哈爾濱市東部，這裡地勢平坦，土地肥沃，雨水豐沛。1941年，一個日本「開拓團」來到方正縣土地最肥沃的伊漢通鄉，將炮台山腳下的正郊屯改名為吉興村。日本人到來後，基本上並不開墾荒地，而是將中國人的良田霸佔，然後把一部分中國農民變成他們的佃戶，一部分趕到窮山僻壤開荒。

在此世代居住的2000多中國農民被趕到縣城西部的山區。當時這裡虎狼出沒，連地名都沒有。大批被趕到這裡的中國農民無處居住，只能在山坡上挖地坑，支個木頭棚子做成地窖子居住。這一年，永安西屯一帶的山溝裡的死亡率在50％以上，一天死亡的人數最多達30餘

人，140多戶人家中只有兩戶沒有死人。

小車無法從吉興村通過，只得繞道。經過另一個與東北所有村落幾乎一模一樣的村子，村子的主幹道是石頭路基，細黃沙鋪路，兩旁有紅磚瓦頂的平房，也有低矮的土坯草房。每家每戶都有大小不等的院子，用長短不齊的樹枝和木板間隔而成。有的院落極為規整，小徑平坦，野花繞房，正在成熟中的向日葵，直直地挺立。一看就是殷實人家。也有門前污水滿地、難以下腳行走的住戶。

有六七位男女鄰居在路中間說著話。不時有輪式拖拉機駛過，還有男青年騎著摩托車來往。見有外來的計程車，穿著鮮豔黃色T恤的男青年佇立，久久地注視。司機說：他們看你是不是日本人。

後來見到方正縣人民政府外事僑務辦公室主任王德君，他介紹說：這個村落現在叫紅部村。為什麼要叫這麼個名字呢？當年，這個村子是日本開拓團的東北總部。日本話的口音：Hongbu均讀去聲，把日語翻譯過來，中文就是「總部」的意思。打跑小鬼子了，咱們也建立了自己的政權了，乾脆就改名叫紅部村。

1945年8月，日本鬼子簽字投降，這地方「開拓團」的日本人可慘了。

1945年冬，攝氏零下50度

方正地區日本人公墓建立炮台山上。

公墓淺藍色大門上方寫著「中日友好園林」。中央大道的前方，豎立著一個白色球型的紀念碑，上面刻著四個鮮紅的大字：和平友好。紀念碑基座後面的題字是：日本國長野縣日中友好協會、哈爾濱市方正縣、信濃教育會、長野縣開拓自興會，1995年9月17日立。

園林內砂石鋪地，兩旁綠樹成蔭。右側，建有一座人字形的白色紀念碑。介紹說，紀念碑造型獨特，這既是大寫的人字，又是佛教雙手合十的模樣，標誌著中日兩國人民的互敬之情和向善之意。後面橫臥的黑色大理石上寫著八個大字：日中友好，世界平和。

這座紀念碑是日本民間團體立正俊成會於2002年8月15日建立的。那一天是中國人民抗日戰爭勝利57周年的紀念日。

這座園林的主體「建築」，位於整座園林的左後方。樹林中一排低低的鐵柵欄，鐵門兩側寫有「真誠友誼，代代相傳」的大字。裡邊右側，即為方正地區日本人公墓。一個小小的墓塚，前方豎立著一塊花崗岩墓碑。墓碑右上方寫有這5000餘名日本人的死亡日期：1945年亡故；左下方刻著豎碑的日子：1963年5月立。花崗岩墓碑中央豎刻的全稱是「方正地區日本人公墓」。方正，說的是地點在中國；日本，說的是死者國籍，對中國而言，這些死者在活著的時候從境外而來；死者的身分是「人」，沒有政治色彩，也無商業特徵。

外事僑務辦公室主任王德君說道：1945年8月9日，蘇聯紅軍出兵中國東北，向密布「開拓團」的偽滿洲國「國防第一線」進攻，名義上擁有24個師團、78萬兵員的關東軍向南撤退。接下來的幾天裡，由日本「開拓團」青少年組成的「義勇隊」構成的防線，頃刻間土崩瓦解，將近有三分之一的「義勇隊」隊員死於戰場。日本「開拓團」的大敗亡開始了。

因為方正是東北「開拓團」總部所在地，黑龍江四周的日本人紛紛向著方正縣「靠攏」。據老輩人講，這大道上到處扔的是汽車、武器、刺刀，什麼都有。

沒幾天，日本鬼子已經宣布投降了，但日本政府對投降的消息封鎖得很嚴，雖然各個「開拓團」都架有電話，可是當地日本人都沒有得到提前撤退的通知，以至「這些應日本政府召喚來到中國的移民的最終命運，是遭到拋棄」。

有大批的日本「開拓團」移民，原本想到大連上船回國，遭到蘇聯紅軍的阻擊，道路隔斷，他們就回頭紛紛轉向哈爾濱。哈爾濱也已經被蘇聯紅軍佔領了，大批日本人便湧向哈爾濱附近的方正總部。

方正縣外事辦資料如是記載這一時期的動態：各地開拓民都向方正匯攏，估計有2萬多人，人數約占全部日本開拓民的十分之一。因為極其害怕被蘇聯紅軍趕上，他們只敢走山間小路。時值深秋，缺衣

少吃，一路上以偷食中國農民的土豆和玉米活命，小孩子走不動了，就被扔到路旁，或者被推進河中淹死。有些老人實在受不了，就央求同路的日本軍人開槍打死自己。有人將手榴彈綁在腰上自盡。一些絕望的日本人圍坐在炸彈旁集體自殺和自焚。

當地上輩人有這樣的傳說，一群再也走不動了的絕望的日本人，有老、有小，也有婦女，決定自殺。他們堆起木柴，澆上汽油，人們圍坐四周，母親們用白布將自己小孩子的眼睛包紮起來，男人們開槍，將婦女兒童和老人一一射殺。隨後，男人們點火，自己再舉槍在已經熊熊燃燒的火堆旁自殺。

追隨著戰爭的腳步，瘟疫隨後到來。到1946年春，來到方正的日本人只剩下了不足3000人，其中有1000多名是孤兒。據資料，1945年冬天東北北部的極端氣溫為攝氏零下50度。

日本殘留婦上書

對於抗戰勝利後對日本軍隊和僑民的處置，1945年8月的《波茨坦公告》第九條規定：日本軍隊在完全解除武裝後，其軍隊和僑民將被允許返回家鄉。但東北的情況特殊。依據《雅爾達協定》，蘇聯紅軍佔領東北全境，蘇軍首先是將59萬關東軍押運到西伯利亞關押，同時全力拆除日偽工礦業的機械設備。

方正縣大事記記錄了當時的詳細情景：1945年8月20日，蘇聯紅軍進駐縣城，成立衛戍司令部。8月21日，日本「開拓團」82人，集體自殺自焚。9月20日，中共方正縣臨時支部成立；同月，中共組建東北人民民主大同盟方正縣委員會。10月20日，國民黨方正縣黨部成立。10月29日，國民黨方正縣黨部被縣大同盟解散。1946年7月，中共北滿分局陳雲等來方正縣視察。

1946年7月這個日子，就是長篇小說《暴風驟雨》中，車把式老孫頭趕車，拉著土改工作隊蕭隊長進村的日子。上世紀的40年代中葉，東北政權已經牢牢地掌握在中國共產黨人的手中。

王德君對我說：那是冬天，說實話，死人就那麼凍著，擺著，擺著。來年5、6月份開春了，天氣暖和了，屍體開始腐爛。「出味道了」。這地方幾千個日本死人的屍體，老擺在那兒，也不行啊。政府就招呼著當地老百姓，集中到幾個地方，堆上柴火，把屍體給燒了，現在說是火化，當年東北話說，就是「煉了」。隨後埋了。當時也沒有作什麼記號。

沒有回到日本的日本婦女，在這兒叫作「殘留婦」。這些人中後來有嫁給中國人的，其中有一個叫松田千尾。1941年來到中國，戰後，松田先後嫁過兩個中國人。1963年，她和中國丈夫在吉興水庫附近墾荒的時候，刨出日本人的遺骨。

松田千尾特意來到政府部門，說是當年打仗，什麼都顧不上。現在雖說是嫁了中國人，但總不能看到自己當年的「老人」，就這麼在野外說刨就被刨了，被扔了。要求把死在方正的日本人，找個地方「安葬」。

在中國的土地上，安葬外國人，尤其是要安葬日本人，這件事情不是一個基層縣政府能夠決定的事情。方正縣政府將松田等人寫下的信件，「呈送省裡」。省裡也不能決定，再呈送北京國務院。經「周恩來總理批准」，同意建立方正地區日本人公墓。

周總理的批示傳達到方正縣政府，方正縣大事記如是記載：1963年，由省人民委員會撥款一萬元，在伊漢通鄉吉興水庫修建日本人公墓一座。墓為圓形拱頂，泥土質地。墓前立木碑一塊。上書「方正地區日本人公墓」。

1966年，縣政府組織公安、民政等有關部門，到縣城東5華里的炮台山處，收撿在東北光復後因病而死的日本人員屍骨，並埋葬在日本人公墓，同時將原木碑換成石碑。

1972年，省革命委員會撥款5萬元，將日本人公墓由伊漢通鄉吉興水庫移至炮台山北麓，新建水泥結構公墓一座。直徑2米，高1.5米。並花崗岩質石碑一塊，上書「方正地區日本人公墓」。

在戰爭結束了18年之後，經中國政府批准，歷經苦難贏得抗戰勝

利的中國人，終於將這些不請自來、強行「開拓」的日本人，在當地妥善安葬。

與方正縣建立和遷徙日本人公墓相對應的時間，在中華人民共和國的外交史上，記載著這樣的內容：1962年11月，高碕達之助率團訪問北京，同以廖承志為首的中方代表團進行商談，簽署了《中日長期綜合貿易備忘錄》。1965年8月，北京舉行中日青年友好大聯歡。1972年9月25日，日本首相田中角榮訪華。29日，中日兩國政府發表聯合聲明，宣布中日邦交正常化。

寂寞的守墓人

墓園森森，綠蔭沉沉。

在方正地區日本人公墓的左側，還有一座相同樣式的墓塚和墓碑。上書：「麻山地區日本人公墓」。也是1945年冬天，黑龍江省雞西市麻山鎮的500餘名日本「開拓民」，集體自殺。1984年，這些日本人的遺骨遷葬於此。

從外表看來，規格略小的麻山地區日本人公墓的墓塚，比起方正地區日本人公墓，要顯得「新」一些。

在墓園內，有一座「中國養父母公墓」，內中葬有5位中國的養父母。日本遺孤遠藤勇是這座公墓的捐建者。年幼時候，遠藤勇隨父母「開拓」到中國東北。日本戰敗投降，父母雙亡。他被中國農民劉振全和呂桂雲夫婦收養，改名劉長河。劉家將遠藤勇撫養成人，供其讀完黑龍江大學。1972年遠藤勇攜妻子回日本，從事商業活動。遠藤勇曾將劉振全夫婦接到日本，但因不習慣那裡的生活，又回到中國。此後，遠藤勇年年前來探望這對中國的養父母，直到劉氏夫婦去世。

墓園裡還有一座「藤遠長作紀念碑」。藤遠長作是日本水稻專家，在70歲的高齡，先後6次來到中國，傳播水稻栽培新技術。他去世後，家人遵從他的遺願，將他的一半骨灰葬在此地。

墓園有一個不大的陳列館。走進門去，迎面的大字就是：「前

事不忘，後事之師」。裡面陳列著當年「開拓團」使用過的鍘刀、飯碗，還有日本軍人的歪把子機槍、各式炮彈和鋼盔。鏽跡斑斑的一切，證實著曾經發生在這塊土地上慘烈的一切。

另一邊，陳列著這20多年來，各個日本民間團體來到方正，贈送給墓園的紀念物品。最鮮豔的，是今年剛剛從日本「送」到這裡的千紙鶴。

最早建立的方正地區日本人公墓僅62平方米，到2004年末，公墓已經擴展到1.4萬平方米。如此空曠的墓園，僅有一位守墓人。這位52歲的守墓人名叫黃守仁，原住方正縣邵家莊，年幼時患了小兒麻痺症，雙腿活動不便。早先在邵家莊種田，1988年到墓園當看守人，至今17年了。

憨厚的守墓人說，年輕人不願意來墓園；他自己腿腳不便，到哪裡都不好安排；守墓人的薪水很低，「在墓園這裡，是單位成全了我，我也成全了單位」。

今年初，黑龍江省一位政協委員寫了一份提案：關於為方正縣「中日友好園林」建設增撥必要經費的建議。就這件事情，我詢問了王德君，外辦主任回答說：

我們縣裡是給墓園投入的，但要完成墓園一萬多平方米的相關建設，光方正縣投入是不夠的，那是小馬拉大車。「但是，就眼下的情況看，省裡以至國家，也很難給予大投入。這裡有個外交問題。方正地區日本人公墓葬的是日本人，到今天為止，前來參拜、祭掃墓園的，都是日本民間團體和個人，日本政府從來沒有來過一個人，發出過一次聲音，更沒有掏出過一分錢。在這樣的情況下，中國政府予以大的投入，就不對等。」

真假不辨的一個人

臨離開方正，我向外事僑務辦公室王德君主任、李寶元副主任提出，要求查詢1963年松田千尾書寫的信，黑龍江省、方正縣向上呈送

的文件，以及周恩來總理的批示抄送件。兩位主任打電話到檔案局，囑託相關人員立即查詢。

從兩位主任處，我最終得到的答覆是：檔案館從1960年一直查詢到1965年，沒有能夠發現周恩來總理的批示抄送件。「在中國建立異國公民的公墓，是必須得到國家批准的事情，這些材料和批示，省裡檔案館應該有。年代久遠了，那時候國家處於困難時期，當時的一個縣城機關，也沒有像現在這樣強的檔案觀念。」

說到方正縣現在是否還有當年的日本孤兒，王德君說：都回去了，連當年孤兒在方正成家後生的第二代、第三代，都回去了。「縣裡還有一個人，他說自己是日本孤兒，但日本方面查材料，說叫他這個名字的人已經回日本了，誰是真誰是假，無法辨別。已經回去一個了，叫這個名字的第二個人就回不去了。」

一位名叫奧村正雄的日本千葉縣老人，曾來方正參拜公墓，他見到了松田千尾。回到日本，他寫了一本書，名曰《恨天咒地》。但沒有出版社給他出版這本書。奧村正雄決定和自己老伴用打字機列印後手工製書。上世紀90年代末，他患了癌症。根據2002年的報導，他和老伴每天「出版十本」。書裡有這樣一句話：日本首相參拜靖國神社，為什麼不去參拜中國方正縣的日本人公墓？

2005年9月

袁庚：往前走　別回頭

「我是老摔哥」

正和涂俏與我說著話的袁庚夫人，抬起右手，指向臥室方向：他來了。

袁庚，這位生於上世紀1917年4月的老人，已經悄然站立在我們身後。老人一身家常便服，薄毛衣外套著一件藍灰色的運動服上衣。緊緊跟在他身後的，是剛給他做完了按摩的醫生。向著我們，袁庚微微張開雙臂，滿臉笑容。

在2004年末，我來到深圳採訪《苦婚──探尋二奶村》的作者涂俏，得知她正在進行《袁庚傳》的寫作，我便向她約稿。2005年11月，涂俏將其中三章發至我的郵箱。為配發稿件，我飛到深圳，請求約見袁庚。年近90高齡的袁庚，現在需要靜靜的休養，「有過多少電視台和報紙的記者求見，都被婉拒了」，涂俏說道，老人多年從事情報工作的習慣，只要來人，他就肯定是打足全部的精神，認真接待每一位來訪者，盡可能完整地回答每一個問題，「但這是消耗老人的生命啊」。

現在，袁庚的歡迎姿態和燦爛笑容，是他生命的光焰在繼續燃燒。老人這樣的待人姿態，是有來歷的。在這次採訪中，我看到了袁庚兒子寫給作者涂俏的一封長信，裡面說到，對袁庚一生產生過重大影響的人，有兩個，一個是曾生，還有一個是鄒韜奮：

東縱這批小知識分子組成的隊伍，在抗日戰爭中組織營救了中國一批大知識分子，其中有鄒。在途中，他深感鄒的人格力（量），雖然行軍之後疲乏不堪，其他「大知」們均形態

放浪地休息，唯有鄧，雖不能如士兵一樣，幫助做飯、挑水等等，但依然保持端莊的儀態坐著。此事使他十分敬重這位「大知」（以致幾十年後可以在蛇口招待這位「大知」的後人鄧家華），並從他身上學到了一些東西，對他日後在外交場合頗有益處。

涂俏急步上前，伸手挽住老人胳膊。一邊的袁庚夫人說：今年他摔過跤，還不止一次呢。袁庚笑呵呵地應答：嗨，我現在是老摔哥了。摔哥與廣東話裡的帥哥同音。老人的幽默讓我們都一同笑了起來。扶著袁庚坐下，沙發背後的牆上，掛著一張黑白照片，那是1984年1-2月間中國改革開放總設計師鄧小平來到深圳視察工作，袁庚向他彙報時候的合影。

袁庚夫人向著我說，你給張名片，他就認識你了。我非常恭敬地向著老人遞上自己的名片。袁庚接過，以非常敏捷的速度「審視」之後，他與我握手，非常親切地說：小陸，你一定很忙吧。

監房的刷盆工具

涂俏將列印好的三章文字，遞交到袁庚手裡。袁庚拿著稿紙，對我說：她很厲害哦。我理解，老人所說的，是指涂俏為了撰寫《袁庚傳》，所進行深入採訪的各方人士和把握歷史細節的程度，超過了以往一般性的媒體報導。

袁庚以一種半開玩笑的口吻說著涂俏：你呀，寫我，你不要浪費自己的青春。從年近九旬老人的嘴裡聽到「不要浪費青春」這樣的話語，真有聆聽箴言的通透味道。跟隨在「老摔哥」不要浪費青春的話題後面，袁庚夫人提到了他們夫婦這一生最大的浪費，「是袁庚在『文革』中被關了5年半」。

袁庚夫人說道，在那個時候，造反派到我們家來造反，也就是抄家。因為要問我話，所以我可以進自己家的屋子，孩子們都不允許，

孩子們都站立在門外邊。造反派問我，袁庚哪裡去了？我說，我不知道袁庚到哪裡去了，我還要問你們呢；我的婚姻是經過組織介紹、組織批准的，結婚不多日子，他就到越南給胡志明做軍事顧問去了。你們現在說袁庚是個特務頭子，「那當初為什麼要給我介紹這麼個特務頭子啊？現在人都不見了，反來問我人到哪裡了，我還要問，袁庚到底到哪裡去了？」

涂俏在一邊插話，你當時哭了沒有？袁庚夫人回答：我就是不哭；在造反派的面前，在單位裡面，在孩子們面前，我就是不哭，「整完了，他回來了，我才哭」。

袁庚自己寫在「招商局國際有限公司深圳代表處」信箋上的「個人年表」，有關這段「不見了」的日子，及其前後的歲月記錄是這樣的：

> 1963.4（46歲）派（到）越南破柬埔寨國民黨特務暗殺劉少奇之「湘江案」，人臟俱獲（13人）。
> 1966.8-1967.5受委派（外交部僑、公安中調）率船隊去印尼接難僑四次，5000人。
> 1968.4.6-1973.9.30（51歲-56歲）被拘於秦城監獄。
> 1975（58歲）任交通部外事局代局長（葉飛提名）。
> 1978.8（61歲）招商局常務副總經理。

袁庚夫人說道，後來我才知道，他被關起來了，我去看望過，但是不讓小孩子去。「在監獄裡，他找到了王光美的頭髮」。

袁庚夫人細說道，他是長期搞情報工作的，所以對日常身邊的一切，都觀察得非常細。後來聽他說，進了監獄，關他的房子很小，他習慣要「觀察一番」。「他在洗臉台盆的下邊找到了一卷頭髮」。在一旁始終笑眯眯的袁庚，兩手做了個動作說道：頭髮是在台盆下邊的一個「凹進去」的地方找到的；頭髮是整理過的，先是一縷縷順著理好的，最外邊再用頭髮從中間橫向繞住，明顯不是被水隨便沖下來

的樣子，「這頭髮是要派用處的」。

袁庚得出結論，在自己被關進來以前，這監房前面被關的那一位，是個女的。這位女同志愛乾淨，心很細，沒有別的工具來洗刷臉盆，她就用自己一點點脫落下來的頭髮，做成了這麼一個刷臉盆的小工具。

袁庚對著我和涂俏說道：那麼我就接著用這個刷臉盆的小工具，繼續刷臉盆。袁庚伸出手掌，張開五指：我在監獄裡被關了5年半。

在袁庚終於跨出監房的門檻之後，他知道了那間監房的「前任」，是王光美。

粉碎「四人幫」後，在一次活動中，袁庚與王光美得以相見。劫後餘生的袁庚走向同樣是劫後餘生的王光美，說道：那間監房，關在你後面的，是我，「我找到了你的那卷頭髮，繼續用它刷臉盆」。

國務院首長劃圈

在涂俏已經完成的《袁庚傳》的第九章《掛帥香江》中，她這樣寫道：

> 1973年9月30日，無端地被關押在秦城監獄長達五年半的袁庚，終於被釋放回家，呼吸到了自由的空氣。如果不是周恩來總理的親自過問，他不知道是不是會把他關押到地老天荒？他不想回原單位工作，在廖承志的幫助下，他找到交通部部長葉飛，被安排到交通部工作。他珍惜新職位，以拼命三郎的精神工作。中英海事協定、中巴海事協定……中華人民共和國與有關國家的11個海事協定，都是袁庚簽署的。他多次陪同葉飛，或者單獨出國考察，進行外事活動，對中國經濟實力的生活水準與歐美國家的差距有非常清醒的認識，思想意識相當開放。

1978年，已經61歲的袁庚，正思謀著「船到碼頭車到站」，回家養老，突然臨老受命，被交通部黨組委派赴港參與招商局的領導工作。

1979年新年假期，袁庚把自己關在宿舍裡，「絞盡腦汁修改、補充、推敲」「招商局代廣東省革命委員會和交通部起草的聯名向國務院的請示報告」。元月10日，招商局派專人將《報告》送交通部部長葉飛，簽發後呈送國務院，並報黨中央。

1979年1月26日，是農曆馬年十二月二十八，第二天是除夕。涂俏的傳記中這樣記錄：

> 葉飛以急切的心情給李先念副主席去信，請他抽空聽取袁庚彙報並給予指示，「向李先念拜了早年」。
>
> 年前年後的日子，中央首長都非常忙。袁庚的主觀推測是這樣的：鄧小平副主席應美國總統卡特邀請，赴美國作正式訪問；葉劍英可能去了南方，至少要到十天半月以後，才可能安排自己去彙報。春節三天假期，袁庚與妻兒在西苑南住宅樓裡過了一個團圓年。吃飯的時候，袁庚向兒女們宣布：「經過我的爭取，你們媽媽年後要調到香港去上班，同我在一起。把你們留在北京，你們要好好照顧自己，好好學習和工作。為你們的父母不當老牛郎織女，乾一杯！」

1月31日，大年初四，袁庚接到通知，讓他進中南海彙報。

9時30分，一輛交通部的黑色紅旗牌轎車載著交通部副部長彭海清和袁庚兩人，穿過長安街，向中南海方向「飛奔」。10時整，袁庚和彭海清隨同谷牧一起走進中南海李先念辦公室。

李先念辦公室門前的一株臘梅已含苞吐蕊，空氣中漾起一絲清甜的氣息。

李先念首先詢問招商局的情況，袁庚的彙報就從招商局的百年滄桑開始。他說，從1872年12月23日李鴻章向清廷奏呈《試辦招商輪船折》，到招商局創辦一批中國近代意義上的工交金融企業，從1950

年香港招商局全體員工率在港的13艘船舶起義，到如今全部資產僅剩1.3億元，已到了非改革不能圖生存的地步。袁庚表示：要把香港有利條件，如資金、技術和國內土地、勞動力結合起來。李先念連連點頭：「現在就是要把香港外匯和國內結合起來用，不僅要結合廣東，而且要和福建、上海等連起來考慮。」

袁庚從灰色的資料夾拿出一張香港出版的香港地圖，展開來，細心地指著地圖請李先念看，說：「我們想請中央大力支持，在寶安縣的蛇口劃出一塊地段，作為招商局工業區用地。」

李先念仔細審視著地圖，目光順著袁庚手指的移動，從香港地面移到了西北角上廣東省寶安縣新安地界上，說：「給你一塊地也可以。」當他抬起頭來在身邊尋找什麼的時候，袁庚立即起身，從李先念辦公桌上的筆筒裡抽出一支削好的鉛筆送過去，李先念接過鉛筆在地圖上一劃：「就給你這個半島吧！」

李先念繼續說道：你要賺外匯，要向國家交稅，要和海關、財政、銀行研究一下，不然你這一塊地區搞特殊，他們是要管的。「普天之下，莫非王土」嘛！

李先念拿著交通部與廣東省的《報告》，問谷牧道：對招商局這個報告你怎麼看？

谷牧說：你批原則同意，我去徵求有關部門意見好了。

李先念說：「好，我批。」說著，他用袁庚原先遞給他的鉛筆，在報告上做出批示：擬同意，請谷牧同志召集有關同志議一下，就照此辦理。先念，1979年1月31日。

11時50分，離開辦公室的時候，李先念說道：交通部就是要同香港結合起來，搞好國內外的結合，可以創造外匯。我想不給你們錢買船、建港，你們自己去解決，生死存亡你們自己管，你們自己去奮鬥。

回程的車上，也很興奮的彭海清副部長「批評」袁庚：你剛才主動把鉛筆遞給首長，你這不是逼首長表態嗎？你怎麼能這樣做？袁庚只對彭海清笑了笑，一句話也沒有說。

48個小時之後，2月2日上午9時30分，在西皇城根的一個大院裡，谷牧召集國務院有關部委領導人商談具體落實招商局建立工業區問題。會議結束，袁庚給北京的基礎工程建設單位打電話，邀請他們於2月4日到交通部座談蛇口工業區基礎工程的承包問題。

2月5日，農曆正月初九，下午3時30分，袁庚接到原單位一位老朋友的電話，就在幾天前，部裡對一大堆冤假錯案進行了平反昭雪，在禮堂開會，很隆重的，很多幹部喜氣洋洋接過了平反書。「僅剩三個人沒有平反，你袁庚是其中之一」，老朋友為袁庚鳴不平，「老兄，你蹲了五年半牢獄總不能不給個說法吧？」

夜訪中調部老領導

袁庚的精細與縝密，是他在多年從事的情報工作中養成的，也是必需的職業特性，否則，要付出的代價，就是自己的和同志們的寶貴生命。對於自己的平反問題，袁庚當然予以了最急切的關注。他在北京的日子裡，幾乎天天都有撥亂反正、政策開放的消息傳來。

十一屆三中全會之後，黨和國家大規模平反冤假錯案。從1978年12月起，中央、北京市及各地方先後為薄一波等61人所謂叛徒案平反，為「彭羅陸楊」「反黨集團」平反，為「二月逆流」平反，為「三家村」平反。

1979年1月11日，中共中央作出《關於地主、富農分子摘帽問題和地富子女成分問題的決定》。1979年1月17日，中共中央批轉統戰部等6個部門的《關於落實對國民黨起義、投誠人員政策的請示報告》。隨後，還釋放了在押的原國民黨縣團以下黨政軍及特工人員。

1月20日，袁庚「意外」地接到時任中央宣傳部部長胡耀邦的秘書寫來的一封短信：

　　袁庚同志：
　　　　據中央組織部編的《康生在文化大革命中點名誣陷的人名

單》中有你的名字，耀邦同志著我摘抄給你，原文如下：

　　1968年3月28日在調查部業務領導小組報告上的批示「此人問題極為嚴重，立即逮捕與曾生案一併審訊」。調查部報告上要求「停職接受審查」。

　　敬禮！

　　接到原單位老朋友的電話，袁庚已經知道，在台上宣布平反名單的人，也正是當年「整」自己的人。

　　涂俏與袁庚，以及與袁庚的兒子，都談到過這一段至今令人心潮難平的經歷。

　　袁庚的火氣不像一般人來得那麼快，屬於少發作、慢發作的一類人，可是，一旦發作，往往難以遏制。現在，他正在火頭上了。他說不上這肚子火是衝著誰發的。他覺得很窩火。都平反了，只剩下三個人沒平反，自己恰恰名列其中。自己屬於百分之百的反革命營壘了嗎？「地富反壞」四類分子都摘帽，我的政策就不能落實嗎？

　　回到家裡，客廳牆上的鐘顯示的時間是17時整。妻子在廚房裡準備晚飯，兒子在自己的小房間裡。

　　黃昏變成夜晚。袁庚坐在客廳沙發上，想著今晚無論如何要去找調查部領導談一談，要一個說法。他的火氣慢慢地蔓延、燃燒著。

　　袁庚也不知道是如何吃完晚飯的。19時30分，袁庚撥通了老領導電話，說話時情緒激動，電話那頭，老領導同意見面談一談。

　　「天很冷！」袁庚出門時，兒子不知何時站在身後提醒父親，「別那麼激動。要有理、有利和有節。」「對，對，對！」袁庚凝視著兒子的眼睛，這是兒子在和他交心。

　　「劉少奇、彭德懷那樣的大人物都被鬥死了」，兒子勸著父親，「我同學的父母們，好多家破人亡，現在還沒緩過勁來」。他頓了頓，聲音小了下去，「你能熬過來，已經是萬幸啦！」袁庚回答說：「我只想要一個說法，他們怎麼也要給我一個說法！」

　　「所謂平反，無非就是一種形式。重要的是，你有事情可以

幹，」兒子眼裡閃動著光亮。「你在香港招商局，正好可以大幹一場啊！」袁庚感激地看著兒子，這個獨自捱過青春期的小子已長大成人，並指教起他的老子來了。

「別談得時間太長，太累。」兒子停了一下，接著又說下去，「不要激動」。

如今，在涂俏《袁庚傳》的第十章「選址蛇口」中，其中第三節是與蛇口工業區開發絲毫「不搭界」的「夜訪（調查部）老領導」：

> 大約半小時後，袁庚坐在老領導家中的沙發上。袁庚說道：「你是我的老領導，長期在總理身邊工作，總理力保幹部，竭盡所能。」袁庚的開場白不談應酬話，直接切入主題，「有人借我過去的歷史整我……」老領導低頭不語。
>
> 袁庚的態度變得嚴峻。「平反大會已經開過，是否給我平反並不重要，我只想和你交一交心……」袁庚盯著老領導的眼睛。「大家都不容易，但是，我們就不能不去整人嗎……」
>
> 屋裡暖氣很足，兩個人幾乎都能感到空氣的凝固。
>
> 袁庚深深地吸了一口氣。「這麼多的幹部出生入死，都是想要建造一個嶄新的未來。總理都在盡其所能保護幹部，你應當想到，推了這些幹部一把，有時就毀掉了他們的終身？」
>
> 老領導依舊一語不發。袁庚繼續：「我這一生，上頭只有兩個領導。一個是東江縱隊的司令曾生，一個就是你了。」袁庚繼續說著，揮動手臂。「1949年，我就在你的手下工作，每個腳印你都看見，每一步伐都是跟著你走的。」
>
> 老領導倚靠在沙發上，陷入了沉思。「60年代起，我跟你接觸最多，我幹點什麼你都知道，假如說，我有問題的話，你早就出問題了！你看得見我所做的一切！」袁庚往前欠一欠身，「你再繼續想一想，假如我還有問題的話，我怎麼能派到香港工作？」
>
> 「太晚了。非常抱歉。」老領導的妻子走進客廳。「不關

你的事！」老領導站了起來，他對著妻子擺了擺手，「你先睡吧，我們要好好談一談。」

「我對過去對你的事情很抱歉」，老領導第一次面對下屬承認了錯誤。他誠懇地說，「你別走，機會太難得，我們倆要好好談一談。」

他重新沏了一壺碧螺春，給袁庚續茶，接著，他們進行了一場長達一個半小時的談心。

袁庚回家，已近夜半。袁庚連夜給中共中央組織部部長宋任窮寫信，提出了澈底平反的要求，同時亦「希望對涉及當年抗戰華南游擊隊和地方黨的假案、冤案、錯案能一一予以平反」。

袁庚寫給中央組織部的這封信，計有1290個字。

調查部老領導對袁庚認錯的話是真誠的，說話是算數的，在袁庚離京前，他收到了中共中央調查部委員會對袁庚的複查結論——

關於袁庚同志的複查結論

袁庚同志，原我部一局副局長，現任港澳工委常委、航委書記，以副董事長名義主持香港招商局工作。

在林彪、「四人幫」反革命修正主義路線干擾下，1968年3月27日部業務領導小組根據當時社會上的誣陷不實之詞，向中央報告對袁庚同志擬停職審查，而康生於1968年3月28日卻批了「此人問題極為嚴重，立即逮捕，與曾生案一併審訊」。1973年9月經中央批准釋放，1974年11月經中央專案審查小組第三辦公室做了四條結論，其本人在結論第三、四條持保留意見情況下簽了字。

經複查，所謂曾生案純屬林彪、「四人幫」製造的一個假案、冤案。袁庚同志的歷史、工作是清楚的，政治上無問題。所強加給袁庚同志「與美軍觀察組進行祕密勾結出賣情報」、「同香港英軍談判中出賣我黨利益」的問題，純屬誣陷不實

之詞，應予推倒、激底平反、恢復名譽。全部撤銷1974年11月
27日中央專案審查小組第三辦公室「關於袁庚同志的審查結
論」。

在袁庚同志的檔案中，一切有關誣陷不實之詞的材料予以
銷毀。

袁庚的心情是既激動又感動。激動的是，組織上對他的問題終
於有了公正的說法；感動的是，對老領導，自己跑到他家裡去當面問
責，而老領導氣度大，根據黨實事求是的原則，很快辦好了相關文件。

袁庚懷揣著李先念劃過圈的廣東省寶安縣地圖，和關於自己獲得
激底平反的組織複查結論，可以上陣了。

臨別告辭：往前走，別回頭

袁庚夫人說道，他經常是這樣的，從來是說走就走的，有時候
還不知道跑到哪裡去了；組織上介紹我跟他結婚，沒多久，他就到越
南胡志明那裡當顧問去了。「那次，他到深圳蛇口來，是把我帶上
了」。

1979年的京城二月，還是頗為寒冷的。袁庚和妻子來到首都機
場，夫婦倆飛往廣州轉道去香港。首都國際機場擠滿了旅客。機場喇
叭一遍遍地播送著各路航班因故延遲而致歉的通知。突然間，5分鐘
前還一片靜寂的巨大停機坪已是人聲鼎沸。這一天是1979年2月8日，
鄧小平訪美歸來，是他的專機剛剛降落。在女兒鄧楠的陪同下，鄧小
平從飛機扶梯上緩緩走下，一把抱起手拿鮮花迎接他的小外孫女。

袁庚和三個孩子話別。20分鐘後，袁庚所乘坐的這班飛往廣州的
班機開始檢票。袁庚站起身，脫下身上厚厚的黑呢大衣，交給兒子帶
回家，意思很明確：南邊的氣溫已經升高了。告別時刻，袁庚用自己
的習慣方式和孩子們告別，他向面前的三個孩子伸出手臂：「來，擁
抱一下。」

涂俏筆下這般記錄：

三個孩子站在候機廳前，目送著他們的父親和母親身影消失在走廊的盡頭。這樣的告別方式，對他們而言，是最為平常不過的事情。在兒子的眼裡，父親從來就不太稱職。小時候，他與父親的關係只建立在兩件事情上，一次是小學五年級，父親平生第一次參加自己的家長會，會後為了犒賞兒子，特地帶他吃了一頓紅燒肉。再一次是帶著兒子去大前門換主席紀念章。習慣兼麻木，就是他和父親分離時的感覺。這次兄妹三人傾巢而出的浩大送別，不是替他們的父親送行，而是因為他們的母親也走了。

涂俏抬腕看錶，我知道，將近一個小時，對於年近九十的袁庚來說，已經是相當長的待客時間了。涂俏先站起身，我也緊跟著從沙發上起身，我們向著袁庚和袁庚夫人告辭。袁庚起身，握著我的手，以大大抬高了的聲調，看著我說：小陸，往前走，別回頭！

袁庚親筆書寫的「個人年表」的最後一行是：1993.3，正式宣布離休，副部級（75歲）。袁庚現在住的這個房子，是今天深圳市南山區（蛇口後改為南山區）一個居民住宅社區，樣式為聯體別墅。袁庚現在住的是「一個門牌號碼」裡面的三、四層樓，一、二樓為另外一家住戶。此地原為招商局的住房，當年建成，招商局幹部每人可分得28平方米的面積，連同夫人算上，共計可得56平方米。涂俏介紹，兩個樓面三樓是客廳，四樓是臥室，一共170來個平方米，除去分配面積，其餘面積都是當年袁庚按市場價付的錢。

屋裡的一扇櫥門上，半掩著夾著一張袁庚寫的毛筆大字。我想拍下來，袁庚夫人說，這是練習的，沒寫好，別拍。涂俏要袁庚為她「寫個字」，袁庚非常爽快：你想好了，寫什麼，告訴我。

臨到房門口，袁庚再次對我說了一句：小陸，往前走，別回頭。我應答：是，往前走，別回頭。袁庚接著說，我的這個門口，上下有

個台階，客人來，我總要說的，別絆著了。一位年近90的老人對於後輩的關照，如是周到。

走出房門，袁庚和他的夫人共同站立在門外，我和涂俏走到樓下，回頭望去，袁庚夫婦倆依舊站立在陽台上，向著我們揮手。我高揚起合十的雙手，說：回去吧，太謝謝了！猛然間，再度聽得袁庚以放大了聲量說道：小陸，往前走，別回頭！

台階已經在後，中國南方溫暖的住宅社區裡綠草成茵，有紅色的花朵在開放。

往前走，別回頭。這是中國改革開放的現實經驗，更是經歷了驚濤駭浪之後的一位聰慧老人的歷史囑託。

2006年1月

重走胡志明小道

從首都金邊獨立紀念碑出發

位於金邊諾羅敦大道獨立廣場中央深棕色的獨立紀念碑，在車窗的後邊，漸漸遠去。

這座獨立紀念碑，於1958年3月動工興建 1962年11月落成，是為紀念1953年11月柬埔寨王國從法國殖民政府下贏得民族獨立修建的。高達37米的紀念碑，形狀為七層蓮花蓓蕾形寶塔，寶塔每一層四周翹起的「花瓣」為精美的「那迦」雕塑。那迦，即七頭蛇神，從來被視為柬埔寨國家起源的神聖象徵和王國興盛的保護者。

車窗外氣溫是攝氏32度。在柬埔寨雨季，這是一個涼爽的日子。路邊，是因雨水豐沛而綠色濃郁的樹木，臨街陽台開有門窗的法式二層樓房，幾乎與電影《情人》中的景象一模一樣，地攤市場四處可見。小店招牌上寫有中文的，在表明店主人血液裡的華裔成分。金邊沒有公車和計程車，進口的各式高級轎車，以及將駕駛者與「打摩的乘客」一起計算，共有5人乘坐的摩托，組合成混合型的交通車流，在陽光下洶湧著。

2006年7月24日下午，在毛澤東大道的中國駐柬使館拜見張金鳳大使，採訪了柬埔寨公共工程部國務秘書烏占閣下之後，我們驅車去柬埔寨東北部的桔井市，終點則是柬老邊境的上丁市。桔井至上丁兩省之間的約186公里道路，「上海建工集團承建中國援柬7號公路桔井至柬老邊境路段修復專案」正在施工。

從金邊出發去桔井，300多公里的長途。公路等級偏低，路幅偏窄，兩邊的熱帶原始雨林蔥蘢茂密。相比較而言，「渾身是寶」的糖棕樹林，顯得略微稀疏，而橡膠林就像是密密麻麻的軍隊方陣。沿途，滿眼是簡易的水泥柱作樁，薄木板當牆的高腳屋。碩大的水缸，

是每個屋外最顯眼的必備家居用品。沿途時有賣水果的小攤，凳子上擺有裝著黃色液體的大型可樂瓶。我被告知，裡面裝的不是可樂，而是「給摩托車手準備的，略略比加油站價格便宜些的汽油」。

東埔寨的汽油約一美元一公升，折合人民幣約8元。

有「個體運行」的小型麵包車駛過，車頂上牢牢地繫著一輛直立的摩托車，摩托車上威風凜凜地騎著車子的男主人。如此「三層樓」式的危險景象，風馳電掣般地從左側超越我們的車子，飛馳而去。再見有「乖乖」坐在車頂上的乘客，那風景已屬小巫性質。

約4個多小時後到達桔井市。援東7號公路的上海建工集團專案部分有5個工區，一工區就設立在這裡。在東埔寨，雨季無法施工，停止了轟鳴的各種各樣大型機械，現在整齊停放在工區場地裡。空地上，豎立有一塊畫有中華人民共和國和東埔寨國旗的的專案標牌。2004年11月18日，中國政府經貿代表團出席開工典禮，東埔寨總理洪森來此在典禮上發表了講話。

吃過飯，由項目組的潘文龍書記帶路，我們再度出發。潘書記介紹，修復的公路，「也就是以前經常說到的胡志明小道」。我問，這整個186公里都曾經是胡志明小道的「原址」麼？潘書記回答：從桔井開始的30公里不是，後面的150多公里都是；還有東老邊境的6公里，因為兩國尚有爭議，東方規劃裡是要修復的，我們也作了工程準備，但是要等到東埔寨和老撾兩國間的協議商定後，再施工；國務秘書接受採訪時說，兩國邊境劃定事宜已解決，原公路由東方承建。

不久前的上丁市「沒有電」

一年以前，上海建工集團援東項目的一位年輕職工，想與國內的女朋友「打個手機」，以慰相思之苦。他聯絡好一輛到省城辦事的施工車子，跋涉幾十公里的路途到達上丁省城。而省城，因當地電訊接受塔台的範疇有限，也僅是城內某一區域有手機信號。年輕人撥通熟悉的號碼。在一個結束大規模戰爭和零星衝突僅僅十來年的國度，從

這裡打出去的「國際漫遊」，還理所當然地呈現斷斷續續的狀態。然而，年輕人後來對一起援柬的同事說，足夠了，她的聲音就是一切。

2004年末，項目部開進工地，從桔井到上丁這個186公里的路程，用去了將近7個小時。而今，已經完成70％工程量的公路，大部分路段的「瀝青表層」已經完成，2個多小時即可到達。只是，在從桔井到達上丁的這2個多小時裡，現在手機裡顯示信號的綠色方塊，依舊時有時無，經常為零。

從桔井到上丁，一路行來，不時見到路邊兩旁的原始雨林，有被焚燒和砍伐的痕跡。介紹說，這條7號公路，路基的鋪設歷史，可追溯到法國人在這裡時候的上世紀40年代。以後幾十年，柬埔寨屢遭戰亂，這裡屬柬埔寨的東北部戰場，「我們上海建工來到這裡勘探，這路寬一點的地方，也就幾米寬，窄些的，就幾十釐米，10多座橋樑全部被炸斷」。兩旁幾乎不見人煙的原因顯而易見：凡是綠草叢生的地方，幾十年來佈滿了來自世界各國製造的地雷。「誰吃了豹子膽敢來」？而今，簡略的木質高腳樓，雖然給人的還是尚欠發達的模樣，只是，柬埔寨百姓的腳步，已安全踏上這塊土地。「瞧著吧，燒樹、砍伐，有種橡膠林的，也有種水稻的，小店鋪也有了；有商業交易，後邊的事情就快了。」

作為柬埔寨的北部邊境城市，上丁省的上丁市，是一個與中國普通鄉村類似規模，北臨湄公河而建的一個「方塊」集鎮，「中間」為一個菜市場，臨街開有各種小店，牆面上張貼著或豔麗或破碎印有美女頭像的商業廣告。駛過的摩托車，不時濺起街道兩旁積淤的污水。專案經理賀略薩說，因第二天柬埔寨洪森總理將在中國張金鳳大使陪同下，帶領各部官員來7號公路的特大橋工地視察，所以當地私人旅館已全部爆滿，「你去看看各家旅館門口停著的吉普車，滿了；各級打前站的首都官員，還有地方上的官員，早已紛紛到達」，並告訴我，「你住職工宿舍」。

與上丁市中心相距200來米的距離，就是項目總部所在地。總部對面街的木頭屋子，是一家醫療機構，豎有藍底白字的標牌，更顯眼

的，是門前掛有世界通行的防治愛滋病的紅絲帶標誌。總部圍牆內，猶如國內的樣式，張貼著各式中文「告示」，援柬7號公路專案工程重大事故迄今為「零」；我們到達上丁的日子，是2006年7月25日，正值「安全生產606天」；牆上寫著的品質目標是：確保本工程最終品質等級優良；進度目標是：確保本工程2008年5月31日竣工。

我被告知，當地水廠「出產」的水，在項目總部這裡，供職工洗漱用，喝的水是瓶裝礦泉水。不久以前，這個省城還沒有電供應。如今，由法國援建的發電廠功率有限，電價昂貴，所以工程總部一直是自己買柴油發電。當地老百姓則用不起電，晚上的點燈照明，使用的是蓄電池，再窮苦一些的，「點油燈」。

「小道」成為中國援柬最大專案

三四千年前，柬埔寨人已居住在湄公河下游和洞里薩湖地區，從西元1世紀下半葉開始立國，歷經扶南、真臘、吳哥等時期，16世紀後改稱柬埔寨。最強盛時期是9至14世紀的吳哥王朝，創造了舉世聞名的吳哥文明。

1863年法國入侵柬埔寨，簽訂「法柬條約」，宣布柬埔寨為法國保護國。第二次世界大戰時期，柬埔寨於1940年9月被日本佔領。1945年日本投降後，柬埔寨再次被法國殖民者佔領。1949年11月，法國承認柬埔寨獨立，但柬埔寨仍為法蘭西聯邦成員國。1953年11月9日，柬埔寨宣布完全獨立。上世紀60年代，被老百姓譽為西哈努克親王執政黃金時代，柬埔寨是一個統一、完整、團結、幸福的國家，金邊是「東方小巴黎」。那時，新加坡總統李光耀來訪問，他就說過，要建設一個柬埔寨式的新加坡。

20世紀後30年中的柬埔寨，血流成河。1970年朗諾在美國支持下發動政變，柬埔寨遭受了連年的外國入侵和國內戰亂，成千上萬的平民在暴力、飢餓和流亡中，備受折磨而走向死亡。張金鳳大使說，柬埔寨遭受到戰爭的巨大創傷，這是在當年冷戰時期的大背景下，整個

東南亞形勢動盪不安、硝煙彌漫的一個縮影。

在這個幾十年裡，在境內外各樣政治力量令人眼花繚亂的抗衡中，在北京宣布成立並擔任柬埔寨民族統一陣線主席的諾羅敦・西哈努克親王，是一個貫穿整個歷史年代的名字；同時，還有一條著名道路的名字也貫穿始終，這就是：胡志明小道。

根據現有資料披露，在1959年初，胡志明下令開闢向南方游擊隊祕密運送兵力和武器裝備，以支持其作戰的「特殊通道」，並專門成立第559運輸大隊。當年6月10日，胡志明部隊首次通過「特殊通道」向南方運送武器裝備，每名運輸工運送4支步槍或大約20公斤彈藥。1961年初，胡志明部隊繞道老撾運送作戰物資。運輸工用改裝的自行車，馱運大約200公斤作戰物資南行，先後有10萬餘人參加。

由中國作家撰寫的《胡志明小道》中，描繪是這樣的：

> 越南戰爭期間，越南「民族解放陣線」在南越進行武裝鬥爭，美軍稱為「越共」。
>
> 北越開闢了一條經第三國到南越的通路，將大量武器裝備源源不斷地運到南越，沉重打擊了南越軍和美軍。「胡志明小道」是美軍對這條通路的稱謂。「胡志明小道」的地幅橫跨東經105-108度，上下從北緯21度直至11度。從越南北部的長山山脈到湄公河三角洲。「胡志明小道」是一個連接著幾國邊界的道路系統，它和老撾及柬埔寨有1000公里的邊界平行。美一軍事歷史學家說，「胡志明小道」應該有5條主路、29條支路，還有捷徑和「旁門左道」，總長近2萬公里。對侵越美軍乃至國際上的許多軍事專家，這條補給線是一個無法用正常觀念解釋的「戰場之謎」。
>
> 1965年10月，中國支援部隊進入越南北方之後，越軍就騰出手把大批作戰部隊輸送到南方，並且組織數十萬民工擴展「胡志明小道」和執行支援南方的運輸任務。逐步把開始只能人背肩扛的羊腸小徑建成可以通過重武器的戰略交通網。

上世紀70年代，在周恩來總理的直接關切下，胡志明小道得到了「改建」。

著名的「胡志明小道」，經過老撾南部進入柬埔寨東北部地區，再到達越南南方。周總理派外經委部長方毅赴越南考察。周總理決定，隨著道路的開通，車輛運輸時間從半個月縮減到五天，中國政府派軍事人員把武器裝備和援助資金運送到柬埔寨。最初運輸車輛只有幾十部，後來猛增到1974年的1500輛，幾年裡中國援助柬埔寨的物資總金額達到幾億元人民幣。

歷史記載，1973年2月至4月，西哈努克曾從北京經越南河內回國，走的就是這條「胡志明小道」。

上世紀60年代，河內一位戰略評論家這樣描述：在這幾千公里蜿蜒曲折的艱難道路上，始終存在著巨大的天然險阻。對南方提供給養僅靠數千名人力搬運工，最先使用的是小馬和自行車。紀律和偽裝隱蔽著這支隊伍。走在最後的人要來回揮動枝葉，以便把走過的痕跡除掉。

1964年末，美國的噴氣式戰鬥機開始在小道上空執行封鎖和掃射任務。1966年，美軍開始使用B-52轟炸機。

B-52轟炸機是最具有毀滅性和可怕的武器，但是用來對付像小道那樣的目標，可謂是代價昂貴。B-52由座標控制轟炸，可以在30秒鐘內投出100多枚750磅的炸彈，在森林中像長柄鐮刀一樣切出1英里長、1/4英里寬的空地。美國軍方的記錄表明，在高峰時期，投放在小道上的炸彈有171000噸，其殺傷率據估計是每300枚炸彈或100噸炸彈、耗資14萬美元才殺傷一名滲透者。

即使就部署常規火力來說，也是歷史上的一切戰爭無法比擬的。單是耗費在這個戰場的炸彈，就超過了第二次世界大戰整個時期各戰場的總和（在第二次世界大戰中，投了2000000噸炸彈，從1965年到1971年，投在老撾滲透線上的炸彈達2235918噸）。針對小道進行的空中襲擊，很快超過了每天500次。

對越南進行的空戰據保守的估計，一年要花費10億美元。除了這

些估價外，連續5年的轟炸使美國損失了總數約1000架飛機，800名美軍飛行員在北方上空喪生。

　　兩年的晝夜轟炸，並未能阻止住北越軍隊的滲透。使用當年越南《人民軍報》一位記者話形容，美國空軍指揮官對胡志明小道的轟炸阻截，就像是「一把笨拙的斧頭」。

欲施工，先掃雷

　　2004年7月，項目組前期人員進駐施工現場，在曾經是主要戰場之一的柬埔寨東北部碰上的最大危險，是戰亂留在7號公路，也就是當年胡志明小道上滿山遍野的地雷和未爆炸物。

　　這些地雷有美國製造、越南製造和蘇聯製造的，也有中國式的。

　　似乎是為證明介紹者解說的確鑿性質，在進入上丁省範疇公路的時候，我們就見到了由一顆未爆炸的美式炸彈為「建築主題」的紀念碑。炸彈雷管已被卸去，彈體被漆成綠色，單體上面注有兩個數字：895公斤為整個炸彈的重量，429公斤則是內裝的炸藥數量。

　　2001年3月，《環球時報》以「柬埔寨一人腳下一顆雷」為題，描繪了柬埔寨戰後建國的艱難長途：

　　在柬埔寨的地下，埋著1000多萬顆地雷。幾乎每個柬埔寨人的腳下都有一顆黑黝黝的地雷，這是柬長期戰亂的產物。在農村，經常可以看到四肢不健全的老人、兒童和成年人，與柬埔寨秀麗的風光反差極大。1997年，地雷導致1732名平民傷亡，1998年為1742人，1999年為1019人，2000年為1000人左右。傷亡人數逐漸減少，與掃雷行動中心的工作密不可分。到2000年年中，掃雷中心已挖出並引爆11萬多枚普通地雷、2000多枚反坦克地雷、56萬餘枚炮彈和炸彈，清理大型雷場203處。

　　擔任柬埔寨掃雷中心主任的陸軍將領說，雖然1992年開始的大規模掃雷行動已取得重要成果，但要將地雷全部掃清，起碼還需要50年。

　　據柬埔寨政府自己的測算，柬埔寨掃雷行動中心每年需要800萬到1000萬美元的資金，這些資金主要來自國際捐款。在2000年的上半年，該掃雷中心行動中心的帳面上曾出現過這樣的困窘局面，剩下的50萬美元資金，只夠支撐一個月。造成掃雷行動停頓的另一個重要原因是，曾經聲譽卓著的掃雷中心居然也涉嫌腐敗。另外，有些地區的掃雷工作沒有嚴格執行安全核查措施，管理員卻草率宣布該地段的地雷已被清除，結果外國專家卻不敢進場鑒定。

　　上海建工集團專案部進駐工地，然而要施工，必先排雷。從2004年9月4日至2005年1月6日，柬埔寨掃雷部隊在7號公路路基，以及路基兩側10米範疇之內，沿線共排除地雷和未爆炸物58000枚（顆）。2004年11月8日，專案部的一輛挖掘機在施工現場K68處進行清表施工，觸碰一枚反坦克地雷被炸，挖掘機被爆炸巨大的威力轟抬起來，履帶炸飛，受雇的柬籍司機受傷昏迷。2004年12月5日，在施工現場K120處，專案部的一輛挖掘機在清表施工時再次觸雷，幸好無人員傷亡。2004年12月13日，在施工現場K37處，當地一個小女孩拾到一枚航空子母彈，玩耍時爆炸，肚皮被炸開、腿被炸斷。2005年1月14日，在施工現場K155處，一名東方保安在夜間燒火時引爆一枚航空子母彈被炸傷。

　　即便在已經排過雷的區域，地雷和未爆炸物隱患依舊存在。為防止地雷繼續傷人，專案部曾經採用最原始的辦法，雇傭幾頭牛車，讓牠們拉著滾石，在已排過雷的區域作滾動式前進。

　　柬埔寨當地公路施工，路基鋪設使用的是「取之不盡」的鵝卵石。而上海建工集團專案部按照三級公路的標準要求，上下數層路基施工必須採用大小不等的粉碎石料。於是，當地排雷部隊向公路兩廂繼續排雷，來自上海的技術人員則逢山開路，披荊斬棘地尋找合適的山體礦石。至今沿著7號公路沿途建立的5個採石場，就是這樣從一頂頂帳篷的落地生根擴展而成的。

　　接踵而來的問題，是柬埔寨國內沒有一個自己的水泥廠。柬埔寨公路施工從來不用水泥，在壓實的鵝卵石上鋪上瀝青就可以了，而按

照中國標準、上海要求，在三層路基碎石上，要鋪設水泥。項目部的公關努力，上達國家部長，下到仲介商家，終於與泰國、老撾、越南4個廠家簽訂了進口5個牌號水泥產品的協定。然而，當每個旱季8萬噸水泥從柬埔寨海關進入當地的時候，有人發出聲音：中國上海的工程隊進口如此大量的免稅水泥，是不是在借機走私？待海關派員調查核實，柬埔寨政府上層「OK」之後，進口至上海建工集團7號公路的水泥，進關後不卸車，直放工地。

時而，也有可笑又可氣的突發事件發生。7號公路原有橋樑均在戰爭中被炸毀，後鋪設了簡易的軍用貝雷橋。但有當地的車輛，在雨季超載上橋，以至造成垮塌，霎時間，使得面對洶湧湍急的河水，兩岸的人們束手無策。偌大的工程運輸需求，一時只得依靠小木船的擺渡，方才建立起整條7號公路「搖搖擺擺」的通道。

洪森：上海公司「留在柬埔寨」

2006年7月26日上午8點零5分，在上丁市居民陌生的轟轟隆隆的聲響中，兩架直升機降落在7號公路修復專案關鍵工程湄公河特大橋工地一側。清晨從首都金邊起飛來到這裡是柬埔寨政府總理洪森、中國駐柬埔寨大使張金鳳，還有特地從上海趕來的上海建工集團董事長蔣志權。

湄公河南橋堍工地一側，已豎立起一巨大的標誌牌，上面寫著：熱烈歡迎洪森總理、使館、集團領導視察7號公路。主會場為三個為防雨而搭建的塑膠大棚，供到會老百姓就座的是塑膠椅子，在貴賓就座的棚內，給總理洪森和中國大使準備的，是寬大的木質靠椅。

整個上丁市戒備森嚴。身著不同制服的軍隊、員警以及便衣，職責嚴明地分為「數層警衛圓周」，在主會場四周實行警戒。穿戴不同兵種服裝，胸前掛滿勳章的將軍們，邊走動邊巡視著周圍的一切。進入主會場的群眾，胸前掛有發給的紙質標誌牌，進入每個「圓周」時都要被檢視一番。所有車輛，全部都被要求停放在規定的地點。

　　柬埔寨的雨季，遍地泥水，還是有不少柬埔寨青年婦女盛裝而來。

　　會場的入口處，身穿褐綠色服裝的洪森，與特地從上海趕來的蔣志權董事長握手致意。人們起立鼓掌。而後，洪森笑容滿面地走向左側群眾，跟大家握手；隨著右側喧騰的呼喚，洪森再走向右邊。當地媒體記者的數架攝像機緊緊地追隨著國家總理的行動。

　　柬埔寨王國公共工程與運輸部部長孫占托首先向與會者報告工程情況。

　　洪森將資料夾放在面前的桌上，在他一個小時又四十分鐘時而脫稿的講話過程中，周圍百姓不時發出會意的笑聲。洪森拿出早作準備的柬埔寨地圖，將其打開，就像一位恪守職責的工程技術講解員，面向與會全體官員和百姓，講述7號公路的修復和湄公河大橋的建成，對於整個柬埔寨經濟發展的重要作用。全場氣氛活躍。

　　在第二天，在柬埔寨由「東華理事總會」主辦的華文報紙頭版，以「洪森總理高度讚揚中國援柬7號公路專案，建議將湄公河大橋命名為『中柬友誼大橋』」為題，報導了洪森視察特大橋工地的消息。

　　洪森總理表示，長期以來，中國不僅在政治上給予柬埔寨堅定的支援，在經濟上也提供了大量寶貴的援助。中國的支持和援助是真誠和不附加任何條件的，給柬埔寨人民帶來了實實在在的好處。

　　洪森總理表示，湄公河大橋是柬埔寨人民的寶貴財產。對於工程承建方中國上海建工集團來說，湄公河大橋只是個小工程，但對柬埔寨這樣的國家來說，湄公河大橋就是可以見證歷史的大財產。洪森總理對上海建工集團在湄公河大橋和7號公路建設中表現出來的頑強拼搏、扎實奮戰的敬業精神表示了讚賞，上海建工集團所建造的工程造價低、品質高。7號公路和湄公河大橋不僅將柬埔寨內部貫通起來，還讓柬埔寨與地區間加強了相互往來。柬埔寨與老撾聯繫更緊密，同時加強同越南與中國的聯繫，柬埔寨的經濟必將因此而騰飛。

　　在會議講話中，對於最近中國政府決定，繼續向柬埔寨政府提供60萬美元的無償援助，以幫助柬埔寨在7號公路兩旁繼續開展和清除未爆炸物行動，洪森表示深切的感謝。

中國張金鳳大使指出，由中國政府援建、上海建工集團精心施工的7號公路修復專案，「完美地體現了中國速度、中國品質、中國形象，是中國人的驕傲」。洪森總理希望，在2007年完成了7號公路修復項目之後，上海建工集團留在柬埔寨，繼續「架橋鋪路」。洪森回應說：在2004年和2005年，我5次出訪中國。2006年初，我國與中國政府在金邊簽訂的專案協議，金額達6億美元；這些項目包括甘再水電站項目的4億美元，剩餘的2億美元，將用來修建柬埔寨國內的其他公路和兩座大橋。上海公司價格低、品質好，我國政府要求公司繼續為我國修復各條公路。

走到柬老邊境的「STOP」為止

洪森總理視察結束，與中國大使乘坐直升機返回金邊。當天下午，我坐木質小擺渡船涉過湄公河，奔赴柬老邊境保持著原貌的6公里胡志明小道。我，一輛柬埔寨老鄉的摩托車，一堆尼龍網袋包裹的蔬菜，還有兩位來自歐洲的男女遊客，被一起「混裝」在極其狹小的船艙內。船尾的柴油發動機轟響起來。

在上海建工承建的湄公河大橋2006年底完工之前，河寬600多米的湄公河，依舊是柬埔寨與老撾彼此通路上的一道天塹。

四工區的吉普車，由柬埔寨司機駕駛，馳向柬老邊境。原始熱帶雨林更加茂密，高腳樓的影子開始稀疏起來。一道用紅白相間的顏色漆成的金屬欄杆橫在眼前，左右兩側，均有身穿制服的警衛人員。路旁旗杆上的柬埔寨國旗，在風中飄揚。四周一片悄然。

欄杆這邊，是已經擴建的路幅寬達11米的7號公路，欄杆那邊，只是僅容一輛小車能夠行駛的小路，似有裸露突起的陳年礫石。項目部總工程師去「辦交涉」。待欄杆揚起，我步行走過欄杆，吉普車隨後馳來。右側，一塊直立的柬老邊境界碑，「滿身」青苔，赫然在目。

環顧四周，我說不上名字的各樣樹木，互相支撐環抱著，構成幾

乎密不透風、遮雲蔽日的叢林圍牆，陽光被過濾成絲絲縷縷的線條。窄小的路基，很快連棕色的礫石也看不見了，只有一個連接著一個的土坑，裡邊積滿雨水，吉普車駛過，污水四溢，晃蕩許久，才流回原來的坑裡。

總工程師宋一可對我說，這條小路通往老撾，經老撾通往中國的雲南省，可抵達昆明，當年的胡志明小道迄今還是原樣，「曾經有多少中國人倒在了這裡」。

我要求下車，拍照。

我問：旁邊還有地雷和炸彈麼？總工程師的回答是：有的是，「別跨出去」。

吉普車繼續像船一樣緩慢開進。從很遠的樹蔭裡，魔幻般地從老撾方向鑽出一輛車來。在柬老邊境這個靜寂的世界裡，這景象像極了一幅默片電影的蒙太奇鏡頭。我們避讓，待對方的車開近，我發現這輛「破破爛爛」小車前邊掛著的，竟然是「雲」字牌照。這車來自中國雲南省。我記起，上午洪森總理的這麼一段話：

根據亞洲國家的計畫，柬埔寨7號公路是東盟AH-11公路網路的一部分，該公路網路將連通亞洲和東盟國家各個城市，從中國昆明經越南、老撾、金邊、西哈努克港連接國際海上航線。其價值不可估量。我經常提到一句口號：有了路，也就有了希望。這句口號仍然是真理和正確的。公路和橋樑可以幫助我們實現發展商業、農業、工業、旅遊業、教育和衛生事業，維護國家安全和社會治安的目標，使柬埔寨快速成為發達國家。

終於，在一塊寫有「STOP」的標誌牌前，我們停車。這就是6公里保持著原樣的胡志明小道柬埔寨一側的盡頭，前邊就是老撾了。老撾境內，與胡志明小道相銜的，已是一條完工的等級公路。也是紅色相間的金屬欄杆的前邊，有個崗亭。上方飄著國旗。柬埔寨國旗上印有吳哥窟圖案，老撾的旗幟中央是圓形圖案。

霎時，在進行這次採訪進行案頭準備時閱讀過一些文字，猛然飄來眼前。在《胡志明小道上的女人》一文中，記錄是這樣的：

　　道路修復組「抗美救國青年突擊隊」有50000人，年紀15
歲左右，由於男子18歲被徵入伍，所以突擊隊絕大多數是年輕
女人。

　　胡志明小道上到處都表現出了人類的忍耐力。突擊隊在小
道上的傷亡比例很大。

　　這些年輕的女孩子用鋤頭和鏟子，更用她們無比的勇氣
來保護這條道路。當戰爭結束而倖存的她們回到家鄉，許多親
人早已死去。這些女孩成了「五無人員」：沒有丈夫、沒有孩
子、沒有家、沒有地位、沒有可以依靠的人。殘酷的戰爭改變
了這些女孩曾經青春美麗的外表，也損壞了她們健康的體魄。
她們面容憔悴，一身病痛，頭髮脫落、嘴唇蒼白、眼光無神，
沒有男人願意娶這樣的女子為妻。（摘自中國友誼出版社《中
國鄰邦大掃描》）

　　上海建工集團海外部項目部在上丁總部共有20多名工作人員，然
而女同胞只有一名。首都金邊專案部辦事處的女同胞數目，最多，三
名。而這三名女同胞，也就是辦事處的全體組成人員，來自吉林、
山東和一位原籍江西、現為柬埔寨移民的女同胞，都還只有20多歲，
負責接送專案部所有人員進出邊境，以及全部施工物資的到達接收任
務。在上丁工程總部的女同胞，是上海南匯人，已在工區找到自己的
另一半。金邊辦的三位，均還待字閨中。

　　離別柬埔寨，登機回國前夕，金邊辦的女孩子們要求國內來的親
人在紀念冊上題字，我寫下的是：通車之日，美滿之時。

　　當年在胡志明小道蒼茫叢林之中，冒著槍林彈雨反復奔行的東南
亞各國的女孩子、女同胞們，無論已經長眠，還是今日年老，見到或
聽到當年小道變通途，在沒有污染更沒有硝煙氣息的陽光下，充盈著
婚姻的笑聲，那個時刻，也許都會有知而微笑的吧。

2006年8月

馬思聰去國返鄉路

一則簡單的「音樂新聞」

中新社北京4月26日電：記者今日從此間獲悉，第六屆中國音樂金鐘獎期間，著名音樂家馬思聰的骨灰將從美國移回廣州。廣州市副市長李卓彬透露，賽期一項重要內容將是紀念音樂家馬思聰系列活動，包括馬思聰曲譜出版、精選作品音樂碟的發行，以及遺物捐贈給廣州的馬思聰音樂藝術館，同時其骨灰將從美國遷回國內，重新擇陵安葬。

當代中國樂壇，我們擁有四位偉大的音樂家，除卻賀綠汀，錚錚鐵骨，歷經戰爭洗禮和十年浩劫，1999年4月27日，在祖國懷抱安然閉合上自己的眼睛，終年96歲，其他三位卻都逝世在異國。其中，最年輕的，是中華人民共和國國歌的作曲者聶耳，1939年7月17日23歲時長眠於日本海灘。橫空出世、氣勢磅礴的《黃河大合唱》的曲作者冼星海，1945年10月30日40歲時逝世在蘇聯。馬思聰，1987年5月20日在美國費城與世長辭，終年76歲。

馬思聰先生，當年「去國」，舉世震驚；今年末，他在異國離世整整20年之後，要「回來了」。

7月10日，我踏上南粵陽光下的溽熱土地。

馬思聰銅像站立面前

麓湖路邊的廣州藝術博物院，白色牆壁和棕色門框，陽光下顯得斑斑駁駁的。大廳內擺設著一隻碩大編鐘模樣的「金鐘」，呈現著黃鐘大呂名副其實的沉靜氣派。馬思聰音樂藝術館負責人項翊告訴我，今年11月，這將是第六屆中國音樂金鐘獎頒獎時候擺放在舞台上的標誌。

　　中國音樂「金鐘獎」，是中國音樂界全國綜合性專家獎，承載著中國音樂界的最高榮譽。從2003年起，金鐘獎永久落戶廣州。項翊領著我，去二樓的馬思聰音樂藝術館。我邊走邊表明採訪來意：在預告今年金鐘獎的報導中，有句非同小可的話：馬思聰先生骨灰屆時將返回故土，我想瞭解前前後後的「這一切」。

　　我對項翊說，我們是唱著先生的「我們新中國的兒童」長大的。28歲的項翊說，我是音樂學院學鋼琴的，因為崇敬先生，前年應聘來到藝術博物院工作。我和項翊在馬思聰音樂藝術館門前停下腳步。身著西服的馬思聰先生，站立大門左側，左手扶琴，右手拉弓，全身心地浸染在自己的樂聲之中。

　　當然，這是馬思聰先生的一座全身銅像。先生不語，我們也久久地默然。

　　展示大廳迎門的玻璃櫥裡，擺放著一把小提琴，這是鎮館之寶：斯特拉底瓦里在250年前親手製作的小提琴。斯氏製作的小提琴，全世界已所存無幾，一把在梅紐因「那兒」，一把就在馬思聰「這兒」。項翊介紹：上世紀30年代，在法國留學的馬思聰，在巴黎街頭獲得此琴，從此終身攜帶。「逃亡年代」，先生拋棄全部家產，手中捧著的也就是這把小提琴。2001年，馬思聰後人將這把無比珍貴的小提琴，贈給了廣州馬思聰音樂藝術館。

　　大廳裡，擺放著的鋼琴、琴凳和地毯，都是馬思聰先生在美國費城居住時使用的原物。整整一堵牆上，是「藝術」化了的《思鄉曲》的五線譜，一派純白的顏色。

　　我說：對馬思聰先生骨灰的回歸，我有三個問題。第一，馬思聰先生本人在自己生前，是否有過這樣的「遺囑」，或者說是明確的表示，「我的骨灰要到祖國」？二是，如果先生生前尚未有過這樣的囑託，那麼現在的先生骨灰歸來，是否可以理解為是他的夫人和子女「後來」的決定？三是，中國廣州和美國費城，相隔千萬里，馬先生骨灰回歸這件事情，具體是如何促成和怎樣辦理的？

　　項翊回答說：馬思聰先生骨灰回歸，我們藝術博物院知道有這

件事情，但具體操辦的，是上級有關部門。對我接著的「可能性要求」，項翅已作慎重準備，他打電話給「魯處長」，「他是馬思聰音樂藝術館籌建辦公室主任，後面的事情他肯定瞭解」。

手機那邊的「魯處」，正躺在醫院理療的床上。項翅與對方對話：上海記者是特意飛過來，是專門為馬思聰來的。接著，項翅的表情霍然開朗，病榻上的魯處答應「會面」。

我和項翅驅車去往醫院。60歲出頭的魯處，遞上兩張名片，上寫大名：魯大錚，一張上的職務為「廣州市僑辦聯絡接待處處長」，另一張是「馬思聰藝術館籌建辦公室主任」。魯大錚略作解釋：現退休了，前邊要加個「原」字。

魯大錚遞我一個厚厚的紙袋，裡面是複印的各式稿件和資料，其中有：2001年馬思聰音樂藝術館開館時，魯大錚撰寫刊發的《馬思聰音樂藝術館始末》；2006年12月出版的「嶺南文化知識書系」叢書《馬思聰》，魯大錚為作者之一；還有廣州音樂研究雜誌2002年第5期的《馬思聰音樂藝術研究專輯》。

說到馬思聰，項翅的準備如是周到；為了馬思聰，魯大錚的回應這樣快捷。

想起家鄉，我就牙兒肉兒抖

1912年5月，馬思聰出生在廣東海豐縣海城鎮幼石街的書香門第。父親馬育航，清光緒庚子科秀才，曾任海豐小學第一任校長。馬育航與同鄉陳炯明自發結社反清，陳炯明任廣東省省長兼粵軍總司令時，馬育航任廣州市財政局局長，後為廣東省財政廳廳長。

家境殷實，少年的馬思聰聽風彈琴，隨雨吟唱。1923年秋冬，11歲的馬思聰隨20歲的大哥，西渡來到法國巴黎，住在名曰「半個月亮」的公寓裡。兩年後，馬思聰考上法國巴黎音樂學院預科班。1928年，馬思聰以優異成績，正式考入巴黎國立音樂學院提琴班，成為中國，也是亞洲第一個考入這座高等學府的黃種人。

　　1929年初，國內家境突變，馬思聰回國。他先後在香港、廣州、上海等地演出，被譽為「音樂神童」。1931年，經當時廣東省政府資助安排，馬思聰二度赴法留學，第二年歸來，任中國第一所現代「私立音樂學院」院長。馬思聰結識王慕理，這對以琴為媒的師生之戀，奏響了婚禮進行曲，馬思聰時年20歲。其後，馬思聰分別在北京和南京任教。

　　1937年，中國抗日戰爭爆發。在魯大錚筆下，1937年的廣州，「一面是警報、炸彈和高射炮的三重奏，一面是抗戰情緒洶湧澎湃的和聲」。當上海「八一三」保衛戰志士的熱血，傾灑在蘇州河畔的時候，馬思聰即日譜就「戰士們！衝鋒啊」的大眾歌曲。馬思聰在後來的文章裡這樣說：這時期大部分的抗戰歌曲，可以說全是在炸彈爆發下孵化出來的，歌詞大多是在書局新出的詩集中找出來的。「音樂穿上武器，吹起號角，便著實參加這大時代的鬥爭了。」

　　在這血與火年代的縫隙裡，馬思聰完成了自己不朽的名作——《思鄉曲》。

　　在今天的文字資料和網路搜尋中，可以看到對馬思聰音樂創作中富有民族性、民歌風格和地域色彩的闡述和肯定，卻已無法找見描繪馬思聰創作《思鄉曲》的具象情景。也許是北國豐腴的土地業已淪陷，東部海岸的防線炮火連天，身處廣州彈丸之地的他，只得將目光轉向內地的曠寂草原。馬思聰聽到了來自內蒙綏遠河套地區的民謠：

　　　　城牆上有人，城牆下有馬，想起了我的家鄉，我就牙兒肉兒抖。舉目回望四野荒涼，落日依山雁兒飛散，廟台的金頂閃閃光，駝群的影遮列天邊，哎噢咦啊想家鄉。風大啊黃沙滿天，夜寒啊星辰作帳，草高啊蓋著牛羊，家鄉啊想念不忘。我的家鄉路兒正長，心頭悵惘。

　　馬思聰完成的《綏遠組曲》，內分三章：一、史詩；二、思鄉曲；三、塞外舞曲。戰火紛飛的歲月，《思鄉曲》呼喚起廣大民眾背

井離鄉的惆悵心境和對故鄉親人無比眷戀的真摯感情。

1942年，暫居香港的馬思聰，攜家眷回到家鄉廣東海豐。他跟堂弟一起，為《思鄉曲》填上新詞：

> 當那杜鵑啼過聲聲添鄉怨，更那堪江水嗚咽，流浪兒啊，那邊就是你可愛的故鄉，就是有水鳥翔翔的地方，那邊白雲映紅荔村前，暖麗南國多情的孩子，你為什麼不回家？

《思鄉曲》是馬思聰享有盛譽的偉大作品。當年評論如是解讀：作曲家是國民之一，是民族中感性特別強的人，作曲家的心情時常是一個民族的心情，這種追求與我們共鳴。

此時的馬思聰當然不可能想到，在20多年後，他的《思鄉曲》，會成為中華人民共和國中央人民廣播電台對台灣地區廣播的開始曲。他更不能夠預料，他的《思鄉曲》會成為在上世紀60年代中期，成為他命運轉折的音響符號。

《祖國》、《春天》和《歡喜》

1939年10月，馬思聰經過長途跋涉，一家三口來到重慶。在這裡，馬思聰結識了在他以後的人生道路上非常重要的朋友李凌。兩人是廣東老鄉，又都是音樂文化人，彼此親密無間。李凌從延安來，肩負周恩來交付的任務：要做音樂界上層的統戰工作，許多音樂家是主張抗日的，要關心團結他們，人越多越好，要有一些知名的音樂家來關心支援音樂事業才好。李凌開始頻繁接觸馬思聰，關注馬思聰的思想和情緒，從音樂藝術直至談到民族命運。

1940年5月，在重慶嘉陵賓館的晚宴上，馬思聰見到周恩來。這是他們的第一次相見。「周恩來大步流星地走到馬思聰面前，緊緊握住了他的手。」

1945年，馬思聰和徐遲同在重慶。8月，毛澤東為國共談判事飛

抵此地。9月16日，上級通知徐遲：「今天下午3點鐘，你和馬思聰兩人，一起到紅岩村去，到時候會有車子來接你的。」毛澤東和周恩來這次對文藝界的接見，談話主要在毛澤東和馬思聰之間進行。馬思聰向毛澤東提出普及與提高的問題。毛澤東回應說：既要有普及工作者，也要有寫提高作品的作者，魯迅先生是一個寫提高作品的作者，但如果大家都來當魯迅先生，那也就不好辦了。後來徐遲解釋，毛澤東希望馬思聰這樣的大音樂家寫一些提高作品，但同時也做一些普及工作。

1946年11月，馬思聰到上海，與喬冠華、龔澎會面，出席由周恩來主持的上海各界人士座談會。1947年，馬思聰任香港中華音樂學院院長，完成《祖國大合唱》。馬思聰使用陝北眉戶的民歌曲調，鋪就開篇的歌曲，象徵著光明從延安來。

1948年夏天，美國駐華大使司徒雷登來到馬思聰的住所，用流利的普通話「順道」拜訪馬思聰先生。大使直言不諱地說：中國要落在共產黨之手了，共產黨只要扭秧歌、打腰鼓，不要貝多芬、莫札特；美國政府盛情邀請馬思聰先生到美國大學任教；五線譜是世界語言，希望能在美國聽到馬先生的琴聲。馬思聰當場謝絕。

數日後，一位西裝革履的美國人來到馬家，遞上名片，他的名字是「Newton」（紐頓）。紐頓說，他受司徒雷登大使的委託，已為馬思聰先生聯繫好了在美國工作的大學，聘請他當音樂教授，此次來訪是請馬思聰定下時間，以便他去預訂馬思聰和全家人飛往美國的機票。紐頓的結局和司徒雷登一樣，在被馬思聰拒絕後悻悻離去。

當年，馬思聰完成《春天大合唱》。

1949年1月，北平和平解放。4月，在香港地下黨的精心安排下，馬思聰和一百多位知名愛國人士，從香港經煙台抵達北平。7月，馬思聰被選為全國音協副主席。9月，作為全國文聯代表，馬思聰出席第一屆中國人民政治協商會議。10月1日，出席開國大典。馬思聰譜就《歡喜組曲》。

不久，周恩來約見馬思聰，問道：如何在一片廢墟上發展我們

的音樂事業？馬思聰提出「人才第一」的觀點，培養新中國的音樂人才，首先要辦學校。周恩來應聲說道：正在考慮建立中國最高音樂學府中央音樂學院，擬請馬思聰先生出任院長。12月18日，馬思聰隨周恩來出訪蘇聯歸來，即被政務院任命為中央音樂學院院長，時年37歲。

馬思聰是中南海常客。國家領導人宴請國賓，常請馬思聰即席演奏。一次，周恩來把時任外交部長的陳毅拉到馬思聰身邊，打趣道：陳老總，我們三個人都是法國留學生，人家馬思聰就學到了東西，而我們倆就沒學到。意氣風發的年代，意氣風發的馬思聰，為中央音樂學院校報題詞：誠心誠意做一條孺子的好牛。

當《思鄉曲》改成《東方紅》

1950年，郭沫若作詞、馬思聰作曲的兒童歌曲傳唱全國，經團中央確定為《中國少年先鋒隊隊歌》。「團結起來繼承我們的父兄，不怕艱難不怕擔子重，為了新中國的建設而奮鬥，學習偉大的領袖毛澤東」，20世紀五六十年代，億萬中國少年兒童唱著這首歌長大。

1952年，馬思聰「隔牆聽音」，錄取15歲的林耀基進入中央音樂學院少年班學習。兩年後，錄取13歲的盛中國進校，並親自點派兩人赴蘇聯深造。1955年，馬思聰赴波蘭，擔任第五屆國際蕭邦鋼琴比賽評委。中國派出的選手傅聰同行。十多天相處，馬思聰給予傅聰「改進意見」。國際比賽眾星璀璨，傅聰脫穎而出，奪得最高的「馬茹卡舞曲獎」。1958年，馬思聰任柴可夫斯基鋼琴和小提琴國際比賽評委，攜弟子劉詩昆到莫斯科。賽前，馬思聰對劉詩昆說：手指觸鍵要更短促、更有力，「錘子擊鐘後不立刻離開就把音捂死了，音會發悶」。在比賽中，劉詩昆獲得第二名。

然而，馬思聰也漸感困惑和沉重。上海音樂學院的年輕學子，撰文對某交響作品進行探討，被打成「反黨右派小集團」，押送至北大荒勞改；並號召對賀綠汀展開「深刻揭發和尖銳批判」。隨著一個又一個的運動，音樂界寬鬆自由的氛圍，漸被橫掃殆盡。馬思聰自己

也受到批判：引導學生只專不紅，要把中央音樂學院辦成巴黎音樂學院。「拔白旗」的文字中甚至出現了這樣字眼：馬思聰演奏舒伯特的《聖母頌》，是將聽眾引入教堂，引到神像腳下。

山雨欲來，風已滿樓。時間的腳步邁到了1966年。

5月，一個星期天，一學生神色慌張地來到馬思聰院長家中，他說：無產階級文化大革命開始了，學習小提琴是迷戀資產階級思想和資產階級生活方式，他不能再跟老師學琴了。6月，馬思聰受到急進學生高呼著口號的狂暴圍攻：打倒資產階級反動權威馬思聰，打倒吸血鬼馬思聰。學生們給馬思聰一大捆書寫好的大字報，命令他張貼在家中，認真閱讀，觸及靈魂。

馬思聰目瞪口呆，一動不動，一切似在惡夢之中。

馬思聰被關進「社會主義學院」，那裡有學院黨委書記、各系主任，還有北京藝術院校、電影院校、文藝界權威和知名人士，計500多人。在軍管人員的監督下，他們讀報、討論，書寫批判自己和揭發同楊朋友的「反黨言行」。

魯大錚為籌建馬思聰藝術博物館，曾與馬氏後人多次接觸，對於那個年代，他筆下這樣記錄：

> 8月一天，馬思聰被押上卡車，回到音樂學院。下車的馬思聰腳跟尚未站穩，一桶漿糊倒在他的頭上，一些人往他的身上貼大字報，把一頂寫著「牛鬼蛇神」的高帽子戴到他的頭上。馬思聰脖子上掛著兩塊硬紙板，一塊上寫著「資產階級音樂權威馬思聰」，另一塊上寫著「吸血鬼」。學生們讓馬思聰手拿一隻破搪瓷盆作為「喪鐘」，邊敲邊走，說這是「敲響了資產階級的喪鐘」。
>
> 在任何時候，只要紅衛兵「高興」，就可以命令馬思聰他們低頭，叫他們在地上爬行。
>
> 一次，一個紅衛兵拿著一把尖刀，對著馬思聰吼叫：你要老實交代問題，要不然就拿刀子捅了你。

> 一日，馬思聰在草地上拔草，一造反派走過來，粗暴地指
> 著馬思聰呵斥：你還配拔草，你姓馬，只配吃草。

馬思聰的家，紅衛兵把寫有打倒馬思聰的大標語，貼滿門窗和圍牆，大門口只留下一個一米高的洞口。並且責令馬思聰夫人王慕理，每天打掃街道，每天寫一份揭發馬思聰的罪行材料，「如不老實，死路一條」。

當妻子王慕理無法承受這等威脅和驚嚇，與兒子、女兒逃離北京，開始流浪生涯的時候，馬思聰偷偷地問音樂學院黨委書記趙渢：「這什麼時候才是個頭啊？」

馬思聰的心「頭」是有個底的，那就是：只要中央人民廣播電台對台灣和海外僑胞廣播的節目開始曲還是《思鄉曲》，他馬思聰就還沒有被堅決打倒、沒有被澈底否定，就還有希望，還有盼頭，他就還是「人民內部矛盾」，還能演奏自己心愛的小提琴；理由明確而簡單：因為「中央」還在使用他的「聲音」。

1966年11月28日，中央人民廣播電台對台灣和海外僑胞廣播開始曲，停止播放《思鄉曲》，改為陝北信天遊民歌《東方紅》。

馬思聰頓時陷入萬念俱灰的境地。

漂泊四方的飢餓幽靈

1966年年末，馬思聰小女兒馬瑞雪「潛回」北京，見到滿頭灰髮的憔悴父親。女兒把「準備」到香港避風養病的計畫和盤托出，馬思聰即刻拒絕。馬思聰回答：他一生坦蕩，無愧於世，不走此路。經過兩個多小時的爭執，女兒改換說法，先回廣州市，再到南海縣，休息養病，觀望形勢。身心處於極度疲憊和失望中的馬思聰，終於同意了，「走吧」。

此時此刻，「牛鬼蛇神」已淪為落水狗，其「重要性」讓位給「走資本主義道路的當權派」。馬思聰以肝病復發為由，向看守人員

請假，回家休息一周，獲得批准。馬思聰攜琴坐火車南下。

有一條船，在南方的海面上等候著馬思聰的女兒。

　　這個消息令馬思聰心煩意亂，舉棋不定。擺在他面前的有兩條路，要麼回北京繼續過那日遭凌辱、夜做惡夢，生死未卜的日子；要麼逃離塵囂、遠離災難，以求生存。馬思聰陷入命運抉擇的兩難之中。經過激烈的思想鬥爭，馬思聰最終作出一生中最為痛苦的決定。

　　1967年1月15日夜晚，馬思聰攜帶著他那把至愛的小提琴，與妻子、子女，登上廣州新港漁輪修配廠的002號電動船，悄然出海，往香港方向駛去，16日凌晨到達香港九龍的海灘。（《馬思聰》P85-86）

　　魯大錚說道，偷渡蛇頭，做的是生意，他不管你是馬思聰還是老百姓，他也不想知道你是誰，這還少了風險；他要的就是錢。那時候，偷渡去香港，一個人的費用是一萬元人民幣，如果是舉家出走，一家再加一萬。「這時候的馬思聰一家人，身無分文」，與蛇頭說好，由馬家在香港的親戚「付錢」。

　　馬思聰一家人在海岸邊的岩洞，與親戚見面，商定：香港也並非久留之地，只有去投靠在1948年已定居美國的胞弟。這位親戚來到美國駐香港總領事館。其後兩天，英國領事和美國領事，來到這位親戚家中，「一邊錄音，一邊記錄」。20日中午，兩位領事再度來到親戚家，「帶領」馬思聰全家來到莎士比亞大廈，略作梳洗，再次乘坐美國領事館的轎車，駛進啟德機場。美國領事和馬思聰家人坐在了頭等艙位。

　　第二年4月12日，馬思聰與弟弟在紐約露面，馬思聰說道：

　　我個人遭受的一切不幸和中國當前發生的悲劇比較起來，完全是微不足道的，眼下還在那兒繼續著的所謂「文化大革

命」運動中所出現的殘酷、強暴、無知和瘋狂程度，是17年來所沒有的……去年夏秋所發生的事件，使我完全陷入了絕望，並迫使我和我的家屬像乞丐一樣在各處流浪，成了漂泊四方的「飢餓的幽靈」。

在《思鄉曲》完成了整整30年之後，馬思聰也成為了思鄉之人。

對於馬思聰的出走，他的老朋友徐遲，在悼念馬思聰逝世一周年的《祭馬思聰文》中這樣寫道：

歷史上，放逐、出奔這類事不少。屈原、但丁是有名的例子。在「文革」中，我中華民族的著名作曲家馬思聰先生，受盡極「左」路線的殘酷迫害，被迫於1967年出走國外，以抗議暴徒罪惡，維護了人的尊嚴，他根本沒有錯，卻還是蒙受了十九年（1967-1985年）的不白之冤。

何日洗客袍

公安部的《關於馬思聰投敵案請示報告》，經康生、謝富治批示，馬思聰「叛國投敵」案得以嚴厲徹查，幾十人被牽連入獄。在上海生活的馬思聰的二哥跳樓身亡，岳母、姪女和廚師相繼被迫害致死。

1976年1月8日，周恩來與世長辭。馬思聰在日記中寫道：周恩來死後，世界極為注意。他跟兒女說：自己十分敬重周恩來，周恩來對他也愛護有加。他也回憶起與毛澤東相處的情景：毛澤東有非凡的聰明，眼睛出奇明亮，問一知十；他曾與毛澤東討論音樂藝術達3個小時，最終都能達成共識；毛澤東喜歡讀書，喜歡寫詩，大家都有藝術細胞，是知音。

當年10月，國內「揪出四人幫」，馬思聰寫道：報紙、TV報導江青及文革幾個頭目被捕，大快人心。對祖國，馬思聰魂牽夢繞：國內能否好起來？何日洗客袍？

　　鄉愁哀怨，使得馬思聰在異國的日子裡，譜就了《李白詩六首》、《唐詩八首》等作品。其中一首就是：「相見時難別亦難，東風無力百花殘。春蠶到死絲方盡，蠟燭成灰淚始乾。」馬思聰將自己有家難歸的悲涼心情，借用古詩名句演繹得分外真切。

　　1980年6月，馬思聰胞弟夫婦應中國文化部邀請，在北京和上海舉辦獨奏音樂會。統戰部部長烏蘭夫接見，並請轉達對馬思聰夫婦回國的邀請。當年7月，小女兒馬瑞雪準備經香港赴美國探親，馬思聰即讓夫人王慕理回電話：不要來了，國慶在北京見。王慕理轉達馬思聰的話：

　　　　國家不是房子，房子住舊了，住膩了，可以調一間，祖國只有一個。

　　1982年，馬思聰在重慶時結識的「非常重要的老朋友」，時任中央音樂學院領導的李凌，就馬思聰「問題」向中央寫報告，胡耀邦、鄧小平表示：

　　　　可以歡迎他回來看看。

　　1984年10月，中央音樂學院向公安部、文化部提交了三份報告：《關於對我院原院長馬思聰先生落實政策問題的請示報告》、《對馬思聰「叛國投敵」案的平反結論意見》和《關於給馬思聰先生徹底平反的決定》。當年11月，當年的學生會主席，時任中央音樂學院院長吳祖強，到美國拜訪老院長。這是馬思聰在離開祖國18年後見到的，第一位以官方身分前來拜訪的大陸來人。

　　馬思聰與徐遲是結識於上世紀40年代的好朋友。40年後，徐遲應美國愛荷華國際寫作計畫（IWP）的邀請，至美國旅行。為見到馬思聰，徐遲專程訪問賓夕法尼亞州的費拉台爾菲亞城。對這次異國重逢，徐遲日後寫道：

　　1984年11月，當我在美國費城和他會晤之時，他給我最初印象最令我驚奇。雖然他還和過去一樣的故人情重，且神志泰然，並相當樂觀，還在勤奮作曲，我感到他和以前卻有所不同。我沒有去深入思考他在哪一點上跟以前不同。我只是從他的聲音笑貌中，感到他似乎不時流露著一點點不易覺察的細微悽愴，卻未能體會他心靈深處，埋藏著巨大的痛苦。

　　這一年的12月31日，公安部作出《關於對於中央音樂學院黨委為馬思聰「叛國投遞」案平反意見的決定》；1985年2月6日，文化部發出《關於給馬思聰平反的通知》。2月12日，中央音樂學院院長、書記等一起署名，向身在美國的馬思聰先生發出公函。農曆臘月二十九，馬思聰收到「對馬思聰冤案徹底平反的通知」，全家人悲喜交加，燃放煙花以示慶賀。馬思聰記下日記：春天逐漸又回來了，祖國也逐漸走近了。年初二，馬思聰會見平反後第一個前來採訪他的中國大陸記者，他萬分感慨地說：蘇武牧羊19年啊！

噩耗傳來，天塌地崩

　　1985年是中央音樂學院建校35周年紀念日，馬思聰寫下「禮能節眾，樂能和眾」的題詞，送遞北京。他沒有回來。第二年1月，北京國際青少年小提琴比賽委員會正式向馬思聰發出邀請函。他沒有回來。馬思聰收到了對他有過粗暴行為的當年學生寫來的懺悔信件；馬思聰還收到了紅領巾班給馬爺爺的信件，彙報「當我聽到中國少先隊隊歌的時候」的感想。他沒有回來。

　　在費城家居的客廳，馬思聰和夫人王慕理共同聆聽貝多芬的《第五交響樂》，即《命運交響樂》，馬思聰失聲痛哭，王慕理問話，馬思聰回答：這個世界……

　　身在美國的馬思聰深居簡出。兩房一廳的家居，牆上掛著齊白石、張大千的字畫，陽台上擺著的花草盆景，使用的台布、沙發巾、床單和被面，都是從唐人街買回來的中國貨。沒有大型樂隊的伴

奏，馬思聰的生活裡，只有潛心於音樂創作，他的心靈方能忘卻窗外一切，使靈魂暫獲平靜。時有閒暇，他春夏推草，秋天掃葉，冬天除雪。

80年代初，馬思聰將維吾爾情詩《熱碧亞──賽丁》改編為歌劇，起名為《冰山下的戀歌》。故事跌宕，情節感人，馬思聰自己感到滿意。

幾乎同時，馬思聰的芭蕾舞劇《晚霞》完稿。舞劇的源起，是他在蒲松齡的《聊齋志異》中讀到了《晚霞》。故事說，一男阿端不慎落水，不知生死，被人導去，水中別有天地。有年十四五的女郎，名曰晚霞，「振袖傾鬟，作散花舞，翩翩翔起，衿袖襪履間，皆出五色花朵，隨風颺下，飄泊滿庭」。阿端與女郎「會於蓮畝」。後女被「龍窩君」喚至宮內，教習歌舞，數月不返。女逃出，與阿端生一子。又有王姓豪門欲奪晚霞，女自曝是女鬼，且以「龜溺毀容」，不從「而去」。也許是，在《晚霞》裡，身在異國的馬思聰再次被故國文化的生動故事感動，也許更可以說是其精妙內涵的鋒芒指向，與自己現實遭遇的默然契合，使得他欣然命筆，編曲編舞。

馬思聰《晚霞》完稿，交人帶回國內，希望能在北京演出；他寫信說：「《晚霞》頗有雅俗共賞的好處」。只是，馬思聰認為的，「如果安排好的話」，應當出現的「適當時刻」，一直沒有「出現」。

1987年3月，馬思聰感冒住院，轉為肺炎並引發心臟病。5月20日，手術失敗，在美國費城賓州醫院冰冷的手術床上，中國一代音樂鉅子馬思聰，與世長辭。終年76歲。

魯大錚這樣複述馬氏後人對當時的描繪：病發初期，馬思聰本人及家人，都認為並不嚴重，決定開刀，醫生們也認為，手術會得到成功。所以，馬思聰本人完全沒有想到要「留遺言」，家人也完全沒有絲毫思想上的準備。噩耗傳來，天塌地崩。

批示：請文化部研辦

馬思聰夫人王慕理，在馬思聰逝世13年後，於2000年去世。其大女兒先於母親因心臟病離世。2001年7月18日，馬思聰小女兒夫婦從費城回國。

國務院僑辦領導在接見時說：馬思聰是愛國愛鄉的，我們都懷念他。我們對台灣廣播的欄目音樂，就是用馬思聰的《思鄉曲》。文化部領導接見時說：馬思聰是一位傑出的小提琴家、作曲家、音樂教育家，我們要研究他的作品，演出他的作品，弘揚他的藝術。

時任國務院副總理的李嵐清曾問中央音樂學院院長：中國有沒有像貝多芬那樣有分量的交響樂？院長回答：有，馬思聰就有。李副總理說：好，那就演馬思聰的，讓人們知道中國也有自己的交響樂。由此，中央音樂學院領導在會見馬思聰女兒夫婦的時候，特意告知，北京將舉行盛大的音樂會演奏馬思聰先生的作品。

經反復協調和周密籌備，2001年10月29日，最初被稱為馬思聰藝術館的籌建辦公室在廣州正式掛牌，魯大錚為「馬辦主任」。魯大錚的理解是：馬上就辦，而且要「將革命進行到底」。2002年初，廣州市文化局和廣州市藝術博物院派員赴美國費城，馬氏後人將馬思聰遺物中最重要的兩把小提琴和1400多頁手稿，捐贈給從祖國家鄉而來的客人。2月初，馬思聰小女兒因病長辭人世。

2002年5月17日，馬思聰音樂藝術館隆重揭幕。馬思聰的兒子，卻因車禍臥床，無法從美國趕來。

魯大錚詳細講述了關於馬思聰先生骨灰回葬祖國、回葬家鄉的經過。

2006年，國內一訪問團來到美國，其中有位國內音樂雜誌的負責人，他與馬思聰妹妹的女婿，曾是同學。在馬氏後人陪同下，他特意前往拜謁馬思聰先生的陵墓。面對眼前的異國景象，他語重心長地說：馬思聰先生是中國偉大的音樂家，馬先生逝世有18年了，且葬在

他鄉，馬先生應該葉落歸根；你們全家是否可以好好地考慮一下，讓馬思聰先生的骨灰「回去」？

馬思聰先生在美國費城的全體後人聚會，做出決定：父親該回國了，父親該回家了。馬思聰先生唯一的兒子馬如龍，當面委託，請這位朋友回國後，全權代表處理這件事情。這位朋友回到北京，以馬如龍的名義，寫下書面信件，向有關方面提出馬思聰先生骨灰回國安葬事宜。國務院主要領導同志對此信作出批示：請文化部研辦。

魯大錚與這位馬如龍的全權委託人有過電話聯絡，我請魯先生核對電話記錄後，第二天上午再次見面時候，再給我「一字不差的肯定回應」。第二天，魯大錚如約到賓館來，他慎重地跟我說：國務院領導批示，就是：

　　　請文化部研辦。

緊接著的事情，就是「走辦公程序」。廣州市有關領導機構召開專門會議，市文化局、民政局等相應部門落實馬思聰骨灰回歸的「一切事宜」。

把每一個音符獻給祖國

巨匠已去，歲月荏苒。

魯大錚說：如果非要「那麼說」，馬思聰先生生前是否提過，身後骨灰要葉落歸根回到祖國這樣具體的囑咐，可以說是沒有的。原因非常簡單，因為家族、子女，包括馬思聰先生本人，當時都沒有想到會上了手術台，而「下不來」。「思想上沒有這樣準備」。但是，我們又可以這樣說，獲得政治平反後的馬思聰先生和家人，又何嘗不是在時時刻刻準備著，回到自己的祖國。

2007年的深秋，馬思聰先生的骨灰要回來了。馬先生的兒子馬如龍與魯大錚電話聯絡，如果身體健康允許，他將護送父親骨灰回到家鄉。

在1971年7月，前往中國做出「破冰之旅」的美國總統安全事務助理基辛格，從北京返回美國，「托人向馬思聰轉達了周恩來的問候，轉告了周恩來那段感人肺腑的話語」。周恩來的講話是：我平生有兩件事深感遺憾，其中之一就是馬思聰50多歲離鄉背井去美國，我很難過。

1990年6月1日，被塵封了半個世紀的張學良，首度在台北圓山飯店公開慶祝90華誕。席間，老人提出，要求「聽《思鄉曲》」。當《思鄉曲》的溫婉旋律響起在慶祝大廳的時候，張學良潸然低首，哽咽無語；圍護著老人的人們，默默流淚。

獲得平反的馬思聰先生，面對前去採訪的大陸記者說過的話，必將與天地共存、與日月同輝：我要把每一個音符獻給祖國。

如今，聶耳陵墓在雲南，冼星海的骨灰葬於廣州的星海苑。2007年的深秋，馬思聰先生的骨灰也將歸來。蒼穹碧海，黃鐘大呂，群英聚會，天人合一。我們無比殷切地等待著這個陽光遍地的日子。

2007年7月

瞬間芳華今猶在
——訪言慧珠之子言清卿

　　細雨迷濛，終於停了。一位中年男子，外罩一件套頭的棕色絨布運動衣，站立在蜿蜒小街拐角處，在靜靜等候。小街兩旁，是有了些年頭的老式別墅，雖是深秋，還是有頑強的綠色搖曳在牆頭上方，展示著自己悄悄的越冬的生命力。男子伸出手來：我是言清卿。

　　言清卿是言慧珠之子。2007年11月，上海戲劇學院舉辦京崑表演藝術家、戲曲教育家言慧珠表演藝術教學成果研討展演活動，作為言慧珠唯一的直系後裔，言清卿特意從深圳趕來。我說，今天下了點小雨，打擾言先生了；前兩天舉辦演出和座談活動，上海的太陽是很好的。言清卿答曰：好像就是為了迎接我媽媽的歸來，挺溫暖的。

　　也許是說到了言慧珠這個名字，周圍小街以及別墅的輪廓，頓時都顯得水墨畫般地漬化起來，綠色也在透出絲絲縷縷的斑駁之意。

「媽媽的人格定位和歷史定位」

　　在沙發上落座。記者還沒有拋出一個講話的「引子」，言清卿就已滔滔不絕地說將起來。距離1966年母親棄世，40多年過去了，距離1986年自己離開上海，也20多年過去了，一旦被電話告知，請他講話，並表示願意傾聽他的講話，一座關閉了這麼許久的語言的水庫，是什麼樣的閘門也不能夠關住的。天下情結，女依父，子肖母，言慧珠從來就是「喜怒大形於色，說話行事，從來不分什麼時間、地點、場合及對象，呼嘯來去，旁若無人」的，兒子又怎能不酷似她呢。

　　言清卿說道，上趟回來，上個世紀了，到上海落地，就有人告訴我，這個不好講，那個少講講。「好格呀，那我就啥也不講了呀，這

趨好，公開、透明，首先是把我媽媽的歷史定位定準足了，也把我媽媽的人格定位定準足了，就是中國京崑表演藝術家、戲曲教育家。這就對了。總不能想起要紀念她了，她還是個『什麼』也弄不清。我真是非常感激上海戲劇學院的領導，感激媽媽的老朋友們，感激媽媽的好學生們。」

　　他介紹此刻我們安坐此地的房屋，原本是言家族內人居住的，世事荏苒，現今已屬某個朋友所有，他來到上海，就在這裡借宿。牆上掛有畫於民國30年的小幅水墨國畫，也不知這是否言氏族人的當年物件。言清卿介紹，這座小別墅裡的那塊大玻璃鏡子，是媽媽居住華園時候的原物，「那是媽媽每天練功用的鏡子」。鏡子太大，無處安放，便搬來此處。一會兒，房屋主人進屋，關照言清卿，他有事開車出去一下，4點半就回來的。殷殷關切之情溢於言表，頗有把言清卿當作小孩一般來叮囑的意思。言清卿語意複雜地笑道，我就是這樣的，從小屋裡母親寶貝，後來「文革」又沒書讀，等於是流浪街頭，前後反差太大，顛來倒去的日子，到現在我是飯也不會燒的。

　　言語至此，言清卿稍作停頓，斂容說道：跟我不會做飯過日子差不多，我媽媽在政治上很幼稚。媽媽天生喜歡看戲，天生喜歡演戲，她的大戶人家出身，使得她的這個喜好從幻想成為了現實。《伶人往事》裡寫道，媽媽為了到梅家學戲，「煞費苦心」，買北京道地的豆汁上飛機帶到上海，孝敬恩師，用盡了「女人的心思，男人的力氣」，那一切都是為了愛戲、學戲，日後成個角兒、掙些錢兒，1919年出生的媽媽，腦子裡只有這個，什麼政治，媽媽那輩中的許多人都是不懂、不曉得其中究竟的。

　　雖然不懂政治，但是對於朝代更換這樣驚天動地的變遷，有著那麼多演繹社稷江山、帝王將相故事的透徹文字裝在肚子裡的京劇名家，言慧珠是即刻把自己的絳紅呢子大衣、玄狐圍脖拿下，替換成藍布大褂，一雙辮子紮上一對黑色蝴蝶結，「看看風向、觀察觀察」，走進上世紀50年代的上海的。當要求進步，成為政治最通俗易懂的解讀，言慧珠百般真心、千般無奈、萬般掙扎地行進在她的盛年歲月

裡。放棄私家班底，進入國營劇團，她都不是頭一個。言二小姐的角兒大，脾性更大，在抵擋不住眾多委屈和窩囊的時刻，在1955年1月曾選擇了「自我了結」。未果，她醒來後說了一句話，她對梅蘭芳夫人說：「香媽（即福芝芳），我沒死成呀！」

在已經出版的關於言慧珠生平的文本裡，出現了這樣的文字：1957年「反右」，言慧珠對自己的檢討「毫無信心」，老朋友許寅「罵」她，「你不做檢討，戴上帽子，你自己怎麼過暫且不說，小清卿怎麼辦？」小清卿，是言慧珠在1955年秋36歲時生下的兒子，「言慧珠彷彿被電流擊中，雙手緊緊抱住孩子，淚水像斷了線的珍珠，灑滿衣襟……」從時段推算，如果當年1月言慧珠真的棄世而去，這個世間本不會有言清卿這個孩子，更也許她就是為了不讓這個孩子承受日後的異樣災難，她才選擇了自戕。如今，斗轉星移，52年過去，已無人能夠確鑿回答這個曾與兩個生命相關的選擇難題。

在眼前的言清卿的嘴裡，他刻骨銘心的媽媽言慧珠，在生前就已經細細密密地謀劃好自己兒子的錦繡未來。言清卿於1963年上小學，在四年級的時候，言慧珠已與上海外國語學院附中聯繫妥當，俟兒子在五年制的學校畢業，即去附中讀書，「附中、大學，一路讀上去，將來成為外交家」。如是設計，並非虛言，今日國家外交部門就活躍著諸多當年上外附中的學生。

同時，言慧珠還請來上海最好的鋼琴老師，在家裡給言清卿上課。京崑表演藝術家，雙手交付給兒子的，不是身著蟒袍朝靴的行路規則，不是口吟西皮二黃的道德文章，卻是境外語系和西式旋律。言慧珠為兒子作出這般巨大反差的人生設計，內裡因傷痛而引動的決絕之意，是分外明顯的。在話語表述上，言慧珠說得平淡。那年早晨，言慧珠在華園的空地裡練功，小清卿時有模仿，她說的是：不要再演戲了，兒子，那太苦了。

骨灰盒上姓名是「言吾生」

在章詒和的《可萌綠，亦可枯黃》中，言慧珠在「文革」時代的離去是這樣的：

> 大難已至，誰與憑依？言慧珠滿含淚水，半晌又問：你看這場文化大革命到底什麼時候結束？我該怎麼辦？看見人家戴高帽子遊街，就渾身發抖，我無論如何受不了……前有千古遠，後有幾萬年，可是如何打發眼前？言慧珠無法超脫，她非哲人；言慧珠無法苟且，她非草民。
>
> 人生可憐，無計相留。1966年9月11日，吃過晚飯後，言慧珠拉著兒子的手，來到自己臥室。很嚴肅、很莊重地看著十一歲的小清卿，之後突然說：「媽媽要到很遠很遠的地方去，以後你要聽好爸（即俞振飛）的。」說完，拉著兒子的手，又來到俞振飛的臥室，言慧珠首先跪在丈夫面前，然後一定也要小清卿跟著跪下……言慧珠鄭重道：請你一定把他撫養成人。俞振飛當場答道：只要我有飯吃，他就有飯吃。我喝粥，他就喝粥。
>
> 第二天，推開二樓衛生間的門：一代紅伶，去了。她身著睡衣，直直地把自己掛在浴缸上面的橫杆上，冰冷而凜然。

眼前言清卿對當年場景的複述，與書面文字幾乎隻字不差。他繼續說，如果我是今天才這麼說，那就顯得不真實不可靠，「我在20多年前就是這樣講的了」。20多年前，那是「文革」結束，一系列平反昭雪的追悼會正在或已經召開的時候。

在言慧珠離世30多年後，有非常形而上的評論說：言慧珠「活得美麗，死得漂亮。一片葉，一根草，可以在春天萌綠，亦可在秋季枯黃。前者是生命，後者也是生命。」作為兒子，今天言清卿對母親棄

世而去的剖析，則要實際得多。他說，我媽媽的死，「有她的道理，主要是她的兩大支柱，倒塌了」。言清卿詳細解說：一是舞台的支柱，我媽媽是個演員，是個角兒，不能登台，她不演戲了，你讓她活著還幹啥？等著挨鬥？這是職業的原因。二是，我家裡所有的財產，被抄得澈底乾淨，「有些首飾、金條什麼的，是我與媽媽一道去埋在花盆裡、放在水井下的，全部被抄得精光。我媽媽不能演戲了，那就撫養自家兒子好好長大吧，但是，現在一點錢也沒有了，我這個兒子讓她怎麼來養？幾十年的辛勞付與流水，這是家庭的原因。舞台，已經看得見卻上不去了，兒子的前途，是怎麼看也看不見的了，依我媽媽的性格，她怎麼活得下去？」

言慧珠曾經費盡心思，把數千元人民幣縫在練功帶裡，交付朋友；她亦曾將錢交給自己的娘家親人。這樣的舉動，都清晰地含有「托孤」的含意。然而，迫於當年那樣的形勢壓力，無論親戚、無論朋友，無一例外的是將言慧珠交付的錢，統統上繳組織，以示「劃清政治界限」。多少年後，親戚和朋友的解釋是：那個時候，一旦被查，自己也要家破人亡的。

母親撒手，兒子從此陷入在生命的泥潭之中。家有長者，自顧不暇；家有臥床，破敗不堪。當年言清卿睡覺的一張鋼絲床，擺放在「一隻角落裡」，旁邊是雜物。言清卿記憶裡，當年吃秈米飯，其餘的，就是房屋多年失修，裡裡外外「簡直就是一堆垃圾」。

已經無學可上、無書可讀的言清卿，當時要做的一件大事，是找回自己媽媽的骨灰。有一位母親戲曲界朋友的女兒告訴他，他母親的骨灰，可能在郊區的萬國公墓。言清卿淒涼地回憶道：

> 到郊區去，要4角錢車錢。那時候上海市內的公車，也只有3分5分的車票，最多一角五；我到哪裡去要這個4角錢？我就只有混了。到車站上，看人多的時候，就擠在裡面上車，看到哪個車站下站的人多，就擠在人群裡下車。反正不要被售票員發現，否則要罰兩張的。這樣上上下下好幾次，太陽下山的

時間，我到了萬國公墓。是個圓頂房子，有點體育館的樣子。我跟那位50多歲的老伯伯解釋，我是來尋骨灰的。老伯伯講，這裡一般的骨灰，只存放三年，過了期限，作無主處理，埋掉算數。我說，我媽媽是1966年去世的，老伯伯回答，現在都1972年了，過去五六年了，恐怕是處理掉了。老伯伯問我，你媽媽叫什麼？我回答，叫言慧珠。老伯伯說，此地沒有叫言慧珠的，另外姓言的，倒是有一個，罪過啊，從來沒有人來看過。

老伯伯到一處擱板上，取下一個骨灰盒，用手抹去像框處的灰塵，裡面一張紙，上面寫的姓名是「言吾生」。我一見言吾生三個字，大哭一聲，拜倒在地：老伯伯，那就是我的媽媽，她本名就叫言吾生，我家裡戶口本上就是這個名字。

言清卿懷抱母親的骨灰盒，混在人群裡上車，返回市區。來到華園，先將骨灰盒放在一棵樹的背後，進屋「探察」一番，再出門將骨灰盒抱回自己睡覺的地方。「我的鋼絲床，被睡得當中都蹋下去了，我就把媽媽的骨灰盒放在蹋下去的地方，上面再鋪好睏覺的被頭。以後就一直這樣睡覺。」顛倒的年代，混亂的環境，作為兒子的言清卿，就是這樣孤獨地「保衛」著自己母親的骨灰，一直到浩劫的結束。

無根無底的「蕩空」心態

作為沒有畢業的初中畢業生，言清卿也被「分配」了。當年政策，獨子可分市區工礦工作，而作為牛鬼蛇神的孝子賢孫，他又不配留在上海，最後的「協調」結果是，分配到外地工廠，先在上海企業代為培訓，一年後代培結束、走人。這是一種被流放者的緩刑，其間的變化是，言清卿從學生變成了社會人。

今天的言清卿說，就算是在「文革」裡，工廠裡的老師傅們也真

是好人啊，一點也不歧視我，車間的領導、廠裡領導，都非常關心我的。這些人的名字我永遠牢記在心。言清卿最終被留在了上海的工廠裡。

世事難測，家事嘈雜。在欲留難留、迫走不走的歲月，作為半個上海人、半個外地人的言清卿，在圍繞著自己的職業難題徘徊之外，還面臨一個如何保全媽媽華園遺產的「重大題目」。1953年，言慧珠從一位即將出國人士的手中，付八千元買得華園。這是新中國幣制改動後的數字，按照舊時幣計算，這八千元就是八千萬的高昂價位。言慧珠喜得其所，更是花了一萬五來裝修這棟占了7分地的市內別墅。至終，母產子承，言清卿始終居住在華園裡，儘管當時的華園已經是「電燈線瞎拉拉、自來水亂滴滴」，甚至，樹的枝丫會從破牆的窟窿處探進屋來。出於簡單維修的需要，言清卿向母親原屬單位借錢300元，打下欠條，白紙黑字寫得明白：落實政策後歸還。

雲開日出的時刻終於到來。「文革」結束，言清卿按照獨子留滬的政策，終於再次在上海紮下根來，戶口報進上海市所轄華園的地段派出所。言清卿將「埋藏」在自己鋼絲床下的母親的骨灰盒，抱將出來，始見天日。1979年2月，上海舉行了一個「給五個人一起平反昭雪」的追悼會，言慧珠名列其中。五個骨灰盒並排眼前，這是今天人們極少會見到的淒涼情景。言清卿慶幸的是，作為兒子，自己取回了母親的骨灰盒，那個小盒子裡是「真的媽媽」，而上官雲珠的骨灰盒中，只是她用過的一條絲巾。

只是，隨後的日子也並不喜慶。沒媽沒錢的日子是個災難，沒媽有錢的日子也是個災難。平反昭雪的當然內容，包括返還當年的抄家物資。言慧珠當年呼天搶地高喊「天理何在」，她實際被抄沒的有鑽戒、翡翠、美鈔和金條，還有存摺。今天的言清卿，對當初自己從「癟三」突然升格為有別墅有鈔票的「言慧珠兒子」，他不諱言地自稱，「生活反差實在太大，心理變化實在太大，從低頭曲背到招搖過市，自己當時是昏掉了」。上世紀80年代初，一個大學生的畢業工資約80多元，而他每月從母親單位得到的生活費是500元。於是，20多

歲且又不去上班的言清卿，開始唱歌跳舞，上飯店吃飯，過上了角兒公子的日子。

在「反反覆覆」的80年代，言清卿帶著「賣掉房子」的錢款，來到深圳，順著他根本不知底裡的「賺錢潮流」，投資股票和房產。起起落落，有成有敗，直至今日，孤身一人。言清卿說話爽氣，「你想，我唯讀了小學四年級，後來『文革』媽媽死了，長輩們要麼自顧不暇，要麼只能粗略地出出主意；我晃晃蕩蕩，半個上海人，半個外地人，先前的日子是無根無底，後來的日子是有房有錢，但整個人始終是一種蕩空的心態，我那點『文化』實在可憐，什麼也弄不懂，什麼也看不透，就只好跟著感覺走，先跟戶口走，後跟鈔票走，走到哪裡是哪裡了。」

言清卿的直白，讓人唏噓。生活之路，自己走。只是，在需要引領的年齡，嚴酷現實使用一種極其暴烈的方式，向著言清卿展示了在花團錦簇的背後，原本翻雲覆雨、犬牙交錯的生存本相。言清卿失去母親，同時也失去在「行路難」的長途上，必需的攙扶、引領和指點。言清卿說道，如果不是「文革」，我媽媽不會死，我後來走的也不會是條顛沛流離之路。

在表演藝術家言慧珠的紀念研討會上，最後發言的兩位，是言家親屬。倒數第二位，是一位身著中國人民解放軍將軍制服的女少將，她沒有追述言慧珠藝術成就，她讚揚了言慧珠的剛烈，她又讚揚了人性的忍辱堅韌，剛烈與堅韌都值得懷念。她是言慧珠的弟媳王曉棠。最後致辭的，是言清卿。

2008年1月

輯三

故國周遭：
三百年間同曉夢

大陸第一站

最是秋風管閒事，

紅他楓葉白人頭。

　　　　──清‧趙翼《野步》

　　今夜的沈家門，月光不十分出色。已濃重得墨一般的海水中，彎彎月牙隔著相當時間才跳出水面，呼吸一下腥鹹的空氣，便起起伏伏地似大不甘而又無可奈何地墜下海去。傍海岸而伸展開去東西走向的濱海路，一邊是商店及旅社等建築物，另一邊則是水泥澆鑄的碼頭。黃黃路燈下，自清晨就鋪陳在碼頭上的深綠色漁網還沒收盡，三四個漁家婦女像根本沒變動過姿勢似地坐在小木凳上，手拿梭子在補網。身邊的船桅森林一般繁密。

　　男人呢？喝酒……就你一人忙啊？「毋告……」按字義解釋這句舟山地區的口語，意思可以是「沒有告訴」或「用不著說」，這個隨處使用的片語的廣泛含義，更似是「不要緊」和「沒關係」更為確切。

　　這條長街也就此彌漫著一個家的庭院氛圍。

　　一個個只擁有一間門面的個體小飯店閃動招人的小彩燈，彼此的店名被夜色塗抹得模糊不清，然其中的忙碌人影卻又極其相似。一切都挺「生活」的。如果是在白天，各個店鋪都開門，那遍地觸目的柴油泵螺旋槳大小滑輪粗細鋼絲繩都是「最低優惠價」，一切顯得頗為「生產」。三輪車車夫手捏膠皮球形喇叭嗚呵嗚呵地踏行，而邁進在12月份下旬攝氏10℃氣溫中的女郎，依然是一身黑色細呢裙和鮮紅的高跟鞋。

　　給人感覺忽土忽洋又遠又近的沈家門，與挪威的貝根港，祕魯

的卡亞俄港，被並肩雄稱為世界三大群眾漁港。在這裡滿街圓圓的物
件中，最多的是白色的ABS浮球和紹興老酒甕，而長長物件中最奪目
的，是編織的尼龍纜繩和姑娘肩頭故意不去編織的秀髮。前者大喊出
發，後者靜待到達。在出發和到達之間，孕育及誕生著人類神祕且又
精彩的故事。

　　距沈家門乘坐輪渡40分鐘即可到達的，是被譽為中華四大佛教聖
地的普陀佛國。那普濟寺法雨寺慧濟寺中的尊尊金身大士，用亙古不
變的目光注視著人間這林林總總的世態，又在思想著什麼……

　　唯有綠樹金沙滔滔碧海在晝夜喧響。

23年後的第一次握手

　　風送他們來。在地球任何空域衍生咆哮和消失的風，是這個世界
澈底「公有」的自由公民。它不認識任何一條國界或政治分界線，興
致所至，獨來獨往，微笑和暴怒一般自然。

　　而人類又恨又愛它的，就是自身所不能獲得與享受的那份瀟灑，
也可以說，是風逼迫著被稱為「第一批」的台灣漁民，進入到大陸
「共產黨」的海域和陸地。

　　自然的風想讓同一種族同一語言的人們再次重獲自然。

　　1972年12月，「德富」號台灣漁輪為避風而靠泊在舟山海域中的
一個小島上。消息用其特有的速度通過特有的管道傳遞到特有的部
門，一切按照慣例，立即隔離人員接觸，進行敵情審查。所謂慣例，
即在此以前所有進入浙江沿海的台灣船隻，均作為特務船處理，上面
的人也就是當然的「分子」了。

　　審查進行了一個星期。沒有任何「特殊」跡象。

　　除去錨和網，這些台灣處於生活底層的漁民們，只剩下掌上的
厚繭和眼角的皺紋。再要說「有」什麼，也就是一腔無可奈何聽天由
命的「心態」。大陸同台灣的敵對狀況世所共知，誰又願意將自己的
腦袋拎在手上硬往對方的槍口裡闖？然而，漁民們的求生欲望，使他

們存在著如此的企願：不用翻譯就能對話的雙方，看在同祖同宗的份上，救人一命勝造七級浮屠的大慈大悲傳統，也是用不著翻譯就能彼此理解的。

特有的部門作出結論：這不是敵人的「騷擾」或「滲透」。一雙雙被海浪的鹹澀拍打得粗糙而渾濁的眼球，逐個地明亮起來。最普通的，也是最合情合理的人與人的交往開始了，對待這批台灣漁民的「政策」從審查改為接待。台灣漁民們的夢終於是安穩的。風停出航，台灣漁民要求補充食品，他們提出，要──羊肉和紅棗。

沈家門滿足了他們的要求。

這是繼1949年之後，台灣人所得到的不是用轉口貿易方式而被直接送到嘴邊的大陸食物。這真正是彈指一揮間。

1973年4月25日，台灣漁輪「盛豐12號」在嵊泗漁場花鳥島彩旗山觸礁沉沒，漁民們躲在礁石上。經大陸漁民通報，海軍東海艦隊舟山基地防險救生大隊立即派出4艘艦艇，攜2隻舢舨前往救援。艦艇上鋼鐵鑄造的炮口被炮衣柔軟地遮掩著，拉著那一雙因為使勁而筋絡凸起的和平之手，台灣漁民的淚水奪眶而出。

大陸軍人與台灣漁民握手的瞬間，被定格放大在北京中南海的辦公桌上。批覆的報告上是16字指示：「增強接觸，熱情接待，多做工作，注意安全。」

繼救人之後，舟山船廠用浮筒打撈起盛豐12號，那船幾乎是稀爛了。經一個多月的修理，光木材就用去25.5立方，按當時價值2萬多人民幣。

休憩中的台灣漁民們提出：上有天堂下有蘇杭，既然來了，我們想去看看。大陸人員隨即陪同他們上杭州遊覽。「文革」中的岳飛廟關閉，然斷橋不斷，西湖的濃妝淡抹任何人都奈何它不得。隨後，再去南京中山陵，那份由潔白和黛藍所結構而成的肅穆，使得他們相信國父孫中山依然無恙地安睡在紫金山的懷抱之中。再去上海，參觀金山石化總廠；再去奉化溪口「蔣先生老家」，在蔣母墓道的石徑路上，在並肩踏進之中談論人生「孝悌」之深義。

在嫵媚與巍峨之間，於鋼鐵與泥土之中，海峽兩岸的百姓在緊緊握手。自緊張到鬆弛，自局促到從容，6月8日，盛豐12號返航回台。

幾乎是煥然一新的盛豐漁輪，震動了整個基隆港，相識的和不相識的人們紛至遝來，為詢問從另一「星球」上歸來的大難不死者，漁民們善談的或寡言的，似乎都在召開所謂的「記者招待會」。台灣有關部門派「阿兵哥」將盛豐號看管起來，再不讓人上去。

整個1973年，共有9條台灣漁船到浙江沈家門港避風治病、求援。沃連元，這位縣對台辦公室調研員的長者如是回憶。

天下一家，萍水相逢，同一先人卻又萬分神祕。但相信「山不轉水轉」的後人們，終於在戒備中逆動著、哭泣著、呼喊著。一個民族千百年代的內心人文積澱，其隱隱綽綽的力量，遠遠超越著巨型火炮的有限射程。

那一點綠色濃到了彼岸

沈家門漁港，地處世界著名的舟山漁場，位於舟山本島的東南端。港端小青龍白虎兩山東西挺立，與南邊的魯家峙島對峙如門。相傳古時一沈姓大臣啟奏皇帝，欲將此處作自己的壽墳之地，獲得恩准，墓聯為「青龍臥鎮沈家池，白虎伏視東海門」，沈家門遂得此名。

舟山漁場歷來一年有三次漁汛，春季小黃魚汛，立夏之後為墨魚及大黃魚汛，秋天為漁休期，國慶之後直至整個冬天，為最繁忙的帶魚汛季。除去「大帶」，更有「特帶」，那是比男人大巴掌還寬出許多的優美形象，吸引著全國各都在此地設有自己的收購工作組。

人跟魚走，是漁民的真理。台灣依然。

基隆蘇澳港距離沈家門海域300餘海浬，最近的漁場行馳5至6個小時後即可到達港內。在大海的風口浪尖之上討生活的人，若遇大霧，50米開處就是一片茫茫的生死之界，手掌輪舵卻無法把握自己命運的惘然之感，使得每塊陸地對於漁民都含有一種家的踏實體驗。

1973年，普陀縣正式成立對台工作辦公室，這表明大陸對台灣工作的內部軍事性質監督，轉變為民事性質的友情關注。據悉，無獨有偶的是，1974年，中國人民海軍為開赴西沙群島同南越軍隊作戰，艦隊經台灣本島外側通過，曾有人請示蔣介石「總統」，如何處置，究竟是迎戰還是退避？民間有文本稱，蔣先生沉吟半晌，只說了一句話6個字：「西沙海事緊啊。」此事當由史家論證，只是，兩岸的「官」和「民」，彼此都說著聽得懂的話，無用翻譯，這是共有的家國淵源。

不過，陌生仍然是陌生。雖然恐懼已逐漸消隱。

1979年，沈家門台灣漁民接待站成立，大陸接待人員開始聽到是諸如此類的一些問題：您的太太是由政府給介紹的？你們真的是男女分開集體居住夫妻不能夠同室的嗎？聽說你們的「人民公社」是用鐵絲網把地和人都圈起來幹活，是真的嗎……

「有女不嫁討漁郎」，處於台灣低層、出於各種原因到海上來賣體力的人們，首先提出有關個人家室的這般問題，很有一種世態的公共涼意。膚色黝黑衣衫簡陋的台灣漁民們上得岸來，二、三十歲，四、五十歲的都有，「沒有老婆」的人生唱歎時而可聞。作為大洋中的一條船，渴念碼頭的情緒使彼此互相挽起手來。

1981年2月20日下午，台灣「大生號」單輪漁輪正在東海漁場捕魚，起網時船員劉鈴木的左腳踝不慎被網繩絞斷，僅剩下兩釐米多寬的表皮相連，腳趾朝向後面，關節骨頭全部暴露，鮮血直流。所有船員的臉同劉鈴木一樣蒼白，寒風刺骨漁船顛簸，所有人的心也在顛簸。結論：「到最近的大陸上去！」當夜，舟山第二海洋漁業公司「東海2001」漁輪收到信號，立即趕上並將「大生號」導引進嵊山漁港。已深夜11時，嵊山鎮人民政府值班員孫國華得知此消息，立即通知嵊山醫院組織搶救，外科醫生高健華身背藥箱匆匆趕往碼頭，醫院副院長、麻醉醫生、護理人員被叫起，趕到醫院作搶救的一切準備工作。無影燈下，經過5名醫務人員近兩個小時的操作，傷口得到清洗，血被止住，關節變位固定。

舟山地區行政公署經浙江省政府向上海求援：要求到上海市第六人民醫院作斷肢再植。

當地駐軍特派軍艦高速送往上海。

在劉鈴木斷肢24個小時後，他躺在上海市第六人民醫院的手術台上，國內一流專家趕到病房。

23日上午，舟山地區有關負責同志陪同「大生號」其他船員趕到上海，看到的是斷腳已被接好、激動得說不出話的劉鈴木。3月18日，醫務人員換了最後一次藥，劉鈴木坐在輪椅上返回舟山，在沈家門台胞接待站種下兩棵松樹，當船長的哥哥攙扶著劉鈴木，在樹前照一張相。

後有一長者在此寫下「詠雙松」詩：手植兩株松，同胞情意濃。雙松留祖國，一舶去台澎。治病真溫暖，關懷似弟兄。臨行頻灑淚，天亦雨濛濛。

「大生號」輪機長後來幾乎每年都來台胞站，「回娘家給松樹澆一點水」。那一點點綠色一直濃到了台灣。1979年8月至1989年11月，台胞站共接待台灣漁輪1445艘次，漁民121758人次，約平均每年有140艘漁輪，即2天半就有一艘到沈家門來。台胞站為其中901艘提供了避風錨地、補給副食品、淡水和油料；為專程前來修理的178艘排除了各類故障，給1511位台灣漁民醫治了各種傷病，搶救了39位重傷船員的生命。

暴虐的風製造的海難是「全方位」的，大陸漁民在海上也有陷入困境踏進悲慘世界的時候。1982年1月26日凌晨2時許，10位台灣漁民在普陀縣東福山以東海面作業，不料一網拉上4具屍體，經辨認衣服確定這是大陸漁民。按照慣例燃起線香，在焚燒紙錢的嫋嫋煙霧之中，他們決定立刻停止作業將這遺體送往沈家門。當他們手捧香壇步履沉重地踏上大陸的土地，說的是「每個人都是有個家的」。這一天是正月初二。

過完春節，台胞站贈給這10位台灣漁民的感謝禮品是──紹興花雕酒和西湖龍井茶。

海峽對岸也有個稱作「台灣漁事服務中心」的機構，向漁民們提供「如何回答大陸接待人員提問」為內容的小冊子。台灣《聯合報》於1986年8月30日曾刊登過這樣的新聞消息：「行政院農委會遠洋漁業科長陳再說昨晚說，……按一般情況，漁船若遇颱風、人命關天，應可在最近的港口避難。」

「天外黑風吹海立，浙東飛雨過江來」。海峽兩岸都是中國人，對於宋朝蘇軾自然都是引以自豪的，包括他發明的東坡肉的烹調法，還有這兩句詩。

下跪的兒子說「沒有你哪有我」

朝南的一大排木製長窗，將漫天輝煌的陽光迎進這個接待大廳。偌大廳內牆上掛滿台灣漁民贈送的錦旗，有的寫「骨肉同胞、鼎力相助」，有的是「惠我良方」，「難忘手足情」。陳列書櫃裡排列著大陸出版的圖書：《碧海丹心平藩傳》、《楊家將》、《秦淮粉墨圖》、《紅樓夢》，《中國十大古典悲劇》、《瀛台落日》，等等。一台錄相機擺在一邊，櫃內的相片是：《金陵之夏》，《古鎮溪口》，《最憶是杭州》，以及《宋慶齡故居》。

都是後人描繪先輩的記錄。敘說當代大陸生活的書有一本《北京人》。

雙人大沙發圍坐中央，等待著今日的來者。1986年後的沈家門台胞站，已經能夠像撥當地電話一樣地，將平安之訊直接捎到台灣島上。一位50多歲的山東籍台灣漁民，被完整地滿足了自己的要求，捎帶上100個大陸的白麵饅頭回家，以解思鄉之苦；船上眾多的佛家子弟也可以踏進上海玉佛寺的廟堂燒香叩頭，天主教徒亦能跨入衡山路上的國際禮拜堂去做一番虔誠的祈禱。

對台先進工作者、台胞站副站長蔡繼軍，這位42歲的中年漢子說的，「最不忍看最無法用言語來表達的」，就是台灣漁民「到沈家門來要求尋娘」。

　　1981年秋，一台灣漁輪的船長在東海漁區作業遇險，被搶救後來到台胞站。這位老人，原籍浙江省洞頭縣，16歲那年去到台灣，從此終年漂泊海上。這次重返大陸，極想見到已經別離了30多年的老母親，然而他在沈家門只能住兩個晚上。

　　沈家門與溫州地區的洞頭縣鄉下隔著山還隔著水。台胞站同志當晚即與洞頭縣有關部門聯繫，第二天洞頭縣覆電，這位船長年逾七旬的老母健在，並已即刻起程趕往沈家門。50多歲的兒子欣喜若狂；沒想到昨夜海上遇險，今朝竟然母子相會，但又擔心年邁的母親能否在激動之中平安地抵達這裡。第二天晚上，他被安排在大廳等候。當他的母親跨進台胞站大門，年輕的工作人員搶先奔上4樓將喜訊告訴他，這位船長立時長跪地下老淚縱橫，扶也扶不起……

　　滿頭銀髮的母親呼喚的是兒子的小名。母親告訴兒子，她是在當地接電話後檢查了身體狀況，帶了藥又有人陪著趕到的。兒子泣不成聲。

　　沒有你哪有我，人倫之本是沒有任何「政治分界線」的。

　　一個和睦的家庭也一定會有自己內部的糾紛，東海作業區上兩岸漁民的爭執也時有發生，有台灣漁輪「割」了大陸漁網而受罰的，也有大陸漁民怒氣衝衝砸了台輪駕駛台導航儀打人被處刑的。在生存競爭之中，兩岸喝足了酒的大男人們偶爾演出的「武生戲」，也給沈家門鎮平添著一種獨特而熱烈的話題。處理此類問題的原則：客觀公平一視同仁。誰讓被告原告法官之間說話，都是用不著翻譯的呢？

　　更多的依然是重逢的故事。又一艘台輪避風躲泊在沈家門，船長根據輾轉獲得的資訊，自己在大陸的哥哥與弟弟也是捕魚為生的，便要求台胞站代為尋找。結局也許是全世界最奇特的，他哥哥和弟弟駕駛的福建漁輪，竟然同時也在沈家門避風。相見時候，別離30多年的3條漢子抱頭痛哭。再次分別時，哥哥和弟弟望著骨肉同胞一步三回頭的背影，縷縷白髮隨著碼頭上的涼風而飄拂，台胞站副站長楊繼軍再次用了這樣的舟山語言：「這場面是用什麼語言也表達不出來……」

也有新一代人彼此尋訪的。19歲的一台灣漁民，身攜父親與母親所寫的紙條，來沈家門找姐姐。長途電話打到溫嶺，第二天有專車將姐姐姐夫載來，姐弟兩人將重逢的場景錄成一盤錄音帶，共同含著熱淚叫喊「爹媽你聽到了嗎？」而他們的父母在台灣已垂垂老矣。

今日臨海的沈家門，已擁有自己鋁合金門窗的現代大廈，也有只有一間門面的喚作「希爾頓」和「銀座」的飯館及酒巴。眾多髮廊散布四處，幾乎邁幾步就可見到一個有名曰「廣州」、「絲海」、「夢幻」的，也有叫做非常平民化的「阿三」的。台胞站宣傳科長莊亞國告訴我，這大多是「做台灣漁民生意」的。台胞上得岸來，將海風吹得蓬亂的頭髮梳理整齊，這是對自己，也是對沈家門的一種尊重。

走在路上，有位女服務員出門來，對我說：「老闆，請進！」不敢稱「老」也不能「板」著臉回答的我，微笑著擺擺手順著夜色走去。有海洋這個巨大的氣溫調節器近在身旁，我覺得，沈家門很暖和。

這幾天沒台灣漁民來，近年關天又好，人們都回去過年了。祝願他們一路平安。

沈家門文化館攝影社的門面，居然做成一架足有一人多高的「巨毋霸」照相機，門洞就是那鏡頭，將店名的拼音字母刻在門框「鏡圈」上，黑白分明很像一回事。

1988年大陸與台灣的「明通」，是從兩岸漁民七十年代的「暗通」開始的，沈家門是輝煌的第一站。

沈家門應當擁有這麼一架巨大的相機。

沈家門，自己也就是一架歷史的相機。

1990年1月

義薄雲天　著眼未來

獻花人與被獻花人，生死相隔已半個世紀

　　南京紫金山北麓的山坡上，聳立著一座紀念碑群，碑上鑿刻著在中國抗日戰爭中作戰犧牲的共計3294名航空烈士的姓名，其中美國2186名，中國870名，蘇聯236名，韓國2名。

　　這些烈士的姓名，鑿刻在30塊高3米、寬5米的兩面黑色磨光花崗岩作飾面的「英名碑」上。其中，中國本土和韓國的將士姓名是按中文中文拼音的先後排列的，其他兩國的將士則按姓氏的英、俄字母先後排列。每位烈士刻有姓名、軍銜或職務，出生和犧牲時間。中國烈士還刻有籍貫。每個中文字為五公分見方大小，英俄文為四公分。

　　這30塊英名碑縱橫有序，先後分行成扇形排列，旨在象徵烈士們生前戰鬥機群的編隊飛行。在南京初夏的陽光下，碑上被顏料勾勒成白色的姓名，清晰醒目。

　　在英名碑碑群的前方，聳立著高達15米的主碑。碑體顯淺土紅色。主碑以兩片機翼型的花崗岩石柱豎立構成，彼此間隔極小，呈一條窄縫狀，僅能容一個人側身通過。我走進這窄窄的縫隙，陪同我前來瞻仰的原南京市政協秘書長、現南京航空聯誼會副會長王堅先生對著我說：現在你向上仰望，可以感到一種狹窄空間的壓迫感覺，這標誌著當初戰爭的緊張激烈。

　　主碑這兩片「機翼」，從正面看，又恰似象徵著勝利的「V」字。

　　主碑右片刻有「抗日航空烈士紀念碑」中文碑名，為張愛萍將軍題寫。左片上為英文碑名，體現出此紀念碑特有的國際性質。主碑前立有兩座高4.5米的岩石圓雕，左為並肩的兩名中蘇飛行員，共同迎擊來犯敵機，名為《出擊》。右面石雕名為《凱旋》，是兩名中美飛行員在挽手高呼戰鬥的勝利。

　　主碑前綠地兩側，有125塊70公分見方、高出地面50公分的單獨的烈士墓碑；綠地前方還橫排有40塊這樣的墓碑，這是在中國抗日戰爭中犧牲的事蹟最為英勇的航空烈士葬埋之地。這40名烈士中，中國的32名，美國的4名，蘇聯的4名。

　　在一塊美國烈士的墓碑上面，平放著一個小小的花圈。王堅說：這花的色彩還很鮮，說明前兩天剛剛有人來過。今天的獻花人，與逝去的被獻花人，生死相隔，已經過去了整整半個世紀。

　　1995年9月3日，南京抗日航空烈士紀念碑舉行揭碑典禮，美國「95飛虎旅遊團」由年逾古稀的羅西‧約翰先生率領，特地前來進行憑弔。作為AVG王牌飛行員的羅西先生，在中國的抗日戰爭中擊落過6架日本飛機，飛躍「駝峰」735次。飛虎團成員有的已經年邁，無法登上高高的石階，便由他人抬著輪椅上來。他們來到往日戰友的墓前，親手撫摸往日戰友墓碑上的名字。有的烈士後代，用白紙和鉛筆，將父輩的碑文拓下來。他們說：在第二次世界大戰期間，美國人到許多國家打過仗，犧牲了不少人，只有中國人為我們的烈士建碑。我們沒有忘記中國人，中國人更沒有忘記我們美國人。「今後我們還要年年來人，來更多的人」。

淞滬「一‧二八」航空烈士，是此地葬埋的第一批英靈

　　抗日航空烈士紀念碑（以下簡稱抗碑）所在地，坐落在南京太平門外王家灣紫金山麓的中山陵園內。此地，原來是前國民黨政府始建於1932年8月的抗日航空烈士公墓（以下簡稱航墓）。

　　1932年「一‧二八」事變爆發，日軍叫囂「四小時攻佔上海」。駐守上海的蔡廷鍇第十九路軍，與由張治中率領的增援部隊第五軍，在全國人民抗日高潮的推動與支持下，奮起抵抗，開始為期一月的淞滬抗戰。日本侵略軍死傷萬餘，四次更換指揮官。

　　自29日始，日軍動用飛機參戰。「陸戰進行時，停泊在黃浦江戰艦上的日本戰機飛臨閘北轟炸，主要目標為北火車站和商務印書館。

直至晚上10時，北站的火焰還未熄滅，東方圖書館、商務印書館中彈燃燒，火焰沖向馬路⋯⋯到2月1日8時，包括大量孤本、珍本、善本圖書，全部化為灰燼」。（摘自上海人民出版社《上海史》，下同）

從日期上可以推算出，這些書，這些珍貴的文化財產，在戰火中足足燒了三天三夜。

至2月22日，雙方在江灣激戰，「日數十架飛機頻頻投彈，我方戰壕工事多被炸毀」。29日，日軍投入10萬軍隊，「百餘架飛機」發動總攻；「日機從空中輪番對要塞濫炸」。

為埋葬我在「一‧二八」淞滬抗戰中犧牲的30多名航空人員，原國民政府軍政部航空署在此占地50畝，建牌坊、廂房、牌亭、祭堂和墳墓。1937年「七‧七」事變後全面抗戰開始，據資料統計，中國空軍共出動兩萬多架次，擊落敵機599架，擊傷110架，炸毀627架，擊沉、擊傷敵艦船八千多艘，毀、傷敵坦克、軍車八千多輛。空戰中的中國烈士遺骸葬於此地。其中有：「東北飛鷹空中戰魂」高志航，率隊擊落敵機30多架的李桂丹，擊落敵機11架的「紅武士」劉粹剛，擊落3架敵機、油盡之際以座機撞毀敵機的「中華之魂」陳懷民，用座機衝向敵艦火藥庫與敵艦同歸於盡的沈崇誨，等等。

美國志願航空隊在華援助抗戰期間，共擊落、擊傷敵機1000多架。自1942年到1945年9月中美合作開闢的「駝峰航線」，是第二次世界大戰中規模最大、持續時間最長的戰略空運，為世界航空史上的創舉，飛行總時間達150萬小時以上，運送物質72萬多噸，人員3萬多人。駝峰航線因飛行高度受限，氣象條件惡劣，地形複雜，又有敵機攔截，故稱「死亡航線」，付出的代價極其高昂。

蘇聯志願航空隊自1937年10月起來華參戰，派到中國的飛機由120架增至1250架，至1939年2月，到中國參戰的航空人員達3665人。至1940年5月，計擊落敵機81架。

在戰鬥中犧牲的美、蘇航空烈士，亦被陸續遷葬於此。

當時的軍政首腦，為建造航墓多有捐贈，現存一亭中的石碑上，刻有他們的姓名。國民政府曾在此公祭中外航空烈士。

在這航墓所在地的山麓南邊，就是中山陵。中山陵巍峨雄偉，遊人如織。與中山陵相比，此地一片幽靜。在與中山陵鄰近的靈谷寺內，大草坪前的濃蔭之中，左、右聳立著兩座一模一樣水泥製作的紀念碑，這是為紀念第十九路軍、第五軍在彪炳史冊的「一·二八」淞滬之戰中的犧牲烈士建立的。紫金山南北兩麓，敬獻給陸軍兄弟的紀念碑在那邊，敬獻給空軍兄弟的紀念碑在這邊。

1939年2月，武漢各界為在三次空戰中犧牲的烈士舉行追悼大會，周恩來率董必武、葉劍英等代表中共中央和第18集團軍出席，獻上輓聯。在緊接著的4月，在又一次為空戰犧牲的烈士舉行的追悼大會時，周恩來代表中共中央再次送上花圈，輓帶上寫著：「義薄雲天」。

中國抗戰是世界反法西斯戰爭的組成部分，中、美、蘇、韓烈士英名長存

占地6000多平方米的南京抗日航空烈士紀念碑碑群，莊嚴肅穆，四周青松高聳，翠柏環繞。站在碑群中間的綠地上，順著山坡的台階往下，是覆蓋有綠色琉璃瓦的祭堂，最前面有一座碑亭，亭子裡面是一塊石碑，碑上刻有四個大字：航空救國。王堅告訴我，這塊一人多高的石碑，原來無字，「為何無字，已沒有人能準確談清楚」。現在這塊碑上的字，是修復時根據孫中山先生生前有過這樣的表述，再尋找他的字跡組合上去的。

進口處有一座巨大的石牌坊，前方上邊寫的是「航空烈士公墓」，背面上方為「精忠報國」。兩邊輓聯是：英名萬古傳飛將，正氣千秋壯國魂。

王堅說，從中間平台朝下，那都是49年以前的建築物；身後再朝上面的「抗碑」碑群，是我們新建的。

整個「航墓」建築，始終得到了妥善保護。在1985年召開的全國政協一次會議上，有航空界的政協委員呈上提案，要求修繕南京的抗

日航空烈士公墓。得到有關部門批准，並撥款45萬元。1987年11月，為紀念抗日戰爭爆發五十周年，又正值航墓修繕竣工，南京市政府在這裡舉行了新中國建立以來的第一次公祭活動。海內外以及台灣海峽兩岸的烈士遺孀、遺屬，紛紛為祭掃先人趕來大陸。一位台灣老航空界的知名人士感慨萬千地講道：「這是共產黨尊重歷史、尊重事實的體現，謝謝你們做了件大好事」，「這件事做得如此之好，說明共產黨胸懷寬廣」。

一位在台灣有著現任職務的空軍將領，通過有關管道，以私人名義積極協助查核當年的烈士名單。

一時間，有關此次祭掃活動的文字及攝影圖片，遍布海內外的各種媒介。

1989年4月，在全國政協七屆一次會議上，周淑璜委員提出了關於「向海內外籌措資金，籌備南京航空烈士公墓擴建工程，修建抗日航空烈士紀念碑」的提案。中央有關部門認為，籌備南京航空烈士公墓擴建工程，修建抗日航空烈士紀念碑，把中國抗日空軍烈士和美國、蘇聯等援華空軍烈士的姓名全部刻在紀念碑上，供中外人士悼念，這是件具有歷史意義的事情。這不僅反映中國抗日戰爭是國際反法西斯戰爭的一部分，對教育後代，聯繫海峽兩岸人民感情，促進祖國統一，都具有重要意義。中央統戰部遂於1991年3月正式批覆：「可以建造此碑。」

北京、南京、廣東、昆明航空協會與程思遠、孫孚凌先生等知名人士，共同發出捐款倡議。1994年，由抗碑建設委員會再次發出捐款啟事。海內外航空界團體、有關單位及相關人士，慷慨解囊，共襄義舉，總共捐款500多萬元。其中，江蘇省府捐款150萬元，南京市政府捐款140萬元。

今天，刻在新功碑上個人捐款第一名的，是新加坡籍華人、義信私人有限公司董事主席方守義先生，捐款150萬元。73歲的方老先生，祖籍福建，自己是印尼華僑，逢抗戰爆發，年輕的他毅然回國報考空軍，任飛行員。抗戰勝利後，他轉入航空公司工作，1949年11

月，他從香港回到北京，後移居新加坡。

通過他的影響，印尼林紹良、林文鏡先生兄弟倆捐贈50萬元。

香港嘉里貿易有限公司董事長郭孔丞先生捐10萬元，全國政協委員、時任中國民航華北管理局副局長的王錫爵，特地請人送上一萬元人民幣，「以盡薄力」。

抗日航空烈士家屬懷著特殊的感情，踴躍為建碑捐款。離休幹部、北京航空聯誼會秘書長張大翔，胞兄在抗戰中身亡，他帶領親屬們捐助萬元。烈士翁心翰在無錫的胞弟，在台灣的兩位姐姐，共同送來捐助資金和烈士生前的照片。烈士閻雷在海外的8位親屬，集體捐款13000元。楊一楚烈士在湖南的胞妹，在臨終之時留下遺言，囑家人為建碑捐款3000元。梁仲達烈士在美國的女兒，特匯來1000美金，以盡「一磚半瓦」之意。

1993年9月，以俄羅斯老戰士委員會主席、空軍元帥尼・米・斯科莫洛霍夫為團長的俄羅斯代表團，專程來甯，代表俄羅斯聯邦政府與老戰士委員會，向抗碑捐款3700馬克。他說：捐款微薄，但表示我們的真心誠意。「我們衷心感謝中國為在華犧牲的軍人保存他們的墓地，特別感謝中國決定為犧牲的飛行員建碑，這將成為永遠紀念為中國人民的榮譽和自由，在抗日戰爭中犧牲烈士的象徵」。

曾在中國長大，抗戰時考入中國空軍軍官學校的韓國原空軍參謀長金信先生，捐款500美金，他說：「我們韓國也有參加中國抗日犧牲的航空烈士，這是我的一點心意。」

南京抗日航空烈士紀念碑由馬來西亞獨資的海南豪城建築設計事務所設計，世界知名的建築博士麥漢錦、孟繁華兩位先生，為正、副總設計師。抗碑於1993年5月奠基，1997年8月全部竣工。

王堅認為，為牢記日寇大屠殺而立的紀念碑，與抗日航空烈士紀念碑，是南京這座石頭城的姐妹碑，前者表達「仇恨」，而後者象徵「抗爭」。至今年5月，已有美國、俄羅斯等9個國家、地區，以及外省市航空界人士千餘人來到南京瞻仰，其中美國飛虎隊、駝峰協會九批453人次。當年飛虎隊陳納德將軍的夫人、紀念碑建設委員會名

譽主任委員之一的陳香梅女士，俄羅斯聯邦政府駐滬總領事蔡浦林先生，都曾來此。

陳納德將軍的長女佩吉・陳納德和她的丈夫李・羅伯特，在1997年來中國，那是他們結婚60周年，佩吉是坐著輪椅由李推著來的。佩吉說：她和丈夫從未錯過一次AVG的聚會，他們已有兒子和孫女兒，這可能是最後一次來中國了。王堅祝他們健康長壽，並歡迎他們下次把子女也帶來，並期待著他們七十周年結婚紀念時，在中國為他們舉行慶祝活動，佩吉坐在輪椅上頻頻點頭表示謝意，兩眼流下了熱淚。

在美國王牌飛行員手上，珍藏著中國將軍的題字

現任南京航空聯誼會會長，是原南京空軍副司令員、著名戰鬥英雄韓德彩中將。

此次到南京，是我第二次採訪韓德彩將軍。韓德彩是安徽鳳陽人，來到部隊後被推薦到空軍學習，除去政治的、身體的等等條件，在文化上的一條重要原因是：他認識一千個字。韓將軍爽朗地說道：這在當時算是很高的文化水準了。離休後，他舉辦了以「官清民樂」為主題的個人書法展，並且撰寫了數十萬字的回憶錄。我這次見到他，他正在審讀列印完畢的其中第一部《回眸》。

與張積惠、王海等空軍戰爭英雄一樣，韓德彩以在朝鮮戰爭中打下美「雙料王牌飛行員」而聞名全國。那個時候，韓德彩才20歲，剛剛飛行了100多個小時。1995年，韓德彩接見來中國訪問的美國飛虎代表團。代表團團長羅西先生和同行的美國軍事頻道製片人格林，記下了在朝鮮戰場上被韓將軍擊落的美國飛行員的姓名：哈樂德・愛德華・費席爾。回國後，他們找到了費席爾先生。費席爾表示，願隨團訪華，並希望會見韓德彩將軍。

當年10月，韓德彩與費席爾在上海見面。40多年前，作為空中對手的中、美兩國飛行員，在朝鮮戰場的天上「見過面」。40多年後，他們第二次在「地上」見面。韓德彩對費席爾說：你在地球的那一

邊，我在地球的這一邊，彼此都不認識，是歷史的原因使我們在戰場上兵戎相見。但是，在中國的歷史上，美國空軍飛虎隊為支持中國的抗日戰爭，作出了很大的貢獻和犧牲；我們今天見面，是為了珍惜今天來之不易的和平。

對於南京抗日航空烈士紀念碑，韓德彩將軍說：這說明了中華兒女擁有的歷史感和對於未來的遠大目光。曾有人認為，恢復前航空公墓不妥當。我認為，抗日戰爭是中華民族整體投入、抵抗外侮、誓死不做亡國奴的偉大戰爭，為抗戰而犧牲的中華兒女，都是我們民族的英雄，都應該獲得我們民族和國家永遠的紀念。「我們宋朝時候有個民族英雄岳飛，你不能說他只是『屬於』朝廷的」。

對於在抗日戰爭中犧牲的美、蘇、韓國烈士，韓德彩說道：抗碑表達了中國人民對他們的真摯感情，我們將世世代代地銘記他們的英名。

在第一次修復航墓的時候，在韓德彩的指令下，南京空軍的一個連隊，曾在工地勞動數月，對工程進行了無償的援助。

韓德彩將軍近日收到費席爾的來信，這位美國朋友在信上寫道，他在今年2月21日給白宮寫信，介紹了南京抗日航空烈士紀念碑的情況，並建議克林頓總統在中國訪問期間，能夠來到本土之外僅有的美國軍人紀念碑所在地，以示敬意。費席爾隨信還寄來了白宮有關方面給他的回信。

這是一位已經年逾古稀的美國公民，向著自己今天的政府表達的「民間願望」。在這位美國公民的手上，珍藏著一位中國同行、韓德彩將軍特地為他書寫的大字條幅：著眼未來。

1998年6月

金門廈門門對門　何時過來串串門
——廈門灣掃雷紀實

　　廈門港位於我國東南沿海，台灣海峽的西岸，福建省南部金門灣內，九龍江入海口處，是我國天然深水良港之一。廈門港隨著廈門經濟特區的建立而發展為外向型開放海港。廈門港是我國沿海諸港口中港澳台同胞、華僑、外國人出入最多的港口口岸之一。據廈門港務局「九五」計畫預測，2000年廈門港旅客輸送量將達70萬人次，貨物輸送量將達4120萬噸，集裝箱84萬標箱。

　　廈門港扼台灣海峽之要衝，附近水域是南北向和東西向航行船舶交匯處。台灣海峽是一條重要的南來北往的國際海上運輸通道，擔負著繁重的貨物運輸任務。近幾年來，隨著太平洋西岸經濟的迅速發展，特別是大陸的改革開放，使台灣海峽船舶交通量日益增多。

從炮擊到掃雷，騰起的硝煙，內涵是如此不同

　　機翼下的廈門，真是蒼脆欲滴。無數塊顯得很是「袖珍」的綠色田地，像是一幅精緻的絲織品。不過，相比起來，映入眼簾的，水的面積還是要比陸地多得多。一派平靜的黃綠色，向著無邊無際的海面蔓延而去。

　　我當然知道，那海面上，有個島嶼叫金門；再過去一些距離，有個更大的島嶼叫作台灣。

　　我是帶著幾本厚厚的歷史性資料來廈門採訪的。畢竟已經有了些年頭，當初的一些歷史事件，被十多年來中國大陸發生著、發展著的巨大社會變革，經濟建設的中心任務，「堆」到了記憶的角落裡。比如這其中的——炮擊金門。

　　這是整整40年前的事情了。1958年8月20日，中央軍委主席毛澤東在北戴河決定：立即集中力量，對金門國民黨軍予以突然猛烈的打擊（不打馬祖），把它封鎖起來；先打三天，走出第一步，看看台灣當局的動態後，再決定下一步。當月23日下午5點30分，「突然有陣嘶哮聲，掠過（金門）太武山頭，馳落翠湖，彈片橫飛」。（摘自台灣1978年出版的《八二三炮戰二十周年追憶》）

　　9月4日，中國政府宣布：中國領海寬度為12海浬，一切外國飛機和軍用船舶，未經中國政府許可，不得進入中國領海及其上空。時至1961年12月，根據中央軍委指示，停止對金門的實彈射擊，從此只打宣傳彈。1978年年底，對於金門長達20年的實彈或宣傳彈的炮擊，全部停止。

　　當年由毛澤東起草、以國防部長彭德懷名義發表的《告台灣同胞書》中的著名段落，在今天讀來依舊寓意深長：「我們都是中國人，三十六計，和為上計……這一點，也是你們同意的，見之於你們領導人的文告。」「台灣的朋友們，我們之間是有戰火的，應當停止，並予熄滅。這就需要談判……以早日和平解決較為妥善。何去何從，請你們酌定。」

　　到今天，連毛澤東說的「三十年」時間，也已經過去了十年。中國政府領導人，更是提出了新的六條和八條主張。

　　1997年8月起，至1998年1月，在廈門灣進行了國內首次最大規模的海上掃雷行動。這是為了適應改革開放的經濟建設需要，也是為已經啟動的兩岸直航，創造更為良好的條件。

　　從炮擊到掃雷，升起的都是滾滾硝煙。但是，昨日標誌的是割據，今天展示的是歡迎。

歡迎遊覽與投資，但發現家門口「停車場」不夠用

　　通航監督處陳友達處長將一個厚厚的紙袋放在我面前。棕色牛皮紙印製著「中華人民共和國廈門港務監督海事檔案」字樣。福建省廈

門海上安全監督局是代表國家在這個海域行使權利的，紙袋上還有用軟筆書寫的兩個大字：掃雷。

陳處長說：材料都在這裡。

他將一張足有辦公桌大小的海圖攤開在桌上。針對我的「廈門港掃雷」問題，他說：你說「廈門港掃雷」，這不準確。一般遊人認為的廈門港，就是客輪停靠的地方，也就是那個鼓浪嶼對面「和平碼頭」的3個泊位。其實，廈門港的範疇更大，它還包括「裡面」東渡一、二期工程的8個萬噸級泊位，對面海滄的4個萬噸級泊位和博坦的10萬噸級燃油碼頭。還有「外邊」與廈門市隔海相望、正在開發建設中的漳州中銀等等碼頭。「九五」期間這些碼頭都要擴建。這片海域的稱呼是「廈門灣」。

陳處長在海圖上指點著：海圖上有一條筆直的用虛線劃出的航道，上面寫著「青嶼水道」，這就是平時客輪或貨輪進出廈門的唯一通道。這條水道大致寬900餘米。不是所有船隻來到廈門，馬上就能夠有泊位讓其進港停靠下客或卸貨的。於是，海上就需要有錨地供船隻暫時等候，「錨地也就是海上的停車場。」

陳處長讓我仔細觀看海圖上使用紅色虛線「圈」起來的區域。在顯得很狹窄的青嶼水道兩側，有相當寬大的水域被紅線包圍起來，裡面是同樣的紅色粗體字：疑存雷區。這樣的疑存雷區，在廈門灣海域共有3個。我很驚訝：這海面上幾乎沒個空地方了。

陳友達說：廈門灣能用的水面我們都用了，錨地緊張使得我們再無法接納更多的船隻；尤其在每年7至10月的颱風季節，大陸和「對面」來的漁船，還有中外貨輪，要求進港避風，但就是沒個辦法。輪船拋錨得有個半徑，因為大風會刮得輪船旋轉，再加上船與船之間還得有個安全間距。「作為國際性樞紐港口的廈門，已經無法發揮其應有的天然良港作用」。

36歲的陳友達，已經當了整整十年的通航監督處處長，這位年輕的老碼頭，口吻裡頗有望洋興嘆的遺憾。我問：從什麼時候開始，你們感到必須要掃雷、擴大錨地了？回答：90年代初。

因為眾所周知的原因，曾經作為前線的廈門，任務就是看住「門」和關緊「門」。待到改革開放了，希望人家來看看廈門的自然風光，更希望人家來投資經濟建設，才發覺家門口連多停幾輛車的地方都沒有。

更為窘迫的是，有關這些疑存雷區的詳細情景，港監局並不清楚；也不知該與哪個單位或者部門去聯繫有關掃雷的具體事宜。雷區是禁區，四十年來沒人敢進，也沒人去問。一切緣由與詳情都湮沒在了歷史的塵埃之中。

在天津召開的一次業務會議上，陳友達得知，有關上述的兩個問題，都歸中國人民海軍司令部航海保證總部管。陳友達拜會了航保總部的領導並講述了關於廈門灣要求掃雷的情況。在獲得航保總部的肯定和支持後，中華人民共和國廈門港務監督於1996年下半年，向廈門市人民政府呈送了《關於廈門港灣疑存雷區「摘帽」問題的報告》。次年4月，廈門市市長帶領有關部門領導到現場辦公，研究海港生產建設和口岸管理等問題，會後發了《政府專題會議紀要》。其中第四條即「擴大錨地問題，今年內要先擴大到航道以東18平方公里海域，疑存雷區的掃除及外海設置四個浮筒是當務之急。從『三通』需要，國防建設需要和適應海上安全要求，以共建形式，請海軍支持」。

將我方行動知照金門，五個多月中海面平靜

為讓自己獲得實地的感性材料，我要求到海上去。中華人民共和國廈門港務監督長、海上安全監督局局長池津光作了具體安排。

第二天早晨，我與陳友達來到海監碼頭。廈門交通委員會口岸管理辦公室所在大樓，頂上豎有紅色的「口岸」兩字，在標誌著一種非經許可、不得逾越的界限。登上白色的廈監52號巡邏艇，水手解開纜繩，發動引擎，我們離港向著海面駛去。

我被告知，海監巡邏艇有高速、機動的特點，又有觀察條件較好的小型客艙，80年代鄧小平來廈門視察的時候，市政府調用的也就是

這樣的海監快艇。

指著黃綠色的海面，陳友達告訴我，這青嶼水道的深度在12米左右，在我們水上的人看來，這海實在是太小了；你現在看到的海面，左右兩側都是疑存雷區，我們現在是在嚴格按照經緯儀的指示行進，不能有偏差。

廈門灣在歷史上曾經有過兩次佈雷。一次是本世紀30年代中期，國民黨軍隊為抵禦日本軍國主義艦艇進犯，在廈門灣入口處、青嶼水道及周圍島嶼附近，拋設了大量的鐵質磁性水雷。廈門淪陷後，日本軍隊為自己的軍事需要，在廈門灣第二次拋雷。

抗戰勝利後，應當時政府的要求，英國人曾經來到廈門，進行掃雷。我向陳友達詢問那次掃雷的詳細情景，他說，不清楚。「廈門灣兩次拋雷，有關拋設方位與投擲數量，國民黨和日本人都沒有留下任何確切的文字資料」。50多年前的那次掃雷，也同樣沒給大陸留下任何資料。

陳友達告訴我，在很長的時間段裡，我們以至世界各國，延用的都是英國海圖，以往「日不落帝國」的勢力範疇由此可見一斑。在國民黨時期，沒有力量來勘探和繪測海圖。在1949年後，我們軍隊才開始了自己的海圖勘探。

此刻，中國人民海軍航海保證總部繪製的海圖就攤放在眼前的甲板上。沒想到，這一張「紙」竟然包含著這麼曲折的有關主權的故事。

經過了半個多世紀的水上衝擊，原有的錨雷和沉底雷一般都已被淤埋。但是，一旦受到外力的影響，尤其是大噸位輪船拋錨的重力撞擊，水雷「戰鬥部」依舊存在著引發爆炸的危險。1978年，曾有漁民在該海域捕撈作業時，漁網鉤起了一枚水雷，被拖至東山島。漁民見水雷上有銅塊，就想敲打取下，結果引起爆炸，造成人員傷亡碼頭受損的嚴重事故。之後，在青嶼水道附近，當地漁民還撈起過兩枚長約1.8米帶尾翼的鐵件，因不知如何處置，漁民就又將它們扔回深水區。

巡邏艇駛近了一個海島。這是青嶼，島上駐紮著我們的連隊。陳友達指著前方那幾個輪廓清晰的島嶼，說：那就是台灣方面控制的地域，最近最小的島，叫做「五擔」，依次類推，往後逐漸「大」起來的島嶼就是四擔、三擔、二擔和大擔。二擔和大擔駐有軍隊。

在海圖上，五擔又叫日嶼，四擔叫道掃嶼，三擔叫王瓜嶼，二擔就稱作小擔了。海峽兩岸的島嶼，距離如此相近。

陳友達說，這次行動中有兩個掃探海域，靠近這幾個台灣當局控制的島嶼，「為避免不必要的麻煩」，我方掃測人員全部著便服，雇傭民船，無任何部隊標誌；又因排除疑點使用引爆手段，以及可能引起的水雷二次爆炸，我們請廈門市政府海管辦通過紅十字會管道，「知照金門方面有關廈門商港為建設新錨地所進行的掃海作業事宜」。

在5個多月的掃雷期限裡，「我們有那麼些條船，那麼些個人，進進出出的，又有很高的爆炸水花」；不過──海面始終平靜。

等候了半個多世紀後的一聲爆炸

經過一個多小時的行駛，我們來到浯嶼島。海軍海測大隊的工作人員，足有小半年的時間，就居住在這裡，一個月前剛剛離開。

浯嶼是個只有0.9平方公里的小島，本地居民4600餘人，擁有400多條漁船。近年來在此打工的外地人，大多來自安徽和江西，已經達到了一萬多。他們主要的職業是造船、蓋房和打魚。

碼頭外的海面上，滿滿登登都是漁船。踏上島來，這天正值元宵佳節，小小海島起起伏伏的石頭路上，遍地灑滿了鞭炮的紅紙屑。在碼頭等候的主人林龍握著我們的手說，你們再早些來就好了，聽聽這鞭炮放得有多響。

50多歲的林龍，在浯嶼島上打了幾十年的魚，近年來兩個兒子一人一條船，在海上打魚謀生，自己年齡大了，則在岸上做點船隻修理及配件生意。他的兩個女兒嫁到了香港。陳友達開玩笑說，這是典

型的一家兩制。林龍的家離碼頭不遠，是一棟四層樓房，有一千平方米，也就是每層250平方米，每層6個房間。「我這個房子是前幾年蓋的，現在島上有比我蓋得更好的」。林龍一家現在生活在浯嶼島上的，共有8個人，老夫妻兩口，大、小兒子兩對夫婦，還有兩個「第三代」。

林龍把我們領到四樓客廳，那裡足有100多個平方米。我說，這簡直就是一個單位的大會議室了。林龍說，去年來了海測大隊，這屋子從一樓到四樓，都住上了人。「原福州軍區皮定均司令的兒子、現任海軍舟山基地的副參謀長皮國勇，來島上檢查掃雷工作，就是在我家聽取的彙報」。林龍說這話的時候，表情很自豪。

一下子來了二十多個大男人，一住就是5個多月；還要安放精密的檢測儀器，與「外邊」有關的方方面面保持暢通的聯絡。林龍要將這一切安排妥當。浯嶼用的電，是龍海市的電纜輸送的，煤氣液化罐也從那裡運來。米和菜都是從外面買了來，再運到島上的。島上的用水，是靠挖井。林龍說，這島上地勢低一點的井，水發鹹；位置高的，水質就好一些。「每天幾十個人的用水，是個大問題。為保證部隊用水的，家裡人就先省著」。

1997年8月10日，中國海軍海測大隊的成員，進駐到浯嶼這個「天高皇帝遠」的小島上；從15日開始赴現場作業。海上探雷，是個國際性難題。這次要掃的雷，淤埋在1至2米的海泥之下，而一般只能探測泥面異物的聲納探測技術，這次根本不起作用。在首先進行的水域淺剖和水深測量的基礎上，掃雷部隊動用了標誌當今國際最先進技術水準的磁力測雷儀。據資料，30年代使用的水雷，都是鐵製的。在取得了類比鐵雷引起的磁場變化資料，並使用電腦進行了綜合分析後，工作人員再到海上進行有關疑點的「精探」。

據這次掃雷行動的技術總負責人楊丁飛總工程師介紹，如是測定的方法，其精確度在±2米之間。

掃雷部隊工作到12月底，在相應海域確定了15個引爆目標。首次引爆時間，定在1997年12月29日。上午10時，海水處於低平潮，工作

人員在船上將200公斤乳膠炸藥分成6袋，再在每包炸藥上壓上一大包沙子。炸藥圍繞引爆目標排放，直徑約3米。11時18分，第一包炸藥放入水中。隨後，潛水夫下水檢查炸藥的位置。下午1點多，全部炸藥排放完畢。

1點50分，首次引爆成功。沖天而起的水柱足有30多米高。船上一片歡呼聲。有人說：這是等了半個多世紀後的一聲爆炸。

再經磁力儀測量海底地形，對採集到的資料作對比分析後，認定此次引爆達到預定效果。至1998年1月12日，此次掃雷的15個疑點，通過引爆完全得到了排除。

這次掃雷，使中國的廈門港灣擴大了20平方公里的船隻停靠錨地，達到預期目的。近期，軍內外有關的專家將在廈門舉行鑒定會議，廈門灣的海圖將得到修改。在這基礎上，世界海圖上這一海域的狀況，也將修正。

從海上回來的當晚，中央電視台在鼓浪嶼舉行全國直播的元宵聯歡晚會。在市中心區的白鷺洲公園，騰起了燦爛的焰火。廈門街道上，人頭攢動，萬人空巷。在元宵這個節日裡燃放焰火，大概全國就廈門一家。我知道，在200多米空中綻開的禮花，金門也能看得到。

第二天上午，在機場候機，取登機牌的時候，我發現在身後排隊的人，是來自台灣的著名藝人凌峰和他的妻女。我不由得想起了昨晚他在電視聯歡晚會上的講話：十年前，我站在金門看廈門；十年後，我站在廈門望金門。「兩個位置，一種心情」。

1998年2月

尋找父親

　　春節後的一天，江西上饒的一封讀者來信，來到我的手上。信的內容是，一位現在退休在江西的上海籍職工，父子離散60年，為尋找在台北生活的父親，寫信給不相識的台灣的一位大法官，請求幫助。海峽對岸的台灣大法官，欣然伸出援助之手。我立即給這位名叫汪自強的讀者打去電話。汪自強說：60年來，我沒有能夠對著自己父親，親口叫一聲「爸爸」。一周後，我再次打電話到江西，約定到當地採訪的具體時間，汪自強在電話裡告訴我：台灣大法官再次來信，說「父親找到了」。

　　第二天，我乘坐火車趕去上饒。

彌留之際，年近八十的母親說：你爸爸回來了嗎？

　　夜色中，一位高個男青年舉著寫有「新民週刊陸記者」的牌子，站立在上饒車站的出口處。這是汪自強的大兒子。

　　擁有17萬城市人口的上饒市區，雖然很「袖珍」，但在晚上9點鐘，路邊的小吃和水果攤點，依舊忙碌。街頭，有黃顏色中巴計程車穿梭，也有不少穿著新潮的青年男女在散步。抬眼望去，不時有賓館和大酒店的霓虹燈閃過。

　　車子很快出了上饒市的中心區，道旁泥土露出了特有的褐紅顏色。上一土丘，進入一住宅區域。一位身材不高，穿著皮夾克的老人，站在道旁。來接我的年輕人說：這就是我父親。汪自強握著我的手說：我們講上海話吧，方便。

　　鄉音不改的汪自強生於1939年，1958年離開上海，當時僅19歲。當年，福建省電力部門來上海招人，汪自強報名，先到瀋陽進修了兩

年，隨後來到福建。正當俗稱「三年自然災害」的國家困難時期，有
關電力專案下馬，汪自強和一同來到福建的近300名上海青年，轉輾
各地，最終進入林業系統工作。1964年，他從山區調動到福建省設在
江西上饒的林業轉運站，直至退休。

汪自強說，自己的具體工作，是對原木進行「檢尺」，也就是測
量每根木材的體積，量了大頭量小頭，算有多少「方」；他笑著講，
我們把自己叫「檢察（尺）院（員）」的。

他老愛人也是上海人。身在異地，老鄉見老鄉，心有靈犀一點
通，便在60年代結了婚。建造在半坡上的是簡易平房，就是他們40餘
年相濡以沫的家。四周牆上，掛著諸多照片。其中最多的，是汪自強
抱孫子的大幅照片。

在牆壁的中心位置上，掛有一幅上了年紀的婦人的照片；很典型
的上海夏季服飾，臉上神色凝重。她眼鏡鏡片後來的目光，望著很遠
很遠的地方。這目光，又很冷。但這「冷」中，又似在燃燒。這目光
裡蘊含著欲說又止、一言難盡，不說又絕不心甘的複雜內容。

這是汪自強母親的照片。她在兩年前去世。彌留之際，汪自強將耳
朵貼在母親的嘴邊，聽母親留在這個世界上的最後講話。母親說──

　　你爸爸回來了嗎？

那邊洞房花燭夜，新娘不是我母親

汪自強父親名叫趙晉臣，又名漢興。母親叫馬愛貞，後改為單名
「瑾」。他和她的故事，是60年前那個舊時代的悲劇。

30年代，馬瑾的姐姐嫁給趙晉臣的父親。作為妹妹的馬瑾，跟隨
姐姐到趙家生活。在一個大家庭中，趙已故前妻所生、尚未大學畢業
的趙晉臣，和正就讀初中的馬瑾，由相熟至相愛，有了孩子。但是，
丈夫的前妻之子欲娶續弦之妹，這段姻緣遭到了強烈反對。馬瑾的姐
姐首當其衝，認定把自己的妹妹嫁給「老公的前妻兒子」做老婆，

「荒誕不經」。她竭力阻擾這件婚事。

生父和生母，兩人輩分有異，但汪自強說：沒有血緣關係的。

60多年前，也就是抗日戰爭才開始的1939年初，腹中已經有了孩子的準父母，兩位年輕男女的苦苦哀求，沒有能打動這個大家族中他人的心。家長們決定，拆散他們，拉開心理距離的最有效方法，是拉開地理距離。汪的生父被送到昆明繼續讀大學。

以後終身不嫁的馬瑾，60多年來一直保存著趙晉臣的來信。在趙晉臣即將離開上海的時候，他寫下這樣的文字：愛貞，莫悲切著眼前的暫別！最幸福的一天，最快樂的一天，正跟隨在我倆的後邊……我唯一的愛者就是你，你唯一的伴侶就是我，互訂終身結為同心。我成功的一天就是我們現實的一天。憑著這張小紙片，可以表示我不變的心地。遵守著我們的盟約吧。

信的最後，蓋著趙晉臣的圖章，其日期為「於別前，三月十四日十一時三十五分，一九三九年」。

與寫給親愛者的傾訴不同，趙寫給父親的信，表述要曲折的多：爸，提起來筆就不知如何說起，更不知爸在怎樣地怨罵著兒呢？此次年弱無知，雖為兒所為，但出兒所料。在這昌明時代，戀愛也成常事，男女已屬自由……兒甚傷心，決不願多談，惟願家人代為妥辦。

至於趙寫給馬瑾姐姐，他稱之為「姨母」的信件，要短得多：您是她的姐姐，希望您能以完美的辦法來完美我們的事……承認我們的事實，同時再去登報說明我們早在昆明結婚，通告戚友。

趙晉臣的哀告，趙晉臣的哭訴，一切努力均宣告無效。在等待中，馬瑾生產了。汪自強來到人間。得知這消息，趙晉臣這樣寫道：瑾，昨天的晚上接到您（！）的航空信，簡直是冰水潑胸，使得我束手無策，不知如何是好。我的家庭是新舊思想尖銳化的家庭。我想，我們現在就登一次報，來表明我們的結合。

然而，這一而再的「登報」決定，始終沒有進行。有關孩子的撫養問題，趙在後來的信中寫道：瑾，我不常來信，是我內心說不出的痛苦……寄養在人家，哺乳法以鮮牛乳及乳粉輪流每日哺乳較佳。

從信件的稱謂，從來信的減少，從寄養的決定，標誌著事情正在起變化。趙晉臣最終與求學期間相識的一女生結合，他的婚禮在上海舉行。那邊洞房花燭，這裡孤燈冷影。淒清燈光下照著的，也是兩個人，這是一位母親，一個兒子。

兒子姓他人的姓，稱媽為「姆娘」

20世紀40年代初，上海北京西路近靜安寺的一條弄堂裡，孩子的那顆小小的心臟在跳動。這就是汪自強。

我問眼前已經60歲出了頭的他：你父親姓趙，你母親姓馬，可你怎麼姓汪？

汪自強這樣回答：我娘幻想中的幸福破滅後，不願再過仰人鼻息的生活，她毅然初中輟學，當上一名小學教員，立志依靠自己微薄的薪水，艱難地撐起自己的生活。為害怕外人知道自己有個沒有父親的孩子，為了自尊不再受人傷害，為了避開社會隨時會向她這個軟弱無依的女子射來咄咄逼人的偏見目光，經過深思，忍痛決定，把我這個兒子寄養在汪姓人家。而且，母親還讓我以後叫她「姆娘」。

「我沒有了父親，從那個時候起，我連媽也不能叫了。」汪自強接著說：記得她領我上幼稚園的那天，她囑咐我，長大後不要對任何人寄託奢望，要像她那樣靠自己的力量，自食其力。這也就是我名字叫「自強」的由來。

汪自強的父親，攜妻兒在1948年去了台灣的台北。

汪自強的母親，解放後到一毛紡廠的保健站當護士，直到退休。因家境貧寒，汪自強時而有書讀，時而輟學在家。19歲了，他才讀中學初一。汪自強寫給記者的信中，他這樣表達：最讓我感到難忍的，是小夥伴們圍著我，用侮辱人的字眼叫罵我。我矮人一截，心中承受著種種超過我這般年齡正常心理的負荷量。每逢這時，我會在心裡喊：媽媽，你快來呀。無情歲月給我稚嫩的心靈刻上了自卑感，這在我五年級時逐漸形成的孤獨寡言性格，尤為明顯。

　　這就是：汪自強為什麼不到20歲，就咬緊牙關一定要離開上海的原因。不過，我還是問了一句：你父親已去台灣，你這個獨生子又要去外地，母親願意嗎？

　　汪自強回答，我感受到了這個世界上一位母親和一個兒子的最悲涼心境：我母親同意我去；在上海，她養不活我，養不好我，還要被人罵。我媽講：自食其力，也好的。我講：是的。

　　我分明聽到了母子兩人眼淚落地的怦然聲響。

　　汪自強離家而去。在瀋陽學習期間，他回到上海，與母親有過一張黑白照片的合影。20歲的小夥子和不到四十歲的母親，臉上浮動著重逢的淡然笑意。

　　我再問汪自強：你就沒問過有關父親方面的種種事情？他答道：我母親不說的。

　　10多年過去，母親退休了。汪自強在外工作，幾年回上海一趟。他記憶最深刻的，是1994年的那一次回滬。母親已經走不動長路了，他這個兒子到里委會借了輛輪椅，讓母親坐著。在國慶日的下午5點多，他就推著母親，從北京西路走到人民廣場去，到外灘去。周圍群眾對著他說，前面人多，老太太吃不消的；汪自強依然前行。碰到警員了，兒子說：我媽不大出來的，就讓我媽多看看上海吧。警員放行。

　　母子兩人來到丁香花園。在這個曾經是李鴻章的私人花園裡，汪自強利用相機的自拍功能，照下了一張母子合影。從照片上可以看出，母親已經很衰老了。

　　如今也上了年紀的汪自強，已記不起具體的是哪一年回上海的時候，母親突然地交給他厚厚一摞信件：這些，就交給你。此外，母親再無別的叮嚀。我問：這是什麼東西？汪自強回答：是60多年前，我父親寫給我母親的那些信。我說：是你母親覺得該讓你知道這些往事了。汪自強答道：是母親感到自己來日不多了，她等不到我父親了，這件事情就交給我了。

　　汪自強話中的三個「了」字，透出了一位終身不嫁女性心中的徹骨寒意。

　　1997年3月25日，母親彌留。在紡三醫院的病床前，汪自強將耳朵貼母親的嘴邊，「母親好像有點糊塗，她用很小的聲音對著我說：你爸爸回來了？我想，父親在台灣，具體的還不知道在哪裡呢，他怎麼回來？母親又開口了：你一定要找到爸爸！母親生前留下的最後一句話是：我有冤枉……」

台灣大法官回信，透過各種管道調文件查詢

　　中國改革開放了，上海傳來消息，說是有人在老家附近見到歸來的趙晉臣。汪自強就此給《人民日報》投信，該報海外版在1987年11月19日刊登了他的尋父啟事。無有下落。1996年11月12日，在母親病重的日子裡，汪自強再度在《上海僑報》上，刊發自己尋找父親的文章。兒子的期待是，願生父生母能在有生之日團圓，父子彼此相認。母親去世後的1998年初，他又在美國《世界日報》上，登載尋找父親的文章。他期待有一天會「喜出望外」。

　　可是，沒有。

　　1999年秋天，汪自強也退休了。在一本介紹世界華人的書本裡，他見到了台灣「司法院」大法官董翔飛的姓名和聯繫方式。董翔飛先生住在台北。急切之中，汪自強提筆給素昧平生的董翔飛大法官，寫下一封求助短信：我不想找任何麻煩，只要找到父親，以告慰我娘的在天之靈，能讓她含笑九泉下，「僅此而已」。

　　有人勸汪自強別「病急亂投醫」：大陸和台灣現在是「這樣」的情況，「台灣司法院」又是當地的最高司法機關，司法是為政治服務的，你想請台灣大法官幫大陸一位普通百姓辦事情，這是做夢。再講，要請動一位大法官，這收費絕非一般平民能夠承擔。現在你要人家無償服務，也許他還要為你的事情，倒貼若干費用和時間，這可能嗎？台北將近300萬人口，在茫茫人海之中找個陌生人，形同大海撈針，談何容易。你既非大陸著名人士，也不是台灣當局政要，人家為什麼非得為你辦理這件十分麻煩的事情？

　　1999年12月3日，汪自強還是把信發出去了。一個多月過去了。海峽對岸毫無音訊。

　　可是，在2000年的2月24日，一封在信封上署名「董翔飛」的航空信，來到汪自強的手上。這封信是董先生在元月19日寫的，路上走了5個星期。這封寫在「大法官信箋」的信，這麼寫道：自強先生，去年12月3日來函誦悉，所囑代為查詢令尊趙晉臣先生事，「透過」各種有關管道及入出境紀錄，均無「趙晉臣」這個名字。甚至將94、95、96這三年出入境檔案全部過濾，也無發現（！）。按理只要有這個人，是會找尋得到的。也許到台灣時改用其他名字，你再進一步瞭解一下。有新的資料，再請來函告知。

　　汪自強對著我說：我真是萬萬沒有想到的，董翔飛先生作為台灣大法官，會這麼詳細地給我回信。都是中國人，都是為人子、為人父的中國人，心是相通的。「大法官祝我心想事成。我對著我娘的遺像說：姆娘，你知道嗎，我們碰到大好人了。」

　　也在這個時候，汪自強給上海《新民週刊》寫了信。我說，我接信後就與你聯絡，我是想通過媒體，在上海擴大你尋找父親的影響。汪自強說，是的。

　　他緊接著翻出了另一封信，說道：這是董翔飛先生寫給我的第二封信，他告訴我，我的父親找著了！

　　原來，汪自強寫給董大法官的信上，既有父親的大號，也有使用過的小名。在找不著「趙晉臣」的情況下，董先生就尋找「趙漢興」。當2月24日汪自強才收到董先生第一封信的時候，董先生已於2月15日寫出了第二封信：恭喜你，令尊趙漢興先生終於找到了。董翔飛先生將趙漢興先生目前在台北的位址，電話聯絡號碼，詳細地寫給了汪自強。作為法律界人士，董翔飛先生還非常細緻地注明：「趙漢興，民國7年（1918年）12月12日生，83歲。」

　　偌大中國，同姓同名的，肯定會有；然而，同姓同名再同年同日生的，概率大抵為零。再者，上海的汪自強知道父親的生辰八字，自可對應。台灣的大法官董翔飛先生可謂深入、細緻之極。

董先生在信中建議：你們直接打電話或通信吧，祝你們早日團聚，以享親情之樂。

汪自強是在3月頭上收到這封信的。我問：你給父親寫信了？真是應了古代的一句詩：近鄉情更怯，汪自強如是說：分離60年了，真是有千言萬語，但頭一句又該怎麼說呢？打電話，對父親而言，也許太突然；還是待我靜下心，好好給老人家寫一封問候信吧。

台灣大法官董翔飛先生是大陸江蘇省阜寧人，1933年生，如今也已經是67歲的人了。他寫給汪自強的兩封信，一前一後，前為農曆臘月，後為正月十一。董先生是圍繞著春節在做這件事情的。

父親是兒子的根，大陸是你父親的根

整整一天的上饒採訪結束了。我與汪自強相約，稿件刊發後，立即寄刊物給他。他要好好看看，再寫封親筆信，連刊物一同寄給台灣的大法官，也寄給父親。

樸實的汪自強問我，父親在台灣是有家室的人，聽我的消息，他不會為難吧？

我回答：血濃於水，父子隔不斷。兩岸相隔半個世紀，兩邊各有家室的事，並不罕見。再說，年深日久的恩恩怨怨，再痛徹心肺，也已經是歷史了。親人團聚，是我們中華民族的傳統。「你是兒子，你也是父親，在台灣的老父親，會回來看你這個兒子的。」

汪自強對我說，待到父親歸來，我到上海去接他。我一定請你也來。

我說：我要約上最好的攝影記者，來為你祝福。你的老父親一定會來；他是你的根，大陸是他的根。

2001年6月

附：採訪《尋找父親》後記

當我重新翻讀自己寫下的這些文字，我的心頭依舊顫抖不已。

題目叫作《尋找父親》，實際寫的是一個女人，一個未婚的母親。1999年的夏天，當我剛剛讀到汪自強的信，我沒有讀懂信中所講述的那些「家庭關係」。一時間，我弄不清楚這是個什麼樣的人倫關係的「彎」。

經過腦子的整理，換一個說法，也許就要簡單得多了。父親再娶，繼母帶進門來一個妹妹。前妻已經成人的兒子與這位年輕妹妹戀愛，以至有了孩子。姐姐和妹妹是一輩人，而妹妹卻要與姐夫與前妻的兒子，低一輩的男子結合。這一場戀愛違背常情、違背常理。這怎樣讓人接受？

姐姐堅決地阻攔，永遠地阻攔。有了孩子也堅決地阻攔。父親則讓自己的兒子去外地讀書，再不讓歸來。這也是一種阻攔。這位姓馬名瑾的妹妹，是真心的。她在等待中過了一生，再不嫁人。

母親馬瑾珍藏著愛人寫來的全部信件，就此過了一生。整整一生，再沒有握過一次手、貼過一次臉。最熱忱的情懷，又是最清冷的情懷。沒有親昵，沒有溫柔。什麼都沒有，這個女人守了一輩子。這是多麼可怕的一生，多麼殘酷的一生。如是景象，不是用一句什麼「封建道德束縛」之類的話，就能輕飄飄地予以解讀的。有過春光，有過秋月，鮮花有過盛開的日子，但是永遠地沒有人來愛撫。

然而，這位母親挺著，她活著的目的，就是等待他的歸來。老了，病了，彌留了，她對兒子說：我把信交給你，你要找到父親！

更為深重的是，這齣人間悲劇的背景，還「擠」進來一個台灣。

給我寄信時候的汪自強，已經退休了。他恪守母親的遺訓，給一位從沒謀面的台灣大法官寫信，要求他幫助查詢自己父親在台灣的「生死情形」。汪自強的敢想敢為，走對了關鍵性的一步。

汪自強講話的上海口音依然挺重，個頭不高，頭髮花白了。說

話也很低聲，很是謹慎。他自小從未見到自己的父親，僅有母親一人撫養他到成人，如是畸形家庭在50、60年代的氛圍中，相依為命的母子二人的心情和心理狀態，真是何等的沉重。母親在地段小醫院裡作護士，以微薄的薪水養家度日。兒子大了，一是為掙錢，二是為了躲避上海這個「知根知底」的環境，母親狠著心讓唯一的兒子到外地工作。如此這般汪自強的個性，又怎麼能夠「活潑」起來。

在福建、江西工作了一輩子的汪自強，如今住在一個小小土丘上蓋著的宿舍裡。交談中，汪自強說，我要找到父親，不是要錢，不是要出去，而是要完成母親的夙願。我父親後來建立了自己的家庭，他另外有自己的孩子，我不會跟他們發生矛盾的。我只有一個願望，「我要自己的父親，我只要認這個人」。

稿件在週刊上刊發後，汪自強在上海工作的小兒子，到我辦公大樓來取刊物。我得知，這小兒子在上海的工作也不是很順利，競爭太厲害了。

後來，汪自強來過幾封信。其中一封說，台灣大法官來信講，我父親已經過世了。我為汪自強歎息。他找到的只是一個姓名，而不是人。兩個當年相愛的人，如今都已作古。他們的歡樂，他們的痛苦，隨著生命的消散而飄零，似乎這世界就沒有過這段故事一般。我對生命抱有一種難以言說的宿命感，世界非我把握，那就只有「雲在藍天水在瓶」了。都是命啊。

從此再未與上饒通信。

2002年的年底，汪自強又我來一信。信很簡短，說父親在台灣的兒子，近期要來上海，他要與我見面。我見到信，當初那般的強烈「興奮」已經淡然，只是體驗到一個現實，這位父親的心，同樣被內疚折磨了一輩子。這位父親也許終生不言，只是在離開這個世界的時候，終於吐露了心聲：他有過一份「孽債」，看在血濃於水的份上，後輩人要相認、相助。

　　我沒有給汪自強再寫信聯絡。他與自己的同父異母的兄弟見面相認，是他們家的隱私了。他們的心情，他們的表情，就讓他們自己去記憶和表述吧。

2003年8月

陳潔如魂歸故土

一

沒有人知道他們的到來。

我們在此已經等候了一個小時。青浦福壽園的副總經理兩次打手機，對方回話，車子已經過了虹橋飛機場。就是這樣，等候的人們也還是搞錯了一次，因為從一部進口麵包車上被扶下來一位坐輪椅的老年婦人，而且這進口車使用的是浙江牌照。這一切似乎都在暗合著我們心中很是有限的「想像」。於是簇擁上去。然而，錯了。

一部紫絳色的國產大眾高爾夫轎車悄然停靠在大門口，但所有人的眼睛還在望著公路的入口處看著：該到了吧。

攝影記者的快門響了起來。福壽園的工作人員上前迎接。先下車的，是一位著白色鑲黑邊T恤的中年女士，隨後從後坐攙扶下來一位老年婦女，全身黑色裝束，著白皮鞋。肩上一黑色拎包，包帶上的字母在說明著這是義大利的產品。

從另一邊下車的中年男士從車上拿下輪椅，這是老婦人坐的。中年男士又從車後廂內捧出一個黑色的包，裡面是一用金黃色緞子的包裹。輪椅上的老婦人囑他，「老重的，放到我這裡來」。男士搖頭，執意不肯。

他步履很重地前行，中年婦女推著輪椅跟在後面。

這在清明時節的福壽園，實在是一幅很常見的圖畫。後輩們為先人的落葬而來，陽光之下，肅穆無語。周圍的上海市民沒有對這一行列投以更多的注目。實在太普通了。但是，如果人們知道，這金黃色包裹著的，是陳潔如的骨灰。輪椅上的老年婦人是陳潔如的女兒陳瑤光，在最前面捧著骨灰盒的是陳潔如的外孫、陳瑤光的兒子陳忠人，推輪椅的是陳潔如的外孫女，福壽園墓道的兩旁也許會默默地排列起

人群的甬道。

　　行走著的這支小小隊列，與中國現代史上一位著名人物的姓名聯繫在一起。這個人姓蔣名介石，字中正，他是上個世紀20年代末至1949年以前中國的最高統治者。

二

　　關於蔣氏前夫人陳潔如女士葉落歸根，她的骨灰即將移葬上海的消息，我是在一周前的章士釗先生銅像落成，也是章先生骨灰移葬的儀式上，從福壽園副總經理葛千松那裡知道的。葛副總經理笑著說：我的名字叫「千松」，我的職業和名字是名副其實的。

　　我問起了陳潔如女士骨灰移葬上海的由來。

　　　記者：陳潔如女士的骨灰原來葬在哪裡的？
　　　葛：美國加里福尼亞州的佛羅里達。
　　　記者：今年清明節陳氏親屬來上海辦理這件事情，他們是從什
　　　　　　麼時候開始來與福壽園聯繫的？
　　　葛：這件事情已經將近有兩年時間了。陳家的一位親屬，男
　　　　　的，來到我們福壽園駐上海市區的一個辦公地點。他
　　　　　說，我的一位親屬，是國民黨「領袖級」的家屬，中國
　　　　　人葉落歸根，想移靈上海。我們的接待人員聽到，「國
　　　　　民黨領袖級家屬」，在歷史上的不同年代有不同的應照
　　　　　對象，特別是在20年代。但是最初他沒有講。我們認為
　　　　　可以。
　　　記者：這位親屬是到哪個地方跟你們談的？
　　　葛：我們在南市區的辦公地點，那位先生來的。大約有半年
　　　　　的時間，我們與這位先生的聯絡是斷斷續續的。我們很
　　　　　理解這個「斷斷續續」，他承擔著兩邊聯絡、溝通的任
　　　　　務，在現代即使有再便捷的方法，因為各種原因，要決

　　　　定這樣一件家族的大事，又是要從外國遷回到國內來，
　　　　要牽涉的方面和因素太多了。再說，就是有了一個決
　　　　定，具體的細節問題也是夠家屬們討論的。
　記者：在多少時間之後，你們知道要辦理的是陳潔如女士的骨
　　　　灰移葬事宜？
　　葛：在半年之後。這位先生重新告訴我們，是陳潔如女士的
　　　　骨灰要葉落歸根回到中國來，回到上海來。把姓名告訴
　　　　我們，這就說明美國方面的陳家親屬已經把事情決定下
　　　　來了。國外已經拍板了。這個時候，我們福壽園就向有
　　　　關部門彙報了這個情況。我們也知道了，有關部門「很
　　　　瞭解、很關心」這件事情。
　記者：根據資料，蔣介石是正式向陳潔如母親求親的，張靜江
　　　　做的媒人，江一平律師證婚，孫中山先生還特地送了禮
　　　　祝賀的。
　　葛：蔣陳結婚地點是上海的大東飯店。

　　大致已經有兩年，由此推溯陳氏親屬第一次到福壽園辦事處詢問
的時間，該是1999年。也許是面迎著這個世紀的行將結束，也許是在
想世紀之事在世紀之內得到了結，海外的陳氏親屬們終於下定了這樣
的決心：越洋遠行，將自己先人的骨灰送回來。

三

　　事情的具體辦理，跟隨陽光進到了新的一個世紀。2002年4月5
日，這是中國人壬午年清明的正日子，陳瑤光帶領自己的一雙兒女，
捧著母親的骨灰盒，再度踏上了上海的土地。第三天，也就是4月7
日，他們來到了福壽園。此刻，這支小小的隊列，緩緩地走著。
　　僑梓亭，是特地為陳潔如女士骨灰盒安排的暫厝之地。陳忠人率
先跨過高高的中式門檻，站定。後面，葛副總經理將陳瑤光女士的輪

椅抬進門廳。她的女兒在身後立定。桌子上擺滿鮮花。陳忠人將手中沉重的金黃色的包裹，安放在中央。他退及一旁。

　　78歲的陳瑤光，下轎車後第一次從輪椅上站起來，杵著拐杖，慢慢走到母親陳潔如的靈前，深深地三鞠躬。她的眼框裡似有淚光。陳瑤光禮畢，陳忠人招呼了一聲妹妹，兩人「撲通」跪倒。水泥地上，無任何拜墊類的東西，兄妹兩人磕了三個頭。

　　這樣的鞠躬和這樣的磕頭裡，該包含著多少訴說不盡的東西呢？清明時節，叩拜祖宗；萬里遠行，靈藏歸來；後輩操持，了卻夙願，先人曲折，終回故里。面對如是場景，在場的人無不動容。

> 記　　者：請問陳太太，您這次是什麼時候從美國走的？
>
> 陳瑤光：我這次是在4月5日到上海的，前面還到香港待了5
> 　　　　天，從美國出發大概是3月底的時候。
>
> 記　　者：葉落歸根，聽說這是您母親的遺願。
>
> 陳瑤光：我母親在世的時候，經常說這句話的，要葉落歸根，
> 　　　　要回來。
>
> 陳忠人：因為我阿婆生前有過這樣的話，我母親是一直記住
> 　　　　的。我母親現在也已經將近80歲了，最近兩年來，我
> 　　　　阿婆葉落歸根的事情，就成了她的一塊心病，她是一
> 　　　　定要完成這件大事的，否則是「不來事」的。我母親
> 　　　　這兩年當中，就為這件事情，一年半以來，來回從
> 　　　　美國飛回上海，有6、7次。平均2個多月就要飛回一
> 　　　　趟。她也是老人了，多少不容易。
>
> 陳瑤光：我母親是1962年初到香港的，後來到美國。1971年2
> 　　　　月21日在香港去世，安葬在美國。我也就到了美國，
> 　　　　難得回來一次，但是為了我母親的事，近一年多飛了
> 　　　　6、7次。
>
> 記　　者：（拿出由福壽園提供的墓碑上的姓名影本）聽介紹，
> 　　　　這墓碑上就刻「陳潔如」三個字，用的是蔣先生的字？

陳忠人：是的。這是他當年寫給我阿婆信封上的字。這個名字
　　　　還是他給我阿婆起的。開始時候，他的楷書寫得比較
　　　　好，後來「忙」了，事體多了，就有了點「行楷」的
　　　　意思。

記　者：一個人的毛筆字，會因為年代的不同，表現出不同的
　　　　「味道」。這眼前三字，筆墨濃重，氣盛，大概是什
　　　　麼時候的字？

陳忠人：這是他在1924到1925年期間寫給我阿婆的信封上的
　　　　字。那時候他給我阿婆的信很多，尤其是他到蘇聯的
　　　　那個階段，幾乎是一天一封。

　　這樣的細節在標誌著永不忘卻。陳潔如不能忘卻。她生於1906
年，至上個世紀的1924年，她方才18、9歲，正是一個女孩兒的最好
時光。她收藏自己丈夫的信件，是最理所當然的事情。7載夫婦，一
朝分離，終身孤寂，似乎也就只有這些往年的信件，方能證明她曾經
擁有過的姻緣和情感所寄。她當年要面對的，大抵是中國現代史上的
最重大事件，以及個人太無能為力的因果關係，她被拋卻了。今日後
輩們鑿刻在她墓碑上的，是這位先人生前唯一婚姻中丈夫的墨蹟。丈
夫的墨蹟，反襯著這位女子後來的一生淒清。

四

　　步出僑梓亭，去觀看已經選定的骨灰盒的下葬地。
　　在一座沒有坡度的小石橋右側，土已鬆，穴已成。流水蜿蜒，綠
蔭婆娑。前有幽雅亭台，後擁玲瓏山石。葛副總經理介紹，陳潔如是
浙江鎮海人，她母親是蘇州人，江南風光小橋流水是最恰當的所在。
「這塊地是屬於女士的」。
　　陳瑤光和她的女兒，都曾來此地挑選。原本選在橋的那一側，但
是後來根據塑像的擺放位置，覺得不妥，故而挑定了這裡。

來到休息廳。福壽園的王總經理也趕來，詢問下葬的具體事宜。

陳瑤光：（問陳忠人）陰曆3月初8是幾號？

陳忠人：今年是陽曆4月20日。

陳瑤光：姆媽是屬馬的，今年是她的本名年，「叫名」98歲了。現在我姆媽「安落」了，「阿拉小人也可以安落了」。我姆媽其實是老早就在上海買好了地的。我外婆故世的時候，家裡就在聯誼山莊買了墓地，我姆媽是連自己和外婆的地一道買好的。裝修得老好的。所以我姆媽一直是想好了要歸到上海來的。但是，後來「文革」了，聯誼山莊被砸爛了，改造成一個廠了。

　　　　（略停）一直是沒有一個合適的地方啊。

陳忠人：現在福壽園的服務是好，我們很滿意。比國外的有些地方，服務還要好。

記　者：陳先生，你是什麼時候開始知道自己母親與蔣家的關係的？

陳忠人：我小時間是不曉得的。住在重慶路上，阿婆是個老溫和的人，從來不打我的，但是我見到她，嚇的。那個時候的人，小輩見到長輩，都是有點怕的。有朋友來，許多人是講英文的。後來我大一些了，阿婆去政協開會，就帶我去。有時間領導跟阿婆談話，我在邊上的，聽聽，聽不懂。後來，再聽聽，就有些怕了。講到蔣介石，跟課本上講得不大一樣的麼。

記　者：你的阿婆在國外的時間很多。

陳忠人：1927年，阿婆離開蔣家，到美國。1933年回國（記者插話：因為蔣宋聯姻，蔣對陳潔如說的話是：先分開5年，5年後仍是夫妻。這在時間上說明，陳是按約定時間歸來的）。回上海後，阿婆一直住在重慶路。到

　　了1961年12月，周恩來總理通過中央統戰部約見她。在西花廳，周總理非常客氣，見到她還喊了一聲「師母」。周總理、鄧穎超當晚還請客、留宿。我阿婆就住在西花廳。第二天，阿婆感到很不方便，就住到外邊賓館去了。

　　我阿婆1962年到香港，有書上講，是阿婆提出的。據我所知，其實不是。是周總理詢問我阿婆的生活。周總理說，可以到香港去。後來也是周總理批示和安排了我阿婆到香港。

　　她到了香港，中間去過美國，後來又回到香港。1971年2月，因中風故世。

記　　者：為了準備今天的採訪，我看了一大堆的書。關於署名陳潔如的回憶錄，其真實性究竟如何？（記者拿出隨身攜帶的回憶錄，陳瑤光接過書，翻動起來）

陳忠人：（以肯定的語氣）陳潔如是寫過回憶錄。簡潔地說，是陳潔如口述，由旁人代筆記錄整理的。應該說，書是真實的，是她講的。不過，因為時間太長了，她人也老了，有些具體的事情、時間記憶，會有些出入。這是誰都會發生的，誰都可以理解的事情。但是，畢竟是別人代筆的，而且代筆的人，又是拍電影搞藝術的，「導演麼」，所以有些表述，有些「想」都寫出來了。這就不對了，人家怎麼想，你怎麼知道的？所以，回憶錄是她口述的，而取捨、繁簡，怎麼做，有筆者的因素。

　　我的認為，從世學的角度論，一個人講的話，對歷史負責，必須全部是事實。這就是講，必須全部都是真的。但是，就某一件事情來說，這還不是事實的全部。因為一個人的所見，非常可能不是全部的過程和由來。比如，蔣當年與我阿婆談家常，也許會講

　　一點「軍國大事」，但是，這和會議上的討論和作決
　　定，應該是兩回事。
記　　者：聽說關於回憶錄的事，好像也涉及到唐德剛先生？
陳忠人：唐先生是位專家、學者，如果是他來做回憶錄這件事
　　　　情，那這本書就要嚴謹得多了。但是唐先生與此書
　　　　無關。

　　陳潔如女士的碑文是由陳忠人先生撰寫的。我事先看過了碑文，
便問陳先生：寫這篇文稿，一共有多少字？陳忠人回答：300多字，
第一稿寫了600多字，後來改的。我對陳先生說：看這樣的文字，一
是要上點年紀，要瞭解一點歷史；二是，言簡意賅，稿子「清爽」。
　　在整個採訪中，我還是有準備好的問題，最後並沒有提出的。這
個問題，即是陳瑤光女士的身世。一說陳瑤光是陳潔如的養女，另一
說是蔣與陳的獨養女。歷史的塵煙頗為厚重，流行的述著說法不一。
而現實所告訴我的，就是陳潔如在1927年與蔣介石離婚之後，唯有自
己的母親與這女兒相伴在側。她母親故世後，更是只有陳瑤光母女
相依了。40多年的親情，不是一個簡單的血緣和非血緣的界定能夠概
括的。
　　陳潔如的前期身世和後來飄零，使得她的身上凝固了太多的歷史
重量。她是一個身上披蒙著神祕幕布的女人。今日，陳潔如女士在她
的後人的照應下，魂歸它所熟悉的上海。
　　在與福壽園商定了22日下葬的具體儀式之後，陳瑤光女士三人告
辭。臨行，陳忠人告訴我，我姆媽對這裡很滿意，不僅阿婆要葬到這
裡，她這代人也要到這裡來，「已經在打聽買地的價位」了。

2002年4月

附：採訪《陳潔如魂歸故土》後記

這篇稿件刊登出來之後，據說「下來」了一個口頭通知，其他報紙刊物不得再刊發有關陳潔如骨灰安葬在上海的消息。

陳潔如，蔣介石的第二位夫人。陳潔如的骨灰要移葬到上海的消息，是陵園的朋友告訴我的。2002年清明前夕，為了報導這次的移葬，我與攝影記者一共去了陵園兩次。

第一次，是陳瑤光老太太帶領一子一女，在正式儀式前將陳潔如的骨灰盒先移到陵園來。當陳家三人將布包著的大理石骨灰盒擺放到房間裡，行過大禮後走了。我跟攝影記者說，咱們再回去，把包紮骨灰盒子的布解開，將裡面的「東西」拍下來。

於是，我們返回。我的提議得到了陵園同意，將布解開，一個工藝非常精緻的灰色帶細條紋的大理石盒子呈現在面前。盒子很沉。盒子上鑲著的陳潔如照片，是其盛年形象，戴眼鏡，很端莊，顯得非常大家氣。一看即知此非等閒人士。

2002年刊發的稿子裡，有三件事情是沒有寫到的。

一是，陳潔如安葬地的墓誌銘上，要刻寫四個大字：母儀軍校。陳潔如與蔣介石結婚的時候，正值蔣在廣東黃埔軍校當校長，而陳是校長夫人，後來許多在中國現代史上頗為著名的人物，都曾經稱呼她為「師母」。建國後，周恩來請陳潔如上北京相見，也是稱陳為師母的。本來，陳家人通過聯絡，請上海老市長汪道涵來寫的。但「跟上面報了，但一直沒有回覆」，正式安葬的那一天，這四個字是由陳瑤光，即陳潔如女兒自己所寫的。

二是，墓地還有一塊直立的墓碑，按規矩，墓碑下方要鑿刻立碑人的姓名，這塊墓碑的立碑人是「蔣中正」。正式下葬的那天，這個立碑人的姓名處是空白。陳家人告訴我，為「避免不必要的事宜」，舉行儀式這一天就先不要刻上去，等到第二天，再讓石工刻上去。「蔣中正」這三個字，是從1926、27年間，蔣陳二人感情最好時候，

蔣寫給陳潔如的信封上拓下來的，「屬於蔣盛年的字」。

三是，陳瑤光是否是陳潔如與蔣介石的親生女兒，這是非常關鍵的問題。如果是，蔣家後裔就要「多」出一支。我在採訪中，回避了這個問題。我的感覺，此乃隱私，不涉及為好，又在遷葬時刻，也許更為敏感。我作採訪案頭工作時，找到了好幾本資料，其中有一本寫到了這段往事。現錄以備考：當年，陳潔如與何香凝作為廣東政界要人的夫人，經常出入醫院和慈善機構。一天，何香凝和陳潔如來到一家醫院，一同盟會老會員的夫人分娩，這位先生已有多位千金，一直想有個兒子，這次生下來的又是個女兒。陳潔如很喜歡這個小姑娘，何香凝就讓陳抱養這個孩子。陳同意了。

正式下葬的那天，天降大雨。陳瑤光的兒子陳忠人給我引見了陸久之。陸久之是陳瑤光的丈夫，是上海參事室的參事，已經100歲出頭了。這是位中國近代史上的傳奇人物。陳瑤光後來去了香港，而陸久之卻一直生活在上海。其中的一切，國事和家事的纏繞、分割等等緣由，外人又從何得知？

安葬儀式上，來的人很多。通報來賓名單時，我跟同事說，這裡大概有不少是當年黃埔學員的後裔，代表先人而來的吧。陳瑤光見到我，說我的文章寫得「非常滿意」，是她「多年來沒有見過的」，「多年來也沒有人這樣來寫我們家的事情」。這一天，上海新聞界的同行和朋友也去了許多，只是，第二天沒有一家媒體報導或上螢幕的。

然而，歷史就是歷史。

2003年8月

半個世紀後的歸來

第一個歸來的是張靈甫靈葬

　　一塊純白的玉晶石上，刻著一個熟悉的姓名：張靈甫。姓名左側是這位歷史人物的戎裝肖像。下方是他的生年與卒年：1903-1947。這塊純白玉晶石，擺放在上海浦東新區「天逸靜園・玫瑰園」二樓的「室內葬紀念區」。我看到這塊玉晶石的時間，是21世紀的2004年元月。玫瑰園總經理時泰明跟我說，從上世紀他的生辰日子計算，張靈甫到今天剛過100歲；從去世的時間算，也已經有57年；「重要的是，他回來了。」

　　純白玉晶石上還刻著一首詩：當年有幸識夫君，沒世難忘恩愛情。四七硝煙傷永訣，淒淒往事怯重溫。下面是這首詩作者，也是這塊墓石「立碑人」的姓名：王玉齡。王玉齡是張靈甫的夫人。我問：老太太現在哪裡？時總經理回答：她先在台灣，後到美國，最近的一次也是從美國回來的。我再問：老太太這次回國，將他丈夫張靈甫的「靈葬」放在了這裡？答曰：是的；張靈甫是陝西人，王玉齡是長沙人，在1945年他們結婚的時候，張已經40出頭，而她還只是一個不到20歲的女孩。「只有3年，張就戰死，50多年來，她沒有再嫁，現在她也將近80歲了。」

　　位於長江岸畔的浦東玫瑰園，是集人文殯葬和景觀旅遊功能為一體的現代陵園，一期開發用地100畝，總投資高達1.9億元人民幣。據瞭解，這玫瑰園的投資，有著「海外、台灣老軍人與他們後代」的背景。我對這個「海外、台灣老軍人」的解讀，就是上世紀1949年後去了台灣和海外的「國軍」高級將領們，現在他們都想著葉落歸根了，而張靈甫是他們中歸來的第一個。時總經理說：「後面還有歸來的。」

周恩來曾接見張靈甫遺孀

我感到遺憾，沒有能夠見到王玉齡老人作面對面的採訪。不過，我被告知，從上世紀70年代開始，她經常回國，周恩來總理曾經單獨會見過她。周恩來曾是黃埔軍校政治部主任，張靈甫是軍校的四期學生。

這次上海的安放儀式上，張太太王玉齡帶來一份「悼靈甫將軍」的書面文字。對於張靈甫作為一名中國軍人，在抗日戰爭中的作戰經歷作了回憶，張靈甫的右腿，在南昌作戰中被日軍機槍掃中，右膝蓋不能彎曲，以致後來有跛將軍之名。在著名的南京保衛戰中，他負傷堅持指揮，後被部下抬下戰場。王玉齡還特意寫到江西上高縣一戰，「去年（2001年──記者注），上高縣博物館館長鍾鼎先生還打來電話，我以將軍放大照相贈，並請鍾先生將有關上高縣之戰資料給我，以示子孫後代」。

1947年，孟良崮戰役爆發，張靈甫奉命參戰。張靈甫戰死，「他隨從參謀回京，帶回遺書」。以「靈甫絕筆五月十六日孟良崮」字樣結尾的這份遺書，今日的玫瑰園存有它的影本。張靈甫這樣寫道：十餘萬軍隊「猛撲，今日戰況更惡化，彈盡援絕，水糧俱無」。作為人子，在最危急的時刻，張靈甫想起自己的父親：「老父來京，未見，痛極，望善待，之切。」此時的張靈甫已經知道，王玉齡懷孕在身，故而他又寫道：「子望養育之。」遺書的最後一句是：「玉齡吾妻今永訣矣。」

對於張靈甫陣亡的情景，各種資料上的述說不一。有「往山洞裡打槍打手榴彈」一說，也有「自戕」一說。據記錄，當年華東野戰軍第六縱隊特務團將張的遺體埋葬在沂南縣董家莊。新華社曾經公開廣播，讓「張親屬到此善後」。然而，沒有人來。戰爭呈犬牙交錯狀態，一婦道人家又如何到的？待歷史的硝煙飄散，到了1992年，在美的王玉齡曾請山東人士尋找張的遺骨，據說是找到了，並要有關部門

向王通報。許是大洋阻隔，許是緣由複雜，一切沒有後話。

唐詩人張籍有名句：「夫死戰場子在腹，妾身雖存如晝燭」，如是情景可謂是王玉齡的寫照。歷史和現實終有相接相銜的一天。在新的世紀，王玉齡女士終於將張靈甫的靈葬安放在上海浦東的玫瑰園。靈葬的骨灰盒，是玫瑰園為王玉齡準備好的。張的兒子同來，他為遺腹子，生於大陸，現居美國，經商回來已是常事。

2003年12月末，張夫人王玉齡在浦東玫瑰園舉行靈葬安放儀式。我查閱資料得知，毛澤東的俄語翻譯師哲曾在回憶錄裡寫道，張靈甫「在西安與我同窗，他的好字令我羨慕」。20歲時張靈甫考取北京大學歷史系，一手好字曾獲得書法大家于右任的誇獎：「後生可畏。」時至1927年3月，他成為黃埔軍校四期學生，與劉志丹、林彪、胡璉、李彌等為同學。20年後的1947年，74師在孟良崮全軍覆沒，張靈甫成為悲劇人物。一位當年的老軍人寫下這樣的文字：同為炎黃子孫，就張靈甫抗日這一點，我們大家都是記得的；「我寫這篇小文，希望台灣方面無論哪派當權，都不要忘記兩岸人民風雨同舟、共同抗擊外來侵略的光榮歷史，早日推動、完成祖國統一大業」。

我還有一事不解，特意問道：骨灰盒裡面裝的真是張靈甫的骨灰麼？時總經理回答說，這次的安放儀式上，我們見到張太太拿出一個用紅布包裹著的東西，小心翼翼地放進了骨灰盒。這個紅布包裡究竟是什麼東西，我們不知道，按照規矩我們是不能再打開的。我說：那就讓它永遠是個謎吧，重要的是他回來了，並且將永遠安寧。

清明時節「安放」衡陽守將仉儷

2004年清明，浦東玫瑰園將舉行另一位抗日名將方先覺與夫人的靈葬安放儀式。方先覺與張靈甫是姻親，張靈甫的兒子娶方先覺的女兒為妻。

玫瑰園的大廳裡，擺著一架自動鋼琴。這架鋼琴可以按照客人要求，彈奏出指定的樂曲。方先覺將軍的兒子方慶中正好在此為清明

的安放儀式忙碌，我與他在交談中說道：慶中是一個「很中國」的名字。1月15日，方慶中先生將回到台灣過春節。他給我兩本書，一本是大陸湖南文藝出版社出版的《落日孤城》，封面上還有這樣的兩行大字：中日衡陽會戰紀實，抗戰時期國民黨正面戰場揭秘。還有一本是台灣出版的《子珊行述——方先覺將軍哀榮錄》。

　　非常奇特的是，方慶中先生身穿的外衣上，佩戴著一枚毛澤東像章。後來，我讀完《落日孤城》，似明白了方先生佩戴像章的含義。書中寫道：1944年8月12日，即衡陽陷落後的第四天，毛澤東在延安《解放日報》上發表社論，他首先稱讚道：「守衡陽的戰士們是英勇的。」然後，他又確切地指出了衡陽失守的癥結之所在：「他們的努力沒有人去支援。」方家後人佩戴毛澤東像章，也許有著是毛澤東的痛徹之言，道破了方家人獨守孤城，衡陽守軍在堅持了47天之後「棄城被劫」的根由吧。

　　歷史需要回憶。上世紀1944年初，日軍制定太平洋戰爭重要組成部分的「一號作戰計畫」，即動用51萬部隊、10萬軍馬、1500門大炮、800輛坦克，並有海空配合，撞擊、打開中國大西南的大門。這是日軍侵華以來在中國戰場規模最大的一次進攻。當年5月27日至6月18日，日軍完成對中國軍隊的「清掃」，並攻佔長沙。日軍攻佔長沙的時間，實戰僅為一天多一點，大西南第一重門戶由此豁然洞開。第二重門戶，也是大西南的最後一道門戶，衡陽城暴露在日軍滴血的刺刀刀鋒前面。

　　衡陽守軍為國民黨的第十軍，軍長為方先覺。衡陽如同一隻巨大的塞子，塞住了狂湧而至的日本軍隊。《落日孤城》中這樣描繪方先覺中將：1944年5月29日下午3時，駐衡陽的第十軍司令部作戰室隔壁有一房，房內空無一物，沒有聲息，軍長方先覺又腿立於房中，雙手反背，久久地仰頭凝視著房頂。此房新刷，房頂四壁，一白如雪，方軍長午飯過後，即進此房，這般站立了3個小時。方先覺自當團長起，每次大戰前夕，均布置這麼一房，或在其中兩三天不出，或是某個階段天天在房中三五小時，一旦出來，大叫喝酒，則是決心已定，

籌畫已畢。

蔣介石對方先覺第十軍的軍事要求是：堅守衡陽10天至兩周，以阻滯、吸引、消耗日軍，配合周邊部隊，力爭將日軍擊潰或消滅在衡陽一帶。方先覺的回答是：「我一定忠於職守，人在城在，人亡城失。」

6月22日，日軍飛機首度飛臨衡陽上空，對衡陽市狂轟濫炸，市裡大火。當晚8時，日軍抵達衡陽城外30里處，翌日拂曉日軍發起強渡進攻。書中寫到方先覺將軍曾在陣前，「雙臂大張，高聲吟誦：大風起兮雲飛揚，威加海內兮歸故鄉，安得猛士兮守四方。他說：我們不出衡陽，是國家之所托，民族之所望，第十軍之所願，我們要努力奮戰，正如漢王威加海內兮歸故鄉。」誰也沒有想到，原本的「堅持10天至兩周」即可，後來的第十軍則一直戰至8月8日，頑強抵抗了47天。

1944年8月5日，日軍對守軍進行搏命式攻擊。而國民黨的幾十萬援軍就是到不了位置。方先覺在指揮會議上「放聲大哭」。戰至8日清晨，方先覺對身邊的人說：你們已陪我盡到最大責任，你們各自想辦法尋生路去吧，我就死在這裡了。說罷掏搶，而槍已被身旁人取走，方先覺向衛士要槍，衛士不給。在彈盡糧絕、外援無望之時，日落時分日軍佔領衡陽全城，台灣出版的書中如是寫道，方先覺被日軍「劫持」。3個月後的11月18日夜晚，他逃出囚禁之地，12月7日來到自己的「空軍基地」。當月14日，蔣介石在重慶雲岫樓接見方先覺，賜酒宴，蔣緯國作陪。

重慶《大公報》等發表社論《向方先覺軍長歡呼》，數十家媒體共同呼應。方先覺妻子周蘊華，在重新見到丈夫之後說：對得起良心也就是了，我們該回家了。

抗戰勝利後的1946年，國民政府派員去到衡陽，「搜尋我陣亡將士遺骸」。這位大員在後來的文字中這樣寫道：「那一段搜尋忠魂的日子，我們差不多每天都是一邊流淚，一邊工作。這古戰場並不古，不過在一年半以前，這些古人，都還是我們生龍活虎的戰鬥夥伴。如

今，荒草沒徑，鏽損的槍支、彈殼、炮彈皮炸彈片，遍地皆是，慘白色的骸骨東一堆西一堆，草長得最高最茂的地方，必然是骸骨最多的地方。」「我們把挖出來的忠骸，抬到池塘邊洗淨，遍灑香水。……我們60餘人辛苦工作4個多月，共得忠骸三千餘具，已經是夠多的了，據此推測官兵死亡在六千人以上，應該是很正確的。」在以後的戰報中，統計數字是「傷亡15000人，陣亡6000人」。

　　書中如是激憤地寫著：「我們面對這座高約丈餘的用忠骸堆成的山嶽，直覺其巍峨神聖，壯麗無比！弟兄們，你們安息吧，你們沒有白死，日本已經投降，國家已因你們之死而得救！」「我們合力豎起一塊巨大的石碑，題曰：陸軍第十軍衡陽保衛戰陣亡將士之墓。」

　　1983年4月14日，方先覺將軍在台灣去世。20年後的2003年，方先覺將軍妻子周蘊華在上海瑞金醫院去世，時年90多歲。周女士是上海人，兒子方慶中決定將母親安葬在她的家鄉。因父親已葬在台北，不宜起靈，故這次將以「衣冠塚」的形式，實現父母合葬的願望，地點即在上海浦東的玫瑰園。方慶中先生對我說：母親是個典型的「上海小姐」，在家裡一直是講上海話的，所以我聽上海話「沒問題」。我說，晚年她回到上海，當然是講上海話的。方先生笑曰：母親在台灣也是講上海話的。

魂兮歸來：舊時像，新天地

　　時間在打磨著歷史尖利的棱角。

　　逝者長已矣。儘管是曾經「大風起兮雲飛揚」，然半個世紀前的烽煙畢竟已經散盡，塵埃已經落定。對於台灣開禁，准許當年赴台的老兵及親屬返回大陸的日子，方先覺將軍之子方慶中記得非常清楚，那是蔣介石先生兒子蔣經國在1988年做出的決定，「這符合海峽兩岸的民心民情」。

　　都是中國人，來往理當自由。今日居住在上海的台灣同胞，已有30萬之眾，附近的崑山屬台商投資的優選之地，也有8萬多人；更有

分散在大陸各地的台灣同胞們，廣州、廈門等地，更何止有多少萬。這些年交結的台灣朋友中，有的往來於海峽兩岸之間，已有10多年的時間。對於上海近年經濟建設取得的巨大成就，台胞們都深有感慨：台灣地盤太小，資源又幾近耗盡；今日大陸是謀取發展的最佳之地。

　　浦東玫瑰園大樓裡，一派寧靜溫馨。此處由加拿大設計師設計，室內如同賓館一般。翠綠草地上豎立著一尊銅像，塑的是一伸手指路的中年軍人，稍前站立著一位少年。如是形象當然具有象徵性的意義。中年軍人穿著「當年軍服」，上世紀的時代特徵由是撲面而來，而這位軍人又聳立在嶄新的21世紀，其中內涵令人深省。世事紛紜，先人走過曲折的道路，然他們作為中國軍人，堅決抵禦外來侵略者的意志，是全然一致的。現時浦東的玫瑰園內，舊時像，新天地，海外、台灣的老軍人們在思念著大陸故土，魂兮歸來是他們必然的心情，這也是他們後代必經的路途。

2006年12月

Do文學04　PG1264

向前走，別回頭
──陸幸生報告文學選

作　　者／陸幸生
主　　編／蔡登山
責任編輯／林世玲
圖文排版／楊家齊
封面設計／王嵩賀

出版策劃／獨立作家
發行人／宋政坤
法律顧問／毛國樑　律師
製作發行／秀威資訊科技股份有限公司
　　　　　地址：114 台北市內湖區瑞光路76巷65號1樓
　　　　　電話：+886-2-2796-3638　傳真：+886-2-2796-1377
　　　　　服務信箱：service@showwe.com.tw
展售門市／國家書店【松江門市】
　　　　　地址：104 台北市中山區松江路209號1樓
　　　　　電話：+886-2-2518-0207　傳真：+886-2-2518-0778
網路訂購／秀威網路書店：https://store.showwe.tw
　　　　　國家網路書店：https://www.govbooks.com.tw

出版日期／2015年1月　BOD一版　定價／430元

|獨立|作家|
Independent Author

寫自己的故事，唱自己的歌

向前走,別回頭 : 陸幸生報告文學選 / 陸幸生著.
-- 一版. -- 臺北市 : 獨立作家, 2015.01
  面 ;   公分. -- (Do文學 ; PG1264)
BOD版
ISBN 978-986-5729-59-2 (平裝)

857.85   103027061

國家圖書館出版品預行編目

讀者回函卡

感謝您購買本書,為提升服務品質,請填妥以下資料,將讀者回函卡直接寄回或傳真本公司,收到您的寶貴意見後,我們會收藏記錄及檢討,謝謝!
如您需要了解本公司最新出版書目、購書優惠或企劃活動,歡迎您上網查詢或下載相關資料:http:// www.showwe.com.tw

您購買的書名:_____

出生日期:_____年_____月_____日

學歷:□高中 (含) 以下　　□大專　　□研究所 (含) 以上

職業:□製造業　□金融業　□資訊業　□軍警　□傳播業　□自由業
　　　□服務業　□公務員　□教職　　□學生　□家管　　□其它_____

購書地點:□網路書店　□實體書店　□書展　□郵購　□贈閱　□其他

您從何得知本書的消息?

　□網路書店　□實體書店　□網路搜尋　□電子報　□書訊　□雜誌

　□傳播媒體　□親友推薦　□網站推薦　□部落格　□其他_____

您對本書的評價:(請填代號　1.非常滿意　2.滿意　3.尚可　4.再改進)

　封面設計____　版面編排____　內容____　文／譯筆____　價格____

讀完書後您覺得:

　□很有收穫　□有收穫　□收穫不多　□沒收穫

對我們的建議:_____

_____

_____

_____

11466
台北市內湖區瑞光路 76 巷 65 號 1 樓
獨立作家讀者服務部　　　　收

··

（請沿線對折寄回，謝謝！）

姓　　名：＿＿＿＿＿＿＿＿＿＿　年齡：＿＿＿＿＿　性別：□女　□男

郵遞區號：□□□□□

地　　址：＿＿＿＿＿＿＿＿＿＿＿＿＿＿＿＿＿＿＿＿＿＿＿＿＿＿

聯絡電話：(日) ＿＿＿＿＿＿＿＿＿＿　(夜) ＿＿＿＿＿＿＿＿＿＿＿

E-mail：＿＿＿＿＿＿＿＿＿＿＿＿＿＿＿＿＿＿＿＿＿＿＿＿＿＿